赋学 讲演录（二编）

Fuxue Jiangyanlu

许结 / 讲述

王思豪 / 记录

北京大学出版社

图书在版编目(CIP)数据

赋学讲演录. 二编 / 许结讲述；王思豪记录. —北京：北京大学出版社，2018.9
（名师大讲堂）
ISBN 978-7-301-29707-0

Ⅰ. ①赋⋯　Ⅱ. ①许⋯ ②王⋯　Ⅲ. ①赋—文学研究—中国　Ⅳ. ① I207.224

中国版本图书馆 CIP 数据核字（2018）第 166962 号

书　　名	赋学讲演录（二编）
	FUXUE JIANGYANLU (ER BIAN)
著作责任者	许　结 讲述　王思豪 记录
责任编辑	徐丹丽
标准书号	ISBN 978-7-301-29707-0
出版发行	北京大学出版社
地　　址	北京市海淀区成府路 205 号　100871
网　　址	http://www.pup.cn 新浪微博：@ 北京大学出版社
电子信箱	pkuwsz@126.com
电　　话	邮购部 62752015　发行部 62750672　编辑部 62752022
印 刷 者	北京中科印刷有限公司
经 销 者	新华书店
	890 毫米 ×1240 毫米　16 开本　22.75 印张　272 千字
	2018 年 9 月第 1 版　2018 年 9 月第 1 次印刷
定　　价	62.00 元

未经许可，不得以任何方式复制或抄袭本书之部分或全部内容。
版权所有，侵权必究
举报电话：010-62752024　电子信箱：fd@pup.pku.edu.cn
图书如有印装质量问题，请与出版部联系，电话：010-62756370

目 录

弁言	001
第一讲　赋韵	003
第二讲　赋法	037
第三讲　赋辞	067
第四讲　赋艺	101
第五讲　赋家	135
第六讲　赋序	165
第七讲　赋注	197
第八讲　赋类	229
第九讲　考赋	265
第十讲　习赋	299
附录一　讲述人现有赋学论著编年一览	337
附录二　讲述人辞赋创作选辑	349

弁　言

　　作为博士研究生的课程,"中国赋学研究"已持续教授了十数届,案头讲牍,俨然成帙,课堂录音,也颇系统,于是在多年前由潘务正博士整理,汇为"十讲",名曰《赋学讲演录》,2009年由北京大学出版社刊印。内容分别是:赋源、赋体、赋用、赋集、赋史、赋话、汉赋、律赋、批评与方法、当代赋学。

　　由于讲稿印出,授课既带来方便,也引起困惑,方便在听者一册在手,有案可寻,困惑在重复自己,殊无新义。所以抛旧趋新,再起炉灶,我又开始了赋学"新十讲"的内容,分别是:赋韵、赋法、赋辞、赋艺、赋家、赋序、赋注、赋类、考赋、习赋。此又历几轮课听,由同学陆续录音,经王思豪博士随堂记述成文,并以电子文本形式交我保存。孰料时过境迁,其间因忙于《历代赋汇》的校点和《中国辞赋理论通史》的撰述工作,这一讲稿存放电脑中多年,几乎忘却,直到最近整理文案,见故如新,复由我本人整理并加注,成此规制。因讲稿保存课堂授听原貌,既随意,又真实,或可谓一段学术生命历程的再现,故而敝帚自珍,又欲呈现于世,以飨读者。

　　近年社会稳定,市场繁荣,国力日增,所谓"盛世作赋",古老的辞赋之学,也因之而复兴,而繁盛。故于课堂之外,我又受邀赴国内各讲坛如国家图书馆"文津讲坛"、贵阳"孔学堂讲坛"、宁波"天一阁讲坛"和中国宝岛台湾的台湾大学、政治大学及境外高校如新加坡国立大学、韩国东国大学等处讲授辞赋,题目有"司马相如传奇人生与辞赋世界""汉赋创作与国家形象"等等,彰显赋学,自鸣得意。然而转念一想,"新十讲"倘刊行问世,课上内容又势必转"新"为"旧",困惑复生,只得再作预案,比如"新十说",即"赋体讽谏说""六义入赋说""赋迹赋心说""赋之丽则说""曲终奏雅说""古诗之流说""不歌而诵说""体物浏亮说""祖骚宗汉说""赋兼才学说"。况且本人于2016年获国家社科基金重点项目"辞赋与图像关系研究"课题,同年友人又嘱为"东亚辞赋比较研究"课题,2017年又担当国家社科基金重大项目"辞赋艺术文献整理与研究"首席专家,这样"赋与图""域外赋""赋与艺术"等岂非不成课堂"新"题?庄子说"知也无涯",信然!

丁酉岁许结于南京大学文学院

第一讲

赋 韵

我上辞赋研究课已经有很多年了,记得 2009 年,我在韩国客座的时候,北京大学出版社的徐丹丽女史将我原先讲课的稿子《赋学讲演录》编辑出版了,那是若干年前的一个博士生潘务正录音记录整理的,是我当时讲课的原生态记录。当时结集的共十讲,分别是赋源、赋体、赋用、赋集、赋史、赋话、汉赋、律赋、批评与方法、当代赋学。如果大家感兴趣,可以去看这本书[1]。当然,每种课讲过之后,教师都有了一个困惑,不想出教材,因为他还在上课,出了教材以后,就不好讲了嘛,东西都在里面,你们看就行了。所以这是教师的一个困惑。然而又有可提供给我们教师的一种解嘲语,叫作"铁打的营盘,流水的兵",(笑)反正老师讲来讲去,是旧内容,你们学生都是新来的,听起来始终都是比较新鲜的,所以也就无所谓。据说某位学生,多少年后又来听老师的演讲,说怎么讲的还是那一套嘛,例

---

[1] 许结讲述,潘务正记录《赋学讲演录》,北京大学出版社 2009 年版。

子都没变嘛。（笑）这多郁闷，心里很难受啊。（笑）还有一个原因是瞒不了自己，讲来讲去，还是那一套。一个人有多大能耐啊，十八般武艺都全的很少啊！一个人只有那么一点点东西，生也有涯，知也无涯啊，一生能学到多少呢？所以这本《赋学讲演录》出版之后，就给自己带来了障碍。于是我想了，从这个学期开始，这个旧十讲就不讲了，开始讲新十讲。但是，我想这旧十讲的内容，又是辞赋研究最要紧的问题，略不过呀，因此只有请诸位有空就去读读吧，有问题与我讨论，没问题则付之历史了。

我有一个博士生，在一家学报上刊发一篇书评，把《赋学讲演录》吹捧了一通，文题叫《以真心话赋心》，该生在吹捧过后，又加了个预告，说："《新赋学十讲》拟目有赋韵、赋法、赋辞、赋艺、赋家、赋序、赋注、赋类、考赋、习赋。这必将又是一部全新的讲演录，学术界翘足企首，拭目以待！"[1] 全体总动员，脚也动了（翘足），头也动了（企首），眼睛也动了（拭目），全动了，一起都来了。（笑）既然已经预告了，我这学期的课程就讲这新十讲吧。新旧这玩意，是相对的，今天是新的，明天又旧了，但从我个人的教学感受来讲，还是讲些新的东西快活些。预想一下，这新十讲，再讲个一二轮之后，又要味同嚼蜡了，到时你们在座的再录音记述，整理出来找个出版社印出来，我又没得讲了，当然，掐指算算，我恐怕也不用讲赋了，因为快临近退休了。

今天我们讲第一讲"赋韵"。

音韵是声音嘛，是天籁，是自然的声音。过去不谈文，只谈言，言谈都有一种自然的声音、自然的韵律。语言有这种自然的韵律，所

---

[1] 王思豪《以真心话赋心——读许结先生〈赋学讲演录〉》，《辽东学院学报》2011年第1期。

以被称为天籁之声。《庄子·齐物论》上讲"天籁""地籁""人籁",绘声绘色,非常之好,在"天籁""地籁""人籁"之间,《齐物论》讲得最好的是"地籁",

> 由文字呈现语言(语象),渐渐地有的变成了散文,有的变成了韵文,而韵文更加注重声律的作用,所以韵文在中国文学中的比重是极大的。

那一段描写极其精彩,如果对应一下宋玉《风赋》的"起于青蘋之末""舞于松柏之下""徘徊于桂椒之间,翱翔于激水之上",那借风而来的自然韵律的流动,真是美轮美奂。而由自然的韵律到语言文字的声律,其中又有了一些人为的造作与自身的规律,说语言与文字,语言是自然韵律比较多,然从语言到了文字之后,即由文字呈现语言(语象),渐渐地有的变成了散文,有的变成了韵文,而韵文更加注重声律的作用,所以韵文在中国文学中的比重是极大的。在辞赋形成的过程中,恰恰正处在从语言到文字的这个阶段。早在1947年,有一位学者叫万曼,他发表了一篇文章,写得很简短,但是题目特别好,是《辞赋起源:从语言时代到文字时代的桥》[1]。我们曾给本科生编了一种研究型的教材,需要选一些有名的研究文章,赋那一部分是我选的,共选两篇,第一篇就选了万曼此文。你想想,整个二十世纪,一百年,赋学研究的文章那么多论文,选两篇太难了。第二篇我选的是郭绍虞的《赋在中国文学史上的位置》[2]。我觉得这两篇比较典型,后来这套教材出版,中文系聚集同仁办了个讨论会,在会上,复旦大学有一位老师说,作为教材,选文很重要,比如书中所选,能给人一看就醒目的感觉,其中也提到万曼这篇文章。辞赋的形成,或谓从"蕞尔小邦"到"蔚然大国",由战国楚赋到汉赋形成

---

[1] 万曼《辞赋起源:从语言时代到文字时代的桥》,《国文月刊》第59期,1947年9月。
[2] 郭绍虞《赋在中国文学史上的位置》,《小说月报》第17卷号外,1927年6月。

> 辞赋的形成，正好是中国人从语言到文字发展的阶段，其中与声律的变迁有极大的关联。

的阶段，正好是中国人从语言到文字发展的阶段，其中与声律的变迁有极大的关联[1]。

赋为什么要押韵呢？在中国古代，有两点值得人们注意，一个就是语言之便，与人说话要方便，让人家便于记诵。那时候没有电脑，又没有录音笔，完全靠大脑。对人说话，或记录在案，要便于记诵，于是好多文章，包括先秦诸子，有一普遍现象就是"寡其辞，协其音，以文其言，以便记诵"，方便记诵。所以我们读《老子》五千言，基本上是韵文，《庄子》中也有大量的韵文。到了清代，比如阮元的《文言说》，就特别强调这一点，说当时是因为古人语言简略，为了记诵，所以都是这样子的。或者是讲的话，把它记录下来，为便于阅读，然后再以韵文化。这是一种说法。

第二点更值得注意的是礼乐制度。大家对乐的强调，因为"声音之道与政通矣"，《乐记》里这样讲，具有总括性，诗赋创作都是跟政治密切相关的，尤其在形成时期，与政治关系更为紧密。在历史上，从动词的"赋"到名词的"赋"，就是从瞍诵、瞍赋，到后来司马相如献赋，实际上都与政治密切相关。这也就是声律跟乐教的关系，于是牵涉到制度，比如乐府制度，因为汉赋的形成与壮大，又跟汉武帝时期更化、改变乐府制度有着密切的关系，所以我想这也是一个非常重要的大背景。

> 赋押韵的两个重要原因，一是语言之便，一是与乐教即政治的关系。

那么古人讲"读文"，不要说韵文了，就是散文，都喜欢谈一个很重要的批评课

---

[1] 参见许结等编著《中国古代文学研究导引》，南京大学出版社2006年版。

题,就是"因声求气"。这也是我们桐城的刘大櫆特别强调的一点。"文以气为主",那么这个"气"怎么来?就要通过语言之声音来求其气,得其理。在文章学中,这个声音是非常重要的,尤其是韵文,读起来抑扬顿挫,音韵铿锵,容易打动人,给人一种美感。我们看赋这种体裁,就极其明显,比如汉赋有口诵的特征,"不歌而诵谓之赋",便于口诵,是押韵的。那么诵得怎么样呢?要诵出艺术效果,感动人啊,使人愉快啊。大家可以看看枚乘《七发》,写吴太子有疾,共有七段文字,一段一段地诵,一层一层地听,那肯定是韵律铿锵,能打动人的。如果韵律不协,旋律不美,就是一篇读起来很不顺口的文章,也就没有足以能打动人的力量。再则,司马相如上赋给汉武帝,汉武帝为什么听到之后大悦,"飘飘有凌云之气",有那么大的快感?这一方面是赋的内容,描述的游仙场景;另一方面是听起来畅快啊,耳朵主听觉,听觉舒服了,感觉自然好呀。大家一定要注意,阅读之于韵文是极重要的,所以王褒写《甘泉颂》,也叫《甘泉赋》,他还写了篇《洞箫赋》。太子有病,因为喜欢听奇闻,所以就让宫女读王褒赋给他听。有的时候,赋写好了之后是作者自己读,有时候是让别人,比如宫女读,宫女声音好,读起来恐怕更美一些吧。况且历史上很多有才的赋家,不一定自己能读,有才的学者或赋家很多都口吃。课都上不好,不要讲读赋、诵赋了。(笑)比如说韩非子、司马相如、扬雄等,一群口吃者,语言木讷得很,他们能写出那么流畅的文章,笔势强劲,可是口不灵便,失此得彼。人往往就是这样子,某一个功能不行,另外的一个功能就充分地发挥起来了,这是一个很奇特的现象。王褒将《甘泉颂》奉献给太子,就是后来的汉元帝,他听了之后,身体立即好了。赋的效果惊人,这件事令人吃惊,这篇赋自然受到重

> 历代赋都有它的声律,创作与批评都讲究和强调押韵、炼韵。

视。汉宣帝曾说过，辞赋，"大者与古诗同义，小者辩丽可喜"，为什么"辩丽可喜"[1]？我想跟韵文形式及诵读之美是有些关联的。

下面讲与之有关的几个问题。第一个问题就是辞赋创作与历代韵书。当声律变成了韵，形成了声韵，于是总结前人运用声韵的韵书就出现了，这是我们所要强调的一点。从古赋到律赋，比如说从楚汉的赋，到齐梁的骈赋、唐代的律赋以至宋以后的赋，历代赋都有它的声律，创作与批评都讲究和强调押韵、炼韵。到了律赋的时候，押韵都是小事，炼韵非常重要，成了最要紧的事情。我们从赋的语言来看，可以把赋的语言做个分解。怎么写赋，赋是什么？现在经常有人给我看赋，看不懂。首先赋必须押韵，押什么时代的韵，当然有讲究。曾有人给我看他写的赋，我说你押什么韵，他讲押现代的新韵十三辙等。古代的赋创作家、赋批评家，对赋的认识，都包括押什么韵。赋一开始考虑的是自然韵律，不一定考虑到押韵。到后来才开始考虑押韵，继而才设词问答。首先是押韵，第二是设词问答，然后才恢宏声势，并考虑到俪词俳句，讲究对偶，这些都是赋的必要的东西。当然还要斟裁字句，还要有一点诙笑谐趣，好的赋需寓庄于谐，这也是非常重要的。所以作赋是很讲究的。我家乡桐城的文宗姚鼐惜抱先生，讲文章要"神、理、气、味、格、律、声、色"，"格、律、声、色"是文之粗也，"神、理、气、味"是文之精也，二者并没有高低之别，

---

[1] 《汉书·王褒传》："上令褒与张子侨等并待诏，数从褒等放猎，所幸宫馆，辄为歌颂，第其高下，以差赐帛。议者多以为淫靡不急，上曰：'不有博弈者乎，为之犹贤乎已！辞赋大者与古诗同义，小者辩丽可喜。……贤于倡优博弈远矣。'……其后太子体不安，苦忽忽善忘，不乐。诏使褒等皆之太子宫虞侍太子，朝夕诵读奇文及所自造作。疾平复，乃归。太子喜褒所为《甘泉》及《洞箫颂》，令后宫贵人左右皆诵读之。"

是从文之粗进入文之精。也就是说，所谓的"因声求气"[1]，恰恰是"声"在文之粗，"气"在文之精，"因声求气"之法就是从文之粗上升到文之精，没有文之粗的"格、律、声、色"，就谈不上文之精的"神、理、气、味"。读赋也应如此。历代有很多学者讨论辞赋的声韵问题，清代特别多，我理了一些材料在这里，讲赋应该怎么样押韵，不应该怎么样押韵，等等。这牵扯到赋的韵书问题，历代对赋的韵书非常重视，最早的韵书是北魏李登的《声类》，开始从音韵学角度来总结文人创作的作品怎么合韵的问题了，也开始分部来押韵了。韵书出现了以后，历代都有续作，比如唐代诗赋取士的时候，早期是用陆法言的《切韵》，后来又用《唐韵》，再后来又用《广韵》《集韵》。中唐以后，特别是到了宋代，为了方便，《唐韵》面太广，《集韵》字太多，内容多了之后，太庞杂，庞杂之后怎么办呢？就要有所选择。中唐以后，一本跟赋与韵讨论最相关的，尤其是与科举考赋最相关的韵书，就是宋代丁度编的《礼部韵略》，闱场律赋使用得最多的就是《礼部韵略》。然后还有《韵补》《韵镜》《韵图》等等，都是为了人们写赋方便押韵而不逾矩。到了明朝的时候，科举不考赋，就恢复古赋，所以写赋的时候，更多的是用《洪武正韵》，后来清初毛奇龄又研究古音。从吴棫的《古韵》一直到毛奇龄的《古今通韵》，也为诗赋家遵循，写古赋的时候用古韵，写律赋的时候用礼部韵，同一用韵问题又有了分殊。

历史上考赋重韵，甚至可以说特别重韵，大家看一下相关的文献就知道。比如马端临《文献通考》讲"宋制，凡就试，禁挟书为奸"，

---

[1] 姚鼐《古文辞类纂·序目》："凡文之体类十三，而所以为文者八，曰：神、理、气、味、格、律、声、色。神、理、气、味者，文之精也；格、律、声、色者，文之粗也。然苟舍其粗，则精者又胡以寓焉？学者之于古人，必始遇其粗，中而遇其精，终则御其精者而遗其粗者。"

不准带书进考场考试,"进士试词赋,唯《切韵》《玉篇》不禁"。考试作赋的时候,《切韵》和《玉篇》可以带进考场,这是马端临讲的。《礼部韵略》是考试用的,初次定于唐代礼部,后来宋代多次修订。宋真宗景德四年(1007),由邱雍和戚纶考定,完成了一个比较完备的本子。仁宗景祐年间(1034—1038)又重修,参加重修的人有宋祁、丁度、李淑等等。南宋以后,偶有增补,《礼部韵略》基本成为定式。宋代的史料特别多,有关赋韵,不断地用,也不断地修改,这很有意思。有时候觉得不好,再修改;有时候觉得夹杂的吴音比较多,不行,北方的举子没办法考,又要改,是很讲究的。所以讲,辞赋用韵有特定的韵书,考赋的韵字都在《礼部韵略》中[1]。过去在考试中,韵书是可以带进考场的,后来觉得带进去不好,就临时发给大家,这也很有意思。最有趣的是熙宁四年(1071)罢诗赋,那一科殿试,殿试的时候,考官也不知道题目,殿试是内出题,多是皇帝自己或身边的人出题,考官把韵书先发给大家,举子们都以为是考赋,结果一看考题是策论,不考赋。熙宁三年王安石变法,殿试不考赋,到四年礼部试也不考赋了。这就发生了刚才说的荒唐的一幕,就是考前发韵书,大家都以为要考赋,后来不考赋,一下都愣了,这是考场众生相中的众多怪现象之一。

辞赋用韵有特定的韵书。

考赋很讲究,也有意思,有很多东西很好玩,有时候考官为一个字就要上奏章请旨。我举一个例子,南宋淳熙五年(1178)知贡举的范成大上疏给皇帝,说:《韵略》中有两个字的韵脚还是通起来比较好,古代不通,后来老用不好,这两个字是

---

[1] 有关《礼部韵略》为"宋人业举习诗赋者"必备,详见本讲附录文献之明代王肯堂《郁冈斋笔麈》的有关论述。

"悦""恍"。皇帝下诏回复说：可以，就通用吧[1]。这件事现在看来也没什么意思，但在当时闱场却是一字定乾坤哟，说明用字极讲究，如何选择韵字对辞赋创作而言也极讲究。现在喜欢辞赋创作的人，可能最不讲究的就是韵，随手写。最近好多人写赋，比如最近清华大学招募大家写赋，很有意思，好多学者写了《清华大学赋》《清华大学百年赋》。最近还有一个"清华简"，红得很，对吧？清华要振兴它的国学，所以它要写赋，好多人写，我也有几个朋友在写，有的写过后给我看，我又不写赋，我不敢写，哪敢写啊？"会须能作赋，方为大才士"啊，我只敢写些小诗，作点小讽喻诗，开开心，而赋不太敢写，对写赋者也不敢置一词，而他们都在写，写得呼呼地。有一个先生把他写的《清华赋》第四十三稿给我看，非要发给我，一大早用电话把我叫醒了，说赶快帮他看看。结果看过以后，这哪里是赋啊？我看不出哪里像赋。有时候铺陈，铺铺铺，有时候"芳草萋萋焉"也进来了，清华大学怎么"芳草萋萋"？这怎么回事？（笑）反正铺就是，对仗也不管。这个先生是很有名的学者，是经常参加这方面比赛的权威人士。但赋写得不对头啊，这怎么办呢？这没办法改。我就说写得很好，很气派，您把历史写得很清楚，闻一多等什么人都在里面了，一起挤进去了。（笑）但是，我讲赋首先要押韵，其次是对仗，所以还是考虑一下"古人"的感受，第一次我就拿红笔画了好多，结果无奈了，反正画得是"祖国山河一片红"了。（笑）我就回他说：你回去再改改。结果他四十四稿来了，然后我没回他；后来四十八稿也来了，

---

[1] 南宋高宗朝绍兴二十六年（1156），令国子监印造《礼部韵略》，孝宗朝淳熙五年，知贡举范成大等提议"悦""恍"二字并通，修入《礼部韵略》。详载徐松《宋会要辑稿》，中华书局1957年版，第4314页。

感觉还是差不多。然后我就回了一封信，我就说：古人善于藏拙啊，您是诗词大家，您创作诗词很有名气，学问做得也非常好，但是古人善于藏拙啊。意思就是说，您赋就不要写了，您就藏吧。（笑）结果他五十稿又来了。（笑）坚持不懈，这就没办法了。作赋首先考虑的是押韵，那怎么办呢？当然首先得练，古赋写不好，那首先写律赋，按八韵来写，那也好办嘛。古人也教你这样啊，比如说清人就说要先写八韵赋，练过后再恢宏而为古赋。

作赋须有韵书，都要合韵、炼韵。当然，古近体赋的韵不同，这应该要注意，具体非常复杂。我看辞赋史，包括我跟郭先生的辞赋史[1]，都没有好好地讨论这个问题，因为习惯做历史的建构，历史的建构就是从屈原一直下来，搞到章太炎，或者刘师培，拉下来，一代一代的作家作品分析，这是我们赋史的一个特点。所以现在有人又重修赋史，那么应该思考这些问题了[2]。而且在已经完成的赋史中，对赋的韵书强调得不多，因为我们对此研究不深，研究赋的不精通声韵，而通声韵者又不研究辞赋。现在就是这个问题，因为学科划分的缘故。过去科学家和文学家是一体的，现在科学与文学分得远远的了，语言跟文学也分得远远的了，这就麻烦了：谈音韵的人不研究作品文本，只用文本，而不熟读文本，所以不熟悉文本；而谈文学的人，往往鉴赏、理论批评、考据都很好，而对声韵本身不太重视，不通小学而论文学，也就不能使人昭昭了啊。所以大家在这方面就很少写。

第二点谈研究赋韵。诗赋用韵，过去是司空见惯的事，小孩从小就有声韵启蒙，从小就是这么作的。程千帆先生有一次跟我聊天，说

---

[1] 郭维森、许结《中国辞赋发展史》，江苏教育出版社1996年版。
[2] 指湖南大学郭建勋教授领衔主编的国家社科基金重点项目"中国辞赋通史"。

过去我们写诗不存在问题,因为从小就作,现代人写诗蛮苦的,叫作"学",学写诗。过去哪有什么学诗啊,就是从小就作,大人带着,在私塾里随口来,你游玩,玩过后就写,写红灯对绿酒,这样自然就会写了。多写多练,各个韵部也就熟悉了。现在这些过去司空见惯的东西都变成学问了。有一年,《中国社会科学》发来一篇文章要我审,文章写的是中国辞赋的用韵问题,审稿是个麻烦的事,肯定容易否定难,这篇文章把历史上的韵书,什么《广韵》《集韵》《韵镜》《礼部韵略》等介绍了一通,并没有什么研究,所以我的审稿意见是:这篇文章给大家看看是有用的,但给《中国社会科学》发表不太合适,因为该杂志是研究型的,如果在《文史知识》上发表,可以。我觉得期刊功能不同,该文在《文史知识》上发表很好,介绍知识嘛。最后,《中国社会科学》大概没有发,害了别人,结果也是以己昏昏使人昭昭了。(笑)

在以往的赋史写作中,唯有铃木虎雄这个日本人的《赋史大要》讨论了一些音韵的问题,真是"他山之石,或以攻玉",又是不识庐山,只缘居中。所以我胡乱猜想,日本人为什么能考证出很多细微的、我们注意不到的东西呢?因为他们对我们的东西不及我们熟悉,不太熟悉就陌生,陌生之后就想去认识它。我们对自己的东西太熟悉了,太熟悉了往往就会忽略掉,从而找不出问题。日本人读书就是对读嘛,就像校对一样,这样读就会读出很多问题。铃木虎雄在赋史的第三篇"辞赋时代"的第五章"赋之结构"里面,就有很多关于押韵的小段落,简略,非常简略,但他毕竟在讨论这个问题。比如写了"赋体句法及赋中随时押韵"的问题,列举"随时押韵诸例",以《卜居》《渔父》《高唐》《七发》为例,然后是赋中押韵法,随时押,有隔押,有连押,有首尾押,又举了宋玉、司马相如、刘向、江淹的赋为例。第三篇还写了一段"赋与韵部",讲了一些韵。这都是知识,写得很好。他在第四篇"骈赋时代"第二章"赋中四六隔对"中又谈到"音韵谐调及字句工丽",以江淹赋为例加以分析。第五篇"律赋时代"第一章"律赋性质及唐赋大概"中写了"试赋限韵之始",以唐人李昂《旗赋》为例;第二章"律赋形式"中有"韵脚不全数者""押韵顺序""韵脚平仄数比例""韵脚字句";第五章"宋代律赋"又列举苏轼的《浊醪有妙理赋》和李纲的赋,将苏赋和李赋对比,谈次韵的问题,就是和韵的问题,开始诗有和韵,后来赋也有了和韵。然后到了"文赋时代",谈到"股对及不拘句数押韵""股对及不拘句数押韵与骈律文赋之关系",赋原则上都应该押韵,文赋也该押韵,但是在历史上,确实有些赋家的赋是一点也不押韵的,那就是"变"。你不能将这种赋拿来做样板,说赋不要押韵,这是不可以的[1]。那是赋体的"变",就像杜甫的拗律,杜甫是大家,写诗非要拗,实际上要是小家这样写就不合格。大家一写拗体,其他人就跟着拗了,就变成了一种风气了。你看程千帆先生的诗,有人就讲他一首小诗能用三个韵,他会不懂吗?肯定懂的,他是有意这么做,他要求的是因变而出神。其中有首是程先生写着送给我父亲的,一首小诗用三个韵,他懂啊,他着意要破,而诗境极佳,老成人发挥一下[2],(笑)地位高了,涉笔成趣,大家就跟着学,对吧。(笑)程先生这样做可以,我们这样做或许不行。但是现代人写赋,还没什么本事,就应该老老实实押韵。清代人的时赋,铃木虎雄讲是"八股文赋",很多人是不赞同的。从音韵来看清赋,有三句连押,有三句一押,隔多数句押韵,有韵与无韵句的杂韵,等等

---

[1] [日]铃木虎雄著,殷石臞译《赋史大要》,正中书局1942年版。
[2] 程千帆《以庐山藤杖赠永璋》:"庐阜携归一断云,幻为藤杖赠诗人。明窗尚忆山排闼,穿屋云来岭又昏。"

等等，很多很细。大家可以看看铃木虎雄的《赋史大要》，他对赋韵讨论得比较多，特别值得注意。通过铃木虎雄的梳理，我们可以看到古体赋和近体赋的异同。同者，都要押韵；异者，它们用的韵书不同。然后构成了宽、窄、松、紧问题。古体赋的韵比较宽，后来是越来越窄，也就构成了用韵的松与紧。主要就是这样，没有什么太多的东西。

> 古体赋和近体赋的异同：同者，都要押韵；异者，它们用的韵书不同。然后构成了宽、窄、松、紧问题。

古赋创作是用韵的，首先要合韵，合韵很重要，不合韵不行。赋跟诗不同，古赋是长篇，用的是古韵，当然从多韵部的平水韵来看，也是由古韵发展而来的。有些赋韵好像不在一个韵部，那怎么办呢？你查过去的《广韵》或者《唐韵》，你可以看到，某些韵可以通押。比如作诗，大家现在都是用平水韵，一东二冬，这个声音太近了，一写就会搞到一起去，不查一下韵书，有时候一顺口，就顺过去了，所以这也很麻烦。词就可以通，词的韵比较宽，而诗的韵比较窄，赋的韵往往也是比较宽的，所以赋在合韵的同时，可以通押。这个通押极其重要。什么可以通押，什么不可以通押，各时代又不同，有所变化，从用韵角度可以确定这篇赋作是什么时代的。这就是我后面将要讲到的赋韵与赋学批评的关系。

比较而言，近体赋，就是所谓的律赋，更加严格限韵，巧押韵，是非常讲究的。这种讲究是从什么时候开始的呢？南朝开始的。就是骈体赋大量创作的时候。我们可以看有关赋的纪事，例证很多，大家最熟悉的就是沈约写的《郊居赋》，用功极了。他也很自得，特别讲究声律，注重四声八病说，《梁书·王筠传》《南史·王筠传》等史书都记载了这个故事。沈约写《郊居赋》，"构思积时，犹未都毕，乃要筠示其草"，让王筠看他写的赋作草稿，王筠读到"雌霓连蜷"时，读"霓"

为"五激反",而不是"五鸡反",又读到"坠石硙星""冰悬垅而带坻",音读得非常准确,王筠皆击节赞叹,然后沈约就说:"知音者希,真赏殆绝,所以相要,政在此数句耳。"[1] 你真是我的知音啊,就是这么几个字,读得非常正确。沈约应该用的是什么音,王筠就读出了什么音。

那我们再看汉代的扬雄,他那时的赋家写赋,甚至梦到肠子也流出来了。苦思冥想,这是不是在揣测一个韵合不合啊?不是。他们的精力花费在如何铺陈,如何表现赋的气象和呈示丰富的内涵,以及"曲终奏雅"的讽谏,即怎么寓讽谏于表面的赞颂之中。而到了南朝的时候,赋家开始关心一个字了,一字之警策,一字之声韵。到了律赋创作兴盛的时候,更是如此,所以律赋极其注重押韵,现在也有很多人在讨论这个问题。近体赋严格限韵,而且还要巧押韵,押的韵如果不巧就不好。科举考试,重在如何评判考生的成绩,如何评判赋作的好坏,就像现代改试卷,也要有一个标准,但这个标准很难确定,那怎么办呢?于是这种评判就选择一种最易树立的标准,比如声律,要合韵,如果出韵、漏韵,那就不行。明朝有个人,写了《松柏有心赋》,结果那个"心"字韵漏押了,考官却让他中了状元,皇帝看了过后说:"这怎么可以啊?怎么能有无'心'之状元呢?"[2](笑)不仅漏押不行,还有韵押错了,或者出韵,也不行,这种例证比比皆是。所以科举考试,最严厉的是用声韵来黜落举子,成为规矩了。古韵是讲究通押的,而近韵通押的越来越少,更讲究巧押,要押得

> 近体赋严格限韵,而且还要巧押韵。

---

[1] 详见本讲后附文献《梁书·王筠传》与《南史·王筠传》的记载。

[2] 清人丁柔克《柳弧》卷四《状元被黜》:"国朝有文状元某,试《松柏有心赋》,以题为韵,忘押'心'字,皆未看出。上看出,批曰:'状元有无心之赋,试官无有眼之人。'"

巧。我举一个例子，比如简宗梧先生，目前台湾研究辞赋的著名学者，唯独他利用音韵学在辞赋研究方面做了一些工作，这一点是不可取代的。简先生用了很多音韵学知识来研究赋。比如《汉赋史论》里面有一篇文章叫《运用音韵辨辞赋真伪之商榷》，他以此为衡量，讨论了《美人赋》《长门赋》《高唐赋》《神女赋》《上林赋》等五篇，看看到底是不是汉赋。具体的研讨，他是从合韵、切韵、古韵通押等方面来考察。比如《美人赋》，通押处一例，十次转韵，证据是《广韵》，通过《广韵》来论证，分成多少韵，比如"东""冬"通押等，一一梳理出来，说明这是符合西汉诗赋通押惯例的。由此也可以看到一代有一代之文，必然一代有一代之韵。他做了这些工作，于赋学考据有贡献，而赋的用韵通押，还是蛮有意思的[1]。

> 科举考试，最严厉的是用声韵来黜落举子，成为规矩了。

> 一代有一代之文，必然一代有一代之韵。

关于科举考赋，对韵就非常讲究，就非常细了，不仅一般士人重赋律而讲合韵，连小说中也有赋律的故事。我举一个例子，《太平广记》卷三百四十九引晚唐宣宗时李玫撰的《纂异记·韦鲍生妓》，一篇短小说，里面怎么写的呢？说两个鬼月夜作赋，讨论的是赋作犯不犯声病。你看看，科举考试人家都骂，对吧，但他们忽略了一个很重要的问题，科举考试提高了人们的人文修养啊，连小说中的鬼也在一种人文情境中进行笔战，斗技争巧，这是很有意思的。你比如朱庆馀，他托张水部问考试考得怎么样。他写行卷投给张籍，而询问成绩又写

---

[1] 详参简宗梧《汉赋史论》中《运用音韵辨辞赋真伪之商榷》《〈美人赋〉辨证》《〈长门赋〉辨证》《〈高唐赋〉撰成时代之商榷》《〈神女赋〉探究》《〈上林赋〉著作年代之商榷》诸篇，东大图书公司1993年版。

了首诗:"洞房昨夜停红烛,待晓堂前拜舅姑。妆罢低声问夫婿,画眉深浅入时无?"人家都当写新婚的,新媳妇第二天要见公婆,画画眉,然后问新婚丈夫我画得时髦不时髦?(笑)到底是浓眉还是淡眉,是很讲究的。这里喻指的是科举考试,朱庆馀自比新媳妇,画眉等于考文,不知考得怎样,心中忐忑,就要问张水部这个推荐人,考官就是公婆。你看这风雅得不得了。然后张水部立即回他一首诗:"越女新妆出镜心,自知明艳更沉吟。齐纨未足人间贵,一曲菱歌敌万金。"你看这多好啊,多风雅啊!因为朱庆馀是浙江人嘛,浙江新媳妇就是"越女"嘛,越国的女孩谁最美啊?开玩笑,那肯定是西施嘛,(笑)苏轼讲:"欲把西湖比西子,淡妆浓抹总相宜。"她这么美,你还有什么话可说?你明明知道你美得不得了,好得不得了,你还假装着问我美吗?(笑)那个西施得心脏病都是美的,她把心一捂,眉一颦,马上人家东施就来仿效了,大家都颦眉捂心,举国都颦眉捂心,时尚啊。回到张籍的诗,他说"齐纨未足人间贵",山东的丝绸固然很好,但跟越地的采菱歌比还差远了,因为有西子呀,这回答说录取了,高中啊[1]。

有次有位同学作业没有完成,过年前没有交给我,我也效颦,填了半首词给他,填半阕,最后一句是"劝君莫笑词半阕",没完成作业嘛,(笑)然后他应该回我那半阕词就好了,结果他没回。(大笑)人说科举沮败文学,我倒觉得因为科举而提高了人文情境,所以我很羡慕唐宋时期的举子,那种风流倜傥,很好啊!东京大学的一个教授,叫作大木康,曾经到我们这儿来访学,在一次座谈中,因为他研究中国明清时期的文化与文学,特别是金陵——南京的地域文化,我们就问他:

---

[1] 朱庆馀《近试上张水部》诗见载《全唐诗》卷五百一十五,有关诗事详《唐诗纪事》卷四十六、《唐才子传》卷六。

你喜欢今天的东京,还是昔日的金陵——南京?他说:那当然是昔日的金陵啊。他讲这话当然是十几年前,福岛还没发生核污染,(笑)现在当然是南京好了,都说东京怕受核污染,都想撤退[1]。(笑)我也觉得现代社会人们的匆忙、环境的污染,远不如古人的那种潇洒状态,所以一个人之所以为人,读书人在古代还是蛮愉快的。

那么人是这样的,鬼又怎么样呢?鬼也不得了啊!(笑)你看看,前面说的两个鬼在月夜作赋,如果小偷也开始作赋的话,先作一篇赋然后再去偷,那就不简单了,那就天亮了,(笑)也就做不成小偷了。(笑)所以文化水平提高,能够解决很多治安问题。没事写写赋多好,作诗太快了,作赋时间长,要想快,非得才子才行。唐代时权德舆知贡举,在帘下戏说:"三条烛尽,烧残举子之心。"唐代科举开始是晚上考(夜试),要点蜡烛,可举子有才啊,马上就有人回答,说:"八韵赋成,惊破侍郎之胆。"[2]把礼部侍郎的胆都吓破了。那是有才的人,一般来讲写赋要慢得多,虚脱啊,赋写起来累。试想,在月下,在寒夜,两个鬼出来了,一个是长须鬼,长胡子的鬼,他说:"今珠露既清,桂月如昼,吟咏时发,杯觞间行。"这个鬼又赏月,又喝酒,你看多风雅啊,还能"援笔联句,赋今之体调一章"。注意这里的"今之体调",就是唐宋律赋,写赋一定要注意"体调",这是很重要的,从《文心雕龙》就一直谈这个问题,这是文体论的核心,再加上声韵,

---

[1] 此指 2011 年日本地震,福岛核泄漏事故。
[2] 胡仔《苕溪渔隐丛话》前集《王禹玉》引《复斋漫录》:"《杜阳杂编》言:'舒元舆举进士,既试,脂炬人皆自将。'以余考之,唐制如此耳。故《广记》云:'唐制,举人试日,既暮,许烧烛三条……'而旧说亦言举人试日,已晚,试官权德舆于帘下戏云:'三条烛尽,烧残举子之心。'而举子遂答曰:'八韵赋成,惊破侍郎之胆。'"按:"三条烛",又见王定保《唐摭言·敕赐及第》的记载。

就是这里的"调"。我觉得"体调"这两个字非常好,我们只重视文体,还要重视"调",声韵,当时人都重视这一点。那鬼又说:"以乐长夜否?"我们这个长夜作作赋多么快乐啊!另外一个鬼讲:"何以为题?"弄个题目我们来作吧。长须鬼就说:"便以妾换马为题。"就是过去唐人老歌咏的一个题目。没有考官替他们命题,过去考官命题,押韵就是押官韵,礼部出的韵就叫作官韵,一般考试都是有官韵的,偶尔是随意押。官韵短的有三个字,长的有十二三个字,后来到了中唐以后基本上是八韵。两个鬼是自己命题的赋,也要立个韵来押啊,以"舍彼倾城,求其骏足"为韵,是八个字的韵,"倾城"是妾嘛,倾城倾国之貌嘛,"骏足"是马嘛,一匹好马,宁愿用倾城美女来换一匹马。有一次,有个人买了个好车子,别人去借他的车子,他说:"这不行,这不能借,过去那个妾换马还行,这个借车就是借马,是宝马,不能随便借人。"这是污蔑女性,鬼都污蔑女性,真可恶。(笑)今天在讲坛讲课,必须声讨一下。(笑)好了,这个长须鬼就开始作赋了,"紫台稍远,燕山无极。凉风忽起,白日西匿"。乖乖,写得真好,当今之学者教授看了这两个鬼写的赋就不要写了。另一鬼说:不对,你这赋出问题了,"远""起"这两个字都是上声,根据"八病"来看,这是"鹤膝"之病。我刚刚从新加坡讲学回来,我发现新加坡那边人真是个个都有"鹤膝"之病,我碰到我的一个学生,六十多岁了,老了,我说你这膝盖有点问题吧,他说是啊,刚刚把这膝盖换掉。他们本事大,把膝盖换掉了,换假的膝盖,走路好得很,开玩笑讲这都是"鹤膝"之病嘛。在韩国叫罗盘腿,老太一排都是罗盘腿,我上课就跟女同学讲,你们年轻的时候就不要那么坐着了,干脆就像我们这样坐着多好,那样长期盘着坐,很容易成罗盘腿。所以说韩国美女

官韵短的有三个字,长的有十二三个字,后来到了中唐以后基本上是八韵。

美不了多少年,就全部成了罗盘腿。(笑)我一开始不习惯啊,在饭店吃饭,我讲这是一个猿人进化的过程啊,吃饭的时候盘腿坐地,难过啊,腿酸,直到吃完饭走出饭店,才进化成人。(笑)这两个鬼也在谈"鹤膝"之病。一鬼说:那你作个给我看看啊。好,另一鬼就作赋:"洞庭始波,木叶微脱。"这两句中"庭""波"皆平声,"叶""脱"皆入声,这是"蜂腰"之病,也不行。你看这两个鬼太有意思了。讲究平头上尾、蜂腰鹤膝、大韵小韵、旁纽正纽,这是八病。作赋太讲究了,赋不容易作啊,所以看了这两个鬼的教训,我们就不敢作赋了。要作赋也要按照这样来作,作得很娴熟了之后再超脱。一个人不要还没好好学就超脱,现在学校培养人,一培养就说要培养大师,大师是怎么培养的啊,谁是大师啊,谁培养大师啊,都搞不清。过去王国维他们是在甲骨文被发现了、中西文化刚好冲突交融的时候,成了大师。现在怎么办?没办法,清华大学现在搞"清华简",那南大怎么办?也搞个"南大简"?(笑)这些东西有些不可信!实实在在地做个专家、学者,就已经很不错了,这是一个值得注意的现象。

  赋因为讲究声韵,因此在唐宋考赋的时候,很多举子都是因韵而黜落。比如唐代开成二年(837),皇帝下诏:"所试赋则准常规,诗则依齐梁体格。"赋按常规,按礼部韵;诗要齐梁体格,就是齐梁体,都很讲究的。到五代的时候,后唐天成五年(930),中书门下奏:一个举子叫李飞,赋中三次犯韵,另一个叫李榖,一次犯韵,所以要处罚他们。还说"今后举子辞赋属对并须要切,或有犯韵及诸杂违格,不得放及第",这都是《册府元龟》里面记载的[1]。于是在这时期,出现

---

[1] 徐松《登科记考》卷二十五"天成五年"条引。《册府元龟》卷六百四十二《贡举部·条制第四》,中华书局1984年版,第976页。

> 唐代是诗歌律化的时代，诗学在规范，赋也在规范。

了大量的《赋谱》《赋格》，唐代是诗歌律化的时代，诗学在规范，赋也在规范。

这种规范实际上是一种很浅近的规范，就是会考试。通过考试的规范之后，再上升到一定的高度。我们再看几则材料。比如《东轩笔录》记载欧阳文忠公年十七，随州取解，以落官韵而不收。后来鼎鼎大名的主考官，曾经都被黜落过，所以讲媳妇熬成婆，到迫害别人的时候更加疯狂。（笑）考试规范严格得很啊，因为他被严格要求过的嘛，人都是这样子。再比如《石林燕语》里面也讲李文定公（迪）在场屋有盛名，景德二年预省试，以赋落韵而被黜[1]。一方面考赋重韵，便于黜落；另一方面又反对拘于声病，这就构成了后来对辞赋看法的一种矛盾。楚汉古赋，或者到魏晋时候的赋，大家更多的批评和讨论集中于谈是否有讽谏精神，但赋又有颂美的功用，于是产生了讽喻与颂美的矛盾，这也是赋史所讨论的问题。所以扬雄讲"雕虫篆刻"，"壮夫不为"，"劝百讽一"，"讽则已，不已则不免于劝也"。赋的手法就是这样，首先要大量的铺陈，铺陈过后再来个"曲终奏雅"，然后才来探讨它的讽喻精神之所在。但是一般人看到后面就审美疲劳了，前面已经让人心花怒放，像汉武帝是激动不已，到最后司马相如来讽谏他时，他已经看不见了，这时的讽谏已经没有用了。赋体是以辞章来表现的，往往在颂美中暗含反讽，这种讽喻要到最后才点出来。到后来，在科举考试中出现的矛盾就很好玩了：一方面要重视韵律规则，不然怎么考试呢？要不然就废赋不考，历代也有废赋的情况，这我们在考赋中再详细来谈。另一方面又反对

---

[1] 欧阳修事见魏泰《东轩笔录》："欧阳文忠公年十七，随州以解，以落官韵而不收。"李迪事见《石林燕语》："李文定公在场屋有盛名，景德二年预省试……以赋落韵而黜也。"

以声病废大义。科举考试是选拔人才，人才体现在大义上啊，所以声病与大义也就构成了赋的一个矛盾。黜韵是因为声病，

> 科举考赋中出现的矛盾：一方面要重视韵律规则，另一方面又反对以声病废大义。

结果废除的是大义，这个矛盾冲突又夹杂着前面的一个矛盾，这是赋学的一个根本的东西，大家也很重视这个矛盾，比如庆历三年（1043）范仲淹上陈《十事疏》，第三就是"精贡举"。贡举怎么搞？他说："御试之日，诗赋文论共为一场，既声病所拘，意思不达，或音韵中一字有差，虽生平苦辛，即时摈逐，如音韵不失，虽末学浅近，俯拾科级。"[1] 批评科场的问题，说科考太重声病了，这个人如果学问很好，结果因一字之差就倒霉了，就被黜落了，而学问不怎么样的人，他把声韵技巧掌握得很好，就会及高第。你看，规矩真太重要了。任何时代都喜欢守规矩的人，但是守规矩守狠了之后，时间久了，就要提倡原创，但原创不容易，有的制度下是原创不出来的，不敢创。科举考试也是这样子的。

这里介绍一本书，就是王兆鹏的《唐代科举考试诗赋用韵研究》[2]。它也是介绍，但不管怎么说，它是目前对赋的声律探索得比较深入的。这个王兆鹏不是那个研究唐诗宋词的王兆鹏。《唐代科举考试诗赋用韵研究》用了《广韵》《韵略》《韵图》《韵镜》等等东西来看唐代诗赋用韵，这本书的价值是什么呢？也是数据统计，内涵没有什么，就是常识，但很好的是把一篇篇的赋给弄出来，弄出来比较。比

---

[1] 可参看庆历三年宋仁宗诏令："旧制用词赋，声病偶切，立为考式，一字违忤，已在黜落，使博识之士，临文拘忌，俯就规检，美文善意，郁而不伸。"引自《续资治通鉴长编》，中华书局1985年版，第3565页。

[2] 王兆鹏《唐代科举考试诗赋用韵研究》，齐鲁书社2004年版。

如统计出唐代用韵有的很规整，有的不规整，而以不规整为常态，随便用韵，很自由。唐代人考试用韵要自由得多，到宋代就特别规整。在唐代，以八韵赋为例，比如大历八年（773）进士科陆贽《登春台赋》，以八韵"晴眺春野，气和感深"为韵，八个字押这八个韵，而根据他的这篇赋的内容，据押韵顺序，第六韵押"感"，第七韵押"深"，中间偷了一个韵，唐代偷韵现象特别多，八韵只押七韵，偷了一韵，在唐代没问题。大历十年进士科崔恒的《五色土赋》，韵押得更乱，以"皇子毕封，依色建社"为韵，他是怎么押的呢？第一个字就押"色"，第二个字押"皇"，第三押"毕"，随意押，第四押"封"，第五押"社"，第六押"依"，第七押"建"，最后一个押"子"。没有偷韵，但韵是乱押的，八个韵字我都用了就行，这是唐代科举考试常见的规则。到了宋代基本就不行了，八韵赋必须严格按照八韵的顺序来押，不可以随意押。所以这是值得重视的一个现象。

> 押韵在唐代非常自由，到宋代特别规整，到了清代就有了更多的讲究，因此也出现了一个问题，就是铃木虎雄所讲的"八股赋"。

押韵在唐代非常自由，到宋代特别规整，到了清代就有了更多的讲究，因此也出现了一个问题，就是铃木虎雄所讲的"八股赋"。有人反对，到底八股赋成立不成立[1]？八股赋除了长联长对、隔句对以外，律赋对八股文的影响，还有一个押韵的问题。所以清人没有讲"八股赋"的，但清人经常用一个词，叫作"时赋"。时文时赋，其实唐代考律赋，宋代考律赋，都是时赋，这个"时赋"应是广义的。但当清人运用"时赋"的时候，跟谁对照呢？跟唐赋对照。他们以唐赋为标准，学习对象是唐赋，也可以说是律赋。但当清人赋与唐律赋同时出现的时候，经常称为"时

---

[1] 参见叶幼明《论八股文赋之说不能成立》，《学术研究》1990年第6期。

赋",很有意思。这个"时赋"实际上就是清人的律赋,即清人的律赋创作。那么清人的时赋创作以什么为押韵的根本呢?他们先是学唐人,后来觉得唐代很多东西跟现在的考试形式不合,唐人赋押韵太自由了,内容太芊绵、太凄厉了,不庄重,因为科举体应该庄雅、整饬。大家知道,清代科举是不考赋的,但和科举相关而考赋的是博学鸿词科,更重要的是翰林院考赋,翰林院不管是散馆考,还是后来月考,或者出站考,就像你们博士后出站报告一样,出站的时候要大考,都要考赋。那么这种考试的赋就叫作"馆阁赋",就是清人赋的馆阁体。以馆阁赋为例来看清人赋,其中好多规则我现在都还不太搞得清。古人讨厌啊,他不讲清楚啊,所以我们脱离了那个时代就揣摩不清啊。比如鲍桂星《赋则》,他引了唐代的赋,说某一句话,"今应制体所禁",不说什么原因,有时候我们就不太清楚。于是要对照余丙照的《赋学指南》、李元度的《赋学正鹄》,对照过后,有时还不能很好地找出其中缘由。往往我们觉得古人这句话蛮好的嘛,但不能用,究竟是义理的问题,还是技术的问题,或者其他什么问题,他是评点式啊,只有把被评的文本全部集中起来进行讨论,才能搞清楚这些评点究竟讲的是什么。

铃木虎雄在《赋史大要》第七篇"八股文赋(清赋)时代"里面讲到句法、股法、押韵以及股法与押韵的关系,他讲得还是有些道理的,虽然"八股赋"能不能成立还有待商榷。但是这种时赋,清人更讲究,很多东西忌讳更多,于是赋的创作也出现了"禁体",这是值得注意的。"禁体"之说是从古文开始的,如写作古文忌小说语啊,忌戏曲语啊,忌语录语啊,等等,禁忌有很多很多,有十多种,甚至二三十条,有大量的禁忌,所以有要求就会有禁忌。因此我们对一个东西的好坏,不一定要正面评价它,有的时候从反面来看禁忌,排除法。禁体在明清时代大量兴起，开始是明体，然后是破体，唐宋时候"破体为文"，对固有的一种文体，他们非要破规矩，就是变革，然后又出现了辨体，到底这种体怎么办？又须尊体，赋就是赋，比如与颂就是不同，我们必须要有这样一条规矩在心中，否则你研究什么赋呢？赋之为赋，怎么研究，这里有一个规矩的问题。但赋在发展过程中又和他体在交叉，关系很烦琐，古人经常把这个关系打乱，所以研究者心中要有一个度，但原则还是：赋就是赋。不是赋的东西，要禁。作赋要禁什么，这个还没有很好地讨论，我想应该要讨论一下。

> 古文有禁体，骈文有禁体，赋也有禁体。禁的同时也就是对其体写作的要求。

> 清人时赋有个重要问题就是复古，在创作上预流，在技巧上复古。

古文有禁体，骈文有禁体，赋也有禁体。禁的同时也就是对其体写作的要求：赋应该怎么样？清代的时赋，铃木虎雄对押韵的研究，我觉得有些道理[1]。比如，他说连押，两句两句的连押，过去很少。两句一韵的这种隔押，这是常见的，然后四四、四六句的隔句一押，还有四句一韵的押法也有一些，但不多。清人赋往往还有三句连押。一二三句连押，连押一个韵。然后隔句、数句押韵，还有为长股而有韵者。清代赋押韵的方法和古代的不相同。有一点，比如三句连押，汉赋很少，前人赋都很少，但《诗经》里面有，很有意思。我发现清人时赋有个重要问题就是复古，你别看它是时赋，实际上它有很多东西是在复古，在创作上预流，在技巧上复古，往往会出现这种情况，大家一定要注意这一

---

[1] 详见许结《清代赋论"禁体"说》，《江淮论坛》2011年第5期。按：该文计四部分，分别是"以反彰正：清人赋禁论的由来""因时为古：古文词禁与赋体禁忌""闱场限制：考试制度与赋作规则""馆阁典范：'赋病'与原古仿唐尊时"。

点。清人喜欢将《诗经》《楚辞》的韵法运用到时赋的创作中，这是值得注意的。

赋除了用韵之外，还极讲究平仄，比如以江淹赋来看，有个学者就专门对照江淹赋，用沈约的《宋书·谢灵运传论》那一段话来对江淹赋进行分析。比如"前有浮声，后须切响"，前面是平声，后面就必须是仄声，"朱轩绣轴，帐饮东都"，平平仄仄，仄仄平平；"一句之中，平仄调协"，"日出天而曜景"，仄仄平平仄仄；等等，都是很讲究的。再则"一简之内，音韵尽殊"，比如"结绶兮千里"，声纽、韵部、四声、调值都不同。其中四声就是平上去入，也就是平仄问题，不仅是押韵了[1]。如前面讲的两个鬼作赋，不重在押韵，而是平仄的问题了，是因"四声"而来的"八病"。所以有人讲诗赋有的句子特别好，其中就包含平仄调协得好，比如柳永的"多情自古伤离别，更那堪、冷落清秋节"，为什么写得好啊，不仅意境好，而且声音好，"多情自古伤离别"，四声是：平平去上平上入。四声皆全。要注意，一首好的诗，好的词，好的赋，作品的声调肯定也好。韵律在赋写作中的作用也是这样，诗词短一点，读起来快活点，很快就过去了，而赋读起来，我看是疲劳啊，但古人为什么喜欢听，声音特别好啊。你看司马相如的赋，写流水就有流水的声音，我想读起来肯定是非常愉快的。因为古音我们不会读，读不好，所以觉得越长越累赘。一篇作品的好坏，不一定全在它的文本的好坏，接受人的优劣也要与之相照应。这是美学的观点，但我想这也是人之常情，不要整天中西中西的，中西有什么差别啊，没有差别。那个福岛核污染，往东面吹就到太平洋了，往西边吹就到我们这来了，只

---

[1] 沈约之说见载《宋书·谢灵运传论》，详参本讲后附文献。

有那些抱着政治目的的人在报,我们这边整天就报东风,而美国那边整天就报西风,在网上看到的,很好玩。实际上中西在一些观念上是没有区别的。所以第四届国际赋学会上,美国的康达维到我们这儿来开会,记者跑去采访他,问他中西文化的区别,他说没区别啊,一样啊。当然一样嘛,要吃饭都吃饭嘛,(笑)哪有不一样啊,从原则上来讲,是一样嘛。他说他最喜欢清代朴学,即考据文章,所以他经常写考据文章,都一样。

> 赋极其讲究用韵,但古代(唐以前)用韵比较宽、松,后来比较紧、窄,这跟考试密切相关。

赋极其讲究用韵,但古代(唐以前)用韵比较宽、松,后来比较紧、窄,这跟考试密切相关。这个内容极其丰富,我仅简单地说这些。后面再讲点韵与赋的批评,王之绩的《铁立文起》里面有一篇叫《论赋韵》,讲了很多东西。赋论内容有时候不一定在赋话里面,很多文话里面也有很多讲赋韵的批评。但《铁立文起》讲的内容比较丰富,其中引录了大量的前人说法,考论赋作用韵,比如《子虚赋》怎么用韵的,后来赋是怎么用韵的,赋用韵跟诗的关系,所以王懋公,就是王之绩自己说:"沈约'四声',天竺'七音',声音之道无遗矣。又有'六体'之说,亦不可不知。六体者,平仄、虚实、死生是也。"[1] 四声,即平、上、去、入。七音有两种说法,一种说法是宫、商、角、徵、羽、变商、变徵,另一种说法是唇、舌、齿、牙、喉、半舌、半齿。这两种说法,我们一般用前一种。除了"四声""七音"说之外,他又提出一个"六体"说。这里的六体跟《文心雕龙》里讲的六体完全不同了,那是体性问题,这里的六体是指平仄、

---

[1] 王之绩《铁立文起》前编卷之十一《论赋韵》,《续修四库全书》,上海古籍出版社2002年版,第1714册,第336页。

虚实等。声音有虚实，文字有虚实。四声运用得好，即为"生境"，运用得不好，则入"死地"。有时候用一个字就能点活文脉，就跟下围棋一样，看着好像全盘皆死了，但如果棋眼被他看出来了，一下就全部救活，这个很讲究啊，所以你们干事也是这样的，这事好像是没有希望的，忽然一个偶然的机会，抓住就活了，希望就来了。所以说赋用韵很讲究，一个韵用得好，行家一看就觉得精彩，这也就是知音之难的原因，作者难，读者更难啊！

　　落实到赋韵的批评，我觉得有五点值得重视[1]。第一是文献。历代韵律批评中的赋，与赋格中的韵，这是我们整理有关赋韵的文献时值得重视的一个问题。现在赋学批评在这方面比较缺失。能够把历代韵律批评中谈到赋的材料和赋格中的论韵材料作些专门的整理，这是我们研究赋韵的一个基础性工作。关于各个时代韵的通押，各个时代用韵的不同，为什么这么押以及押韵背后的问题，当然都值得研究，要以研究的眼光来审视，而不是仅仅罗列材料。要从材料背后看到辞赋发展的规律，从韵看辞赋发展的意蕴、辞赋审美的要求。换言之，赋是怎样"因声求气"的？赋是一种口诵的文体，这种"因声求气"是不是更有意味？第二是文本。因为辞赋开始的时候，从汉代就作为宫廷文学，一定要注意赋作为宫廷文学的存在，虽然有大量的文人赋，但是不管是汉代献赋也好，唐宋考赋也好，都是宫廷文学，就是官方文章，作为官方文章，就有了官韵。通过研究赋的官韵，可以看到"一代之赋"与"一代之韵"的特点。因为中国学术，说句老实话，一代文学成气候了，都跟官府有关，跟朝廷有关，否

> 通过研究赋的官韵，可以看到"一代之赋"与"一代之韵"的特点。

---

[1] 详见许结《论赋韵批评与写作规范》，《社会科学研究》2014年第2期。

则就成不了气候，必须跟王权结合起来，才能成为经典。在中国古代社会尤其是如此，所以赋用的官韵，也就是官文、官赋，赋韵是怎么用的？怎样变得庄雅，成为经典？这是值得注意的。第三是韵考，就是对古代赋韵的考述与研究。历代韵书著作值得注重，历代很多韵书要考证，比如明代陈第的《毛诗古音考》《屈宋古音义》，它们为什么会产生呢？因为明代脱离了辞赋考试，律赋衰落，古赋兴起，复古思潮兴盛，在这一历史阶段古韵得到很大重视，而赋格中时韵比较多。所以对这些韵书出现的情况，有必要做深入的研究。第四是赋韵对音韵史的贡献。赋怎么押韵？和诗的押韵又有什么不同？赋韵对音韵史的研究贡献得太少，只有二十世纪二三十年有个层冰，层冰是笔名，他有一篇小文章叫《汉赋韵笺》，有一定的音韵学的价值，是通过赋韵的研究来讨论音韵学，讨论中国音韵学跟中国文学文本的关系[1]。第五是考文，即用韵鉴别赋作的真伪。比如简宗梧先生做的很多工作就是考文，用音韵作为一种考察方法来考察赋的时代真伪。考证有各种方法，有历史考据法、文献法等等，用音韵考证也是一种重要的方法。因为一切文学都跟语言有关，跟音韵有关，通过韵的通押来看一个时代的赋。当然，这个很复杂，而我们的辞赋研究者不是音韵学家，有时候只能依靠音韵学家们研究的成果，比如与很多的韵书相对照，而不完全是自己的研究心得。即使是这样，简宗梧先生能做到这一点，还在于他的出身，因为他硕士阶段读的是古汉语，博士阶段才研究赋的，有个转换，所以转益多师起了极其重要的作用。赋作为官方文学，它有官韵，献赋也好，考赋也好，都需要典雅，这样的赋读起来不会那么凄美、那么灵动。文人创作有时候很凄美，很灵动，但

---

[1] 层冰《汉赋韵笺》，《文学杂志》1933 年第 3 期。

赋有它的庄雅与整饬，这是不同的。怎么雅呢？在于文字与音韵方面的讲究。宋朝时的宰相晏殊批评当时的人"故为雅章"，因为他认为文学之雅，不仅在于文字之间，而在于一种胸襟气度[1]，所以过去考赋的时候，比如范仲淹考那个赋，人家马上讲这几句话不得了，"胸中有多少气象"啊！皇帝看到赋之后，只看了几句话，就说这人能做宰相，后来果然给他做了宰相。他看了你的这个文，就知道你能做宰相了，现在人很少有这样的眼光了。而今大家写文章，无非要获得学位，或赚点稿酬，也没有想到写句精彩的话以后当"宰相"吧。（笑）

> 赋作为官方文学，需要典雅。赋的庄雅与整饬，在于文字与音韵方面的讲究。

今天介绍了赋韵及相关知识，下次谈赋法。

历史文献摘选

刘勰《文心雕龙·声律》：

夫音律所始，本于人声者也。声含宫商，肇自血气，先王因之，以制乐歌。故知器写人声，声非学器者也。故言语者，文章关键，神明枢机，吐纳律吕，唇吻而已。古之教歌，先揆以法，使疾呼中宫，徐呼中徵。夫（商）徵羽响高，宫（羽）商声下；抗喉矫舌之差，攒唇激齿之异，廉肉相准，皎然可分。

---

[1] 欧阳修《归田录》卷二："晏元献公评诗，尝曰：'老觉腰金重，慵便枕玉凉'，未是富贵语，不如'笙歌归院落，灯火下楼台'，此善言富贵者也。人皆以为知言。"又，吴处厚《青箱杂记》："晏元献公虽起田里，而文章富贵，出于天然。尝览李庆孙《富贵曲》云：'轴装曲谱金书字，树记花名玉篆牌。'公曰：'此乃乞儿相，未尝谙富贵者。故余每吟咏富贵，不言金玉锦绣，而说其气象。若'楼台侧畔杨花过，帘幕中间燕子飞'，'梨花院落溶溶月，柳絮池塘淡淡风'之类是也。'故公自以此句语人曰：'穷儿家有这景致无？'"

沈约《宋书·谢灵运传论》：

夫五色相宣，八音协畅，由乎玄黄律吕，各适物宜。欲使宫羽相变，低昂互节，若前有浮声，则后须切响。一简之内，音韵尽殊；两句之中，轻重悉异。妙达此旨，始可言文。

　　附：《梁书·王筠传》：（沈）约制《郊居赋》，构思积时，犹未都毕，乃要筠示其草，筠读至"雌霓（五激反）连蜷"，约抚掌欣抃曰："仆尝恐人呼为霓（五鸡反）。"次至"坠石碴星"，及"冰悬坎而带坻"，筠皆击节称赞。约曰："知音者希，真赏殆绝，所以相要，政在此数句耳。"（按：《南史·王筠传》"五激"作"五的"，"五鸡"作"五兮"。）

佚名《赋谱》：

近来官韵多勒八字，而赋体八段，宜乎一韵管一段。则转韵必待发语，递相牵缀，实得其便，若《木鸡》是也。若韵有宽窄，词有短长，则转韵不必待发语，发语不必由转韵，逐文理体制以缀属耳。

　　附：李廌《师友谈纪》：少游言："赋中工夫，不压子细，先寻事以押官韵，及先作诸隔句。凡押官韵，须是稳熟浏亮，使人读之不觉牵强，如和人诗不似和诗也。"

　　浦铣《复小斋赋话》卷上：唐律赋有偷一韵或两韵，不可悉数。……偷韵之法皆两句换韵（上句同韵，下句官韵）。或三句换韵……或四句换韵，则第三句不用韵。

王芑孙《读赋卮言·官韵例》：

官韵之设，所以注题目之解，示程式之意，杜剿袭之门，非以困人而束缚之也。唐二百余年之作，所限官字，任士子颠倒叶之；其挨次用者，十不得二焉，亦鲜有用所限字概压末韵者。其压为末韵者，十不得一焉。具知斯体，非当时所贵，无因难见巧之说。

附：同上《和韵例》：和赋起于唐，唐太宗作《小山赋》，而徐充容和之。……和韵始于宋田锡，有依韵和吕杭《早秋赋》。……次韵之赋亦起于宋，而盛于明。吕纲《浊醪有妙理赋》次东坡韵，明祈顺、舒芬、唐龙诸人《白鹿洞赋》次朱子韵，乃用元白和诗之例。

林联桂《见星庐赋话》卷三：古诗古赋，间有用过转叶韵者，有重沓韵者，律赋则不然。凡赋题所限官韵，或数字之中有一二韵相同者，挨次顺押之中，上下虽同一韵，而前后不许重沓，此之不可不知也。

同上卷四：馆阁之赋多限官韵，仿唐人八韵解题之例。然间字韵，限助语、虚字最为棘手，而大家偏从此处因难见巧，意外出奇，令阅者几忘其为虚字也。

郑起潜《声律关键》：

何谓押韵？前辈云：如万钧之压，言有力也。欲押韵有力，须有来处。能赋者，就韵生句；不能者，就句牵韵。

附：余丙照《增注赋学指南》卷一《论押韵》：作赋先贵炼韵，凡赋题所限之韵，字字不可率易押过，易押之字，须力避平熟，务出新意，庶不至千手雷同。难押之字，人皆束手者，争奇角胜，正在于此。但不得过于凿空，反欠大雅。押官韵最宜着意，务要押得四平八稳。凡虚字、俗字、陈腐字、怪诞字，总以典切不浮者押之，要知试官注意全在此处。所限之字，大约依次押去，押在每段之末为正。或意有所便，亦不必过拘。押官韵外，所用散韵，须择新丽流活之字押之，切不可押生涩字及陈腐字，尤不可凑押硬押……遇险韵，正须善押，要有舒展自如之致……用韵宜变换，如连押实字，连押虚字，或连押同音者，皆赋家大忌也，须相间而用之。

李调元《童山文集》卷二《策五》：

韵者，均也。……至唐时以诗赋律取士，欲为拘限之法，始取《切韵》一书，为试韵。今人呼为诗韵。诗者，试之讹耳。自是逡巡唐代百余年间，或称《唐韵》，则孙愐之定本也。或称官韵，如朱济老于场屋犹误失官韵者是也。（按：陆法言《切韵》，继后则《唐韵》《广韵》《集韵》《韵补》及《韵略》。）

附：王肯堂《郁冈斋笔麈》卷四：《礼部韵略》，宋人业举习诗赋者无不人置一编，犹今之四书五经焉。其注援引该博，字句隽拔，当时宿儒杨诚斋辈往往时出之以见奇，如配盐幽菽之类是也。而李文定《南宫》一赋，不免落韵之失；范蜀公"彩霓"二字亦误，为主司所黜。……厥后毛晃父子以《韵略》未备，故增之，而声韵离合之间，尚仍其旧。

王偰《诗坛丛韵序》：音韵之学尚矣，而其书则始于魏晋，盛于齐梁隋唐之间。如《声类》《韵林》《韵集》《音谱》《切韵》《韵篇》《韵铨》之类，其制不一，其传或泯，求其传之久而不泯，则《类谱》一书而已。士林用以为诗，礼部因之取士，循常袭故，莫之或改。虽中更有宋载加详定，而《韵略》之编，不免犹遵往辙。迨我圣祖皇帝始谓音韵之非，正伦类之失次，制诏儒臣随音刊著，为《洪武正韵》。……今金锦衣卫事滁州吴君孟章，博学工诗雅，好复古，乃于职务之暇，纂成一书，名曰《诗坛丛韵》。

阮元《与学海堂吴学博（兰修）书》：自陆法言等定四声韵为二百六韵后，唐人作诗赋并窄为宽，尚至今只一百六韵矣。以今韵为今诗文赋可，若作古赋诗辞而用今韵，不今不古，识者哂之。至于唐宋以来独用通用，浅人所为已鲜依据，或且臆以时俗土音动辄乱用，直似以元人剧曲之韵拟唐人律韵，更不如今一百六韵矣。（按：韵书始于北魏李登《声类》，参见李兆洛《声韵问》《声韵解》。）

研习与思考

（一）辞赋创作与历代韵书

（二）韵律：古近体赋之异同

（三）科举赋用韵（官韵、偷韵）

（四）论"韵"与赋之批评

第二讲

赋　法

今天讲赋法。法，法令，过去讲"三代无文人，六经无文法"[1]，没有文人，也就没有文法。文法是后来有了文人之后渐渐才有的。也就是说，早在汉代，写铺陈大赋的人可能心中也不太考虑什么"法"，直到如魏晋时代，人们开始总结辞赋创作的时候，才来讨论"法"了。就像过去人不讲什么"学"，现在人做什么都离不开个"学"了。研究杜诗的有"杜诗学"，扩大些有"唐诗学"，笼统到文化，也来了个"文化学"，过去人哪管什么"学"与"不学"啊？以前没有什么文法，赋也是这样，自然谈不上什么赋法，后来渐渐总结前人的创作，创作总有规范吧，总有一个约定俗成的东西吧。文体之所以产生，有它的渊源，有它的发展，于是渐渐就形成了一种"法"。这种文"法"越到后来，尤其是科举考文之后，有关"法"的提法也就更多了，比如"格""法""谱"类，唐宋及以后的很多赋格，实际上都是讲究赋法，

---

[1] 张邦纪《沈文恭公集序》说："三代无文人，六经无文法。非无也，人无之而非文，文无之而非法也。世降而有文人，有文人而有文法。"详《张文恪公遗集》卷三《沈文恭公集序》，明崇祯十七年（1644）刻本。

还有称"制",比如"汉赋制""唐赋制"等[1],或者叫作"式"什么的,都是跟这个"法"同枝连气。所以到了唐代就有赋谱,据《宋史》记载,唐五代到宋代,有了很多的赋谱、赋格撰述,到了元明清,这些论著非常多,大量讨论有关赋法问题。

"诗如书,赋如画",诗像书法,赋像绘画。

当然赋法有各种各样的东西,比如大赋怎么写,中赋怎么写,小赋怎么写。所以有人就说"大式""中式""短格",各个有各个的写法,很讲究。大赋、中赋应该怎么作?小赋怎么作?科举考的小赋怎么作?这都是法则。我们只是从理论上来谈一谈赋法。古人常常将诗赋跟书画相比,中国文人最典型的艺术爱好或形态就是书画,而最传统的文学就是诗赋,所以有人就说"诗如书,赋如画",诗像书法,赋像绘画。一篇赋就像是一幅画,尤其是大赋,就像一幅规模宏大的画,京都赋就是一幅京都画。那么,反过来看,《清明上河图》说是《清明上河赋》也可以,你看,那画面从码头慢慢写进来,写到城里,写到各色人等,重点描绘几个场景,这跟赋有点相近。画法与赋法相通,很有意思。万光治先生写《汉赋通论》的时候,其中有两章写对汉赋文本的研究,很有价值,一个就是类型化,一个就是图案化[2]。我还看到一篇博士论文,题目叫《汉赋与汉画像石》。汉赋产生的时代正是物质文明繁盛的时代,加上那个时代又用象数的理论来贯穿文化的逻辑体系,这象数的联结,从语象上来看,给我们展现的就是一幅规模宏大的画。绘

---

[1] 详见陈绎曾《文筌》(又名《文章欧冶》)的《楚赋谱》《汉赋谱》《唐赋附说》诸篇章,有清李士棻家抄本等。

[2] 万光治《汉赋通论》第十二章"汉赋的图案化倾向"、第十三章"汉赋的类型化倾向",巴蜀书社1989年版。

画尤其讲究画法,画就是经纬交错,相传相如有"答盛览问作赋",就说"一经一纬""一宫一商",这是赋之迹。我们讲的赋迹,实际上就有些类同赋法,到了"赋神"的境界,就无法了,有法而无法啊,这是中国人老讲的一种高妙的境界,"得意而忘言",言都可以忘掉,还有什么法啊?但我们研究赋的时候,不能一下子就进入那种高妙的境界,如果飘飘然、茫茫然,则无所措了。读赋如读文,首先应该"格、律、声、色",然后再要"神、理、气、味",如果一开始就要"神、理、气、味",不看"格、律、声、色",那哪来的"神、理、气、味"啊?就像没有文本,哪来的意境啊?这是一定要搞清楚的,所以赋的"迹""法",是我们研究赋应该关注的。

> 赋法首先跟礼相关,所以第一个问题考虑的就是:从礼法到赋法。

那么赋法的具体情况怎样呢?从文学批评或者赋学批评的角度来看,我想有几点值得注意。"一经一纬",汉赋如汉画像那样,但从学术意态上来讲,跟"礼"又密切相关。赋法首先跟礼相关,所以第一个问题考虑的就是:从礼法到赋法。这是一个重要的问题,赋之迹的"一经一纬""一宫一商",实际上是跟礼的建构有相应的东西存在。虽然它们不是一个领域,但它们也是相通的,因为汉大赋真正的形成,是从枚乘到司马相如这个阶段,也就是景、武之际,而这个时期正是汉礼建构的时期。所以从礼法到赋法,不是空洞的,这里牵涉几个问题。首要的问题就是赋家和礼官的关系。赋家是什么官?我们讲"赋家"的时候会重点讲,这里讲礼法与赋法的关系,首先跟它们的角色认同有关。赋家大部分都是礼官,在汉代是这样的,后来渐渐变了。汉赋家多半是内朝的礼官、侍郎,大多数都有为郎官的经历,我们可以看《汉书·艺文志》《汉书·礼乐志》,再看班固《两都赋序》,都涉及这些问题。也就是说,到了孝武帝时,"崇礼官,考文章",然后赋才真正兴盛起来。这曾引起古代赋论家的关注。再看《礼乐志》里讲汉武帝"定郊祀之礼",然后招李延年为协律都尉,招司马相如等人造作诗赋,"立乐府",作诗赋,礼乐是一回事嘛,也是一种礼制,当然这与赋家内官身份有关系[1]。由于赋家的身份多半是礼官,落实到创作文本,比如汉代的铺陈大赋,它主要的作用就是描写天子行礼。由赋家身份看其创作,是有启发性的。我曾经写过一篇文章叫《汉赋与礼学》[2],就是讲汉赋与汉礼的关系,因为礼乐制度本身就是文,孔子就说"郁郁乎文哉!吾从周"。文是什么?周礼啊。周礼本身就是文,所以"文质彬彬,然后君子",这个"质"不是跟文完全相对的,是有用之文,所以这里从周礼和从文是一样的。到孝武帝的时候,孝武从儒啊,然后辞赋兴起了。儒家思想兴盛,然后如刘勰说的"礼乐争辉,辞藻竞骛"。这两句话很重要,强调了礼与辞的关系。如前所述,这些赋家是礼官,比如扬雄,跟在汉成帝后面跑,到甘泉祭祀就写了《甘泉赋》,到河东祭祀就写了《河东赋》,到长杨狩猎就写了《长杨赋》,都是与礼有关,因为他是侍郎,皇帝身边的郎官,跟着皇帝走。为什么说礼法和赋法有关系呢?因为赋的内容很多都是描写礼,刚才也说了,而且描写礼的时候,赋是一种描绘性文体,跟诗不同,不管是动态的描绘还是静态的

---

[1] 《汉书·礼乐志》"至武帝定郊祀之礼……乃立乐府……多举司马相如等数十人造为诗赋"的记述,以及班固《两都赋序》所言"武、宣之世,乃崇礼官,考文章",不仅"言语侍从"司马相如等"朝夕论思,日月献纳",即如履职礼官的"太常"孔臧等公卿大臣也"时时间作",于是有了费经虞《雅伦》卷四《赋》说汉武帝"留心乐府,而赋兴焉"(费经虞撰,费密补《雅伦》,清康熙四十九年[1784]刻本)。

[2] 许结《汉赋与礼学》,载苏瑞隆等编《廿一世纪汉魏六朝文学的新视角:康达维教授花甲纪念论文集》,台北,文津出版社2003年版。

描绘，单一的描绘还是多元的描绘，它都在描绘。赋是中国文学中典型的描绘性文体，这就会把礼义向礼仪转化，赋的思想肯定是要表现礼义，而展现出来的是礼仪。如果老谈礼义，那是注疏之学了，经疏，如丧礼、婚礼等，什么意思？好，一个一个地来解释，这是郑玄等人的事情了，而不是司马相如，不是扬雄的事情。汉赋是描绘性文体，所以它讲礼义的时候，不会郑重地去注疏，去讨论，而是要把礼仪描绘出来，这就构成了审美的形式。比如朝会礼，在平乐观接见外宾的各种礼节，比如祭天之礼，比如在甘泉祭太一之神之礼，等等，赋都是把这个礼仪的过程，也就是仪式详细地展示出来，这就构成了辞赋描写的一种类型化。因此出现了郊祀礼类型、大傩礼类型、大射礼类型、游猎礼类型。游猎礼也是礼嘛，属于军礼，是五礼之一。这种类型化构成了辞赋的非常典型的一个特征。所以我们在看历代赋的描写的时候，特别是与宫廷赋描写相关事物的时候，都是极尽铺陈的。当然，回过头来，汉大赋是从汉代兴起的，它的本源是跟礼仪之法有关系的。由于赋跟礼法，尤其是跟礼仪的关系，自然使赋也形成了某种纵横交错的描写手法。

> 汉赋是描绘性文体，所以它讲礼义的时候，不会郑重地去注疏，去讨论，而是要把礼仪描绘出来，这就构成了审美的形式。

礼是干什么的？在中国文化传统中间，礼法就是政治。礼、乐、刑、政，谓之四政，即礼节、礼乐、刑法和政事，是古代治理国家的四大要务。礼居于首，实际上礼笼罩了其他的各个方面。中国是礼仪之邦，与这个也是有关的，礼笼罩了其他的一切。所以天子听政是干什么？就是要看看合不合乎礼法。天子通过听政来看看社会，看看诸侯，看看民众所作所为合不合乎礼法。如果合乎礼法，就要"美"，歌颂嘛；如果不合乎礼法，就要"刺"，批判嘛：这就是中国早期的美刺思想。早在周天子听政时，就有什么师箴、瞍赋、矇诵、师献曲、百

> 天子听政是在观礼，瞍赋是在说礼，其间必有联系。赋的描写方法跟礼密切相关，二者之间有渊源，有变迁，研究者应该关注。

工谏言等等，使天子有所察，从而有的放矢地问政[1]。这其中有一个问题就是瞍赋，瞍赋是干什么？赋诗言志，让天子听政后看是否合乎礼仪。由瞍赋这个动词的"赋"，转换为名词的"赋"，就是作赋。写赋，有了种外化的功用，于是写出来的赋就更多地描写礼仪了。前面是观礼，然后是说礼，我们可以说天子听政是在观礼，而瞍赋是在说礼，其间必有联系啊，有法在里面啊。所以赋的描写方法跟礼密切相关，二者之间有渊源，有变迁，研究者是应该关注这一点的。

> 赋法本身隐含着礼法的意义。

我们认为赋法本身隐含着礼法的意义。从汉大赋来看，司马相如作《子虚赋》，汉武帝看了很高兴，但惋惜不能与此人同时，就像秦始皇想见韩非子一样。结果狗监杨得意推荐，说司马相如不是古人，是臣家乡的人，因此汉武帝就召见司马相如，说你赋写得好，结果司马相如说：这个赋是写诸侯之事啊，指的是在梁孝王那儿写的，现在既入宫廷，就"请为《天子游猎赋》"。这也是一个公案，即讨论到底哪个是《天子游猎赋》。是《子虚赋》《上林赋》合在一起，还是只是《上林赋》，或者是另指其他的赋？关于这个，参与讨论的人也很多[2]。《上林赋》肯定是写天子游猎的情景，描绘天子游猎的礼仪，它既要写游猎的场

---

[1] 《国语·周语上》："天子听政，使公卿至于列士献诗，瞽献曲，史献书，师箴，瞍赋，矇诵，百工谏。"按：其中除"史献书"，余者"诗""曲""箴""赋""诵""谏"皆与"诗"域相关，属"乐教"范畴。

[2] 萧统《文选》始析相如赋为《子虚》与《上林》两篇，学界相关讨论甚多，如龚克昌《〈天子游猎赋〉辨》（《文学遗产》1983年3期）、徐宗文《也谈〈天子游猎赋〉》（《徐州师范学院学报》1985年1期）、毕庶春《〈子虚〉〈上林〉质疑》（《文学遗产》1985年1期）。

景，但也不能过分夸张奢侈，要合乎社会礼法，也要合乎天子礼仪，二者要结合。从《子虚赋》到《上林赋》，司马相如虚构了三个人：子虚，代表楚臣；乌有，代表齐臣；亡是公，代表天子使臣。赋作先是子虚吹一通云梦之泽，然后乌有来吹一通东海之滨，最后亡是公来说一通天子上林之宏伟，之壮丽，之博大。这个上林不是仅仅描绘一个天子的苑囿，而是借"上林"代言天子之意，所以宋人程大昌在他的《演繁露》中说：相如写上林，实际上是"该四海言之"[1]。《上林赋》里面不仅仅就写上林的问题，而是描绘了整个天下。相如写这篇赋时，正好处在汉朝从藩国文化向大一统文化转变的阶段，从吴王、梁孝王、淮南王等一个个小小的文化中心向汉武帝这个大的中心集中，这也与主父偃出点子，实施推恩之法，不动刀兵而藩国自析的思想进程及行为举措相统一。于是很多赋家从好尚辞赋的诸侯王身边抽身而转到了宫廷，例证很多啦，像司马相如就是个典型。亡是公压倒子虚、乌有这两位诸侯使臣，就代表了这种思想，而这种思想恰恰就寓含了一种礼法的建构，这与赋法一致。这个礼法的建构就是我曾经写过的一篇论文所讲的《汉大赋与帝京文化》[2]，是 2001 年参加第五届辞赋研讨会的时候提交的论文。跟我坐在一起讨论的正是写《兴的起源》的赵沛霖，当时李泽厚写了《美的历程》，赵沛霖写了《兴的起源》，很出名的。我们俩正好坐一起，发言过后，赵沛霖说：我原来只对《楚辞》有所探讨，探讨它的起源，汉赋没有探讨，今天听了你这

---

[1] 程大昌《演繁露》卷十一："亡是公赋上林，盖该四海言之。其叙分界……其举四方……至论猎之所及……言环四海皆天子园囿，使齐、楚所夸，俱包笼中。彼于日月所照，霜露所坠，凡土毛川珍，孰非园囿中物？"

[2] 许结《汉大赋与帝京文化》，原载漳州师范学院中文系编《辞赋研究论集》，中国文史出版社 2003 年版，后收入《赋体文学的文化阐释》，中华书局 2005 年版。

个发言,很受启发。当时对面坐着一位年轻学者,应该是博士毕业时间不长,他说:赵先生的《兴的起源》是我们的经典啊,许先生的那个《汉代文学思想史》也是我们的经典。我的书和赵先生的书都成了现在年轻人的经典了。(笑)去年人民文学出版社重出我的第一本书《汉代文学思想史》,果然出版人在书页上写道:"这是经历史检验过的经典。"(笑)第一本书就成为经典了,很好玩,很有意思。(笑)重版需要校对文稿,我当时就想,到底是改写呢,还是保持原貌?因为很多东西都发展了,在我之后与汉代文学思想史相关的著作,已经出了好多本了,研究已经有二十年了,肯定有很多新进展。后来想来想去,结果还是选择不动了,因为动了之后很损伤当年的青春年华啊,那是一段多么美好的青春年华啊!虽然有不少的荒唐之语,但不乏浪漫啊!而中国学术就是缺少这种浪漫和激情啊!因为大家都渐渐地严谨了嘛,我现在也变得谨慎多了,也就缺少了学术的热情,缺少创造性了。后来在写重版后记时,我说:保持原样就是保存记忆啊,然后我又谈到记忆的闸门是不能轻易地打开的,因为那里有太多的艰辛和感动啊,于是又不可避免地回忆了一下过去的事情。你看,十年前有人说我的《汉代文学思想史》是经典,十年后果然变成了经典。(笑)他们讲是经典,我不知道是不是经典。(笑)人民文学出版社出了这套断代文学史经典,我的这本书摆在第一本,然后下面包括严迪昌的《清诗史》等等,很有意思[1]。在那届赋学会上,我就提交了《汉大赋与帝京文化》这篇论文,说明尊京都和明君统的问题,汉赋的礼法是与尊京都和明君统有关的,这是一个重要方面。

然后是倡礼制与行天道密切相关。为什么要倡礼制?法是帝王手

---

[1] 参见许结《汉代文学思想史》,人民文学出版社2010年版"重版后记"及书封介绍。

上的法宝，这是人道。而礼，那种文质彬彬的对人的尊重，礼乐制度是对人的一种尊重，而唤起那种自觉的社会秩序，那是天道，这跟统治者手上的法术是不同的。所以我们倡导的是天道，而这个时期恰好是儒、法交融的时期，统治者用的是内法外儒，到了汉宣帝就一语道破：汉家自有法度，安用醇儒？哪能用儒学呢？用儒学是骗骗老百姓啊。叫你们仁义，叫你们和谐，叫你们淡定，然后他来腐败，他来享受。但是儒家确实有这种东西或态度，让你温和。统治者是法家思想，但是要用儒家思想来涂饰它。那么反过来看，赋家是什么人？赋家大部分都是儒家啊，他们讲的是仁道，而不是霸道，所以赋中讲仁义之道的特别多。简宗梧先生曾经讨论过，赋家凡是有子书的，基本上都是儒家，只有淮南王除外。所以赋家们都要行王道，和这个倡礼制密切相关。古代中国一直讲的是礼制，但是统治者们用的都是酷吏，用的都是法。哪个讲古代中国没有法制啊？它有这个帝王之法嘛，有专制之法嘛，只是民法不行。那么民法在哪里呢？民法在我们过去的礼制中间，我们的礼制中间是很讲究这些的，讲究道德的、带有民本思想的法。如果我们追寻民法，应该到礼制中去寻找。礼制总是被虚化，被用作涂饰的工具，而实在的东西是他们的帝王之法、统治之法。所以赋家在这个方面表现出来的是讽谏，是在倡导仁义，但又因为描绘而掩盖了这些讽谏。礼是必须要描绘的，礼是法则，赋也有赋的法则，但掩盖了这种讽谏思想，所以导致了"欲讽反劝""劝百讽一""曲终奏雅"。因此司马相如上《大人赋》讽谏汉武帝，叫他不要整天游仙，仙宫是虚无缥缈的，那个西王母长得也是很丑的，是白发老太，根本不是

> 赋家大部分都是儒家，他们讲的是仁道，而不是霸道，所以赋中讲仁义之道的特别多。

> 赋家表现出来的讽谏是在倡导仁义，但又因为描绘礼而掩盖了这些讽谏，所以导致了"欲讽反劝""劝百讽一""曲终奏雅"。

什么偶像。可是到了扬雄赋中，西王母变美了，西王母形象在赋中的演变也很值得关注。西王母先是个老太，后来变成美女了，观音菩萨原来是个男的，后来一变变成女的。（笑）这里面都是很有趣味的事情。别的不管，实际上赋都是围绕着一个中心来讨论的，那就是讽谏。司马相如为了讽谏汉武帝，所以告诉汉武帝天宫如何冷清，西王母如何丑，天上没什么意思，你要管人事。可是赋文擅描绘，前面铺写了一通，写天宫的时候，必须描写天宫游行啊，写游行的时候必须要奔放啊，结果汉武帝看了前面，略了后面，不看了，后面的"曲终奏雅"就不看了，所以产生了"飘飘有凌云之气"的幻觉[1]。这都跟赋法有关。

> 礼的尚文传统构成了赋的铺陈。

再说礼家尚文和赋家铺陈的关系。正如上面所说"郁郁乎文哉，吾从周"，就是尚文，礼家有尚文的传统。最近给一个博士生出题目，他常说要和我合作研究嘛，我就讲要从文本出发讨论赋为什么会产生，这里面与这个尚文传统是有关的。赋的起源很多，有人讲是隐语，有人讲是从《战国策》《国语》来，有人讲从诸子问答来，有人讲从《楚辞》来，有人讲来自《诗》的传统，那我讲更多的是跟祝词有关，跟方术、巫术，或是巫祝之词有关。到底哪个更多？你从文本中去找材料来讨论，从文本结构中来探讨赋的来源。比如《七发》，赋为什么要这样写？为什么后面要出现"曲终奏雅"的问题？这中间的程序以及人物的出现是怎么一回事？你把大量的文本理出来看

---

[1] 《史记·司马相如列传》："相如拜为孝文园令。天子既美子虚之事，相如见上好仙道，因曰：'上林之事未足美也，尚有靡者。臣尝为《大人赋》，未就，请具而奏之。'相如以为列仙之传居山泽间，形容甚臞，此非帝王之仙意也，乃遂就《大人赋》。……天子大说，飘飘有凌云之气，似游天地之间意。"

一看，讨论讨论，一段段地探讨。我觉得跟这个祝词关系很大，祝词也是代天行道，代圣人立言，所以"圣人之情见乎辞"啊，这个"辞"当时就是文。这种尚文传统就表现出"礼乐争辉，词藻竞骛"局面，所以这种礼的尚文传统就构成了赋的铺陈描写[1]。这两者之间有一种内在的关系。

关于赋法，我发的材料里面有大量的讨论，比如赋应该怎么作。怎么作，那是一种赋法，是一种技术上的赋法。从理论上，从批评观念上来看，首先要明确礼法与赋法的关系。因为这牵扯到赋家是什么人，牵扯到从瞍赋到制赋的这种内在的转变，牵扯到赋由礼义到礼仪的描绘，牵扯到赋法隐含着礼法的意义，例如倡礼义、尊京都、明君统、行天道、尚文铺陈等等各个方面，要这样考虑起来，就变得宏整了，你会觉得原来处处都是相通的。赋为什么会在那个时候兴起，原来跟这个有关。这是我跟大家介绍的第一个问题：礼法与赋法。

> 赋的铺陈与敛藏。

下面谈的是另一个问题，就是铺陈与敛藏的问题。这我要夸奖另外一个博士生了。那天哪个讲？噢，是赵元皓讲我老夸奖一个王思豪，今天要夸奖黄卓颖了。这个小子文章写得太少，但写了一篇像样子的文章。刚刚坐车子过来，碰到了他的本科老师，是历史系的，讲他不好好做学问，就会跳街舞，街舞跳了全国第二名，厉害得很。聪明人反而不好好读书的了，说他不好好读书，也是想当然的，就算偶尔读书也不错，偶尔读书有偶尔地发现也了不起，他走学运了吧。有的人写了一百篇文章没有新发现，他写一

---

[1] 参见许结《祭歌与乐教——公元前诗赋文学之批评与"礼"的关系考论》，《古代文学理论研究》第 25 辑。

篇就有了新发现,解决问题了,这很重要,所以你们一定要注意整一个有发现的东西出来。过去有一个作家叫丁玲,写《太阳照在桑干河上》,得了"斯大林奖",她就有一个理论,叫作"一本书主义"。所以这个黄卓颖,也不要多写了,这篇文章写出来了也蛮好的,题目叫《论汉大赋的敛藏》,反义考虑,很有意思。因为汉赋都是铺陈,但是他反过来考虑敛藏问题,本来是他的课程作业,我一看很好,就叫他改,改了过后就投给《文学遗产》,编辑让他改,不知道怎么搞的,又不行了,很遗憾。然后修改过后,我又提了几点意见,几个同学一道看这篇文章,大家来研究一下,讨论一下,给他提意见,让他修改,改过后又投过去了,结果那个编辑说第一次没通过,不能第二次审稿了,真糟糕,没办法[1]。

我们来看看赋铺陈与敛藏的关系。我们都知道,"赋"的本义是指赋税制度,跟我们说的文体赋没有直接关系。赋最早讲的是田赋、军赋,收税就是把好多人的东西收过来嘛,所以扬雄《方言》里面就说:"赋者,藏也。"《说文解字》里面讲:赋,"敛也",就是收过来。后来转释为赋者,言铺,比如郑玄《周礼注》说"直铺陈今之政教善恶",变成"铺"了。《尚书》里面也讲"用乂雠敛",《说文》里面解释《尚书》的时候就说:敛者,"赋敛"。"赋"就是"敛","敛"就是"铺",二者互训。那么汉人更多的讲的是"铺",比如"敷布其意谓之赋""赋者,铺陈之谓也"等等。那为什么会由"敛"变成"铺"呢?这从语言学上面来讲,有人认为这是反义为训,就像乱臣就是治臣一样,"敛"就是"铺",所以到后来《汉书》里"赋"就变成"铺"的意思了,这也不仅仅在文学领域了。比如"赋医药",就是发给大家医药,这就由

---

[1] 黄卓颖《论汉大赋的敛藏》,《南京大学学报》2013年第4期。

"敛"变成"散",散发,这是一种很明显的转换。王念孙的《广雅疏证》里面"赋、布、敷、铺,并声近而义同"[1],又用声近而义同,把"赋"跟"敷""布""铺"联系起来,比如"赋医药"又叫作"布医药",这是可以的,没问题,"赋"跟"敷""布""铺"都是一个音。汉大赋采用铺的方法写作,毫无疑问,刘勰讲:"赋者,铺也;铺采摛文,体物写志也。"这是在《文心雕龙·诠赋》中讲的。赋的本意由"敛藏"变成了"铺陈",赋必须铺,否则就不能称其为赋了,赋的描写决定其必须铺。

有一次我们到复旦大学去交流,他们带我们到洋山港去玩,那儿有一篇《洋山港赋》,结果邬(国平)老师问:这是不是赋啊?我讲这只能算是铭文或者记文,根本不是赋,没有铺嘛。赋一定要铺,所以往往有人把赋写得就像铭文、碑文或者记文,就是因为没有铺陈。《洋山港赋》应该怎么写?首先要写纵向的渊源,从港口的历史谈起;然后再写它通向海内、海外各个港口,加以比较;然后再回到洋山港,再来谈具体情况。这才是大赋的写法,必须要铺。钟振振老师写了清华大学的赋,我说你这写得没话说,有味道,但不太像赋,好像似铭文。他也承认,他是善于写这些东西的,写庙记、庙碑啊,像夫子庙有个碑记是他写的,还有阅江楼诸长联,都是他写过的,也很铺张。但写赋要铺得厉害,所以赋的废话很多。(笑)要把废话写得很好,又要不脱离中心意思,这也就很难了。赋讲究铺陈,讲究描写,所以人们论汉大赋的铺陈,这个方面的论文多得不得了,还就偏偏没有写论汉大赋的敛藏,有没有道理?他的论文的最大缺点就是找不到古人的旁证,变成自说自话了,然后怎么办呢?我的有些学生很有天

---

[1] 王念孙《广雅疏证》,中华书局1983年版,第101页。

才的想象能力啊，他们想象的经常是古人不太可能想到的。那怎么办呢？必须要有名家的证言，用来做引证，所以他们开玩笑说：老师您讲一下，我们就来引您的吧！（大笑）这很有意思，这种学术玩笑也很好玩啊。所以当时提给他的修改意见有一条就是你找一些证据来，就是赋学批评方面的证据啊，他说找不到，我说肯定能找到。怎么找不到啊？当真你的想法是从石头缝里面蹦出来的啊？（笑）你去搜查一下，肯定能找到。后来他去搜查了下，补写了几条就好了。其实古人很重视这个。我就从《文心雕龙》来说，"铺采摛文"就是铺陈；"体物写志"，写志就有敛藏的意思啊。让他改过后，他通过三个部分来谈：一是汉大赋的敛物，就是把物的东西归类，归类也是一种敛藏，一种是语言描绘的归纳，把很多散漫的语言加以归类，这也是敛，赋有时就像汇集语言材料，如此等等，他谈了这些东西，有意义了。然后我给他提了"敛学"，敛学问，汉人赋是最讲学问的，学问要敛在词语中间，我说汉赋要"蓄势"，不要太张扬了，汉大赋表面上是有大量华丽的辞藻，实际上是有骨气的，是有力量的，汉大赋是把"势"蓄在里面。我给他提出了一些问题，除了"敛学"，还有"敛语"啊，都在于"蓄势"。古人就讲赋是"恢廓声势"，又说"风归丽则"，铺中有敛嘛。赋家不可能将一把银子散漫地撒掉，不是这样的，而是把它归成很多类，所以赋的敛藏存在很多意义。比如经义，正好我不久前与王思豪合写了篇《汉赋用经考》[1]，赋家用经，是把经义敛藏在赋

> 汉赋要"蓄势"，不要太张扬，表面上有大量华丽的辞藻，实际上是有骨气的，是有力量的，汉大赋是把"势"蓄在里面。

---

[1] 许结、王思豪《汉赋用经考》，《文史》2011年第2辑。按：该文计五万字，分六部分讨论汉赋用经问题，分别是："汉赋承载经义之特殊形态""赋家用经与归复'王言'""通讽谕之用《诗》精神""明治乱之《春秋》大义""美制度之《礼》义主题""经赋互文与文本抒写"。

文中间的,敛藏在里面不好发现,敛得太深了点,以致大家一直不注意,但仔细一分析,汉赋处处用经义,并用自己的语言加以描绘,其中寓含了经义思想,也就是当时的儒家精神,这是赋的敛藏很重要的一个方面。赋要"蓄势""藏锋",这个例证很多,我随便读一则大家听听:明人焦竑的《书赵松雪〈秋兴赋〉》,赵松雪就是赵孟頫,说"观此赋遒美俊逸,而中藏锋锷",这不就是藏吗?很多赋要藏锋。又说:"凛然与秋色争高。倘无此胸次,虽尽力临摹,岂能及哉!"[1] 你看这话就完全在说赋要"敛"。刘熙载《赋概》里面也有很多论述到赋的敛的东西。我想赋的敛的手法是存在的。

从这两方面来考虑,一是赋的华词是要铺,一是它真正的主旨是要敛藏在赋中间的,所以大家往往被赋表面的华词所欺骗,而不能深入进去,很好地考虑、分析这种敛藏。赋的主要思想是藏在文辞里面的,所以我觉得他的这篇文章很有意思,但他写得最好的是敛藏的两种叙事方法:一种是多重的递进式的叙事,如子虚、乌有、亡是公三层叙事,是递进式的;另一种是平面式的叙事,比如《七发》,写音乐、饮食、车马、游乐、田猎、观涛,最后写要言妙道,这是平面式的。二者都跟叙事有关,叙事的关键及内在的原因,在汉赋有一个重要的渊源,即隐语。这个我们谈赋源的时候讲过,大家可以参考《赋学讲演录》中的内容。齐国人最善于隐语,荀子也善于隐,然后把隐语的那种方式写到赋里,成了赋篇,如《云赋》《箴赋》《蚕赋》等等,都跟打谜语一样的,最后讲出谜底,中间更多的是谜面,谜面就藏着谜底,这就是典型的隐语。所以赋的敛藏跟隐语密切相

> 赋的华词是要铺,但它真正的主旨是要敛藏在赋中间的。

---

[1] 详见焦竑《书赵松雪〈秋兴赋〉》,参本讲后附文献。

> 赋的敛藏跟隐语密切相关。

关,因此陶秋英、朱光潜等人都讲赋就是源于隐语[1]。但是好像也有些偏颇,赋仅仅是源于隐语,肯定不会是这样子的,但赋中间的内在的东西有隐语的成分,这是一个很重要的方面。赋家再怎么用语言、词汇来展现,都需要引出一种经义,所以一统计就出来了,因此我们就发现"曲终奏雅"是大家普遍的一种说法,但也许是一种误读。老实说,前面的这种描写"谲怪之辞""荒淫之意"等等,最后用经义来描写,就像陶渊明的《闲情赋》,最后说:"尤《蔓草》之为会,诵《召南》之余歌。"《周南》《召南》,这不就是"曲终奏雅"嘛[2]!

这是一种表象的理解。如果我们回到汉大赋,我们会发现,早期的赋的文本,后来有变化。在早期赋的文本中,我们发现它处处在用经义,只是掩盖在华词里面看不见,很有意思。比如汉赋用《诗》吧,做个统计,现存的汉赋不多,主要是汉大赋吧,用《诗》就是几百条啊,不得了啊,其中五经都有用的。所以把汉赋用经的材料全部理出来,一看,汉大赋作者自己说的话就不多了。(笑)赋家们把经义的辞章汇集起来,当然他们又要表达出自己的思想,这就很复杂了。汉赋用经,有的是直接引,有的是间接引,悄悄地改头换面地用,所以要把这个分析出来。赋家在赋中处处藏着经义的思想,当然只是没有表露出来,以致读者粗心的话就看不出来,也接受不了,于是就说是"曲终奏雅",这是值得反思的。缘此,刘熙载就讲汉赋是"以蓄奇为泄奇",我们只看到了赋所表现出来的"奇",没看到它怎么把"奇"蓄

---

[1] 有关论述详参陶秋英《汉赋之史的研究》、朱光潜《诗论》。
[2] 有关汉大赋创作的"曲终奏雅"及其对后世的影响,参见许结《说汉赋的"曲终奏雅"》,《文史知识》2013年第4期。

起来的。所以像刘勰、刘熙载这几个大家对赋的评价还是很有意思的,很有水平,所以我老讲古今论赋的大家有"二叔""三刘"嘛。"二叔"就是申叔和枚叔,指刘师培和章太炎——我有时候写文章开篇的时候会把这个东西总结出来——"三刘"就是刘勰、刘熙载和刘师培。因为我论刘师培的嘛,所以加上了刘勰、刘熙载这前面两个刘,正好三刘。太有意思了啊,这个三刘属于我们现在开车子一小时都市圈里的[1]。南京人不得了啊!南京人写赋不怎么样,研究赋了不起啊!你看刘熙载是兴化人,刘师培是仪征人,都在南京周边。刘勰到底在哪儿写作《文心雕龙》的?有人讲是在南京,有人讲是在镇江。反正都在这一块,跑不出这个一小时都市圈。相隔千年,同处一个区域。所以这"三刘",很有意思。我只写过刘师培的赋论,刘熙载和刘勰的赋论我不敢写,好多人都写,我不敢写,因为这些大家的东西不好理解,不敢轻易去写。有一次在某一届的赋学会上,有一个老师写的论文就是《论刘熙载的赋论》,后来还发表了。我当时就讲,你胆大,敢写,我不敢写。为什么不敢写?我向他提了三个顾虑,想让他帮我解答下,他听了后茫然无所知。(笑)刘熙载《赋概》里面有很多内涵啊,不要看表面就那么一点点文字,里面内涵很多,确实有很多话我们不能很好地去理解,比如我们上面讲的"敛藏",是一个非常重要的地方。关于"敛藏"的例证,后来又找了很多很多,比如清代有个姚文田写了篇《赋法》[2],这个大家不太注意的,附在文集

> 赋家在赋中处处藏着经义的思想。

---

[1] 参见许结《赋学:从晚清到民国——刘师培赋学批评简论》,《东方丛刊》2008年第1期。

[2] 详见姚文田批注《赋法》,清嘉庆六年(1801)云间研缘斋刻本。

后面，这是随手翻书的时候翻到的。清人的东西你要有发现，就要翻书。姚文田又不是研究赋的，但他有一篇《赋法》，是批点很多赋作的。比如批点班固的《西都赋》说，"此大赋式也"，是大赋，西都把题目打开，内容铺开，一段一段地铺，一层一层地开，到东都的时候就合起来，一点一点地收起来，这就是"束"。如果仅仅是铺开来，没有什么意思，要"束"。为什么写了西都，又要写东都？这里面是有联系的。张衡为什么写了西京，还要写东京？这也是有联系的。

再比如考试赋，也讲究藏，李调元在《赋话》中评范仲淹《用天下心为心赋》中的一段文字说："此中大有经济，不知费几许学问，才得到此境界，勿以为平易而忽之。"赋中不知道藏多少学问，才能达此境界，文本解析那么容易啊？为什么这中间"大有经济"啊？没搞清楚，李调元也没有讲。古人真聪明，他讲得又好，又没办法让你追问，你再慢慢思考。所以你们讲没有什么东西写，你们是没有仔细去分析，古人讲得好，讲得好你就去分析嘛，分析它为什么好。古人没有这种一、二、三、四的逻辑，言简意赅地讲讲就算了，不像我们现在写论文。为什么清代律赋跟唐代律赋不同？我写了一篇文章《鲍桂星〈赋则〉考论》，在《南京大学学报》发表了[1]。在这篇文章中，我就着重谈到这个问题，有些东西我也没有作认真思考，因为我文本阅读不够啊。清人赋作太多了，短时间看不过来，看得累死了，清人赋写得还不怎么样，是指多数而言，而你还要在这其中总结规律，累人。不像汉大赋研究，研究汉大赋毕竟是"取法乎上"，研究

---

[1] 许结《鲍桂星〈赋则〉考论》，《南京大学学报》2010年第5期。按：该文分"引论""赋则：翰苑赋选与树立典范""格律：应试赋体与诗化论述""章法：古文法则与赋学实践"与"风格：会通古律与气韵沉雄"论析。

清赋，那是取法乎下了。研究清赋很难受，所以我不甘心研究清赋。清人的赋有什么研究的了，要研究就研究汉赋嘛。但真正要搞清楚一些问题的话，清赋又必须要研究，不研究就搞不清楚。比如某某赋中用这两段话，唐人赋中的一段话，鲍桂星有一个评点"今时赋禁用"，清代的馆阁赋不能用，为什么禁用呢？你如果简单地解释下也能说得通，但这里面有内涵，为什么？到底是这种对仗不行，还是凄迷的意境不行，还是其他什么？这都需要综合考虑，加以分析，古人都是点到为止，后面不谈了。记得当时蒋寅讨论钱锺书的东西，人家都说钱锺书的东西不得了，蒋寅就反过来讲：他的东西不是不得了，他那是偷懒。所以后来"钱学"派的人把他骂死了。（笑）钱锺书偷懒，老是点到为止，评点式的，没有深入。他就是聪明，读书读多了，评点几句，神龙见首不见尾，就觉得他高深莫测，实际上是有些东西是自己也还"莫测"。（笑）不像你们写论文，清清亮亮的，不写清清亮亮的话，答辩委员就会问你，你这是什么意思，你要是能答出来还好，如果答不出来就是骗人了。（笑）但是大学者就不怕了，蒋寅讲得是有点尖锐，但还是有点道理的。那些东西，都是点到为止，内在的什么东西也要搞清楚才好。

从以上的材料分析中，我们都能发现赋的"藏"的含义，所以我想"铺"是一种赋法，"藏"也是赋的一种赋法。简单地讲，赋的辞章更多的是"铺"，而其中的义理更多的是"藏"。这就是赋的铺陈与敛藏，再顺此往上一推想，就是相传为司马相如所讲的"赋迹"与"赋心"的问题。赋心是"苞括宇宙"，不藏怎么能把宇宙包括起来呢？不可能啊，宇宙那么大，根本包不起来，所以必须要藏。"赋家之心，苞括宇宙"，这需要一个巨

> 赋的辞章更多的是"铺"，而其中的义理更多的是"藏"。赋的铺陈与敛藏，就是相传为司马相如所讲的"赋迹"与"赋心"的问题。

大的藏的力量，赋迹是"一经一纬""一宫一商"来铺陈，是不是有这个意思？这也是值得思考的[1]。

再一个问题就要谈到形而下了，具体的东西，就是赋的法则和技艺。写赋是肯定有法则和技艺的，这是我们比较容易掌握的东西，虽然也很复杂。笼统地讲，这个很容易。曾经有一次赋学会上，我发言，我就说赋更重才学，诗更重才情，都要才，但作诗才情更重要。赋要才学，铺写名物，大量的名物，要名物学家写，博物学家写，所以我灵机一动，就打电话给一个硕士生，说你就写《汉赋名物考》[2]，结果她写了一个半半拉拉的。《诗经》名物考、《楚辞》名物考都有了，汉赋名物考还没有。汉赋有那么多的名物，有传统的，也有外来的，有现实的物，也有借先秦经典的物，这里面的内容肯定很有意思啊。这题目是个好题目，可惜没有做完。有些好题目给了学生，他做好了，心里很欣慰；没有做好，就觉得可惜了；做坏了，就气得要死。这个题目学生已经做过了，我就不想再做了，我也经常有这些苦恼。（笑）王思豪我之所以夸奖他，是因为他把我说的题目做得很不错，给我的提纲很好，我讲那我们就合伙来做几篇看看，结果做了两篇，都是很像样子的文章。我给他思路，他提供给我材料，我来写，亲自操刀啊，（笑）他写大文章还是需要我来操刀。（笑）然后就和他一起写了两篇，这样反过来，他写论文的时候，就比较好了。但哪有这么多精力呢？所以一般就出题给学生，然后由他自己去做。一个题目做好了，我是最满足的，如果做得马马虎虎，或者是做得很糟糕，就可惜了。汉赋中的名物是一个很重

---

[1] 有关"赋迹""赋心"说的文献考证与历史意义，参见许结《论"盛览问作赋"的文学史意义》，《华中师范大学学报》2014年第2期。

[2] 指于兵的硕士论文《汉赋名物考》，2004年南京大学硕士学位论文铅印本。

要的东西，大量的名物，所以就很讲究技艺。

诗需要才情，不需要多少名物，尤其是"主观之诗人"，王国维讲的"主观之诗人，不必多阅世"，不需要什么阅历的，天生就是诗人。赋需要学问，诗真正需要才情，有的诗人需要什么学问啊，像一些新诗人一样，开口就是诗，有的小孩刚会讲话了，一讲话就像诗的语言，精彩至极。诗要天资，你学是学不会的，学只能学技艺，平平仄仄仄平平，你学不到那种意境。我也不是反对新诗，有的新诗写得就是好，几句话表达出的意境就蛮好的，徐志摩有的诗意境就很好，余光中的诗也是。赋是真的要学，我不敢写就是没有好好学；要好好学，练着写。诗赋不同，大赋、小赋也不同，写赋要先写律赋，然后再作大赋，这是后代科举考试的一个经验教训。清人包世臣讲：自从科举考试以后，没有不精通时文者会精通古文的。在今天，没有不会外语能读古典文学博士的，（笑）不然你考不取嘛，你不考就达不到应试的标准，怎么办？律赋都不会写，还写什么大赋？这很重要，八韵赋首先要写，这就是法则和技艺。

赋有总体的法则，也有分体的法则。总体的法则就是铺啊、敛啊，赋法跟礼法的关系啊，赋应该怎么写啊，等等。总体的法则就是什么叫作赋？所以我当时编《抒情小赋卷》的时候，就不敢选《北山移文》，它像赋，但古人不叫赋名，所以就干脆拉倒了，不以赋名的我都不选，统一一下，这也是一种选赋的方法[1]。那么赋跟骈文的关系，有人把凡是骈文的都不叫赋，那骈赋就被去掉了；有人将凡是骈文的都算作赋，那

> 赋有总体的法则，也有分体的法则。

---

[1] 许结《抒情小赋卷》是傅璇琮先生主编之《中国古典散文基础文库》中的一种，广西师范大学出版社1999年初版，清华大学出版社2009年重版。

有些根本就不是赋的应用文也算在内了。所以这些都是有争论的，包括清人，这些争论在选本中能看到。选本很重要，所以你们再看中国的文学批评，不要看那么多的文学理论，像《文心雕龙》只是空谷足音啊，写个五十篇，大衍之数啊，除了《序志》篇，其用四十有九，这是前无古人，后无来者，不晓得怎么回事，产生了这么个怪物。（笑）中国的文章学理论，这个是少有的，后面没有了。民国初年姚永朴的《文学研究法》有点学它，有点像它，但还是不太像[1]。中国文学批评要看选本，中国人的文学选本太重要了，选本选的眼光，就是选家的批评眼光。

  分体的法则就比较讲究了。骚赋应该怎么写？汉大赋应该怎么写？骈赋应该怎么写？律赋应该怎么写？宋文赋应该怎么写？宋文赋怎么写根本搞不清，宋人爱怎么写就怎么写，像苏东坡这些人，我们学不了，没有什么才情的人就不好学习甚至研究苏东坡了。有人一生都在研究苏东坡，都没有研究出什么东西来，你研究他至少才情应该跟他差不多吧，要不然，你就不好研究的。研究什么人，可能需要某些相近的质性，邯郸学步，很难的。一些大家我是不太敢碰，连司马相如我的研究也是偶一为之。关于分体的法则，元人陈绎曾就有什么"汉赋格""律赋法"等等。比如"汉赋格"里，他就讲首先要"壮丽"，壮丽要第一，比如《天子游猎赋》。"壮丽"这两字，我觉得非常重要，"诗人之赋丽以则，辞人之赋丽以淫"，"丽"是汉赋的一个重要

---

[1] 姚永朴《文学研究法》计四卷，除"结论"，共有二十四目，分别是：起源、根本、范围、纲领、门类、功效、运会、派别、著述、告语、记载、诗歌、性情、状态、神理、气味、格律、声色、刚柔、奇正、雅俗、繁简、疵瑕、工夫，各自成篇，前后串联而成体系。详参姚永朴著，许结讲评《文学研究法》，凤凰出版社2009年版。

问题,"丽"字是两块鹿皮嘛,展示出这种华彩。"壮丽",还需要气势啊,没有气势怎么"壮"啊,"壮"不起来啊。光只有"丽",丽得像宫体诗一样,那怎么"壮"啊?没有人讲宫体诗"壮丽"吧?没人讲。汉大赋产生在汉代的盛世,所以"壮丽"是第一格,然后才是"典雅",再往下面是"布置",要布置经营。陈绎曾给我们的这三个格很有意思,我只举一个例子,他那里面讲骚赋怎么写等等,都有。元人就开始这么讲了,到了明清就更多了,大家可以看,我后面附的材料里也有一些。我接触的赋学的材料比较多,这里附的只是些例证,是因上课给同学的材料。我最喜欢刘师培的《中古文学小史》,自己很少废话,讲几句,然后主要是材料说话,这种文学史才有意思。你看现在有的文学史,讲一大堆,结果他自己都没办法上课,有的章节写得像论文似的,有的像写教案一样,搞得乱七八糟的,但发行量还很大,权威吧,因人而异。文化史也是的,像柳诒徵的,大量材料,讲几句话[1]。比如今天的课,给一批材料,我十分钟疏解一下就够了,讲几句话即好,但我要把两个课时要"混"完啊,所以讲了一大堆,一大堆废话。(大笑)实际上把这些材料发给你们,解释一下,剩下的就是你们自己领悟去,这样最好。老师就是没办法,你必须讲废话,还要没话找话讲,所以孔子到最后也是"欲无言"啊。(笑)他讲多了啊,讲得没意思了嘛,结果弟子非要他讲,因为弟子也要混时间嘛,要把学分混到嘛。(大笑)实际上,你们根据我提供给你们的材料去寻觅其中的道理,很有帮助。

汉大赋产生在汉代的盛世,所以"壮丽"是第一格,然后才是"典雅",再往下是"布置"。

---

[1] 柳诒徵《中国文化史》初版于1934年,今有中国大百科全书出版社1988年版。

> 律赋法首先是"辨源"，然后是"立格""叶韵""遣词""归宿"。

再说律赋法，比如朱一飞的《赋谱》、侯心斋的《律赋约言》、汪廷珍的《作赋例言》、林联桂的《见星庐赋话》等，都有论述。律赋法首先是"辨源"，然后是"立格""叶韵""遣词""归宿"等等，很多。我以前编《中华大典》的时候，我是帮张伯伟老师的忙，程先生也曾拍着我的肩膀说：你要做啊。没办法，我只得做啊。我为了要到扬州去开会（赶论文），程先生晓得我颈椎不行，赶快叫伯伟兄送个按摩器给我，这让我终生难忘啊。那一按摩之后，从此腰杆就直了啊，因为是程先生让送来的嘛。那次是跟任继愈等先生们一起开会，当时和任继愈先生一起照相，那时我儿子在上中学，课本上有任继愈的文章，我说：你看，老爸跟他一块合影的哦，当时我们是向他汇报工作的。任继愈是个大学者，当时国家领导人谈哲学，就叫他去谈，御前翰林大学士呀。钱穆就讲：有的人是人才，比如任继愈就很不错[1]。

那我们回过头来看看律赋，我们做《中华大典》的时候[2]，为分类就列出了四个方面，包括前面的"骚赋论"也一样：首先是命意；其次是韵律，韵律在前面"赋韵"讲过了；再次是结构，这里面还有细分；最后是技巧。命意是后来从古赋往律赋发展的一个关键，一开始人们写赋的时候，没什么命意，后来渐渐注重命意了，到科举考试的时候更注重命意了。命意首先是什么呢？要认题，就像命题作文一样，很讲究了。汉大赋就不要认题，游猎就是游猎赋，而律赋必须要

---

[1] 有关言说详见钱穆《八十忆双亲·师友杂忆》，岳麓书社1986年版"凤凰丛书"本。

[2] 指《中华大典·文学理论分典》（凤凰出版社2008年版），其中"骚赋论"由我主编集成。

认题，这样反过来就认为古赋也认题了，上林赋就写上林苑，西都赋写的就是西都，认题是从律赋的批评开始的。这种命意，特别要明其旨趣；明其旨趣就必须要认题，这是最重要的。所以很多学者讲赋学须先辨题，就像前面讲到的李程《日五色赋》一样，不仅要认题，还要"擒题"，要抓住题目。到八股文的时候，也是"擒题"，要把题目抓准了。好的文章要抓得准题目，一抓歪掉了，就考得不是东西了。题目一定要抓住，哪怕是题目中的一个字，你把它抓好了，如李程《日五色赋》开始就抓住"日"字，"德动天鉴，祥开日华"，道德把天的镜子打开了，祥瑞之气让太阳升起[1]，当然，他不知道后来还有"东方红，太阳升"，（笑）如果他活到今天，也就是这个意思了。赋要认题、破题，这是关键。《唐摭言》里记载，有一个叫羊绍素的，夏课——就是夏天作的——《画狗马难为功赋》，这个人作得不好，取"画狗马难于画鬼神"之意。画鬼容易画狗马难，画真实的东西难，画鬼神，鬼神你看不见，题目的意思是狗马难画，就隐含着鬼神好画的意思，所以要写鬼神，吴子华评说："赋题无鬼神，而赋中言鬼神。子盍为《画狗马难于画鬼神赋》，即善矣。"[2] 你如果写成画狗马难于画鬼神，你

---

[1] 《唐摭言》卷十三《惜名》记述："李繆公，贞元中试《日五色赋》及第，最中的者赋头八字曰：'德动天鉴，祥开日华。'后出镇大梁，闻浩虚舟应宏辞复试此题，颇虑浩赋逾己，专驰一介取本。既至启缄，尚有忧色，及睹浩破题云'日丽煜煌，中含瑞光'，程喜曰：'李程在里。'"

[2] 详见《唐摭言》卷五《切磋门》的记述："羊绍素夏课有《画狗马难为功赋》，其实取'画狗马难于画鬼神'之意也，投表兄吴子华。子华览之，谓绍素曰：'吾兄此赋未嘉。赋题无鬼神，而赋中言鬼神。子盍为《画狗马难于画鬼神赋》，即善矣。'绍素未及改易，子华一夕成于腹笥。有进士韦象，池州九华人，始以赋卷谒子华。子华闻之，甚喜。象居数日，贡一篇于子华，其破题曰：'有丹青二人：一则矜能于狗马，一则夸妙于鬼神。'子华大奇之，遂焚所著，而绍素竟不能以己下之。其年，子华为象取府元。"

> 赋的技法越来越注重命意。

这个赋就写好了，你如果光写画狗马难，你这赋就写不好，有形的东西想画好很难，鬼神谁都没有见过，你随便怎么画。这就是认题的窍门，不一定要在题目里面找，有时候要看它隐含的意义，题外之意。你抓住了隐含义，你这个文章就好，考官一看，呀，你抓住了隐含义，太好了，就给高分。郑起潜的《声律关键》讲：何谓命题，有一题之意，有一韵之意，然后八韵都有它的意思。王芑孙《读赋卮言》里面讲：白居易《赋赋》立意、"能文并举"，"赋有经纬万端之用，实此单微一线之为。以其一线者，周乎万端"。这讲得特别好，要抓住那一线，才能把握万端，赋的技法也就越来越注重命意了。前一段时间，我忽然想到从赋的结构来看，写篇《从"曲终奏雅"到"发端警策"》[1]，这两者大不同，汉赋讨论的是"曲终奏雅"，而律赋讨论的是破题，要"发端警策"，破题要特别好，那就是和科举考赋有关。你们千万不要在考试文章中"曲终奏雅"，考官还没看到后面就把文章扔了，（笑）你们要"发端警策"。中学生作文尤其要这样，一开始就要让人眼前一亮。这是赋的创作的一个大变化，这篇文章，要在"曲终"与"发端"，前者行百里者半九十，结果重要；后者万事开头难，慎于始呀。我对此很感兴趣，好好地写了一下。

> 句法最重要，小而言之是句法，大而言之是篇法。

赋的结构，等我们谈"赋艺"的时候再讲，韵律已经讲过了，下面就是技巧的问题。赋的写作技巧是很讲究的。"熟能生巧"，怎么熟？熟就是句法熟。写赋，这个句法很重要，技巧中间，我的经验是句法

---

[1] 许结《从"曲终奏雅"到"发端警策"——论献、考制度对赋体嬗变之影响》，《湖北大学学报》2012年第6期。

最重要，小而言之是句法，大而言之是篇法。句法是核心，写赋的时候，一句句锤炼好，陆机就讲"立片言以居要，乃一篇之警策"。汉赋根本谈不上什么"片言警策"，在《上林赋》里找一句好的，很难找到，到魏晋的时候就有好的了，到后来"落霞与孤鹜齐飞，秋水共长天一色"，就拍案叫绝了，后来又发展到例句、奇句。汉赋是全篇读完了之后，全方位的享受，魏晋的小赋，阅读时常会逮到一点品鉴、享受，发展到后来就是破题了。不一定是律赋，江淹《别赋》"黯然销魂"的发端就被后世称道，但在律赋中，句法是最重要的。以句法为中心，回到字法，再退回到篇法，这是讨论写赋的技巧之一。就像我们古代的宗法社会一样，以家庭为中心，再回到个人，再回到社会，这两个类似。要以句法为中心，要是西方的话，就是以词法为中心，它是个人为中心嘛。句法又有明暗、奇偶、虚实等等，特别是"虚实"二字，最重要。这个句子描绘的是有形象之事，还是无形象之事？分别怎么写？有形象之事是实写，无形象之事是虚写，有的东西有时候是实写，有的东西有时候是虚写，从句法到字法，再到篇法，都是这样。就篇法来讲，《西都赋》中的描写就是实写，句子也实，章法也实。比如《西都赋》的框架，先是位置，然后是历史沿革、城市布局、街道情况、都市人物、经济、环境、丰富的物质，然后第四部分写群体建筑，宫殿的总体风格、内部结构、装饰特点，后宫，重点写的是昭阳殿，昭阳殿里的装饰、美人、大臣、典籍、建筑与空间的关系、正殿的高度、登高远望、游神，然后第六部分写游猎、游乐，等等，完全实写。在实写间，具体的句法当中又有虚法，结构是实写，但里面也有虚写，虚中有实，实中有虚，写得非常精彩。古代赋评中这类分析特别多，比如《甘泉赋》，在句法上用虚写的方法，把

> 读汉赋是全方位的享受，读魏晋小赋时常会逮到一点品鉴，发展到后来就是破题了。

实像神奇化，写甘泉宫"大厦云谲波诡"，极高，高得不得了，然后又用几个虚句，无形象之句来描写实景，"列宿乃施于上荣兮，日月才经于柍桭。雷郁律而岩突兮，电倏忽于墙藩。鬼魅不能自还兮，半长途而下颠"。这些都是虚写，星星在宫殿的上端点缀着，日月在庭院中间转来转去，雷也在里面直打滚，电在墙藩中间闪耀，神奇的鬼魅，就是过去最早幻化的蜘蛛人吧，（笑）蜘蛛人在爬楼嘛，（笑）爬啊爬，还没爬到顶的时候，在半途就掉下来了。（笑）这是第一个失败的蜘蛛人，（大笑）就是在《甘泉赋》里面。这就是虚写，虚虚实实。这里通过句法来分析赋作，我觉得特别有趣味。当然更好玩的是崔骃的《七依》里面写美人，比较有意思，虚写，"回顾百万，一笑千金"，回顾一下要给百万块钱，回眸一笑要给千金；"振飞縠之长舞袖，袅细腰以务抑扬"，这是写实，跳舞的姿势；然后又接着虚写，"孔子倾于阿谷，柳下忽而更婚，老聃遗其虚静，扬雄失其太玄"，孔子呆掉了，脑袋整个发昏了，柳下惠想"更婚"，想必前面的妻子没娶好，还是娶这个舞女好，你想，柳下惠是坐怀不乱的典范，调侃他看到舞女都想着重新结婚了，老聃还虚什么静啊，扬雄也不作《太玄》了，作《太玄》的人都是看不到美女的，看到美女的人就不会想着《太玄》了。所以孔子知道自己心志不坚啊，就说"非礼勿视，非礼勿听，非礼勿言，非礼勿动"，（笑）因为他心里老是有这种意念啊，（笑）一般提出这一类口号的人往往都是在压抑自己，（笑）这是一个反证。

总而言之，讨论赋法，我觉得可以从礼法开始谈起，由此我们谈到了几个方面，属技术层面的，供大家参考吧。

今天就讲到这个，下次课预告是"赋辞"。

历史文献摘选

刘勰《文心雕龙》：

逮孝武崇儒，润色鸿业，礼乐争辉，辞藻竞骛。(《时序》)

原夫登高之旨，盖睹物兴情。情以物兴，故义必明雅；物以情观，故词必巧丽。丽词雅义，符采相胜，如组织之品朱紫，画绘之著玄黄，文虽新而有质，色虽糅而有本，此立赋之大体也。(《诠赋》)

附：宋玉《小言赋》：楚襄王既登阳云之台，令诸大夫景差、唐勒、宋玉等并造《大言赋》，赋毕而宋玉受赏。王曰："此赋之迂诞，则极巨伟矣。抑未备也。且一阴一阳，道之所贵；小往大来，《剥》《复》之类也。是故卑高相配，而天地位；三光并照，则大小备。能高而不能下，非兼通也；能粗而不能细，非妙工也。"

陆葇《历朝赋格·凡例》：《礼》云："言有物而行有格。"格，法也。前人创之以为体，后人循之以为式，合之则纯，离之则驳，犹之有翼者不必其多胫，善华者不必其倍实。分而疏之，各得其指归，亦惟取乎纯，无取乎驳而已。

赋者，铺也；铺采摛文，体物写志也。(《诠赋》)

谐之言皆也。辞浅会俗，皆悦笑也。昔齐威酣乐，而淳于说甘酒；楚襄宴集，而宋玉赋好色：意在微讽，有足观者。(《谐隐》)

附：焦竑《书赵松雪〈秋兴赋〉》：观此赋道美俊逸，而中藏锋锷，凛然与秋色争高。倘无此胸次，虽尽力临摹，岂能及哉！

王之绩《铁立文起》前编《赋通论》：王懋公曰："赋之为物，非诗非文，体格大异。"

林联桂《见星庐赋话》卷一：赋侈富丽，体易淫靡，而能手篇中，偏于隆富侈侈之中，归作大言炎炎之势，主文谲谏，所谓风人之赋丽以则也。

汪廷珍《作赋例言》：赋有宏博简练两路，须因题制变。大题大做，小题小做，顺之也；窄题宽做，宽题窄做，逆之也。法无一定，但须段段相称，不可头大尾小，鹤膝蜂腰。大约经制题宜宏整，情景题宜幽秀，枯寂题宜热闹，宽皮题宜研练。

陈绎曾《文筌·汉赋格》：

汉赋格：上壮丽，中典雅，下布置……此三格乃其正体，故特著之。凡赋，汉赋短篇以格为主，中篇以式为主，大篇以制为主，而法一也。

朱一飞《赋谱》：

律赋之法有五：一辨源，二立格，三叶韵，四遣词，五归宿。其品有四：曰清、真、雅、正。其用工有九：曰起接，曰转折，曰烘衬，曰铺叙，曰琢炼，曰连缀，曰脱卸，曰交互，曰收束。其致则一：曰传神。神传，蔑以加矣。赋又有六戒：一曰复，二曰晦，三曰重头，四曰软脚，五曰衰飒，六曰拖沓。

附：汪廷珍《作赋例言》：作赋之法，首重认题……次在布势……三在用笔……四在着色。

📝 研习与思考

（一）礼法与赋法

（二）铺陈与敛藏

（三）赋的法则与技艺

第三讲

赋 辞

今天我们讲赋辞，就是赋的辞章之学。汉代的赋被称为"辞赋"，重的就是"辞"。我想辞章之学，现在应该提上日程重新予以审视了。中国文学，或泛论文学吧，之所以谓之"文"，在有辞章，最主要的就是辞章之学。最近我编了本《桐城文选》[1]，在序言里讲了一句大话，我说：现在的文学博士论文变成了历史考据学的附庸。是想批评批评现在的文学博士论文现状，因为现在博士论文搞考证的最沾光，只要查查资料，坐坐图书馆，当然工夫是下了，得了优秀论文。而单纯写文学的博士论文，得优秀就很难，你搞个作品分析，得不到优秀的。但是文学之所以为文学，言之无文，行而不远，又怎么成立呢？这是很大的问题。所以现在有必要强调强调文学，辞章之学。过去辞章之学是很重要的，当然后来经过科举考试，给工具化了，失去了文之所以为文的重要性。我们讲"圣人之情见乎辞"，所有的情都要用辞来表达嘛。你"得意忘言"，如果没有言你也得不了意啊，这是辩证的。我开始就说了，汉赋，以及后来的赋，也称之为辞赋，有时候也写成"词

---

[1] 许结编选《桐城文选》，凤凰出版社 2012 年版。

> 赋是在中国文学文本中最讲究修辞的，是修辞性的文体。

赋",关于这个刘师培讨论过,我们这里就不多说了。辞赋,就是重辞章嘛,赋中的辞章问题是极其重要的。甚至可以说,赋是在中国文学文本中最讲究修辞的,是修辞性的文体,所以我想专门讲一讲这个不是问题的问题,就是"赋辞"的问题。

香港中文大学有一位老学者,就是香港的饶宗颐先生,有很高的学问,精通各方面的学问,也算大家吧。在他的学问中间,对我影响比较大的有两句话。一句就是"玄学就是前理学",玄学就是宋代理学的先声,颇有道理。因为大家整天就是汉、宋之争,象数、义理,而忽略了中间一个很重要的环节,一百多年的玄学。玄学在中国史中是成不了气候的,是不能在农耕经济的文化土壤中发展下去的,只是受当时佛教的影响,产生了这么个学术,而"三玄"之学对义理的探讨,正如王弼所讲的"物无妄然,必有其理"啊,这种探讨对后来的理学的影响就比较大了。理学是儒学,汉儒也是儒学,那么新儒学跟旧儒学的不同,也就在这里。到了后来,比如二十世纪新儒学,与前者的不同,又是受到西方学术的影响。儒学是通过不断地改造而构成了新的儒学,所以我觉得饶先生的这句话讲得很有道理。第二句话就是——当年有位朋友主编了个《辞赋大辞典》[1],要请个人写序,就请了饶先生。大师的一个标准就是经常写序,所以现在有人请我写序了,我不敢写,这一写就会冒名大师,只是现在没办法,自己学生找,不能摆谱,偶尔写写序,这就糟糕了,所以讲好的兆头也是一个坏的象征。好的兆头,就是说向大师迈进;坏的兆头,就是快不行了,不能写论文了才写序嘛。(笑)有个老先生投稿给我那个《南京大

---

[1] 霍松林主编,徐宗文副主编《辞赋大辞典》,江苏古籍出版社1996年版。

学学报》的"辞赋专栏",竟然弄个序来了,没办法,只好打回去,真是莫名其妙,这怎么行啊,那对不起他,不能代他发,然后他转到其他杂志马上就发了,因为他有名嘛,大学者嘛。最近某学报给我一篇文章,让我做外审,是一篇辞赋的稿子,我心想不会是我学生写的吧,一"毙"不毁了年轻人的前程?当然不会,是我的学生,编辑不会寄给我审的。我一看这个稿子,估计了一下,有可能也是一个有名的教授写的。这篇文章简直就等于没写,魏晋南北朝赋论概说,这还要他写,还写了五个特征,就是八个特征也早就被别人写过了,还说《文心雕龙》赋论的探索,这写得也太多了。这文章里说《文心雕龙》赋论的特点,又是五个,那《文心雕龙》中的赋论特点,八个、十个都能找出来,我就说这文章不值得审,估计这文章恐怕是名人的。果然,对方编辑说:老师,是个名人的。这篇文章很荒唐,没有任何实证,就这样胡乱写。回到饶宗颐先生在《辞赋大辞典序》中讲的那句话,说:"赋以夸饰为写作特技。"说赋就是西方的"修辞术",这种说法是很有意思的,也就是说赋就是修辞[1]。赋之所以为之赋,就是修辞,在西方找不到对应的文体翻译,所以翻译的时候就很困难,有人把它翻译成诗,有人把它翻译成散文,翻译有几十种,都不适合,对应不了,后来康达维没办法,只好翻译成"Fu"。大家不要小看这种"对应","对应"是一门学问,在魏晋的时候就是"格义"啊,"格义"之学不容易的啊,有东西格还好,没东西格就格不起来啊。赋的修辞的特色,

> 赋以夸饰为写作特技。

---

[1] 饶宗颐《辞赋大辞典序》云:"赋以夸饰为写作特技,西方修辞术所谓Hyperbole者也;夫其著辞之虚滥(exaggeration),构想之奇幻(fantastic),溯原诗骚,而变本加厉。汉人取其体以咏物述志,牢笼山川,驱遣风物,益以文字、词汇之递增,遂肆为侈丽闳衍之辞,浸以涢流,蔚为大国。"

是任何文体都没有的。也正是因为这种修辞的特色，就埋下了被否定的祸根，矛盾就产生了。描述嘛，过头了就是虚辞滥说嘛。但是我们回过头来，宽容地来看看它，好不容易有这么个"虚辞滥说"，也不错啊。中国是一个实用的社会，能在为政治服务的同时，还有点"虚辞滥说"，算另类吧，也还不错了，缺少这种想象与滥说，头脑里就没有原创了，（笑）原创也还是要有一些胡想的头脑啊，"无事且作非非想"，你如果连"非非想"都没有了，那大脑也就僵化了，开玩笑啊。（笑）

那么，从广义上来讲，赋就是辞章之学。吾乡桐城啊，桐城的姚鼐就讲"义理、考据、辞章"之学。当然，他当时主要是针对"皖派""吴派"的一些学者，特别是戴震讲桐城人不认识字，就是说桐城人考据学不怎么样，实际上桐城人考据还是不错的，还是有不少人在做的。姚鼐针对这种说法，就强调考据，把"考据"放在"辞章"的前面。你们一定要注意，某人强调什么东西的时候，往往这就是他的薄弱点。（笑）有些学者的一个窍门，扬长避短这是一个方面，还有扬短敛长，这可是更厉害的一种方法。姚鼐谈考据，实际上是想掩盖辞章。那我们反过来看，辞章还是很重要的，是三者中之一，之后，曾国藩加上"经济"，那都无所谓了，就文之所以为文来讲，这三者是太重要了。为了抵抗这种否定桐城人不懂考据的说法，于是姚鼐等就特别强调考据，实际上，桐城派的根本还是辞章之学，你们可以看看桐城人文章写得都还很美，上课都还不错。（笑）姚永朴就讲：先生文章不敢说如何，先生讲课是执天下之牛耳啊[1]。姚永朴后来眼睛都瞎掉了，还照样侃侃而谈，到处设讲坛，学问烂熟于心，所以他一直认为自己讲

---

[1] 此说闻之先君子口述故事，详见许结《诗囚：父亲的诗与人生》，凤凰出版社2009年版。

课是执天下之牛耳。姚永朴上课确实是很厉害的,在北京大学等校到处讲课,这也得力于辞章啊,没有辞章怎么讲啊。如果搞考据,老是那么几句话,怎么讲好课啊,姚永朴辞章就很好。所以桐城派的早期学者在掩盖自己的辞章之学,而强调考据的时候,好像辞章摆在次要位置,其实它的根本还是辞章。古文就是辞章,当然没有赋体,不像汉赋那样汪洋闳肆而已。姚永朴在一篇文章《答方伦叔书》中就讲:"窃谓古今之学,义理外惟训诂、词章。"[1]我觉得讲得特别好。义理之外就是训诂,训诂就是考证嘛。"词章之学,其托业未必胜乎二者",就学问来讲,辞章未必胜过义理、训诂,比如一篇文章是文献考证,那多厉害啊,比如思想史,是义理,也很害怕人。一写思想史,哇,人家就说是思想家;一搞考据,人家就说你是文献学家。一讲文章,没人讲你是辞章学家,辞章没有义理、考据厉害。"然而二者之学,每相訾謷",强调义理的就说你搞考据的没思想,强调考据的就说搞义理的没有根据,你就是文献材料嘛,根本没有思想,这两个经常吵架。"惟词章实足通二家之邮而息其讼",只有辞章才能平息二者之间的吵架,把辞章串在义理、考据中就很重要。姚永朴的这段话实际上揭示的就是:桐城派的核心还是辞章。这是广泛而讲修辞的意义吧。

下面我们分成几个问题来看。

第一个问题就是辞赋学的发生同修辞学的关系。首先是祝词与楚辞、辞赋的关

> 第一个问题,辞赋学的发生同修辞学的关系。

---

[1] 姚永朴《蜕私轩集》卷二《答方伦叔书》:"窃谓古今之学,义理外惟训诂、词章。词章之学,其托业未必胜乎二者。然而二者之学,每相訾謷,惟词章实足通二家之邮而息其讼。何则?为词章者,欲气之盛,则必从事于义理,以求其慊其心;欲词之古,则又必从事于周秦两汉之书,以通其训诂。"按:方守彝,字伦叔,近代桐城古文家,著有《网旧闻斋调刁集》等。

> 汉人都将楚辞称之为赋，"好辞而以赋见称"。从祝词到楚辞，从楚辞到辞赋，这是一个很重要的现象。

系。祝词到辞赋，中间是一个又像祝词又像赋的楚辞。汉人都将楚辞称之为赋，"好辞而以赋见称"。从祝词到楚辞，从楚辞到辞赋，这是一个很重要的现象。祝词，就是辞章，"圣人之情见乎辞"，都很重视"辞"。这时候我们就要重视一个问题了，我这几天也在思考一个问题，我跟我的一个博士谈，是不是从文本来讨论讨论汉赋，不从渊源来讨论。讨论渊源的现在已经很多，诗的渊源、楚辞的渊源、隐语的渊源、俳语的渊源、散文的渊源等等，讨论来讨论去，讨论不清楚。我们就回到文本里头去，来看看汉赋的描写方法，那种欲进先退，那种对问对答，从《七发》开始，那种一段一段问答，到后来这种问答模式的变化，等等。从文本来讨论，我觉得很有意义。这个意义在哪里？我觉得就是祝词，甚至于跟巫术有关，就是与过去的巫术求神之辞有关，其文类即祝词。求神都是先描绘，描绘过后才讲意思，我想求你什么；都是先铺垫，将对方恭维恭维，接着再自己谦虚一番，然后就"图穷匕首见"啊，（笑）把自己求神的实际目的说出来了。巫术就是这样子，因为神是保佑或降祸于人的，所以你要娱神，使他很快活，娱神，要哄他。一"哄"，这个辞章就多了。就"辞"来说，我们都知道早期有祝词，除此之外，还有讼辞，就是告状之辞，农耕社会嘛，邻里之争、田产之争特别多，要善于辞章，就像后来刘师培所讲："诗赋之学，亦出行人之官。"我专门写过从行人之官来谈赋的渊源的[1]。这些人都是善于辞的，殊途同归，皆善于辞章。尤其是祝词，这里面很有意思。大祝之词有六

---

[1] 详见许结《从"行人之官"看赋之源起暨外交文化内涵》，《南京师范大学文学院学报》2003年第4期。

辞。《周礼》里面说："大祝掌六祝之辞，以事鬼神祇（示），祈福祥，求永贞。一曰顺祝，二曰年祝，三曰吉祝，四曰化祝，五曰瑞祝，六曰筴祝。"而六祝之后都附之以辞，叫六辞。六祝配六辞，没有辞，祝是没有用的。文章如果没有辞，就是再有思想，也是表现不出来的。"辞作以告神"，这个辞就有了功用。那六辞之后达到什么效果呢？要"祈福祥，求永贞，顺丰年，逆时雨，宁风旱，弥灾兵，远罪疾"等等。这里寓含着一个重要的问题，祝词求神、娱神、媚神，辞赋里面也有求神、娱神。这个祝词又有早期文学的宗教性，到了汉赋又有了礼教性。我前面写过一篇文章，叫《汉赋与礼学》，因为你看汉代赋家都是在跟皇帝行礼嘛，赋大量描绘的也都是行礼，什么狩猎礼啊，祭天礼啊，等等，都是内涵了宗教。这都是为了国泰民安、天下太平啊，但是反过来，你为了国泰民安，大肆行礼，讲排场，耗资源，往往就会扰民，就像老子所说"无为而无不为"，用意是在治国，结果是越治国越乱。有时候不为反而更好。现在所谓的开发就是这样，如果不开发，我们地球反而维持得更久一点。如果东开发，西开发，破坏了自然的平衡态，或谓生态，结果就弄得山崩地裂、水漫金山了。话说远了，我们要懂得这种转换，赋主要是跟礼有关，因此古人就说"赋体似礼"。"赋者，古诗之流也"，五经之中，把《诗经》作为汉赋的源头。但也有很多学者看到，从赋的文本来看，从修辞的角度来看，赋更像礼。礼是怎么来的呢？首先是求神，然后再走向了治理国家的礼，这里面都需要有词汇来表现。到"贤人失志之赋"的屈原，屈赋就是善辞章的。屈原曾担任过左徒的官，就是外交官，要善于辞章，屈原善辞令，所以赋家都是善辞令的[1]。早期的赋家肯定都会讲，后

---

[1] 有关论述，可参赵逵夫《屈原与他的时代》，人民文学出版社1996年版。

期赋家不一定要讲了，直接写剧本了，不用讲了，所以扬雄是口吃，口吃才能写出好赋来，要是早期，就不要他了。屈原肯定不是口吃，口吃肯定当不了外交官，否则出使外面就有失国体了。都讲楚辞源于《诗》，实际上，我觉得楚辞更多的是源于楚祝。这种祝词丢失的肯定很多啊，比如说《九歌》，是借用了楚地的一些祭神的东西，并加以改造，这肯定是一个渐渐发展的过程。楚祝中间又有几个问题，从楚祝到楚辞，我们不管它的派生或几个渊源，我们只谈这几点值得大家思考，是跟我们讲的辞赋有关的。

> 楚辞都是善辞的，就像礼制就是善文传统，孔子开辟了善文的传统，屈原开辟了善辞的传统。

第一就是善辞。楚辞都是善辞的，就像礼制就是善文传统，孔子开辟了善文的传统，屈原开辟了善辞的传统。屈原处处在"陈辞"，"陈辞"这两个字不知道在楚辞的文本中出现了多少遍，唯恐人家不知道他会讲话，比如"跪敷衽以陈辞兮，耿吾既得此中正"等等，都是陈辞，不管是对君王也好，对美女也好，对天神也好，都在陈辞，为了感动对方，为了描述自己心中的苦闷和抱负，所以汉人又称屈辞是"贤人失志之赋"。作赋，就要展现自己的辞章，表现自己的文采，这种善辞传统，毫无疑问是存在的，在《楚辞》中就能看出来，我想这是一个非常明显的特征。

第二是南人善辞问题。辞赋的南方文化特征，非常值得注意，这是一个渊源。北方的《诗经》比较简短，到了南方怎么就会有这样大的长篇辞章呢？李泽厚就讲"楚汉浪漫主义"，从文辞来讲，肯定是有这条线索嘛。"齐楚颇有文学"，刘勰也讲过的，这与辞赋的形成有关。南人好辞，北方人不谈辞藻。可是北方人现在善辞了，相声小品都出来了，侃得你晕头转向，忽悠啊。（笑）现在北方人不晓得怎么搞的，擅长摆弄词语了，这很奇怪。（笑）过去就只有南方善辞，北方人木讷，北方人老实忠厚嘛，北主山，仁者多，南主水，智者多。南方流动性很强，探索精神很多，又地处低洼、潮湿，越地处低洼的人就越想往高处攀登，他想脱离潮湿的地方嘛，所以人站的特别矮，想象的就特别高，（笑）今天的改革都是从南方开始的，历代都是如此。在南宋以前，南方人是不适宜当宰相的啊，给他当宰相，他一下子浪漫起来怎么搞啊。（笑）到了南宋，朝廷被打退到南方来了，那就只好南方人当宰相了，受此影响，到了明清时候，南方人当宰相的越来越多了。回过头来讲，南方人善辞是很重要，很有意思的，屈原的时代就是。我们举一个例子，比如《诗经·召南·汉广》"汉有游女"，《鲁诗》说："江妃二女，出游于江汉之湄逢郑交甫。见而悦之，不知其神人也。谓其仆曰：'我欲下，请其佩。'"郑交甫是北方人，到南方来，走到江汉这个地方，看到下面有美女，就跟他的仆人说，想过去交欢，结果这个仆人说：哇，你不要下去，"此间之人，皆习于辞，不得，恐罹悔焉"。意思是说，这儿的人都善于讲话，你恐怕交欢不到，反而还会被挖苦几句，被人骂了还不知道。结果郑交甫不听，还是要去，果然求得一个佩。可是还没走几步，佩又掉了，"趋去数十步，视佩，空怀无佩"，一无所有，所以南方人不可信。（笑）老子是南方人[1]，他就说"美言不信"啊。《老子》是不是美言呢？五千精妙皆美言也。《复旦学报》第3期刊出了我的一篇文章，就是从《老子》的"美言不信"谈起[2]。南方人善辞形成一个传

> 南方人善辞形成一个传统，后来科举考试也常有北方人考经义，南方人考诗赋，这属地域文化，并与辞赋相关，值得大家注意。

---

[1] 参见蔡元培《中国伦理学史》，商务印书馆1999年版。
[2] 关于老子云"信言不美，美言不信"的问题，详见许结、黄卓颖《〈老子〉的文学史意义考论——从"信言不美"谈起》，《复旦学报》2011年第3期。

统，后来科举考试也常有北方人考经义，南方人考诗赋，这属地域文化，并与辞赋相关，值得大家注意。比如宋真宗大中祥符元年（1008），皇帝讲：南人喜诵诗赋，就让他们考诗赋吧，北方人你就考你的经义、策论嘛。程颢还写一点诗，程颐一点也不写，他坚决不写诗，他说写诗把人给写轻薄了，似乎文采好的人往往德不厚。这不晓得是什么逻辑哦，搞得给没有文采的人找到借口了，"我文采是不行，但是我厚德载物啊"。（笑）这也很好玩。然后讲学术严谨问题，一看别人发这么多文章，就说"哇，都是胡抄的"。（笑）但是有些人是真懒，根本就不写，他搞那么一点点，就说："我这是精品嘛。"（笑）那些人整天在家玩，到处浪荡，还说他那一点点东西是精品，别人用功，写的东西多了，反而还批评别人，（笑）这也很麻烦，真是两面刃。这讲的是第二点，善辞问题。

  第三是辞令，辞令之美。这从楚辞开始就表现得很明显。古人常从文体论的构成角度来说，在"赋者，古诗之流"之后，又说"《离骚》为辞赋祖"。从宋代以后，楚辞为辞赋祖的口号大量出现，据说是宋祁最初讲的，在祝尧《古赋辨体》中有引用。《离骚》变成了辞赋祖，这都是因为善辞，是文体的问题。刘勰讲："赋者，铺也；铺采摛文，体物写志也。"林纾《春觉斋论文》有解释，他解释说："铺采摛文"是"立赋之体"，"体物写志"是"达赋之旨"[1]。一个赋体，一个赋旨，一个体，一个用，赋旨就是赋的主旨，就是赋的用。这二者构成了中国两千年来的辞赋领域的一个矛盾，就是辞章和经义的矛

---

[1] 林纾《春觉斋论文·流别论》云："'赋者，铺也；铺采摛文，体物写志也。'一立赋之体，一达赋之旨。为旨无他，不本于讽谕，则出之为无谓；为体无他，不出于颂扬，则行之亦弗庄。"

盾和冲突。到了现代，对我们来讲，这些都无所谓了，经义早就丢失了，辞章就是一种享受，看它美不美，但当时作为功用的话，这个矛盾是一直存在的。去年我发了一篇文章，叫《从"诗赋"到"骚赋"》，我认为从"诗赋"到"骚赋"，在宋以后提出"《离骚》为辞赋祖"，才正式建立起了以文体论为主的"骚赋"传统，以前讲"骚赋"，不是那种传法定祖的传统[1]。因为有一个学报找我约稿，所以我就写了这篇文章。那个学报不是名气特别大的学报，你就要写一些比较"震惊"的文章给它。很多年以前，那个《辽东学院学报》找我约稿，我就写了篇题为"'古诗之流'的另一种解读"的文章[2]。这样的学报就需要有创意、吸引眼球的东西，让它出名嘛，这样肯定点击率高，而大杂志找你约稿，那就要写些谨慎的文章。我就是这样子的，小一点的杂志找我，我就写狂放一点的文章，（笑）大一点的杂志找我，我就写谨慎一点的文章。小点的杂志，他们喜欢狂放嘛，这样转载、复印的概率高嘛，我的文章一向复印率比较高，一会这儿复印，一会那儿转载。有的时候，文章的题目很重要，从科举考试学来的，就是命题的问题，后面我们讲如何写赋的时候还会讲到。讨论从楚辞走到汉赋的路径，一般都说汉赋是恢复诗的传统，《诗经》重讽谏，汉赋的核心就是讽谏，这是很重要的。但是，汉赋作为一种修辞的传统，其

> 讨论从楚辞走到汉赋的路径，一般都说汉赋是恢复诗的传统，《诗经》重讽谏，汉赋的核心就是讽谏，这是很重要的。但是，汉赋作为一种修辞的传统，其辞章的艺术又超越了《诗经》。

---

[1] 此指许结《从"诗赋"到"骚赋"——赋论传统之传法定祖新说》，《四川师范大学学报》2010年6期。按：该文分四部分加以论述：一、对古代赋论传统之反思；二、汉赋用《诗》的理论衍展；三、科举用"赋"的批评聚焦；四、"祖骚宗汉"说的赋史意义。

[2] 详见许结《从乐制变迁看楚汉辞赋的造作——对"赋者古诗之流"的另一种解读》，《辽东学院学报》2005年第1期。

辞章的艺术又超越了《诗经》。同是写游猎，跟《诗经》比比；同是写宫殿，你跟《诗经》比比；同是写祭祀，你跟《诗经》比比；同是写征战，你跟《诗经》比比：《诗经》中这种题材都有，《抱朴子》中也都加以比较了，最后说"不及《上林》《羽猎》《二京》《三都》之汪濊博富也"。《毛诗》是非常美的了，但还远不及汉晋大赋的那种汪洋闳肆。从辞章之学来讲，汉赋早就超越了《诗经》。这是汉赋善辞的特征。

汉赋大量地继承楚辞，从文本来讲是继承楚辞的；而楚辞的形成，更多的是受祝词的影响：我是这么想的。我曾经多次引用刘师培的一段话，他在《论文杂记》中讲："秦汉之际，赋体渐兴，溯其渊源，亦为楚辞之别派。忧深虑远，《幽通》《思玄》，出于《骚经》者也；《甘泉》《藉田》，愉容典则，出于《东皇》《司命》者也；《洛神》《长门》，其音哀思，出于《湘君》《湘夫人》者也；《感旧》《叹逝》，悲怨凄凉，出于《山鬼》《国殇》者也；《西征》《北征》，叙事记游，出于《涉江》《远游》者也；《鹏鸟》《鹦鹉》，生叹不辰，出于《怀沙》者也……"他把汉赋和《楚辞》一个个对应上，哪一篇赋源自《楚辞》的哪一篇，并发展它了，这就是对楚汉浪漫的继承，是文辞上的线索。后来随便翻书，结果发现常常被误导，身边有什么书就习惯去引用，引过后才醒悟原来是古人抄古人。刘师培这段话，基本上都出现在清初孙梅的《四六丛话》卷三"骚"的序里面。这个"丛话"都是辑别人的东西，但是序是他自己写的，序里面就说："若夫《幽通》《思玄》宗经述圣，《离骚》之本义也；《甘泉》《藉田》斋肃典雅，《东皇》《司命》之丽则也。"你看看，和刘师培讲的一模一样，"《西征》《北征》叙事记游，发挥景物，《涉江》《远游》之殊致也；《鹏鸟》《鹦鹉》旷放沉挚，《怀沙》之遗响也；《哀江南赋》有《黍离》、麦秀之悲，《哀郢》之赓载也；《小园》《枯树》

体物浏亮,《橘颂》之亚匹也"等等,一大堆,讲得多好啊,还以为是刘师培写的,后来发现前人写得多了。(笑)这很讨厌啊,古人也不严谨啊,马克思主义没学过嘛,(笑)没有严谨的态度。以前集录《中华大典》文论的时候,发现古人都是你抄我,我抄你,那真是造成了天下文章一大抄。(笑)所以有时候我们讲现在学问风气不好,也不一定,你们说不定比古人严谨多了,因为你们现在不敢抄。(笑)古人就大胆地随便抄,所以如果追究古人的学风剽窃的话,那就不得了了。(笑)比如你读一下很多赋序,那很多都是剽窃嘛,一开头都是"登高作赋,可以为大夫","赋者,古诗之流也",每一篇都是这样讲,都这样讲总有先后,这就造成了剽窃,这个就很麻烦。有时候我们要信古,有时候也要疑古,有时候还要自疑,或许我们的学问比古人好。(笑)前面有了刘师培、章太炎等一批大师了,你们也就害怕了。其实有时候也没必要害怕,他们有时候也乱抄,有时候也很盲目。比如章太炎对甲骨文一概不承认,轻视简帛,重传世文献,如《说文解字》。现在的清华简很时髦,他若有知,定谓是假的了。安徽大学也有简了,南京大学还没有,造呗,(笑)那不简单,到香港文物街地摊上去买,找一些人来刻就是了——这是说笑,不必当真。刘师培的这段话,我一直觉得有道理,结果发现他基本上是抄前人的,也不注明出自何处,古人惜墨如金,搞一大堆注释,多繁费。

  虽然汉赋是继承楚辞的,但汉赋和楚辞最大不同之处,这也是我经常强调的,就是"赋诗言志"。最早是"瞍赋",后面我们讲"赋家"的时候,要详细讲,这里就稍微讲一下。《国语》里面讲"瞍赋""矇诵"等,都是在干什么啊?都是为了天子听政之用。过去文学都是用于天子听政,所以国家机关领导学习,老是学习经济啊、政治啊,怎么不谈古代文学哦,奇怪,(笑)应该把莫砺锋老师请去讲讲唐诗嘛,与贤人失志之赋的一个极大的不同就是汉赋回到王言传统,从过去传说的天子听政回归到真正的天子听政。因为汉代赋家多是宫廷文学的言语文学侍从,回归了宫廷,这是一个很重要的问题。

(笑)谈谈杜甫、苏东坡嘛,谈谈东坡怎么旷达,他们就不那么着急了。(笑)天子听政都是和王政有关,这些人都是代行王言,这是王政与王言的问题。与贤人失志之赋的一个极大的不同就是汉赋回到王言传统,从过去传说的天子听政回归到真正的天子听政。因为汉代赋家多是宫廷文学的言语文学侍从,回归了宫廷,这是一个很重要的问题。汉赋虽然继承楚辞的辞,但是它的义理与楚辞大不相同。那么汉赋是怎样回归宫廷,代行王言的呢?经义思想。汉赋用特殊形态来表达经义,马上《文史》第2期,有我和王思豪同学合写的《汉赋用经考》,五万字,四月份就要发表出来了,这是一篇实实在在的、落实到文本的、很扎实的论文。我跟他都是桐城人,都要改变辞章太盛的问题,(笑)所以一条条地将汉赋用经的文献辑录、梳理出来。这一篇文章五万字,我跟他讲后面再扩展开来,写个二十多万字,就可以成为《汉赋用经考》一本著作了,这是老老实实在做考证,一条条地梳理,很有意思。楚辞经义用得少,而汉赋大量运用经义。由于汉赋用经义,而本身又是辞章之学,修辞的文学,所以就造成了经义与辞赋的矛盾。最近我在思考这个问题,早上刚刚把这篇论文的稿子写完,写了一篇《词章与经义——有关赋学理论的一则思考》,今年十月份要开第九届赋学会[1]。

前几天在写篇文章,讨论宋代科举与辞赋嬗变问题[2],宋代文学

---

[1] 此文提交 2009 年在泉州召开的第九届国际赋学会,后刊载于《社会科学》2015 年第 5 期。

[2] 该文后以《宋代科举与辞赋嬗变》为题,刊发于《复旦学报》2012 年第 4 期。

人们研究很多了，但我重新来思考的时候，还是蛮有意思的。我在这篇文章里面抓三个点，你们要注意，写文章要学会抓点。我觉得我的文章里抓到的这三个点，别人还没有很好地讨论过。一个就是宋初的殿试，殿试是宋初的特点，很多皇帝都出席殿试，而且是内出题目。在元祐元年（1086）又恢复考赋，因为前面有熙宁四年罢赋，接着后面绍圣元年（1094）再罢，然后建炎二年（1128）再复，在罢复之间，这是第二个点。第三个点是在南宋咸淳时期（1265—1274），被称为"小元祐"，为什么叫"小元祐"？因为它跟考试的风气特别兴盛有关。抓这三个点，所以这篇文章就出来了，发表出来你们可看看，提提意见。我这篇文章主要是从反面来考虑问题的。别人也谈元祐赋，其时苏东坡是个代表。"苏文熟，吃羊肉；苏文生，吃菜羹。"现在是宁愿吃菜羹，也不吃羊肉了。（笑）这个时期恢复诗赋考试，善赋、善文的风气很盛，但也忽略了一个很重要的问题。从反面来考虑，因为元祐之前一下罢了十几年的赋，诗赋不考了，从熙宁到元祐，罢了很多年，然后元祐考了几年后，到绍圣元年，就是元祐的最后一年，哲宗亲政以后，一下子又罢赋，罢了三十四年。这是什么概念啊，断档了啊，十年浩劫就断档了，不要讲三十四年不考赋了，档断得厉害，所以赶快就把元祐当宝贝了，实际上它也不见得就是宝贝[1]。所以从反面来考虑问题，往往能提出新见，你不要从正面来看尊赋，还要从反面来看罢赋，以此来看它的价值，这也是做文章的一个方法。因此，汉赋就启示了经义与辞章的矛盾，这是很值得注意的一个问题，这是我讲的第一个问题：从祝词、楚辞到汉赋的传统。

---

[1] 在前文的基础上，我又撰写了《南宋乾淳文制变迁与辞赋风尚》一文，继续探讨这一问题，此文后刊载台北《政大中文学报》第 17 期，2012 年 6 月。

第二个问题，赋的辞章学意义。赋的辞章学意义表现出很多内容，首先我们看词语。为什么讲汉赋变成了类书啊？赋代类书，一个是比类意识，这个我们当然要考虑。有人骂汉赋是字书、掉书袋。你们不要看不起字书、掉书袋，你有本事你掉掉看？（笑）你把那么多鸟雀掉来，你把那么多花草树木掉来，而且掉来还押韵，掉得那么好，一看还色彩分明，声音和美，你本事高，你掉掉看？有一句很有道理的话：批判帝王将相，首先你要懂得帝王将相。你不懂他，你批判什么啊？就这么回事，你不懂怎么写赋，你批什么赋啊？批不了啊，赋这种文体也是很了不起的。辞赋是一个辞章学大辞典，就像一个百科大辞典一样，所以人家就说赋代类书啊，赋代字书啊，赋就像地方志啊，等等。这些说法都有它一定的道理，但也都没有完全的道理。有道理是辞赋确实有这个现象；没道理是他们不知道赋家是怎样把这些糅合在一起，又怎样把它们展现出来的。你以为司马相如的赋好写啊？到现在我还不敢写赋啊，我哪敢写啊？所以现在网络上讲：许老师研究赋多年，不会写赋。我的确讲过一次，我讲我到现在没写过赋，他们干脆就改为"不会写赋"了，这难听得很[1]。我也曾被赋"绑架"了，南京特殊教育学院要我给他们写个赋，说博物馆里有面墙壁空着，就等我的赋了。我后来还是写了。我当时想，写得不好会让人骂的，现在人写赋都不押韵，那是不行的啊，因为规矩知道多了，就不敢写了，无知者无畏啊！我胆小了，所以为什么说年龄越大越写不出好东西来啊，谨慎了啊！年轻人放荡，"三十不豪，四十不富"。苏东坡的文章，还是前期的好看，

---

[1] 有关趣事，可参见许结《〈大风起兮〉序》，载于王志清《大风起兮——袁瑞良赋体文学论》，人民文学出版社、天天出版社2011年版，卷首"序二"。

到后来就可怜了,他自己也害怕了啊,越搞胆越小了嘛,一个是政治迫害,一个是自己阅历多了,读得多了,感觉文章没那么容易写了。确实是这个问题,遇上熟人托写赋,我也很为难。我们看辞赋中的辞章,确实不得了。第一个是词语,大量的词汇。汉赋的词汇量简直是大得不得了,所以为什么汉代文字学、语言学发达?这跟汉赋有关啊。文学超前论,文人了不起,文人往往领先学界啊。我们研究多年,写了这么多著作,谁理睬我们。我曾对一些学生讲,你可以叫你的学生读我的书,你的学生的学生恐怕就不一定读我的书了,我的书能够管两三代就不错了。作家是最厉害的,许多人研究他,代代相传,生生不息,千古一脉啊。汉赋本身的词语就是一个很重要的问题。这个问题很好玩,很有意思,我也没时间来写,曾经大略整理了一下,修饰性或形容性的词语大量出现,有人讲是"字林"。比如描写山,有的描写山的高峻,有的描写山的高大,有的写山的奇突,有的写山的深空,有的写山的连绵,有的写山的险峻,有的是突然断绝,有的是相对而起,有的是旁出而起,有的是对立而起,有的是倾倒,有的是陡绝,有的是斜平,有的是尖锐,有的是高而长,有的是平而长……都有不同的词汇描绘,不得了啊,词汇多得我们都搞不清楚。而我们只会说"巍巍高山""萋萋芳草""河水汤汤",(笑)语言贫乏至极啊。汉赋作家不得了,一大堆的词汇,比如写山的"高峻"一项,有"崔巍""峥嵘"等等,描绘性的词语就有二三十个,很多字都不大认识,描写得极其细致,些微的区别都能分辨清楚。又比如写马,头是白的,屁股是红的,一只脚是白的,两只脚是红的,名称叫出来的都有区别。这种区别字书里面也都有,但是汉赋用文学描写的形式把它表现出来,难怪汉赋作家写赋把自己整得赋代类书与赋的对偶。

要死。扬雄写赋,梦中肠子都流出来了;张衡写赋,花了十年时间[1]。写了十年啊,这要有多大的学问啊!你讲你找我写赋,我写个十年,那就完蛋了。(笑)我课也不上了,什么都不干了,把我关上个十年写赋去,那也许可以写个"字林"出来。(笑)赋是大学问,太难写了,所以也不能怪别人没有写好。再比如修饰性词语,也非常多,你们仔细看《上林赋》,写得真好,写水,水声、水流、水向,水怎么走,用动词,用形容词,加以描绘,都有不同的词汇。就说"八川分流"那一段,你们读一读赋文,那写得多精彩啊!大量的形容词,形容词太多,都没办法讲了。大量的拟声词,后来的诗人,写鸟语就不得了了,学鸟雀叫,鸟言、禽言,大家都热衷这个,其实汉赋里面就有大量的拟声词。大量的叠词,有人统计过,叠词达到440个,使用120多次,"滔滔""荡荡""郁郁""靡靡""遥遥""飘飘",一大串,叠词太多了啊。写诗的人,用词汇就可以少些了,没有哪个写诗的把肠子写出来吧,好像有个李贺。他妈妈就讲:"此儿要呕出心来。"只有李贺一个人,因为他写死亡意识太多,写鬼,写血,写残阳,写怪东西,诗里面有一种恐怖意识,以致他写诗比较累。一般写诗是越写越快活,写赋就太累了。再说词人,李清照可是吃尽艰辛了,她写词才有个"寻寻觅觅,冷冷清清,凄凄惨惨戚戚",十四个字,不得了了,词史上的冠军了[2]。那赋中间这样的叠词不知道有多少,太多了,但一定要叠得很有意味,因为古代赋是朗诵的嘛。可

---

[1] 有关纪事,详见桓谭《新论》、范晔《后汉书·张衡传》。按:刘勰《文心雕龙·神思》云:"张衡研京以十年,左思练都以一纪,虽有巨文,亦思之缓也。"黄侃《札记》评曰:"二文之迟,非尽由思力之缓,盖叙述都邑,理资实事……是则其缓亦半由储学所致也。"

[2] 李清照《声声慢》开头十四个叠字,文学史家以为其不仅表达了悲凉恍惚之心态,也是词家的"千古创格"。

以举一个例子,如"霏霏""裶裶""菲菲""斐斐""奜奜",读音差不多的:第一个"霏霏",是云腾之象;第二个"裶裶",是衣长之貌;第三个"菲菲",是香气之烈;第四个"斐斐",是文采之美;第五个"奜奜",是徒步之状,行走时的婀娜多姿哟。都是同音,意思和形容大不相同。这类例子很多,比如司马相如的《梨赋》"唧嗽其浆",一吃梨子,那浆汁一蹦啊,唧地一下,拟声啊。有的时候,我们注释赋很累,实际上很多都是当时的民俗方言,多得很。我们说汉赋是口诵的艺术,是有依据的。

第二个是对偶。除了词语以外,中国文学的对偶也相对集中地在赋体中出现。过去对偶是比较自由的,到了科举考试,特别是律赋,隔句对是最明显的,律赋一个很重要的标准是隔句对,不只是单句对了。律赋之前的对偶是比较自由的,有一个学者研究江淹的赋,这个人我认识,是香港的一个学者,他写过一篇《略论江淹〈恨〉、〈别〉二赋之声律》,其中就包括对偶问题[1]。因为我参加第二次赋学研讨会的时候,他提交的是这篇论文,所以我有印象。江淹赋中的对偶有多少呢?他以《别赋》为例,单句对有"龙马银鞍,朱轩绣轴",的名对有"日下壁而沉彩,月上轩而飞光",互成对有"况奉吴兮绝国,复燕宋兮千里",异类对有"或春苔兮始生,乍秋风兮暂起",同类对有"芍药之诗,佳人之歌",联绵对有"风萧萧而异响,云漫漫而奇色",事类对有"帐饮东都,送客金谷",流水对有"驱征马而不顾,见行尘之时起",颜色对有"见红兰之受露,望青楸之离霜",数字对有"别虽一绪,事乃万族"等,一篇文章,大量的对仗。前几天我被委派到一所中学去讲课,给学

---

[1] 详见韦金满《略论江淹〈恨〉、〈别〉二赋之声律》,《新亚学术集刊》第十三辑《赋学专辑》,1994年出版。

> 古人的东西之所以成为经典，不仅仅在于它的思想性、学术性、传承性，还在于它的辞章。

校做招生广告，被拖到苏州，跑了四个中学，有一个中学还不错，叫"震川中学"，我讲这肯定跟归有光有关了，那个校长说是跟归有光有关。因为到每一个学校讲一样的课题，累死人，老师最大的痛苦就是重复自己啊。（笑）上午讲一场，下午讲一场，第二天还要讲两场，恨死了。那怎么办呢？那就灵机发动，找灵感，每次课的开头都不同，到这个地方讲这个，到那个地方就讲那个，看学校的特殊环境而定，自己找点乐子吧。（笑）讲的课题是教中学生怎么读书，就是后来讲到的辞章的意义。古人的东西之所以成为经典，不仅仅在于它的思想性，它的学术性，或者它的传承性，还在于它的辞章。我以韩愈的《进学解》为例，《进学解》中存活了多少成语、词语啊。实际上《老子》也一样啊，我也把它理出来了，多少成语、俗语都保存下来了，这就是经典的生命力啊[1]。所以以前有人开玩笑，讲巴金之所以得不到诺贝尔奖，是因为他的词汇太贫乏。哇，我觉得有道理，《家》看了一本，《春》《秋》也就不要看了，差不多了，词汇比较贫乏。但是词汇多了后，又容易掉书袋，这很麻烦，真正能很好地处理这个问题，是很了不起的。讲老实话，就我读赋的体验来讲，东汉赋不如西汉赋。司马相如被封为"赋圣"，是名副其实的，他的赋写得是真好，有气势，又错综，真特别好。

> 描绘性是赋的一个很重要的特征。

赋要对偶，与其描绘性文体特征有关。赋的辞章体现在哪里？就是描绘。赋是描绘性文体，或者说，描绘性是赋的一个很重要的特征。以从宋玉赋到汉赋为例，我认为赋的

---

[1] 有关《老子》书中存活至今的成语，可参结《老子讲读》（华东师范大学出版社2008年版）每章后的"文学链接"部分。

描绘有几个方面最明显：一是修饰，不是一般地描写，而是要修饰。就像我们改论文的时候，要注意文辞，要注意修饰，有时候两句合一句更好，有时候觉得啰唆就删掉，有时候把后面调到前面来，等等，这都是一种修饰。一篇文章的好坏，也不仅仅在于你的论文有新颖的论点、观点，也还要注意文采。曾国藩讲过：写草书要慢，写楷书要快。所以我在作家班上课就老讲：你们创作要慢点，要腾挪跌宕，像写草书，要有点趣味、义理，思考思考；而我们写论文的，材料充足，考虑成熟过后，要写得稍微快点，流畅，如果写得苦涩不堪，那文章绝对不是好文章。我写的几篇论文，自己觉得好点的，都是写得比较快的。一旦写得苦涩时，就放一放，暂时不要写了，过一段时间再写。赋讲究词汇，所以有时觉得很笨重，就需要修饰，比如宋玉《神女赋》："其状峨峨，何可极言。貌丰盈以庄姝兮，苞温润之玉颜。"完全是一种修饰，对美貌加以修饰。

再一个就是叙述性。赋的叙述性跟叙事散文不同，叙事散文说得清楚、明白就行了，赋的叙述性是一种艺术的叙事。比如《西都赋》，材料太多，写城市建设，那是规划局的事，跟赋家有什么关系啊？赋家要把规划局的事拿来写，你说这个麻烦吧。（笑）"建金城而万雉，呀周池而成渊。披三条之广路，立十二之通门"，这样叙述下来，气势非凡，这种叙述都是真话，读起来却很快活。

> 赋的叙述性跟叙事散文不同，赋的叙述性是一种艺术的叙事。

再一个是罗列性[1]。《上林赋》里面其山怎么样，其石怎么样，

---

[1] 有关汉赋创作的罗列现象，详参万光治《论汉赋的图案化倾向》（《四川师范学院学报》1982年3期）、《论汉赋的类型化倾向》（《西南师范学院学报》1983年1期）；简宗梧《赋与类书关系之考察》，漳州师范学院中文系编《辞赋研究论文集（第五届国际辞赋研讨会）》，中国文史出版社2003年版。

> 对赋的描绘性、叙述性和罗列性应该特别关注，这些都是赋辞的特征。

其鸟如何如何，其水如何如何，大量的罗列。这种罗列也是很讲究的，哪个先？哪个后？怎么押韵？中间用什么动词点化？赋因为罗列太多了，所以需要用一些动词点化一下，把句子点活嘛，像"春风又绿江南岸"一样，用"绿"字把这一句话点活了。赋中也有用一个字将一句话点活的，这个大家一定要注意。就像下围棋一样的，如果点得好，一下子自己就活了，把别人就给弄死了。这个点化，就叫"眼"嘛。上古文章不讲"眼"，后来才讲"眼"，到了魏晋的时候才开始重"字眼"，到科举考试的时候就更讲究了，但这种情况在赋中一直存在。这个"眼"，赋家用修辞的艺术表现出来，这是赋家的主观性。《七发》对观涛的描写，完全是自己融入其间了。扬雄赋的主观性也很强，上节课讲过了。赋的这种主观性是生动活泼的。比如后来欧阳修的《秋声赋》"其色惨淡，烟霏云敛；其容清明，天高日晶；其气栗冽，砭人肌骨；其意萧条，山川寂寥"，写得多精彩啊！苏东坡《赤壁赋》更是静态与动态交织在一起。所以我想读赋的时候，对赋的描绘性、叙述性和罗列性应该特别关注，这些都是赋辞的特征。如果不落实到这点，那读赋就会茫茫然，看过一遍，还不晓得这赋讲了些什么东西。所以读赋，一遍是读不过来的，第一遍要先读个大概，然后再一段一段地细读，要带着这种心态和眼光读，就会觉得赋也蛮好玩的。

赋主要是辞章之学，你们多读些赋，也许会对你们写文章，或者是创作有好处吧。近代学者就讲过去的那种渊雅之风丢失了啊。"渊"，渊博嘛，"雅"，典雅、庄雅，这些都比较难。汉赋显得渊博，庄雅可能不够。《诗经》庄雅，但渊博比不上汉赋。渊雅、渊懿都是很重要的。在上世纪初，当时的学者如黄侃等批评时文的庸俗之风,为什么呢?因为都是从东瀛而来,从日本来的[1]。日本是我们跟西方的一个交接点,东瀛之风,它的文本极其庸俗,带来了二十世纪整个文本的庸俗,俗不可耐。现在俗的东西都变成典雅了,因为它与网络文一比也典雅了啊,像"木有""神马",什么玩意?(笑)奇怪得很,有的整个搞不懂。这是在颠覆文辞了,于是有学者就骂这个俗不可耐。他不知道你骂人家俗不可耐的文字,也是别人骂你俗不可耐的文字啊。(笑)我们做古典的人还是要在思想上存留一点典雅、风雅吧!

第三个问题就是赋的修辞原则。赋的修辞原则落实到创作,也是五花八门,十八般武艺都有,所以修辞应该是赋的一个重要方面。例如比喻,那就太多了,因为赋的描绘有主观性,要将实物虚化。赋是比较实的,很实在;诗空灵。诗是整体的空灵,赋是局部地感觉到一些空灵,整体上很实,但局部一定要有些空灵,要不然没办法读,不读就不爱它了,谁还去研究它啊?我开始也不喜欢它,后来写思想史,读上了赋,现在就喜欢读赋了。开始是读《文选》中的赋,《选》赋中的修辞大量存在,首先是比喻,比喻是赋里面最常见的。比如扬雄《羽猎赋》写车马出行的时候"霹雳烈缺,吐火扬鞭",这个比喻多好啊,就是那个马出来的时候,驾、驾,勇猛地冲出来,出去打猎啦!(笑)"吐火扬鞭",他们也不心疼马哦。(笑)这也符合孔子的思想呀,他就说:"伤人乎?不问马。"(笑)这人道是人道,但没有马道啊。(笑)儒家是爱人不爱牲畜啊,我们现在是"胞与万物"嘛,所以猫也不能虐待了,狗也不能虐待了,一虐待就上网,

> 第三个问题,赋的修辞原则。

---

[1] 刘师培《国粹学报略例》云:"本报撰述,其文体纯用国文风格,务求渊懿精实,一洗近日东瀛文体粗浅之恶习。"

> 赋是比较实的，很实在；诗空灵。诗是整体的空灵，赋是局部地感觉到一些空灵，整体上很实，但局部一定要有些空灵。

被人肉搜索，你打个人还不要紧，你打个猫就倒霉了，（笑）这是生灵平等又不平等的时代。

其次是夸张，大量的夸张充斥于赋作中。如汉赋，作者一定要夸张，赋文中的夸张非常明显。当然，赋之外的古书里面也都有夸张，但汉赋特别明显，比如班固《东都赋》写王莽政治之恶劣，"生人几亡，鬼神泯绝"，活着的人都死光了，鬼神也都没有了。鬼神投胎都投不了，你看残酷到什么程度，（笑）很好玩。这是夸张。还有一个方法，就是错综。因为要铺排大量的词语，错综也就很重要了。赋文里面大量地存在错综，成为其创作法则，我写文章的时候往往自然而然地就喜欢这样子，写论文的时候也是这样子。这个词在这里用过，在那里就不用了，用个相近的词，这要养成习惯，遣词的习惯，要不然你刻意想也很麻烦。比如《上林赋》里面"徒车之所轥轹"，写车子的时候用了"轥轹"，"步骑之所蹂若"，顺着来的是"人臣之所蹈籍"，三个句子，写车子、步兵和随臣，"轥轹""蹂若""蹈籍"都是践踏、碾压的意思，但连用这三个词，讲究的是错综。这样描写物态的句子很多，非常讲究。谈赋辞，我觉得赋作中的错综特征是很重要的。

再则就是排比，大量的排比。这个我就不列举了，但排比的组合方式有些不同，西汉的排比较自由，就是句式比较自由，各种各样的句子都有。特别要注意，司马相如的赋跟扬雄的赋不同，跟班固的赋更不同。司马相如的赋多是三字句排比，非常精彩，扬雄赋还有一些，到东汉班固等人就基本是四字句、六字句。司马相如的排比"奇"比较多，扬雄的"偶"比较多，东汉以后就基本上全是"偶"，开始走向骈文了嘛。这种"奇""偶"的出现，跟当时的文化有关，跟语言发展有关。这有个阶段性，口语比较活跃的时代，四六字句不多，口语还是比较随意的时候，这是一个方面。另一个方面是时代的不同。司马相如也好，司马迁也好，你们要给他们的文章一个字评价，那就是"奇"，扬雄讲"仲尼多爱，爱义也；子长多爱，爱奇也"，奇（jī）者，奇也[1]。如果从这种理念来看，西汉赋的描写奇句特别多，我总觉得：西汉赋的三字句就像是滚石头一样的啊，往下直滚啊，而且那石头还不是圆的，还是有棱角的，哇，那种感觉，轰轰轰地滚下来。到了东汉重礼，重礼制了嘛，《周礼》学兴盛，西汉兴盛的是《公羊春秋》学。东汉礼仪秩序比较明显了嘛，四平八稳的描写就越来越多。这是两汉赋排比的不同之处，值得我们注意[2]。

以上是我们对赋之辞的一个简单介绍。最后一个问题，就是对"辞人之赋"的看法。过去是"诗人之赋"，我们看一下扬雄的观点，扬雄是辞赋大家，但是他试图做一个辞赋的终结者，因为他批判辞赋最多嘛。首先是说雕虫篆刻，壮夫不为。我有个学生写文章恭维我那个《赋学讲演录》，说"窃以为"。他这个胆大啊，有大家风范啊，（笑）我的学生也有大家风范啊。（笑）"窃以为二十世纪以来，对中国辞赋贡献最大的三个人马积高、龚克昌、许结"，我愧不在"卢前"，也不耻居"王后"了，（笑）其实我也不一定觉得你在恭维我。（笑）他就这么写了，不过只是在文学中描绘一下也无所谓，描绘一下也就过去了，也不无道理。也有些道

对"辞人之赋"的看法。

---

[1] 参见许结《汉代文学思想史》第二章第五节"实录与爱奇：《史记》文学思想的一对命题"，南京大学出版社1990年初版，人民文学出版社2010年新版。

[2] 有关两汉赋风不同的学术背景，可参见许结《西经东史：汉赋演进之学术思考》，《安徽师范大学学报》2015年第4期。

理，因为马是第一任会长，龚是第二任会长，我就当第三任会长了，他代我先封了。（笑）他这样写了就算了，上辞赋网站上就不得了了啊，网上说"当今辞赋三巨头"，（笑）然后我就说：扬子说雕虫篆刻，壮夫不为；壮夫不为，何巨头为？（笑）如果跟孔孟之学比起来，那辞赋还是雕虫小技嘛，但学科细分了之后，辞赋也就了不起了。卞孝萱先生有一次跟我讲：研究汉赋好，秦汉大文，文必秦汉。他鼓励我啊，言外之意是唐宋不怎么样，明清就更不怎么样了。（笑）卞先生鼓励了我一下，很有意思，在他眼里，辞赋也变成了大文章了[1]。

扬雄区分"诗人之赋"和"辞人之赋"，其间已构成了一种辞章跟经义的矛盾。元代的祝尧，又加了一个"骚人之赋"，打破了这种两对的格局，所以我上次课提到的那篇文章（指《从"诗赋"到"骚赋"》）就特别强调这一点。为什么祝尧要加这个？因为《离骚》为辞赋祖，辞赋归复了人本来的情感，内容也就复杂了。这里还是存在着一个问题，就是文学重在辞章而又反对辞章，所以"诗人之赋丽以则，辞人之赋丽以淫"。程千帆先生的女儿，曾经在我们系工作，她的名字就特别好，叫"丽则"，这就是"诗人之赋"呀。像我们就不行了，是"辞人之赋"嘛，一写就是大文章、长文章，以辞害意，是辞人之赋了。光"诗人之赋"也不行的，也还要"辞人之赋"。这二者融合是很难的，冲突特别多，所以就构成了辞章和经义的矛盾。扬

> 扬雄区分"诗人之赋"和"辞人之赋"，其间已构成了一种辞章跟经义的矛盾。

---

[1] 卞孝萱《中国文化制度述略序》云："我与他同事多年，深知其治学的主要成绩在辞赋研究，古人说'赋兼才学'，作赋固需才学，而研究赋更需要广博的学识。因为每一篇大赋就是一个系统的文化工程，在这层意义上，作者的辞赋研究与文化研究正是相得益彰的。"文载许结《中国文化制度述略》（凤凰出版社2005年版）卷首。

雄有一段问对的话语:"或问:'吾子少而好赋?'曰:'然。童子雕虫篆刻。'俄而,曰:'壮夫不为也。'或问:'赋可以讽乎?'曰:'讽乎!讽则已,不已,吾恐不免于劝也。'或曰:'雾縠之组丽。'曰:'女工之蠹矣。'……或问:'景差、唐勒、宋玉、枚乘之赋也,益乎?'曰:'必也,淫。''淫,则奈何?'曰:'诗人之赋丽以则,辞人之赋丽以淫。如孔氏之门用赋也,则贾谊升堂,相如入室矣。如其不用何?'"他对相如倒还是很认可,但在《史记》和《汉书》里面,记录他的话,又说相如赋是"丽靡之词",持批评态度,这也是个矛盾的事情。到了王勃的笔下,屈原又成了"辞人之赋"了,骂得厉害,这见于他的《上吏部裴侍郎启》一文,大家可以看看,批评摆弄辞章的人都不好。其实他自己就是搞辞章的,因为懂辞章所以骂辞章,不懂不要骂。(笑)清代有个学者叫黄承吉,扬州学派的,他有一个《梦陔堂文说》,太有意思了,在中国历史上很少有的,一个古代学者像写博士论文似的,真与你们写博士论文一样,第一章、第二章、第三章……第九章,一共九章,有九篇文章,完全是专论。《梦陔堂文说》里就论扬雄,九篇都论述扬雄啊,这不得了啊,我写扬雄的文章时根本没有考虑到这个,因为没看到[1]。让我写《扬雄评传》,我不敢,因为我写过《张衡评传》了,只能写一个,因为那一套书很漂亮,所以才写了一本,选了张衡,写第二个就一点意思都没有了。刚开始我本来想写扬雄的,结果他们不给我,给别人抢去了,后来那个人又不写了,就退回来了,又想让我写。写张衡,天文知识不好写,后来我还是写了,结果很开心。那么他们把扬雄转过来,我说我不写,就推荐了王青,王青

---

[1] 黄承吉《梦陔堂文说》有清道光刻本,南京图书馆藏本末卷残缺,国家图书馆、上海图书馆藏本皆全帙。

写了，我就把一些材料借给他了。王青老师写了《扬雄评传》[1]，我后来问他有没有看到《梦陔堂文说》，他说也没有看到。是蒋寅研究清代散文的时候，随便翻书看到的，后来我就去南京图书馆认真读了，南京图书馆缺了末卷部分内容，上海图书馆是全的。黄承吉就是批评扬雄，他批评扬雄就是说辞人之赋未必就应该全盘否定，就文学来讲，它本身就是"通于礼，而非外于礼"嘛，所以文以载道，不是文、道二者嘛，是融会一体的嘛。有很多辞章能够很好地表现你的义理，有什么不可以的呢？黄承吉对"辞人之赋"进行了一个反省，认为文学应该重视辞章，所以给我一个启示，因此这两天写了篇文章，从四个方面来论述辞章和经义的矛盾。我喜欢写文章，写的过程我喜欢，写过后我就无所谓了。我写文章，有想法就写，写得自己很得意，写作就是对话，与书中的古人对话，很快活啊。我原先练过气功，练了过后觉得没用，练得不好，那个气下不去，停在两眉间，很难受，变成二郎神了。（笑）因此，我想到一点，写作就是气功，我能坐在那儿一天，写得很快活，那就是气功啊，是大功夫啊，如果你们觉得写文章痛苦就不行，我写东西很快活，所以我就很喜欢。我喜欢写写东西，跟自己的文章对话，像弄一面镜子照照。语言的镜子，语象啊，美女就爱看图像嘛，美女没事干就经常照照镜子，寻找快活。（笑）我们人老了，没办法了，不敢对镜，对镜一看就是，哇，头发又白了，皱纹又出来了，痛苦就来了。（笑）哪怎么办呢？我们有语象吧，用文章来对照嘛，犹如美女照镜子嘛，那种感觉也很好。

　　回到关于辞章和经义的矛盾，我一下就写了四个部分：第一个部分是经和赋的问题，从本源到引述，原来都是跟经有关，经在汉代被

---

[1] 王青《扬雄评传》（"中国思想家评传"丛书第23种），南京大学出版社2011年版。

确立为王政、王言，才成为经，"赋诗言志"也如此，赋的本源就在这里面。中国文学的发源就是宫廷文嘛，不上升到宫廷，不成为文学。它们的本源与功用往往纠葛在

> 到了汉代，用辞章来引述经义的时候，从本源到引述了，经、赋开始分离。经、赋表面上是在结合的时候，实际上是在分离了。

一起，到了汉代，用辞章来引述经义的时候，从本源到引述了，经、赋开始分离。经、赋表面上是在结合的时候，实际上是在分离了。有些东西，往往是你想结合的时候，它恰恰在分离。第二部分标题是：赋者，或称赋家，因为我指作赋人，读赋人也可谓赋者。这有点西方批评的味道了，就是作赋的人是什么人，这很重要。真正的大赋作家是文学侍从，是内官，这个我们讲赋家的时候要讲到的。这跟礼有关，跟乐府有关，赋家的身份大多是侍郎、郎官。到东汉以后，赋者已经不是文学侍从了，有些成了在野文人了，堕落了。到魏晋的时候，经义和辞章的分离是比较明显的，文人化的东西要多得多，当然献赋是一直存在的。再到唐宋考赋的时候，又归入了宫廷，先是吏部，然后是礼部嘛，过去是高层的精英献赋，后来也还有精英献赋，但主要是形而下，变成工具化，王朝的工具化，但还算是王言。闱场考赋用经籍，经、史、子、集都能命题，更多的是经、史题。为了融合经义与辞章的矛盾，用经命题，用五经命题、九经命题。当然也有不同了，汉大赋曲终奏雅，因为不是考试嘛，皇帝可以慢慢欣赏，就像听歌舞一样，慢慢听，听到第九章，哎呀，漂亮，还可以继续听。考试的时候，还第九章呢，第一章写不好你就完蛋了，考赋，第一句就要好，吸引人。这就是我马上准备写的文章《从"曲终奏雅"到"发端警策"》。早期的文学是"曲终奏雅"，后来讲究实用了，就"发端警策"，考赋，你不"发端警策"你就失败了。就像今天高考改作文一样，几分钟就改一篇作文，所以作文一开始就要精彩。考赋，破题

要精彩,例如"德动天鉴,祥开日华",人家一看就说太好了。考赋又讲究内容,古代的思想性多取自经义,考赋就是经义与辞章的再次融合。这本身又是矛盾的,开始是明经、进士科考诗赋,到宋代是罢赋,又分成经义进士、诗赋进士,这很有意思。他们没有想到这个重要问题。考诗赋,最重要讨论的是赋的问题,诗就那么几句话,批来批去也就那么几句话。赋一写一大篇,有的写到八百字,后来才有了短赋,八韵律赋三百五十字左右是最适合的。关于赋的批评很多,经和赋的矛盾很激烈,大家都忽略了一个问题,赋和策的矛盾也存在,又不同。文章和经世致用,经义与策论是不同的,如北宋早期是以策来批评赋的。到王安石立经义,考经义,才转为经义与辞赋的冲突与矛盾。而经义与辞赋的矛盾和辞赋与策论的矛盾是不一样的。两个性质不同,一个是写古代的,写自己的涵养和学问的;一个是搞现实的对策,如《防日本核污染策》。(笑)经义和辞赋都是以文取人、以言取人,特别是以言取人。所以到北宋后期在考赋与否的争议中,当时的侍御史刘挚曾经跟皇帝讲:为什么要废赋而用经义呢?经义与辞赋都是以言取人[1]。过去都是言语文学侍从,标立经义与辞赋而使之对立,这是一种偏见,很无奈,实际上二者既有矛盾,又多融合。因为过去的辞赋创作就是谈经义,所以从赋者转变为考赋问题,这是我讲的第三个问题。最后是赋体。我这篇文章写的四个部分,就是赋体,试图揭示依经立义和赋体自在的矛盾。

从汉代开始就形成文章的依经立义风气,王逸评《楚辞》是最典型的依经立义,《史记》《汉书》评司马相如等人的赋也都是依经立

---

[1] 有关宋人论及经、赋皆"取人以言",详参许结《论考赋"取人以言"的批评意义》,《文学遗产》2015年第1期。

义,但赋体本身又是存在的,这个矛盾也要解决。我前面讲的文章从四个方面讨论经义和辞章的矛盾,是我最新的一个研究成果。宋人教学的时候,就喜欢讲最新的东西,我的这个教风用的是宋人之法。如果是汉人之法的话,那还没有思考成熟,就不能讲。你有时候讲出去不要紧呀,如果用文章形式发出去就比较麻烦,比如我和王思豪合写的《汉赋用经考》,我们还没正式发表,前几天看新浪文库上都已经有了,就奇怪了。有一次赵逵夫先生寄来他编写的七卷本《历代赋评注》,让我帮写个书评,于是我写了《跨世纪的赋学工程》一文[1],写了过后,我就放在自己的博客上。赵逵夫问我有没有地方投,我说已寄给《博览群书》了。寄给《博览群书》后,编辑先说马上就用,但是他们又说:这篇文章您已经发到博客上了,就等于已经发表了,原则上是不能用了,或者改一点再用。又说:对您就特别一点,请您把博客上的文字删掉,我们就用吧。你们也要注意了,文章不能随便发,发上自己的博客,就不能在刊物上发表了。新浪网我打不开,有天我叫王思豪打开看看,打开一看,果然《汉赋用经考》全文都在上面了,而且还加了一个题目"许结教授最新力作",(笑)这个新浪网页也关注我了,真是变成"巨头"了,这很好玩。(笑)最近又有网上称我是什么"赋学泰斗",我说什么泰斗啊,阿斗哦!(笑)好,今天就讲到这里。

> 从汉代开始就形成文章的依经立义风气,王逸评《楚辞》是最典型的依经立义,《史记》《汉书》评司马相如等人的赋也都是依经立义,但赋体本身又是存在的,这个矛盾也要解决。

---

[1] 详见许结《跨世纪的赋学工程——七卷本〈历代赋评注〉评介》,《博览群书》2010年第8期。

历史文献摘选

刘勰《文心雕龙·丽辞》：

造化赋形，支体必双，神理为用，事不孤立。夫心生文辞，运裁百虑，高下相须，自然成对。唐虞之世，辞未极文，而皋陶赞云："罪疑惟轻，功疑惟重。"益陈谟云："满招损，谦受益。"岂营丽辞？率然对尔。易之文系，圣人之妙思也。序乾四德，则句句相衔……日月往来，则隔行悬合：虽句字或殊，而偶意一也。至于诗人偶章，大夫联辞，奇偶适变，不劳经营。自扬马张蔡，崇盛丽辞，如宋画吴冶，刻形镂法，丽句与深采并流，偶意共逸韵俱发。

附：同上《章句》：夫设情有宅，置言有位；宅情曰章，位言曰句。故章者，明也；句者，局也。局言者，联字以分疆；明情者，总义以包体，区畛相异，而衢路交通矣。夫人之立言，因字而生句，积句而成章，积章而成篇。篇之彪炳，章无疵也；章之明靡，句无玷也；句之清英，字不妄也；振本而末从，知一而万毕矣。

同上《物色》：诗人感物，联类不穷。……及《离骚》代兴，触类而长，物貌难尽，故重沓舒状，于是嵯峨之类聚，葳蕤之群积矣。及长卿之徒，诡势环声，模山范水，字必鱼贯，所谓诗人丽则而约言，辞人丽淫而繁句也。

葛洪《抱朴子·外篇·钧世》：

且夫《尚书》者，政事之集也，然未若近代之优文诏策军书奏议之清富赡丽也。《毛诗》者，华彩之辞也，然不及《上林》《羽猎》《二京》《三都》之汪濊博富也。……若夫俱论宫室，而《奚斯》《路寝》之颂，何如王生之赋《灵光》乎！同说游猎，而《叔畋》《卢铃》之诗，何如相如之言《上林》乎！并美祭祀，而《清庙》《云汉》之辞，何如郭氏《南郊》之艳乎！等称征伐，而《出军（车）》《六月》之作，何如陈琳《武军》之壮乎！

  附：李元度《赋学正鹄·序目》：赋学指要，厥有数端：曰审题，曰辨体，曰炼局，曰取势，曰用笔，曰修辞，曰选韵，曰储材……用笔须如天马行空，转换不测，向背离合得其情，操纵顺达随其意，则局势自不平庸。至体物题须用写生之笔，双关题须用活脱之笔，写景题须用风华之笔，言情题须用婉转之笔，纤细题须用刻画之笔，论古题须用沉雄警快之笔。……若夫修辞以炼词炼句为要，尤以六朝人为宗。……盖古人不废摹拟，扬子云、李太白且然，况后人乎？学者但得古人之残膏剩馥，即已高出俗径万万矣。

扬雄《法言·吾子》：

或问："吾子少而好赋？"曰："然。童子雕虫篆刻。"俄而，曰："壮夫不为也。"或问："赋可以讽乎？"曰："讽乎！讽则已，不已，吾恐不免于劝也。"或曰："雾縠之组丽。"曰："女工之蠹矣。"（李轨注："雾縠虽丽，蠹害女工；辞赋虽巧，惑乱圣典。"）……或问："景差、唐勒、宋玉、枚乘之赋也，益乎？"曰："必也，淫。""淫，则奈何？"曰："诗人之赋丽以则，辞人之赋丽以淫。（李轨注："奢侈相胜，靡丽相越，不归于正也。"）如孔氏之门用赋也，则贾谊升堂，相如入室矣。如其不用何？"

> **研习与思考**
>
> （一）祝词·楚辞·辞赋
>
> （二）赋的辞章学意义
>
> （三）赋的修辞原则及演化
>
> （四）对"辞人之赋"的思考

第四讲

赋 艺

今天应该是第四讲,讲一讲辞赋的艺术,简称"赋艺"。文学都是艺术,有艺术的观念,有艺术的方法,赋的艺术,自然又有它的特色。不管诗也好,赋也好,其他的文体也好,中国传统的古代文学有两个功能是非常重要的,一个是教化功能,文章都含教化功能;另一个是娱乐功能。从娱乐性来看,赋的艺术特点很明显,今天就先介绍这个问题。

前面讲过,从祝词到《诗经》,到楚辞,比如《九歌》,再到汉赋,构成了一个善辞传统,或者说是一个善文的传统,这一文学辞章的传统是非常明显的。通过这一辞章的传统,赋家将议论藏于辞章之中,这是赋的一大特点。关于辞章,我们前面讲过,从祝词一直到汉赋,如果就娱乐性来讲,早期祝词娱神,使神灵非常高兴,从而降福而避祸,到了汉赋,更多的是娱人。周公旦的策祝,祭祀神灵,替周武王承担过错,那一段祝文就是在娱神。司马相如上《大人赋》也好,上《上林赋》也好,汉武帝听了那么高兴、亢奋,所谓"飘飘有凌云之气",那就是被娱乐了呀。在这个娱乐之间,是很有值得玩味的。赋要娱乐,就要写得美,写得美就要有辞章之学嘛,声韵和谐,辞藻美丽,从祝词到汉赋都是这样。这里面有个期盼。一个主观的期盼,因为是文学创作,所以希望达到什么;为了希望达到什么,就加以详细描绘。比如《诗经》写爱情,未必就是描写爱情啊,这种期盼很有意思。陈梦家等很多学者就谈过,讲所谓的"桑间濮上之辞"都是在期盼爱情,怎么期盼呢?其中包括祭祀媒神,祈祷爱情,使之婚配。到了汉赋的时代,赋多写人的礼节,所以汉赋与礼的关系特别大。早期祭神,比如"青青子衿,悠悠我心",好像写的是女孩子期盼得到男孩子的爱,实际上是一种祈求。这种祈求在《礼记》中间,在《周礼》中间,都有书写与记录,比如"仲春之月""男女奔会不禁",以及对此原俗的批评,例如"郑声淫"等等,一系列的道德批评都出来了。实际上郑、卫之诗,多是对爱情的期盼,祭祀媒神跟这类原始仪式有关。女孩子心中的期盼,实际上是对爱情的祈求[1]。到了《神女》《高唐》等赋作的描写,也是一种期盼,是假托人物表达一种期盼。所以有人讲宋国祭祀媒神的地方在"桑林",就像楚国的"云梦"一样,也就是社祭,兼祭媒神。这种期盼,从《高唐赋》到《神女赋》有所演变,《高唐赋》更多的是假托于精神的原欲,描写了楚王与高唐神女"云雨",有着"荐枕席"的行为及"幸之"的结果,到《神女赋》的

---

[1] 有关《诗经》中的祈语,例证极多,如《小雅·甫田》"以祈甘雨"、《宾之初筵》"以祈尔爵",《大雅·云汉》"祈年孔夙"、《文王》"自求多福",《周颂·载见》"思皇多祜",《鲁颂·泮水》"自求伊祜",《商颂·烈祖》"有秩期祜",等等,皆祈福语。而相关评论,如《周颂·嘻嘻》,毛应龙《周官集传》谓"固有祝辞矣";《鲁颂·闷宫》,严粲《诗缉》谓"皆祝颂之辞",杨简《慈湖诗传》谓"诗人因是广其祝颂祈愿之辞"等。

时候就已经抽象化了，淡褪了原欲，赞赏一种精神的享受[1]。到了汉赋描写爱情的时候，好多都仪式化了，什么宫女、舞女呀，跳舞啊，婀娜多姿，媚惑，迷惑，都是影写那种"原欲"。为了表现自己的心境，表现期盼，赋中间的这种描写就特别多、特别好。有一次到新加坡国立大学演讲，我就想把这个问题作一次演讲，准备讲从祝词到汉赋中诗歌与祭祀的关系，当然包括爱情，于是拟了一个很庄重的题目，结果被告知怕学生听不懂，要换演讲题目。结果我是内容不变，只是换个题目。因为是讲原始祭坛对原始情爱的渴望，所以就定演讲题目为《祭坛情歌》。从《诗经》到汉赋，从娱神到娱人，都是跟祭祀有关，而这里面都有情歌，是不是绝对就有这种情事呢？未必，它是一种祈求。到现在，甘肃某地过七夕的时候，还要过鹊桥，一些未婚女孩借此寄托一种祈求，用纸扎巧娘娘，然后大家痛哭一场，表达对爱情的渴望，以致绝望。（笑）在演讲的时候用这个题目，他们说很好，高兴得很，都说这是个好题目，演讲近两小时，内容没变，谈从祝词到汉赋的爱情与祭祀、教化之间的关系，参考了陈梦家、闻一多等人的观点。这很有意思，其中有一个线索，连串着很多美丽的描写，也不乏人生的感慨。演讲过后吧，声音缥缈，付之虚无，总觉得可惜，于是把演讲提纲写成了文章。有一次开会的时候，好像是什么诗学会议吧，就在南京大学开的，我就提交了这篇论文，略带噱头的演讲，成了学术论文了，一段话语变成了学术化的东西，正好又可在会上报告，完成任务。我在报

> 从《诗经》到汉赋，从娱神到娱人，都是跟祭祀有关，而这里面都有情歌，是不是绝对就有这种情事呢？未必，它是一种祈求。

---

[1] 详参闻一多《高唐神女传说之分析》（《清华学报》第10卷，1935年）、《高唐神女传说之分析补记》（《清华学报》第11卷，1936年）。

告前，就讲了以上演讲改题的故事，坐我对面的正好是陈尚君先生，陈说"祭坛情歌"这个题目还不醒目，应改成"相爱在公元前"。（笑）因为我写到公元前嘛，副标题是"公元前什么什么的"，很有意思。后来在胡晓明主编的《古代文学理论研究》上发表了，文章长，只好在季刊上发了，题目改为"祭歌与乐教"，稍微老气点，学术化的副标题还是保留着[1]。

这个思路实际上还有一层意思，汉武帝立乐府，才献诗赋，"立乐府"与"献诗赋"的关系，实际上内含着为什么称"古诗之流"啊，这不是简单地讽谏而已，讽谏是一个重要的东西，但跟诵诗传统有关，因为立乐府才献诗赋嘛。《礼记》也讲"声音之道，与政通"[2]，声音之道和政治是相通的，所以这里面就很复杂了。由于一方面要教化，一方面还要娱乐啊，教化之道要教化得好啊。过去住在我楼上——好像是29楼吧，有位老师叫王德宝，讲邓小平理论，讲得特别好，到处请他去讲，邓小平理论就我们来理解，那一定是教化，但他讲得生动有趣，很有意思，请他讲的人络绎不绝。他肯定是有很多小故事穿插在讲课中间，是娱乐的东西，使你接受起来轻松些，板起面孔来讲这些教化的东西是最糟糕的。要用带有故事性的东西来引诱别人，要让人相信什么主义，千万不要主义就是主义，而是说主义不是主义，然后才是主义。（笑）汉赋也一样，写出来要娱乐对方，然后才

---

[1] 详许结《祭歌与乐教——公元前诗赋文学之批评与"礼"的关系考论》，原载《古代文学理论研究》第25辑，华东师范大学出版社2008年版，后收入《赋学：制度与批评》，中华书局2013年版。

[2] 《礼记·乐记》："凡音者，生人心者也。情动于中故形于声，声成文谓之音。是故治世之音安，以乐其政和；乱世之音怨，以怒其政乖；亡国之音哀，以思其民困。声音之道，与政通矣。"按：此段文字有三种句读法，此据陆德明《经典释文》所录"崔读"法。

使对方得到教益,因此也就构成了赋体文本的某种特点,你说它曲终奏雅也好,说它膏腴害骨也罢,都是一回事。乐府歌诗也一样,一章一章地演奏,最后得到教化。有一天跟一位同学聊到这个问题,说赋与乐府诗,赋也是这样,一段一段地写,最后"曲终奏雅",是不是跟这个也有关系。当然,肯定要考虑到受众的问题,如果皇帝这些人不管最后的"曲终奏雅"——讽谏,只顾中间的娱乐——快活,最后就会"没其讽谏之意"。为了表现讽谏,为了表现自己的思想,所以这里面内含着一个重要的问题。刘熙载讲了很有意思的话,是记载在《艺概·赋概》中的,是一个非常精彩的论述:"以精神代色相,以议论当铺排,赋之别格也;正格当以色相寄精神,以铺排藏议论。"这才是赋嘛,你整个是精神的东西不行啊,赋要有"色相"啊,文学也要有"色相",没有"色相",何来美?没有美,怎么叫文学呢?要有"格、律、声、色",然后才能达到"神、理、气、味","神、理、气、味"是文之精,"格、律、声、色"是文之粗。所以刘熙载的这句话讲得很好,赋如果光讲大道理没有用,文学要有铺排,汉赋是最典型的以铺排藏议论的创作。到了后来理学家的赋,往往就会"以精神代色相,以议论当铺排"了,所以人家就讲是"质木无文"了,一点意思都没有。祝尧就说过,宋代那些好议论的文赋,"终非本色",只是散文押几个韵,已经不是纯粹的辞赋了[1]。正因为赋"以色相寄精神,以铺排藏议论",所以我们对赋的

教化与娱乐。

---

[1] 祝尧《古赋辨体》卷八《宋体序》:"愚考唐宋间文章,其弊有二:曰俳体,曰文体……后山谓欧公以文体为四六。但四六对属之文也,可以文体为之。至于赋,若以文体为之,则专尚于理而遂略于辞、昧于情矣。"又评欧阳修《秋声赋》与苏轼《赤壁赋》:"以文视之,诚非古今所及;若以赋论之,恐教坊雷大使舞剑,终非本色。"

评价问题就产生了一个非常对立的看法,在这个对立中间能说明赋的艺术特点。比如刘勰讲赋"体国经野,义尚光大",铺排要用"体国经野",用《周礼》的话。再回到汉赋的作者,他们自己的心态:扬雄悔赋[1],说是雕虫篆刻,壮夫不为;再往上数,汉武帝的时代,最典型的是枚乘的儿子枚皋,自谓"倡优畜之"。所以一方面要"体国经野",一方面又是"倡优畜之",赋家是俳优之流啊,是说笑话的嘛,冯沅君有一篇文章就叫《汉赋与古优》,赋家就是"倡优"之类。《汉书·贾邹枚路》里面是这样讲的:"皋不通经术,诙笑类俳倡,为赋颂,好嫚戏,以故得媟黩贵幸……又言为赋乃俳,见视如倡,自悔类倡也。"赋家就像戏子。为什么呢?我们想想,这是一个表象的东西啊,就像"俳倡"一样的,这里面就有一个重要的问题,实在是与技艺有关系。表现思想就要用技艺,这就要通"术"。汉代是一个非常重"术"的时代,汉赋产生跟"术"有关。方术,汉武帝整天就是迷恋方术,方士之术,那么文也要有文术啊,以后就叫作文法,落实到文本,我们叫它文法,落实到创作,我们就叫它文术。我们现在讲的漂亮的话就叫作"方法",过去就叫"术"。搞创作的就是文术,俳优,文术背后的东西,或许就暗含着作者的思想了。这二者的关系是不能分割的,所以我觉得以汉大赋为代表的辞赋体的兴起,一方面它要"体国经野",一方面还要有大量的修辞术。这个文术也叫作修辞术,所以饶宗颐讲赋就是西方所谓的修辞术。我们赋艺的探讨一定要落实到这个方面来考虑,才能说明问题。从总体上来讲,赋有庄肃的一面,庄重、严肃,就是古诗之流;又有游戏的一面,作者队伍早期都是文学侍从嘛,就

---

[1] 扬雄《法言·吾子》:"或问:'吾子少而好赋?'曰:'然。童子雕虫篆刻。'俄而,曰:'壮夫不为也。'"

要有术,有文术,迷得皇帝高兴呀。这些综合起来考虑,有着内在的矛盾。

我们研究赋,如果要否定它,就像扬雄的"悔赋",如果肯定它,那就说它美得不得了,什么以大为美呀,过激或偏颇都是不妥当的。如果是个平实的学者,就像刘熙载讲的一样,多奉持中的见解,比较客观。学问往往持中很重要,中国的学问是中庸之道,持中就是"以色相寄精神,以铺排藏议论",这样问题就说得比较清楚了。再把赋体创作的特征提升到学术的高度,例如汉赋的艺术所造成的矛盾,就是为了表现思想,又要拼命表现色相,又要抒发自己的胸怀,又要拼命地铺排。这种矛盾要从两方面来看。一个就是儒家思想,展现的是儒家精神。汉赋家大多是儒家学者,他们的"子书"写作也多归儒家[1]。司马相如早年也是治经的,很多人还要研究司马相如的经学呢,认为他还是经学的一个大师。他在西南那边大加传播经学,所以现在西南人拼命考证司马相如,把司马相如考证出一大堆东西出来了,把《华阳国志》里面的东西都揭示出来,并把它变成一个信史。司马相如经学的面貌又出现了,不太可靠,但他早年肯定是学经的。儒家思想充斥在汉赋里面,特别是扬雄,更加典型。儒家思想充斥在他们的讽谏精神和诗教传统中,这是很明显的。另一个重要方面就是冯沅君所讲的"古优",俳优,说笑话的。而古优跟隐语也有关系,前面讲过的,汉赋有隐语的渊源,很多人,包括朱光潜、陶秋英,都认为汉赋源于隐语。隐语和优语又有点相近,一个是打谜语,一个是说笑话。所以我讲汉赋

---

[1] 详参简宗梧《汉代赋家与儒家之渊源》,《汉赋源流与价值之商榷》,台北,文史哲出版社1980年版。

"曲终奏雅"跟隐语也有关系嘛。先是描写,讲谜面,讲得你糊里糊涂的,最后揭谜底,都搞这一套。所以从文本来分析汉赋的起源,还是很有意思的。当然不仅仅是隐语,还有很多东西。只看文本,赋的描写,以现在的眼光看,反正铺排就是赋,实际未必如此,这里面还有很多其他的东西。有术在里面,术,上升到艺术,就是很多技巧在里面。我觉得这是应该考虑的,赋艺的奥妙也就在这里。

讽谏说与游戏说。

由此,我们讲简宗梧的一篇文章,就是《汉赋文学思想源流》,文中有一节专写汉赋游戏说之由来。赋有游戏的一面,一定要注意。简宗梧的这篇文章还是很有意思的,从俳优说来看汉赋的游戏特点。赋当然有它的思想性,有它的讽谏,它在议论中间有它的精神,但我们从艺术上来看,更要注意它是怎么铺排,怎样表现它的色相的。所以赋的核心问题是两大说的由来,即汉赋讽谏说的由来,汉赋游戏说的由来,这都有它的渊源,又都有它的矛盾和冲突。我们回到汉赋的创作和文本,为什么会有游戏说,我想简宗梧的说法可以借鉴。赋体艺术的产生,与由"蕞尔小邦"到"蔚为大国"的这种时代有关。我们研究一种文体,要考虑它产生的时代,所以讲"一代有一代文学之胜"啊[1]。一个时代的文体就会形成一定的模式,后人更多的是摹写和沿承。那么

---

[1] 前人论汉赋为一代文学之胜者多,如艾南英《答杨淡云书》所列"汉之赋、唐之诗、宋之文",焦循《易余籥录》卷十五明确提出"一代有一代之胜",论及赋则谓:"汉之赋为周秦所无,故司马相如、扬雄、班固、张衡为四百年作者,而东方朔、刘向、王逸之骚,仍未脱周楚之科臼矣。其魏晋以后之赋则汉赋之余气游魂也。"王国维《宋元戏曲史序》系统阐述谓:"楚之骚,汉之赋,六代之骈语,唐之诗,宋之词,元之曲,皆所谓一代之文学,而后世莫能继焉者也。"

这个模式的形成，跟这个时代有关系，而这个模式形成后，对后代的影响又是怎样的呢？跟后来又有什么不同呢？这需要从大的文学传统来看，就像一个人写个什么东西，要多听听大家的意见。独学无友是不行的，有时候搞搞就把自己搞昏了，特别是自己比较熟的东西，写写过后就太自以为是，这是不行的。我举一个例，就是前面说过的与某位同学写《汉赋用〈诗〉的文学传统》，写了两万字，写得蛮得意的，就干脆来个大的吧，就写了五万字的《汉赋用经考》，然后五万字过后，就准备来二十万了，就要写一本书了。《汉赋用经考》寄给了《文史》，《文史》用稿快，讲朴学，我们的那个文章材料丰富，所以去年12月份寄的，今年4月份就刊出来了，这个把武秀成老师震惊得眼睛睁多大哟，（笑）问我：你有什么特殊关系？（笑）我说我哪来的关系啊。（笑）《汉赋用〈诗〉的文学传统》其实投得更早一点，投给《中国社会科学》了。因为这个同学他喜欢赋，把他名字在这类有学术影响的杂志上走一走，在那个杂志上经常上一上，就好了，你就有学术影响力了。我有个学生，在《文学遗产》上发了两篇，现在就是青年学者了，很得意啊，在开会的时候，人家说你就是某某某啊。（笑）从不相识，听到这话，你看多感动啊。（笑）开会的时候，人家一看他的名牌，你就是某某某啊。（笑）这时候根本不用讲什么名讳了，古人还讲个名讳，他这时候开心得不得了。（笑）《中国社会科学》就把我们的文章拿出去外审，提了些修改意见，隔行如隔山啊，专家提的意见都是《诗经》方面的，因为文章是讲汉赋用《诗》的，汉赋我们比较熟悉，所以写起来应该没什么问题。那个责任编辑，我没见过，那天打电话来了，我才知道是个女士。她打电话来问我：老师您只讲了汉赋用《诗》的传统，最好能上升到文学传统，更宏观一点，因为我们杂志一年古代文学的也只发三四篇文章，所以每一篇都要有一点高度。我觉得她说得有道理，因为我们只是看到了汉赋怎么样，而没有考虑到跟别的时代的用《诗》有什么不同，在这个时代又起到什么作用。她说你在头和尾还要加些内容，我以为我的头和尾已经很大了，她觉得还不够大，要再大一点，所以还要铺排，继续铺排，很有意思。汉赋用《诗》的这个传统，和后代有不同。汉赋之所以形成它特有的艺术，跟汉赋的游戏性质有关。而汉赋的游戏性质又是怎么形成的呢？那就和这个时代有关。简宗梧从三个方面来讨论[1]，我们可以参考一下：第一，梁园宾客和诸侯王的游乐、好玩，推知汉赋游戏的本质。《西京杂记》里面的这种记载很多，梁孝王和门客都在作赋取乐，然后还要罚酒、赐绢啊，作得不好就要罚酒，这本身就是一种娱乐。文学家是最有意思的，他是被人利用，但还想用人，就跟知识分子一样，被奴役、被利用了几千年，在这几千年中间时刻都想着翻身，要指导政治，看看你能不能觉醒，都搞这一套，很有意思。后来帝王坏啊，不给你搞这一套。所以诗啊、赋啊都要引用古典的事来预知现在和将来的事，这也就是文学的特点，文学通过这一点来表现讽喻精神。后来的科举考试、八股文都是这样的，都要联系当世之事，提出自己的想法，对当世之事进行讽喻。明朝中叶以后就不给讽喻了，明清时代的科举文章以及试帖诗都没有讽喻了。唐代诗赋都有讽喻，唐诗好讽，宋人洪迈就讲唐人好讽刺，杜甫的诗那么多讽刺，白居易诗敢讲汉皇重色，隐喻唐明皇。唐代文学为什么那么盛呢？在于讽谏。而洪迈讲当今人不

---

[1] 此指简宗梧先生《汉赋文学思想源流》一文第二部分"汉赋游戏说的由来"，计三方面：一、从梁园宾客的盛况，推知汉赋文学游戏的本质；二、从言语侍从的由来，探讨文学游戏意义的由来；三、从繁盛于宫廷，说明汉赋游戏性质的需要。

敢了[1]。明代逮到写讽谏文章的人就杀，文人就更不敢了，到清代就更慎重了。所以到清代文人考试的诗赋，尾巴都是歌颂，赤裸裸地歌颂，无耻地歌颂。（笑）文人无行，从明清开始。（笑）但赋一直都有娱乐，这是值得注意的。

第二，作赋的是什么人？都是言语文学侍从。赋的游戏性质的由来跟言语文学侍从有关。文学侍从，过去在齐国的时候都是俳优嘛，齐王都很欢喜俳优，养着这些人说笑话，过去没有娱乐，没有网络，皇帝不会上电脑玩，只晓得找几个人说笑话，到乾隆的时候也只晓得找两个人唱戏，天天听戏。说笑话就是娱乐，就快乐。娱乐都有真意在，寓庄于谐。扬雄就认为赋家就是这种人，所以他就强调"诗人之赋"，扬雄本身强调诗人之赋，但他本人的还是辞人之赋。问题是他强调诗人之赋，想作诗人之赋的时候，最后还是写出辞人之赋，因为他是文学侍从嘛。这是没办法的，所以扬雄在每一篇赋的开始都是"讽之""讽之"，拼命地这样喊，"我要讽，我要讽，我要讽啊"，（笑）结果皇帝看了赋快活得很，皇帝是"我要享受，我要享受，我要享受"。（笑）一边在喊"我要讽，我要讽"，为什么对面感受不到讽谏呢？因为文学文本就是要给人享受的，文士的处境就是这样子的，讽谏只能隐含在文本中。所以扬雄最后是觉悟了，赋是讽不起来的，所以就不作了，而是做了两件事：一个是写《法言》，一个是写《太玄》，教人学古字、怪字，回到古典。为什么人们想回到古典呢？回到古典就是对现实的不满，所以我们研究古典文学的人，千万要克服对现实的不

---

[1] 洪迈《容斋随笔·续笔》卷二《唐诗无讳避》："唐人歌诗，其于先世及当时事，直辞咏寄，略无避隐。至宫禁嬖昵，非外间所应知者，皆反复极言，而上之人亦不以为罪……今之诗人不敢尔也。"

满。(笑)扬雄最后校书,校书校着还跳天禄阁,写赋是矛盾的,他人生也是矛盾的,这一生都被赋害了。赋成就了他,也害了他。这是为什么呢?就是这种矛盾的存在[1]。

《文心雕龙·时序》篇讲屈原、宋玉"观其艳说,则笼罩《雅》《颂》,故知晔烨之奇意,出乎纵横之诡俗也",在屈、宋的时候就有这种矛盾,好多这种"艳说"把《雅》《颂》都给笼罩了,不是说不要《雅》《颂》啊,要的,但是被笼罩掉了。笼罩本身都是被批评的,中国古人都重政教思想,所以一味地批判艳说。但反过来,正是因为艳说掩盖了《雅》《颂》,才带来了丰富多彩的艺术,汉赋的艺术也应该从这里面来理解。汉赋最大的毛病就是"虚辞滥说",后来龚克昌先生最大的贡献就是说"虚辞滥说"是最美嘛,他还开玩笑说,歌星多了不起啊,唱一首歌那么多钱,有一次发言的时候,他这么讲的,很好玩。(笑)也确实是这样的,"虚辞滥说"就是汉赋的艺术性,你有本事你去"滥说"啊,你想"滥说"还不容易呢,要铺陈那么多词,安排好起承转合,需要"术"啊,这很重要,值得注意。

第三,宫廷文学的问题。赋一开始肯定是宫廷文学,所以从繁盛于宫廷来说明赋的游戏的性质,那就必然要愉悦耳目嘛。不管《七发》对诸侯王,还是《上林》对皇帝,都有这种娱乐的功能。所以从某种意义上讲,班固等人拼命谈"赋者,古诗之流",扬雄讲"诗人之赋丽以则",是不是就是对赋创作本身的一种纠正,而不是对它的渊源的探

---

[1] 有关扬雄文学写作及其矛盾心态,本人在二十世纪八十年代曾发表多文予以阐发,如《〈剧秦美新〉非谀文辨》(《学术月刊》1985年第4期)、《论扬雄融合儒道对其文论的影响》(《学术月刊》1986年第4期)、《论扬雄与东汉文学思潮》(《中国社会科学》1988年第1期),可参考。

索啊？是不是又可以从这个角度来讲：他们已经感觉到要对西汉赋的创作的"虚辞滥说"性质进行一种纠正，所以赶快强调要"诗人之赋"要"丽以则"，强调"则"的重要性，而不是"丽以淫"？我想这个也是值得思考的。这是我从俳优说来讲赋的游戏性质，这也构成了赋艺的特点。历代赋都是这样子，都要有辞章之美，有它的游戏性质。

  第二个大的问题就是赋是一种空间的想象。诗重时间，如音乐；赋重空间，似雕画。赋的艺术有一个空间的想象，也就是赋的谋篇的艺术。一篇小文章，谋篇无所谓，你们写论文也是这样啊，你写一个小文章，就像我的《一幅画·一首歌·一段情》那篇文章[1]，那个不要谋篇，信手拈来，很流畅地就写下来了；但写那个《汉赋用经考》，要谋篇，谋了三遍，大文章啊，学术含量大了一些，需要谋篇，所以累啊，累得很啊。写文章要有问题意识，汉赋怎么用五经？我是一个经一个经地来写，还是王言、典礼等，抓几个大问题来讨论？结果想这样写不行，写得别人都看不懂，很难全面关照。然后干脆从横向来，不搞问题，第一节"汉赋用《诗》考"，第二节"汉赋用《礼》考"，第三节"汉赋用《春秋》考"，第四节"汉赋用《书》考"，第五节"汉赋用《易》考"，总共五考。又一想，那是写书了，不是写论文。很麻烦，这两个方案后来都推翻了。最后选择以三经为重点来讨论，分别是《诗》，三《礼》，《春秋》，特别是《左传》，三个问题，整体关照，结果取得成功，写的觉得比较好。这就是写论文的谋篇，你们写硕士论文、博士论文，也要谋篇，你不是随便写一篇小鉴赏，大文章就要谋篇。写一首诗需要谋什么篇啊？我清明节写一首诗，就想到了前面

---

[1] 许结《一幅画·一首歌·一段情——张曾〈江上读骚图歌〉解读与思考》，《文艺研究》2011年第2期。

> 赋的谋篇极其重要，谋篇就是一种构篇，构成了一种空间的艺术。我们讲赋艺，一定要注意它的空间艺术。

两句，忽然想到的两句，实际上先只想到了一句，"云山变幻几春秋"，然后想想就凑成一首诗，不要谋什么篇嘛，一对就出来了，然后前面写写，后面写写，一首诗就出来了。所以你们作诗一定要注意，你们头脑里首先要有一联，不要说我从第一句开始写，平平仄仄仄平平，仄仄平平仄仄平……然后凑啊凑啊凑啊凑，写不好。你先想一联，然后再把诗凑成。最后是"三千世界一诗囚"，我那首诗结尾还是蛮豪壮的，因为我父亲信佛嘛，"三千世界"是佛教用语，我写我父亲的传记就叫《诗囚》。写到这个时候，自己心满意足啊，（笑）把悲凉化为一种感动啊[1]。你看写这首诗需要谋篇吗？不需要的。写赋你不谋篇行吗？不行啊，所以扬雄写赋梦中把肠子都写出来了，很多人写赋都大病了一场，张衡写《二京赋》写了十年，慢慢谋篇啊，写赋是一个大工程。赋的谋篇极其重要，谋篇就是一种构篇，构成了一种空间的艺术。我们讲赋艺，一定要注意它的空间艺术。一个个场景，一个个空间，比如《七发》写七件事，每一件事都有一个场景，首先是听琴，然后是饮食，然后是车马，然后是游观，然后是田猎，然后是观涛，最后是要言妙道，都有它的空间。再比如司马相如的《天子游猎赋》，就是《子虚上林赋》吧，子虚、乌有、亡是公以及云梦、东海之滨，大的空间是楚、齐，然后再有亡是公讲到天子上林，这都是谋篇，都有一个很大的空间意识。

---

[1] 参见许结《半岛之半——居韩一年散记》之《夜撰〈诗囚〉忆亲情》，海天出版社2013年版。按：《诗囚》由凤凰出版社出版后，我曾即兴感赋七律一首云："家世黄华翰墨乡，桐城学脉少陵行。慈怀盛德抚孤幼，泣血倚声述悼亡。教泽频年流美誉，诗情一触奏笙簧。海东旧月拳拳意，厚地高天起凤凰。"

有的赋写得比较空灵，比如司马相如的赋；有的赋写得比较质实，比如班固的赋，到了左思的赋，那就更加实在了，实在得人家都厌恶了，像类书一样[1]。实际上读者体会赋的真实的同时，又能从空间的描绘上来鸟瞰它的布局。比如《西都赋》虽然写得很实，但是审美还寓含其中，有它的艺术性。凭空构篇，构得好者，就是大手笔。到后来科举考试就庸俗化了，构篇都是小玩意了，不是大手笔了，小玩意就是应制，设题构篇，过去没有题目啊，《两都赋》是什么题目啊？是题又不是题。你说《西都赋》是什么题啊？是题，是写西都，但又是什么题呢？《上林赋》是个题目，但是题吗？不是题，是"盖四海而言之"，写上林是假的。汉大赋是有题而无题，后来是命题作文了，那就变化了，所以赋的堕落也跟这个有关，没有那种真正好的赋了。因此大家都觉得品读赋，还是汉赋好，我想跟这种早期的空间意识有关。

要使这种空间意识文学化、审美化，怎么办呢？就像宗白华讲的，文学要把形象变成象征，把实景虚化嘛，这才是文学，才有艺术性嘛[2]。过实就不是文学，那是考据学、文献学了，跟文学有什么关系啊，那只是文学研究的基础。如果整天搞考据，那他写不出东西来，文章写不好的，因为他想的全部是材料。文学家要有空间意识，要虚化，比如神女与楚王的关系、子虚与乌有的关系，然后还要假托

---

[1] 有关左思写赋之求实，详见《三都赋序》。他批评相如、班固、张衡诸赋"假称珍怪，以为润色，若斯之类，匪啻于兹"，自称其创作"其山川城邑则稽之地图，其鸟兽草木则验之方志"。

[2] 宗白华《中国艺术意境之诞生》云："……学术境界主于真，宗教境界主于神。但介乎后二者的中间，以宇宙人生的具体为对象，赏玩它的色相、秩序、节奏、和谐，借以窥见自我的最深心灵的反映；化实景而为虚境，创形象以为象征，使人类最高的心灵具体化、肉身化，这就是艺术境界。艺术境界主于美。"

古人。所以清人凌廷堪在《晚霞赋序》里面讲:"昔谢希逸之赋月也……庾子山之赋枯树也……皆假托古人,以畅其旨;设为往复,以骋其才,是亦长卿之亡是、子虚,平子之凭虚、非有也。"都是一样啊,无不是假托人物来表达自己的意旨,"设为往复,以骋其才",反反复复地问答、答问,表现才情,我问过去,你答过来,再问过去,再答回来,就像打球一样,必须要对打,要是一个人用个球投来投去,一点意思都没有。文是什么啊,是文章啊,文是辞章啊。过去写文章是跟自然斗,跟自己斗。后来是在考场上斗,跟考官斗,现在的学生都会斗得很。有一年硕士考试,考桐城派的,有一个同学写到我的父亲了,听说还给他加分数了。(笑)都是在揣摩啊,要文斗,斗在考场。如果是莫老师改卷,我就引他的东西,引大师的东西理所当然啊。(笑)后来又晓得研究生入学是徐雁平老师改卷了,一搞就是东南书院文化啊、家族文化啊,就引他的东西了。(笑)文战都是在考场上战斗。过去人与自然战,与自己战,那是大手笔。赋中间的假托是很好玩的,赋的描写空间和人物都是假托的,所以一定要把它虚化。赋是实中见虚,诗是虚中见实;赋是大中见小,诗是小中见大。我曾这样说,有次在台北淡江大学演讲的时候又说,在台下有几个研究唐诗的人直点头,他们说赋好玩嘛,我说那当然好玩了[1]。但有时候你们写论文的时候,要小心,这种话不要写。赋表面上看是征实的,实际上是虚幻的,赋哪来真实的人物、事物啊?写人物都是虚的,写事物都是艺术加工的,有时大而化之,虚得很,但很好看。要写张某

> 赋是实中见虚,诗是虚中见实;赋是大中见小,诗是小中见大。

---

[1] 此指 2008 年应台湾大学何寄澎先生之邀,作辞赋学与宋代文学的讲演,其间淡江大学的吕正惠教授邀往讲赋,吕先生精于唐诗,听我讲赋后,大赞汉赋亦有情趣。

某、李某某、王某某，（笑）一点意思都没有，那是俗文学，俗文学才这样写。文本中，文学性很重要啊。赋要凭空构篇，假托人物，还有搜罗群像，群像是大量的神话，或者是外域的。汉赋的艺术征材据实，但这个"材"是广泛的材，不仅仅就是身边实有的材啊，有大量的知识系统，比如神话，昆仑神话系统、蓬莱神话系统、楚神话等等，什么东西都一起搜罗来，现实人物和历史人物交织在一起。屈原开始就有这种做法。征材据实是赋的一个重要特点，但空间想象上很多是神话的、虚幻的东西，以虚见实。

> 征材据实是赋的一个重要特点，但空间想象上很多是神话的、虚幻的东西，以虚见实。

由赋的空间想象，我们又联想到赋的结构美。我老讲：诗是意境美，赋是结构美[1]。找了个赋比较明显的特点。难道说赋没有意境吗？也有意境，但要找它相对的特点，这个一定要注意，研究一个人，也要找它相对的特点。最近在看论文，头都看得发昏，我就想到论文模式问题了，整个是模式化了，写作家都是生世考、交游考。原来我一看到交游考，哇，觉得这个水平极高，后来觉得这都是在凑字数。一交游，遇到一个大人物，然后把那个大人物介绍一大堆，然后一两万字就在交游考上交掉了，其实有些人跟这个人也没有什么大关系。这个东西有时候觉得最难写，其实是最容易写的。接着就谈思想性、艺术性，成了模式了。我觉得应该要有博士写一篇博士论文讨论当今的博士论文写作，（笑）模式化，整个模式化，基本上都是一样的。那么怎样打破论文的这种模式呢？模式打破得不好，人家就说你这个不是论文。南京师范大学程杰老师最爱梅，喜欢植物，这个学生论文

---

[1] 可参许结《赋学批评方法论》，《西南师范大学学报》1993年第1期。

写牡丹，那个学生就写芍药，然后就写芭蕉。我就讲这一类的论文要抓特色，特点抓得好，论文就好，如果抓不好，那就成了一个模式，都是从生物学开始，然后到文学，然后到花品、人品，太好玩了，成了花卉百科全书。（笑）王水照先生有一次带几个博士写毕业论文，一个写苏轼的词，一个就写苏轼的诗，一个就写苏轼的散文，然后构成一个苏轼全书。（笑）论文整个地模式化，大模式套小模式，看得昏头昏脑的，最后不看了，就看个提要，再找些有兴趣的看看算了。过去，我到每年的五月份都要病一场，现在是越看越精神了，（笑）反正是司空见惯了，已经开始进入超然状态了。（笑）你模式就模式吧，我已经超然了，过去每年这个时候都累呀，因为看博士论文，能花一个月看一本，三个星期看一本，三天看一本，最后是一天看两本，已经到了这个程度。（笑）

　　赋的研究也要抓特色，赋也有意境，但更重结构美。比如刘勰《文心雕龙·诠赋》讲得很好，"丽词雅义，符采相胜，如组织之品朱紫，画绘之著玄黄。文虽杂而有质，色虽糅而有本。此立赋之大体也"，就像织机织布一样，"一经一纬，一宫一商"，也就像绘画一样，构图需要这种空间的描绘。从这一思路，我们应该注意几个方面，比如汉大赋，像《西都赋》，看看它的结构。不是说大赋讲结构，小赋就不讲结构，小赋也讲结构。律赋，八韵就是结构。唐人比较自由，可以偷韵，可以随便押。到了宋以后，律赋是严格按照八韵来押的，模式化的结构。虽然律赋很小，但它的结构很精整，精确而整饬。比如王棨《江南春赋》，开头、中间、结尾，一层一层。文赋是最自由的，可以随意写，虽"终非本色"，但结构上也还有很重要的特征，比如欧阳修《秋声赋》，从童子听到声音，出去，然后论秋风，问了童子，童子打瞌睡后，他一个人自言自语，然后结束。中间那一段，从秋之色、秋之容、秋之气、秋之意、秋之声,一层层地描写[1]。诗就不大好这么描写,除了排律和古风,一般小诗是没办法这样描写的。这都是赋的结构之美。赋要有空间想象力,有结构之美。当然,这样空讲没有用,大家去读读作品,就能感受得到。读诗你可以体悟,一下就知晓,因为它韵律铿锵,字数差不多嘛,五言、七言下来,好读嘛。赋不好读,读的时候,你不仅要看它的辞章,还要看它的典故,还要站在高处来鸟瞰全篇结构,最简单的办法就是分段,谋篇都要分段嘛。赋是肯定要讲究这一套的,古书录文,文章是不分段的,现在就要考虑分段了,分段就是看赋的结构脉络,赋的结构和文脉是密切相关的。

从以章句为中心看赋体的修辞艺术,其中一个关键问题,就是句法。前面讲了句法和修辞是赋的重要方面,确实非常重要。正如刚才所讲,诗是小中见大,赋是大中见小,描写极其细腻,极其精彩。比如《上林赋》有一段是亡是公讲的:"且夫齐楚之事,又乌足道乎!君未睹夫巨丽也,独不闻天子之上林乎?左苍梧,右西极。丹水更其南,紫渊径其北。终始灞浐,出入泾渭;酆镐潦潏,纡余委蛇,经营乎其内。"接着这一段又开始写水流,你们看看写得多细致,"荡荡乎八川分流,相背而异态"。据说现在还能找到那个遗址,说泾渭那个地方还是有"八川分流"的。"相背而异态",谁能这么描写啊?我也没

---

[1] 许结《中国古典散文基础文库·抒情小赋卷》于《秋声赋》解题有云:"他的文赋代表作《秋声赋》,即以散文笔调写成。赋从虚处落笔,借想象比喻,生动展示秋声。继从色、容、气、意、声多方面描写烘托,抒发作者对自然和人生的感叹,曲折表现其饱经忧患的情感。而终以淡语收束,意在言外,深蕴哲理。苏洵赞欧文'纡徐委备,往复百折,而条达疏畅,无所间断……无艰难劳苦之态'(《上欧阳内翰书》),亦可视为对欧公文赋创作风格的总体评价。"

办法描写，不就是"恰似一江春水向东流"嘛，不就流掉了吗？（笑）或者是"逝者如斯夫"嘛。（笑）我有首诗第一句就是"如斯岁月傍江流"，岁月就像水一样随着江水流嘛。赋就不同了。水还有什么异态啊？过去不知道水里面还有核污染，根本不知道，（笑）还说核辐射到海里面还要出怪兽，（笑）这是现代病，古人没有的。相如赋下面还接着讲"东西南北，驰骛往来"，赋不怕"东西南北"啊，诗就很忌讳了，当然有人能用诗把赋的描写表现出来，搞得也蛮精彩的。前面不是跟你们讲过一个笑话嘛：一个主人有一幅画，画里面有很多的杨柳树，树上那边一只鹧鸪鸟，这边一只杜鹃鸟，然后有一条河流，一叶扁舟，男孩子要走了，女孩子来送他，正在告别。好，找一个人来题诗，他用赋的手法，东西南北，赋东西南北可以，诗东西南北就很麻烦了嘛。但是他会写，写得也还不错，第一句写到"东边大柳树"，画的主人气得要死，第二句是"西边大柳树"，第三句是"南边大柳树"，第四句是"北边大柳树"，东西南北，完全是赋的手法，赋这样写不嫌累啊，但诗难写好啊。好在这首诗第五句写得比较好，"万缕千丝难系兰舟住"。再以此转到禽言上来，"这边鸣鹧鸪，那边啼杜宇。一声声'行不得也，哥哥'，一声声'不如归去'"。（笑）这首诗就不仅有诗情，还有赋意了。没有赋意，哪能写这么好？这就很有意思。《上林赋》接着又说"出乎椒丘之阙，行乎洲淤之浦，经乎桂林之中，过乎泱漭之野。汩乎混流，顺阿而下，赴隘狭之口，触穹石，激堆埼，沸乎暴怒，汹涌澎湃。滭弗宓汩，逼侧泌瀄。横流逆折，转腾潎洌，滂濞沆溉。穹隆云桡，宛潬胶盭。逾波趋浥，莅莅下濑。批岩冲拥，奔扬滞沛。临坻注壑，瀺灂霣坠，沉沉隐隐，砰磅訇礚，潏潏淈淈，湁潗鼎沸。驰波跳沫，汩㵒漂疾。悠远长怀，寂漻无声，肆乎永归"这一大段,一直写到"东注太湖,衍溢陂池"。值得注意的是,赋开始写"东西南北,驰骛往来"的时候,用了几个不同的动词来写水的流向,如"出""行""经""过"等等[1],用几个动词来点化,这是赋的技巧,句法的技巧。几个动词的点化,展示水的流向。展示过后,下面若干句,共二十二个四言句,都表现出错综之美。比如"汹涌澎湃","汹涌"是水流的方向,"澎湃"是水的声音;再比如"横流逆折";等等:统统是流向与水声的组合,无不是这样,讲究得不得了。所以,我觉得句法和修辞艺术,是赋特别讲究的东西。

考试赋同样也是这样,最要紧的就是"琢句",雕琢句子,也叫"炼句"。唐宋赋格类著作少,只剩下两部,一个是无名氏的《赋谱》,从日本传回来的,就讲到句法,这是唐代的;一个就是郑起潜的《声律关键》,是宋代的。比较早的就这两部,其中《声律关键》大谈"琢句",它讲到了很多类型的句子,比如"一意对两意句""双字对只字句",这类赋句叫作"偏句",不是正格的句子,再比如"轻字对重字""撰句对全句",这叫"枯句",很多很多。他是用八韵赋来研究的,每一韵首先有起句,然后有接句,然后有缴句、散句、连句等等,很讲究,所以赋的关键在句法,当然,句法"贵有精神,有力量"。在科举考试的时候,多是这样子的。为什么一篇考试赋,能写八百字,也能写三百个字呢?就在句法问题,句子的长短问题。因为各种各样的句法,长短不同,特别是隔句,隔句有的很长,有的很

---

[1] 司马相如《上林赋》中自"荡荡乎八川分流……东注太湖,衍溢陂池"的一段描写,其中"出""行""经""过"等动词的运用,以及"沸乎暴怒,汹涌澎湃"等二十多句对水之流向(如"汹涌")与声响(如"澎湃")的书写,极为精彩。

短,你用的是重隔还是轻隔、密隔还是疏隔的问题[1]。赋每一韵都要有起句,起句用什么句?有各种句式起法。第一韵适合什么句式?第二韵适合什么句式?第三韵适合什么句式?赋的中间肯定是长句比较多些。这都极其讲究,这也就是郑起潜讲的句法"贵有精神,有力量"。考试还讲究有"精神"和"力量",讲得很玄乎,但实际上是落实到文本的。到了清代,这种东西就太多了,我曾在《南京大学学报》上发表过《鲍桂星〈赋则〉考论》一文,谈到《赋则》里面就特别讲究考试赋的造句问题。赋的艺术在句式上是很重要的,造句要警切。举个例子,宋言的《学鸡鸣度关赋》,赋中"念秦关之百二,难逞狼心;笑齐客之三千,不如鸡口"一联,鲍桂星评说:"'狼心'、'鸡口',一联允称名贵。"过去评点好玩啊,这一联怎就名贵呢?因为造句警切。所以,我们品鉴律赋,句法很重要。

一般讲骈赋,也是从句法到层次,再到篇章。押韵不谈,都要押韵,是个共则,古赋也好,律赋也好,都是这个共则。从赋的技巧和艺术来看,首先是句法,句法是最重要的,然后再谈层次,由句法到层次,然后再到篇章,也就是谋篇。这是研究赋最基本的东西。从修辞来看,还有各种各样的修辞格,比如夸张、比喻等等。大赋不管,你在哪里都能表现,当然,头尾与中间有所不同。到了律赋的时候,技巧就更多了,什么地方应该比喻,什么地方不应该比喻,什么地方应该夸

---

[1] 如《赋谱》:"凡赋句,有壮、紧、长、隔、漫、发、送,合织成,不可偏舍。壮,三字句也。若'水流湿,火就燥''悦礼乐,敦《诗》《书》''万国会,百工休'之类,缀发语之下为便,不要常用。紧,四字句也。若'方以类聚,物以群分''四海会同,六府孔修''银车隆代,金鼎作国'之类,亦缀发语之下为便,至今所用也。长,上二字下三字句也,其类又多上三字下三字。若'石以表其贞,变以彰其异'之类,是五也;'感上仁于孝道,合中瑞于祥经',是六也;'因依而上下相遇,修分而贞刚失全',是七也;'当白日而长空四朗,披青天而平云中断',是八也;'笑我者谓量力而徒尔,见机者料成功之远而',是九也。"

张，什么地方不应该夸张，比如开头不能太夸张，收尾夸张恐怕也不行，中间夸张比较多，这是可以的。科举考试讲句法已技巧化，过去也重句法，但没有律赋讲究。句法的讲究主要是虚与实的问题。什么句子是虚句？什么句子是实句？这里面还含有实字和虚字的讨论，赋是以句法为中心，而不是以字为中心的。由实字构成的实句，以及由虚字点化构成的虚句，等等，在句法中讨论得特别多。实事用虚句来描写，虚事用实句来表现，虚虚实实，实实虚虚，讨论也特别多。实际上刘勰《文心雕龙》里已经有这方面的论述了[1]，但不很明显，比较朦胧，只是到了律赋出现以后，这种技巧的探讨才更多，也更受重视。

这些都是赋的共同法则，于是我们回到原点，谈到汉赋的描写的时候，一方面需要有娱乐性，句式方面要美，要有漂亮的句子，写一些神话的故事和一些虚幻的东西，通过这种描绘给对方娱乐，以此来表达讽喻精神，然后把这种讽喻精神，归结为诗教传统。这个我们在《汉赋用经考》一文里面详细讨论过，比如汉赋用《诗》，用《诗》是在赋中间起到点化的作用，点化很讲究，这个地方为什么用这首诗？那个地方为什么用那首诗？有时候取辞，为了句子的优美、典雅，就用诗的原句，或者一个重要词汇。或者是取意，取和它相同的意思。这些都很有意思。在用的时候，就很好玩，赋作为文学来用这些经义的思想的时候，与奏章、策书不一样。所以我讲它是一种特殊的文学形态。在用的时候，大家也不要被它骗了。文人的东西啊，有时候是戏谑，甚至荒诞。写赋用经义，似乎是庄重的事，但也多被戏剧化，也有艺术性的。清人褚人穫《坚瓠集》卷三《成语赋谑》记述，有个

---

[1] 如《文心雕龙·章句》云："句司数字，待相接以为用；章总一义，须意穷而成体。""四字密而不促，六字格而非缓，或变之以三五，盖应机之权节也。"

人奸淫了同里的锻工的女儿,被锻工抓住,用铁钳夹掉了左耳。于是有人写赋调戏说:"君子将有为也,载寝之床;匠人斫而小之,言提其耳。"用经典嘲戏荒诞的行为。

赋的艺术性到唐宋以后,一方面强调"体国经野"的气象,一方面注重"音律合度"的辞章,赋家常是由"赋怎么写"而示范以"赋是什么"的"经典",于是一归于"体",而生古、律的争辩与融会。清人鲍桂星《赋则·凡例》云:"古赋或工体物,或尚抒情,皆作者自出机杼,初无程限。自唐以之取士,而律赋遂兴,然较有规绳,尚存风格。今欲求为律赋,舍唐人无可师承矣。"所谓"古"无"程限","律"有"规绳",如何循"规"而破"程",又成为赋家融律于古(或"以古济律")的创作论法则。当然这种融会,首先以两歧的理论现象呈示出来,这又源自对科举用赋之排斥与容受。一方面,元明两朝赋论因惩于唐宋科制以试律赋为考功,提出"祖骚宗汉",甚者有"唐无赋"的说法。如祝尧《古赋辨体》强调:"汉兴,赋家专取《诗》中赋之一义以为赋,又取《骚》中赡丽之辞以为辞。所赋之赋为辞赋,所赋之人为辞人……古今言赋,自骚之外,咸以两汉为古,已非魏晋以还所及。心乎古赋者,诚当祖骚而宗汉。"[1]另一方面,清代翰苑及博学鸿词科均恢复考律赋,尤其是康熙帝敕陈元龙编纂《历代赋汇》并题序赞美"赋功",夸誉"唐宋诸贤"考赋之用,造就了律赋在清世的复兴。于是融"法"于"体",又出现了"尊唐尚时"的批评。但有一点很清楚,元明赋论复古并不废"法"(含技

---

[1] 祝尧《古赋辨体》卷三《两汉体上》,《景印文渊阁四库全书》本。

巧），清人尚时亦不薄"古"（重礼义）。如明代复古中人物如王世贞《艺苑卮言》卷二倡言"屈氏之《骚》，骚之圣也；长卿之赋，赋之圣也"[1]，以"骚圣"与"赋圣"演绎"祖骚宗汉"并树立其经典意义，也不被清代尊唐尚律的赋家排斥，相反却多尊奉言论。由此再看尚律而原古之风，如顾莼《论赋》赞唐律典型及师范价值："唐人以律赋取士，故作者特盛。李程、王起，最擅时名，而尚存古意。其余诸公，斗奇争巧，各有所长。其不受拘束而能放笔为直干者，则元、白及裴相也。选中诸体俱备，学者熟读深思，自能因题制宜，随机生巧，求之有余师矣。"[2] 这其中有两点可以辨析：其一，律与古相对，为宋元以来赋史之争端，而此以"古意"推崇唐律，恰是清人原古而尊唐之律赋论的典型说法；其二，闱场赋最受拘束，而论者以元、白、裴三家律赋"放笔"为赞词，又寄托了超越闱场赋而论律取法"上乘"之理念。因清人论赋之"尊唐""尚时"而勘进于"原古"，完成了赋学批评史上古赋与律赋的自觉融会。

这又转向另一层思考，唐宋"赋格"类以"句法"为中心的技法批评，经过由"法"入"体"的古、律辨析与兼通，其赋体艺术尤其重视赋势，就是赋文的气势，形成对"体国经野"的气象与"音律合度"（含辞章巧丽）的技法会通。

> 唐宋"赋格"类以"句法"为中心的技法批评，经过由"法"入"体"的古、律辨析与兼通，其赋体艺术尤其重视赋势，就是赋文的气势，形成对"体国经野"的气象与"音律合度"（含辞章巧丽）的技法会通。

有关赋势批评，前人论述多渗融于创作技法而呈示出多面向的特色。如刘壎《隐居通议》评汉晋赋篇说：

---

[1] 王世贞撰，罗仲鼎校注《艺苑卮言校注》，齐鲁书社1992年版，第67页。
[2] 顾莼评选《律赋必以集》，清光绪十四年（1888）刊本。按：此论又见《论赋集钞》本《唐赋律钞》中。

"登高能赋,盖文章家之极致。然铭固难,古赋尤难。自班孟坚赋《两都》,左太冲赋《三都》,皆伟赡钜丽,气盖一世,往往组织伤气骨,辞华胜义味,若涉大水,其无津厓,是以浩博胜者也。"[1]以"浩博"称赋家"伟赡钜丽,气盖一世",可见对赋势的重视。这类例子很多,如焦竑《书赵雪松〈秋兴赋〉》云,"观此赋遒美俊逸,而中藏锋锷,凛然与秋色争高。倘无此胸次,虽尽力临摹岂能及"[2],此因"胸次"而明赋势;姚文田《赋法》评《两都赋》云,"此大赋式也。《西都》全首是开,《东都》逐层作合"[3],此因赋体之"开合"见其气势。又如缪润绂《律赋准绳》论"炼笔"云:"善用笔者,一笔可作千万笔;不善用者,一笔只是一笔。炼者何?有伸缩,有操纵,有转换,有顿挫,不伸缩不紧,不操纵不活,不转换不灵,不顿挫不古。"又说:"恣肆须由纯粹中来,妩媚必缘刚健而得,方见用笔之妙……起处宜凝重,宜超忽,接处宜峭拔,宜矫变,落处宜深稳,宜轻圆。"[4]他说的"伸缩""操纵""转换""顿挫"等笔法,赋文起、接、落处之"凝重""超忽""峭拔""矫变""深稳""轻圆",以及"恣肆"与"纯粹"、"刚健"与"妩媚"的关系,已将赋势批评融入技法。如何融织,前人又通过三个面向呈示:

第一是"命意",就是在笔意与意象间得其体势。这在唐宋时有关闱场律赋的评论中已有陈述,如郑起潜《声律关键》论律赋之"命意"谓:"何谓命意?有一题之意,有一韵之意,有意方可措辞……关于君

---

[1] 刘壎《隐居通议》卷四《古赋一·总评》,《景印文渊阁四库全书》。
[2] 焦竑《焦氏澹园续集》卷九,明万历三十九年(1611)朱汝鳌刻本。
[3] 姚文田批注《赋法》,清嘉庆六年(1801)云间研缘斋刻本。
[4] 缪润绂《律赋准绳》附《律赋要言》十二则之九"炼笔",清光绪十年(1884)华翰斋刻套印本。

德国体,只当正说,气象自好。"[1] 此论律体之"一题之意"与"一韵之意",结合赋中的象与事,提出要"有议论,有工夫,有意味",方能营造出气象,然究其根本,则在切合具体赋作的体势。与之不同,清人论律,往往原古以立意,如王芑孙以白居易律体《赋赋》为个案讨论"立意能文"说:"有全篇之回复,亦有逐段之贯输,但使点睛有在,自知苯鄂相衔。若其甽亩不分,难云绣壤,井灶糅错,是何杰构?能者必斟酌于语先,重徘徊于题外,既襟带而钩联,又逆萌而追朕,务使枉矢不跃于壶,编钟皆铿于纽。熊经鸟伸,常运旋于一气;烟霏雾结,恍灭没之万端。"[2] 以极为形象的语言,赞美白居易赋的意旨。

第二是"聚类",就是在谋划赋的篇章结构的张力中伸展气势。赋体的聚类既是"汪濊博富"(葛洪评赋语)、"刻形镂法"(刘勰评赋语)的外在形象,也是其"体国经野"之气象与"义尚光大"之态势的内在驱力,然论者又多参以技法。如刘勰《文心雕龙·炼字》论汉赋"玮字":"至孝武之世,则相如撰篇。及宣、成二帝,征集小学,张敞以正读传业,扬雄以奇字纂训,并贯练雅颂,总阅音义。鸿笔之徒,莫不洞晓……故陈思称:'扬马之作,趣幽旨深,读者非师传不能析其辞,非博学不能综其理。'岂直才悬,抑亦字隐。"[3] 写赋用"玮字",重在"贯练雅颂""趣旨幽深",此以西汉赋家擅"小学"、骋"鸿笔"为赋示范,彰显了赋势中的学问。倘若此论仅限于法而未及体,我们再看清人的两则评语。朱一飞《律赋拣金录》附录《赋谱》记述:"(赋

---

[1] 郑起潜《声律关键》,《赋话广聚》第一册,北京图书馆出版社2006年版,第39页。
[2] 王芑孙《读赋卮言·立意》,《赋话广聚》第三册,第314—315页。
[3] 刘勰著,范文澜注《文心雕龙注》,第614—615、623—624页。

> 无论是古赋的"学"与"气",还是律赋的"题"与"体",均与赋的聚事骋才相关,秘钥在赋家能使之气骨峥嵘与精神流动。

家)纵极四库之富,须调度得宜,疏密相间,如兵家遣将,枝枝当紧要处,乃为无弊。"[1]汤稼堂《律赋衡裁》卷六《余论》也说:"题中正面无可刻画者,势不得不间见侧出,以敷佐见奇。然须隽不伤雅,细不入纤,方为妙绪茧抽,巧思绮合。否则刻鹄类鹜,无所取焉。"[2]或评古,或论律,其述义视角不同,然所言"调度""秀骨""敷佐"与"援据",无论是古赋的"学"与"气",还是律赋的"题"与"体",均与赋的聚事骋才相关,秘钥在赋家能使之气骨峥嵘与精神流动。

第三是"行气",这也是赋体起势的一个重要方面。对此,缪润绂的《律赋准绳》论赋家"行气"最为详尽:"气盛则言之长短与声之高下皆宜。文顺气而后有挥洒之致,赋顺气而后有洋溢之机。作赋而不能行气,则板滞平庸,与泥车瓦狗何异?……养气一道,全在平日,若读赋时不能极高下抑扬之致,则气无由积,到作赋时,又乌能有气?欲行气者,亦还于吟讽诵习间求之也可。"[3]我读的这一长段评语,显然是将自唐宋以来对古文之"气盛"而"言宜"的要求用之于赋,而其"行气"在"积气","积气"在"养气",其涵养与学识又与前述之"命意"与"聚事"同埒,均为赋势蓄积而伸展的要素。赋势批评源自技法又不拘于技法,而勘进于赋境的创造。

晚清学者李元度的《赋学正鹄·序目》列述赋体"正鹄"之法十类,所谓"曰层次,曰气机,入门第一义也。曰风景,曰细切,曰庄雅,

---

[1] 朱一飞《律赋拣金录》附录《赋谱》,清乾隆五十三年(1782)博古堂本。

[2] 汤稼堂《律赋衡裁》卷六《余论》,清乾隆二十五年(1760)瀛经堂藏板。

[3] 缪润绂《律赋准绳》附《律赋要言》十二则之六"行气"。

曰沉雄，曰博大，皆庶区之品目也。曰遒炼，曰神韵，则骎骎乎进于古矣。曰高古，则精择古赋以为极则"。主张兼容古、律，以为示范，所谓"古赋"为"极则"，已蕴含了由"技法"归复"礼法"的意义。我家乡的朱光潜，在《诗论》中将赋的演化分为三个阶段，分别是打破诗和散文的界限、保持古代文艺的浑厚质朴的汉赋，逐渐重视辞藻、排偶与声律的魏晋赋与技巧成熟而古拙朴直风味完全失去的宋齐梁陈诸代的作品。尽管他似乎故意忽略了隋唐以后近千年的赋创作，忽略了赋体与制度的紧密联系（如献赋与考赋），忽略了唐宋以后赋体归于"古"与"律"的现象，但他以"古朴"与"技巧"区分汉代与南朝赋作，仍有一定的启发性。如果我们延伸其义，并贯通赋史，就能推演出以赋用与赋法两个视点，而归于赋体的艺术思考。

今天就讲这些，下次讲赋家，就是写赋的人。西方文论喜欢讲作者、读者与作品的互动，中国古人讲知人论世，相反，论世也要知人，我们读赋也应该知道作赋的人。

历史文献摘选

刘勰《文心雕龙·诠赋》：

夫京殿苑猎，述行序志，并体国经野，义尚光大，既履端于倡序，亦归余于总乱……殷人辑颂，楚人理赋，斯并鸿裁之寰域，雅文之枢辖也。至于草区禽族，庶品杂类，则触兴致情，因变取会；拟诸形容，则言务纤密，象其物宜，则理贵侧附：斯又小制之区畛，奇巧之机要也。

附：王芑孙《读赋卮言·小赋》：自唐以前无古赋、排赋、律赋、文赋之名，今既灿陈，不得不假此分目。赋者用居光大，亦不可以小言；聊以小言，犹云短制……极赋能事在于长篇，而学赋则可从小赋始，何也？虽营度为千门万户，必致详乎一阁一楼。京都钜制，是亦绵长矣，而井井条条，望路可识，惟此单微一线之为。然体大物博，寻览颇艰，矧云制造？阛阓迷梦，荼墨眩心，自非力大于身，鲜不举鼎而绝膑者，安能转圜九仞乎？小赋则意俭而易周，辞丰而可杀，选声结韵，意不旁驰；造句谋篇，笔常内撅；省括乃释，从绳罔愆。

费经虞《雅伦》卷四：赋别为体，断自汉代。始荀、陆之文各自为书，且荀多隐语，屈平之作又分为骚，六朝之赋则俳，唐人之赋则律，而多四六对联，宋人之赋多粗野索易之语、衰飒之调。总之，后世牵补而成，词旨寒俭，无复古人浩瀚之势，伟丽之词，去赋远矣。

刘熙载《艺概·赋概》：古赋意密体疏，俗赋体密意疏……俗赋一开口，便有许多后世事迹来相困踬；古赋则越世高谈，自开户牖，岂肯屋下盖屋耶？

《西京杂记》卷二引司马相如答盛览问作赋：

合綦组以成文，列锦绣而为质，一经一纬，一宫一商，此作赋之迹也。赋家之心，苞括宇宙，总览人物，斯乃得之于内，不可得而传。

挚虞《文章流别论》：

赋者，敷陈之称也……古之作诗者，发乎情，止乎礼义。情之发，因辞以形之；礼义之指，须事以明之。故有赋焉：所以假象尽辞，敷陈其志。古诗之赋，以情义为主，以事类为佐；今之赋，以事形为本，以义正为助。情义为主，则言省而文有例矣；事形为本，则言富而辞无常。文之烦省，辞之险易，盖由于此。夫假象过大，则与类相远；逸辞过壮，则与事相违；辩言过理，则与义相失；丽靡过美，则与情相悖。

　　附：黄佐《六艺流别》卷四：骚者何也？骚之为言忧也，遭忧之扰情而成言也。是故引物连类不厌其繁者，以写情也。体始于屈原之遭逸为之《离骚》。《离骚》也者，离忧也。世因谓为楚骚体，然而秦汉以下骚渐亡矣……赋者何也？敷也，不歌而协韵以敷布之也。赋本六义之一，故班固以为古诗之流。然比物寄兴，敷布弘衍，则近于文矣。骚始于楚，赋亦随之，迄汉而赋最盛，魏晋而下工者亡几。

　　王世贞《艺苑卮言》卷一：作赋之法，已尽长卿数语。大抵须包蓄千古之材，牢笼宇宙之态。其变幻之极，如沧溟开晦，绚烂之至，如霞锦照灼，然后徐而约之，使指有所在。若汗漫纵横，无首无尾，了不知结束之妙。又或瑰伟宏富，而神气不流动，如大海乍涸，万宝杂厕，皆是瑕璧，有损连城。然此易耳。惟寒俭率易，十室之邑，借理自文，乃为害也。赋家不患无意，患在无蓄；不患无蓄，患在无以运之。

　　拟骚赋，勿令不读书人便竟。骚览之，须令人裴回循咀，且感且疑，再反之，沉吟歔欷，又三复之，涕泪俱下，情事欲绝。赋览之，初如张乐洞庭，褰帷锦官，耳目摇眩，已徐阅之，如文锦千尺，丝理秩然，歌乱甫毕，肃然敛容，掩卷之余，彷徨追赏。

　　王之绩《铁立文起·赋通论》：王懋公曰：昔人以赋为古诗之流，然其体不一……论赋者，亦必首律之以六义，如得风雅颂赋比兴之意则为正，反是则为变。若以古赋厕间流于俳与文，亦变体也。

　　刘熙载《艺概·赋概》：赋起于情事杂沓，诗不能驭，故为赋以铺陈之。其于千态万状，层见迭出者，吐无不畅，畅无或竭。《楚辞·招魂》云："结撰至思，兰芳假些。人有所极，同心赋些。"曰"至"曰"极"，此皇甫士安《三都赋序》所谓"欲人不能加"也。

李元度《赋学正鹄·序目》：

层次类者，赋家不二法门也。作赋如作文，有前路，有中路，有后路，有翻面，有反面，有正面，有衬面，而皆可以层次括之。不特律赋不可无层次，即周秦汉魏诸古赋，莫不步骤井然，眉目朗然，虽寥寥短篇，层次自在，特神明于规矩之中，使人莫寻其迹耳。作赋而不讲层次，则犹航断港绝潢以蕲至于海也。

附：刘熙载《艺概·赋概》：以精神代色相，以议论当铺排，赋之别格也；正格当以色相寄精神，以铺排藏议论。

朱一飞《赋谱》：

四品之目：曰清，以气格言也；曰真，以典实言也。所谓诗人之赋丽以则，则者法之，炼字必取其雅，用意必归于正。所谓辞人之赋丽以淫，淫者谨之。

附：王芑孙《读赋卮言·审体》：赋者，敷陈其事而直言之，其旨不尚玄微，其体匪宜空衍。

余丙照《赋学指南·论赋品》：约分四品，尽可兼该：其一清音袅袅，秀骨珊珊，名曰清秀品，此近时风尚也。其一灵活无比，圆转自如，名曰潇洒品，此熟如弹丸也。其一端庄流丽，蕴藉风流，名曰庄雅品，骨肉匀停者也。其一古调独弹，自饶丰致，名曰古致品，此不落恒蹊者也。观此诸品，命意贵于高超，运典贵于切实，用笔贵于灵活，其要总在工夫纯熟。果能多读多做，咳唾悉成珠玉，吐气可作虹霓。或以丰韵胜，或以富丽胜，熏香摘艳，错彩镂金，又何法之有乖，又何品之不合哉！

研习与思考

（一）赋体与赋艺

（二）赋的空间想象

（三）赋的结构美

（四）以章句为中心的修辞艺术

第五讲

赋 家

上次课讲了"赋艺",说赋的艺术,是个大题目,只能择要而谈,这次课我们讲"赋家",也是个宽泛的题目,也只能选择一些重点来讲,因为古代写赋的人那么多,只怕排不过来的。当然,一切文学研究都是以作品为根本,一切作品都是由人写出来的,那就是作家。作为一种比较纯粹的文学——诗赋文学,赋家的产生应该是最早的一批文人。所以我想从赋家来看看赋的创作问题。

前面讲过"赋者,古诗之流",赋家也继诗人之后了,刘勰也列了汉赋十家,当然,在刘勰之前的《汉书·艺文志》里,作者也列了三大类赋:屈原赋、陆贾赋和荀卿赋,都是对赋家的一些介绍。但是赋家究竟是什么人,论述不是很多。近代学者才开始讨论这个问题,因为每一个赋家都有自己的生存条件。群体赋家又怎样呢?为什么要写赋,跟你的生存环境、社会角色、社会地位都是密切相关的,所以这也是一个不是问题的问题,很有意思的问题。我们回首文学的历史,诗赋文学早期都是宫廷文学,而且跟礼仪制度有关,围绕礼仪及相关事宜而产生了一批善文之士。周朝以后,中国进入一个礼的社会,礼的形成最重要，所以前面讲"郁郁乎文哉，吾从周"，这是孔子说的，实际上就是对周礼的推崇，而对周礼的推崇，就包括了这种"文"。赋的形成背景应该是从这一点而来的。所以，我们今天要讲的第一个问题就是要了解产生赋家的渊源。

首先我们要了解什么是瞍赋、行人赋、楚人赋、汉人赋。这几个名称好像没有什么关系，但是细察其微，其间还是有联系的。真正专门的赋家队伍的成立是在汉代。汉代的各种人都在写赋，据说赋作多达数千篇，可惜好多都丢失了。汉代人纷纷写赋，是一个写赋的时代，"一代有一代文学之胜"，汉代是赋，这是有道理的。文学，无非一个是抒情，一个是修辞。抒发情志，怎么来表现？这跟修辞有关，要用词汇来表现情志，所以"圣人之情见乎辞"。一个就是教化，教化是根本，中国的文学都谈教化，赋家也谈教化。另一个是娱乐，文学就是娱乐嘛，没有娱乐性就不是文学。通过娱乐的形式来表现教化的精神，这是中国文学的一个特点。所以我前面曾引刘熙载的话"以色相寄精神，以铺排藏议论"，这是汉赋最基本的特征。要铺陈，但还要藏掖着思想。那么追溯一下渊源，诗与祝是同源的关系，这在我讲赋辞时已多有涉及。所谓"赋者，古诗之流也"，早期都是用辞章来表现自己的思想，从娱神到娱人，再到自娱自乐吧，大的发展脉络，跟文学的表现与功用密切相关。古人讲"古之祭者必立尸，尸者，所以象神也"[1]，这也被王国维奉为诗与戏剧的最早渊源，大家对照"尸"敬礼，祝词也就是对着"尸"敬礼。"祝以孝告，嘏以慈告"，都跟这个有关[2]。于是，就涉及几个问题。首先是诗赋的形成，即通过辞章

---

[1] 李樗、黄櫄《毛诗李黄集解》，《景印文渊阁四库全书》本。
[2] 参见王国维《宋元戏曲史》对《毛传》"保，安也"、《郑笺》"神安而飨其祭祀"的解释。

来表现这种心怀的，跟"高禖春祭"有关，陈梦家专门有文章讨论这个问题[1]。早期赋诗，包括那些古赋，是干什么的呢？是"勤王政"。赋的出现是因为天子听政的原因，天子听政，赋起着观风俗的作用，起着讽喻的作用。矇、瞍等，这些人都是这样的，是在王政之下构成的某种人群。

与这个相应的，或者说落实到早期的祭神文本，我们又要考虑到祝词的问题[2]。《周礼》中谈到"大祝掌六辞"，如果按《周礼》的标准来看，凡是用韵文来表现思想，包括赋诗的，都跟春官有关。一个是大祝，我们讲到祝与赋的关系的时候讲过，大祝就是春官。一个是大师，也是春官，跟诗和乐有关的，那就是大司乐，其中矇、瞍、瞽等这些人都属于春官，所以跟春官有极其重要的关系。联系到后来，我觉得采诗也是春官做的。再后来，一直到科举考试，诗赋取士，都是在礼部，也都是春官。辞赋和春官有一个很漫长的联系，这样就出现了几个问题。首先是瞍赋的问题，有很多人进行过讨论，为什么要瞍赋？这里面充满了神秘性，日本学者清水茂有专门的讨论，他讨论范围涉及荷马史诗，说这些古代的诗人，一般都是眼睛不好的，瞎子。这有两重原因，一个就是凡是眼睛功能不好的，记忆功能都特别好，所以算命的都是瞎子。瞎子的记忆功能特别好，而我们正常人很多都是依靠眼睛，所以就造成了记忆功能发掘的不足。眼睛看不见，就必须要靠记忆，所以记忆就特别好，有的学者就是因为眼睛不好记忆才好的，比如钱穆，晚年根本看不见，他写文章全是凭记忆，根本

---

[1] 陈梦家《高禖郊社祖庙通考：释〈高唐赋〉》，《清华学报》1936年第11卷第1期。

[2] 有关赋与早期祝词的关系，可参蒋晓光、许结《宾祭之礼与赋体文本的构建及演变》，《中国社会科学》2014年第5期。

看不见，拿个大纸就随便写，然后他的夫人再帮他誊抄，就是这样子。过去在南京大学听老教授上课，有位陈瘦竹先生，课上得特别好，他上课把教案、书等往讲台上一摆，根本就不看，一直就这样讲，也不在黑板上写字，眼睛看不见，也写不起来，所以就一直往下讲，一个小时，两个小时，三个小时，就这么讲，全是凭记忆的。所以要想记忆好，眼睛就要差。（笑）这矇、瞍的神秘性，也是天生的，他们看不见这个现实世界，那么他们的心灵就能透视一个未来世界、神秘世界。中国古代真是人尽其用啊，瞎子的功能要用，矇、瞍、瞽等人掌讽诵诗，是实用政治的一个重要环节。《周礼》里面就讲是掌"九德六诗之歌"，而关于瞍赋的功用问题，大家参看《国语·周语》中"天子听政"那一段。有一个问题，就是关于神秘性的问题，究竟什么是神秘？就是通神。前引日本学者清水茂先生那篇文章讲得比较清楚，文章名叫《吟诵的文学——赋与叙事诗》[1]。赋为什么要吟诵？便于记忆，而且容易形成心灵的一种激荡，因为吟诵的时候要押韵嘛。这种激荡不仅能感动神，感动受众，即听众，也能感动自己。那么吟诵起源于什么呢？是宣示神托。这一点很重要，假手于盲人，就更具有神秘性。由此，我们想到一个问题，就是赋和颂经常是连起来的，比如《甘泉赋》又叫《甘泉颂》。古代文体是交叉的，中间的界限不是很严格，到魏晋以后才逐渐严格起来。赋颂文体相近而连称，是不是还有些内在的关系呢？比如后世老讲的"上赋颂""献赋颂"，往往赋就是颂，颂就是赋。这里也是值得注意的地方。颂者，容也，祝祷神灵的容貌，宣示神托，表现对神灵的一种敬畏，所以赋还有一个"宣上

---

[1] 引自清水茂著，蔡毅译《清水茂汉学论集》，中华书局2003年版。按同书所载《从诵赋到看赋》，可并读。

德而尽忠孝"的重要特征或功用,这与祝词对神灵的颂扬是有关系的。当然赋还有一个重要的方面,就是天子听政,所以又有"抒下情而通讽谕"的功用。班固讲了这两点,我想是跟这个切切相关的[1]。虽然早期的"赋"是动词,后来的"赋"是名词,但是从前文人(不算纯粹的文人)的出现及变迁,瞍赋应该是值得关注的一环,这与汉赋的形成有着某种或隐或显的联系,只是其间的文献丢失了,很多东西不便厘清,但是从大的文化背景或者从文学背景来看,这些人充当什么角色,干什么事,在历史上应该是一环套一环的。

> 虽然早期的"赋"是动词,后来的"赋"是名词,但是从前文人(不算纯粹的文人)的出现及变迁,瞍赋应该是值得关注的一环,这与汉赋的形成有着某种或隐或显的联系。

赋的功能有两个:一个就是讽谏,一个就是言志。前人将其区分开来,这个区分很有意味,如林纾在他的《春觉斋论文》里面就有叙述。赋有一个讽谏的传统,赋都要讽谏,扬雄每次言及上赋的时候,必讽。为什么呢?就是因为赋有讽谏的传统,讽谏的传统就是天子听政,知道自己有很多地方做得不好,所以要好好做,也叫补察时政。后来的立乐府也都是补察时政,乐教通政教,这是一条。王政需要臣子补察时政,但是王政如果垮掉了呢?就是天子失官了嘛,东周以后天子失官,生存与学术都流离失所了。于是这种精神就流离到一些场合,用于个人表达心志去了,跟王政没有太大关系了。王政已经垮掉了,不需要讽谏了,那怎么办呢?诸侯强大了,也有霸政呀。比如春秋时的外交使臣,孔子讲"不学诗,无以言",这些外交使臣就要登

---

[1] 班固《两都赋序》:"故言语侍从之臣,若司马相如、虞丘寿王、东方朔、枚皋、王褒、刘向之属,朝夕论思,日月献纳。而公卿大臣御史大夫倪宽、太常孔臧、太中大夫董仲舒、宗正刘德、太子太傅萧望之等,时时间作。或以抒下情而通讽谕,或以宣上德而尽忠孝,雍容揄扬,著于后嗣,抑亦雅颂之亚也。"

坛诵赋，《汉书》里面有讲，章太炎也特别讨论过什么叫登高作赋。登高作赋，就是登坛作赋，或是主人赋，或是嘉宾赋，或是专门有人赋。怎么赋，下一级怎么赋，登一级怎么赋，都很有讲究，这就变成一种礼仪了。这种礼仪就构成了"赋诗言志"的传统。所以行人用诗，断章取义。断章取义干什么？无非都是在言志。如果《国语·周语》里讲天子听政是一种讽喻的话，那么天子失官，讽喻就转向了这种言志。早期的言志是一种恢复或彰显、表现礼仪的一种方式。在特定的场合，尤其是外交场合，都要赋诗言志，这在《左传》里面有大量的例证。所以我觉得从讽喻转向言志，功能发生了一些变化。正因为行人赋诗，《尚书》里面讲"诗言志"，朱自清有《诗言志辨》，说"诗言志"构成了中国文学理论的开山纲领，这一开山纲领丢失了过去王政下用《诗》的内涵，实际上是后来的言志丢失了襄助王政的那种东西。

"诗言志"作为中国文论的开山纲领，可见这句话的分量，近现代学者相关的讨论也可谓纷纷然，比如刘师培在《论文杂记》里面说："诗赋之学，亦出行人之官。"明确说诗赋出于行人之官，简单的一句话，勘进一步，也能生发出很多很多的问题。我当时做了一个归纳，诗赋与行人的关联，大概有三个方面的问题。刘师培有段话讲得很重要，就是解释三句话。

第一句是"采风侯邦，本行人之旧典"。这句话出自《汉书·食货志》，意思是从各个诸侯王那采风来，这就是行人之旧典。经过一些史料的梳理，可知"行人之官"是秋官，不是春官，跟大祝、大司乐不是相同的，他是秋官，所以这里的采诗，是不是行人？于是乎就有很多考异者出，一说"行人"是"遒人"之误，一系列考证，串联起来，主旨也就大体可见。行人之官是用诗，不是采诗，采诗是春官。南京师范大学文学院办了一个学报，刚开始办，到处约稿，现在吃香了，你们投上去都不容易了。当时找我约稿,我就给了他们一篇文章,后来收到《赋体文学的文化阐释》书中,该文名叫《从"行人之官"看赋之源起暨外交文化内涵》[1],就是对刘师培这一段话的解读,并借助一些出土文献进行辨正,说明他的说法有很多问题,也有一定的道理。当然不是定论,可讨论。

第二句话是"非登高能赋,难期专对",就是一定要登高能赋,才能专对。

> 汉赋的形成缘生于制度。

关于这一点,《汉书》里面讲得很清楚,那就是"赋诗言志",是特定的"赋诗言志",而不是我们现在讲的后来渐渐文人化的登高作赋,尤其是魏晋以后。这种制度化的东西,后来慢慢地都文人化了。早期是完全制度化的,文学是没有什么自由的,都是制度化的东西。汉赋形成没有那么自由的,是缘生于制度的。因为是制度化的程式,所以有具体的限定:在什么场合登高,在什么场合言志。文人化了之后,尤其魏晋以后,经常是登高能赋,你再去讲是一种制度,或者什么特定场合,那就不对了。就像我们爬爬紫金山,爬到哪里,有兴致了,我们就赋诗一首。早期不是这样的,关于这一点,也有很多考证,章太炎的解释是最为清楚的。他在《国故论衡·辨诗篇》里面讲:"登高孰谓?谓坛堂之上,揖让之时。"为什么要登高呢?章太炎做了一段解释,大家可以参考。1978 年 6 月,湖北随县曾侯乙墓出土了战国竹简,里面有一些官职名称,如"左坴徒""右坴徒",有赋诗的材料出土。这个"坴"有人就认为是"登"。屈原为什么作赋?跟他做行人之官有关,他曾经到处出使。"左徒"与行人之官有关系,"坴"又谓之"登",这样,我们就想起了一篇赋,就是《登徒子好色赋》,

---

[1] 许结《赋体文学的文化阐释》,中华书局 2005 年版,第 65—78 页。

"登徒"也跟赋的场合有关。这个中间的关系想厘清是非常困难的，但是肯定有内在联系，千丝万缕，蛛丝马迹，慢慢梳理。有时各人进行各人的考证，有会通，也有分歧。关于这一点，两个人的考证比较清楚。一个就是汤炳正先生的《"左徒"与"登徒"》。他是看到了出土文献，才写这篇文章的，否则他没有材料。先秦的东西不好研究，就是材料缺乏。哪那么容易有材料呢？好不容易挖了个战国墓，结果搞到几个大铜鼎，我们又搞不清，认不得，竹简又不容易发现，那个东西容易烂，铜鼎不容易烂，所以出土的铜器比较多，竹简就少得多了。我们文人嘛，就喜欢竹简，整天就期待着地下发现，期待着挖皇帝墓，挖侯王墓，多找些竹简来。（笑）十三陵，什么时候把它挖掘出来，挖出个《永乐大典》来，（笑）那就解决了，那要做多少博士论文啊，（笑）你们静静地等待吧。（笑）如果一套埋在地下的《永乐大典》被发现了，试想，那要"培育"出多少大学者啊，（笑）一级教授、特聘教授、资深教授一起诞生了，（笑）纷纷产生了。（笑）是1978年出土了这些材料，所以汤炳正先生就有了这篇文章，1979年发表在《文献》上，讨论屈原和赋的关系。另一个是赵逵夫先生，写了《左徒·征尹·行人·辞赋》这篇文章，也是谈这个问题[1]，谈从"左徒"怎样到"行人"，再怎样到辞赋，实际上刘师培早就讲过这些了，虽然刘师培没看到这些文献，但是这些学者能根据现有的文献做一些推理，有的时候推理得很有道理，但有的时候在具体问题上又有些错误，因为没有具体的文献材料，很多具体问题的推理又没办法成立，所以写论文的时候很麻烦。但如果运用了具体的东西后，也往往会出

---

[1] 汤炳正《屈赋新探》，齐鲁书社1984年版；赵逵夫《屈原与他的时代》，人民文学出版社1996年版。

一些问题，因为又有新的发现的时候，问题又会出现。但不能因为怕出现问题，而忽略了推理在学术上的重要性。从各种文献材料寻觅蛛丝马迹来推理，是很有意义的。正因为看了这些东西，包括出土的和今人研究的，所以我才写了上述这篇文章。这篇文章有很多人引，虽然发表的杂志影响力不大。

第三句话是"行人之术，流为纵横家"。到战国的时候，很少"赋诗言志"了，这种制度或行为，在春秋时期比较多。战国时期礼崩乐坏，谁还跟你赋诗啊？没讲到两句话就要打架了，（笑）哪个还跟你文绉绉的，酸唧唧的，（笑）还赋诗呢？动手就打。（笑）到了战国时期，多半是狡猾的苏秦、张仪这些人了，审时度势，讲这些狡诈的权术，诗与礼就淡褪了。春秋后期，王官解体，文化堕落。孔子弟子表现了"赋诗言志"的传统，孔子弟子经常到邦国去做相，所以孔子的弟子这个群体跟"赋诗言志"的关系，很值得考论。因为经典的式微，辞令就兴起了，出现了经典的式微情形，就不用讲礼了，诗也就不用了，所以经典也就衰微了，而审时度势的辞令就兴盛了。这时候的行人倒是文采斐然，各人都善辞令，而过去的那种由讽谏对王政，以及宣示神托的神圣性开始转向世俗性，所以诗的传统在战国后就完全往世俗性方向发展，神圣性在丢失。在这么大的变化中，辞赋创作，开始了楚人赋的阶段，也就是《汉书》里面讲的"贤人失志之赋作矣"。赋家开始出现了，文学化的名词的"赋"也开始出现了。"贤人失志"延续了"贤人言志"的传统，这两个"志"是相通的，在贤人言志行不通的时候，楚人出现了贤人失志赋，抒发牢愁。

由这样一个传统转到汉赋家的形成，楚赋对汉赋有重大的影响力。我们讲汉代

> 诗的传统在战国后就完全往世俗性方向发展，神圣性在丢失。在这大的变化中，辞赋创作，开始了楚人赋的阶段。

是承秦制、沿楚风，制度上是秦制，但它的文风艺术是楚风，楚风很盛，这是大家都公认的。刘勰也讲战国时"唯齐楚两国，颇有文学"[1]，齐、楚两个国家，齐正好有以隐语为赋的荀卿，楚正好有以屈原、宋玉为代表的创作。而荀卿由齐入楚之后，又有类似楚赋的创作，这都是有迹可循的。但是从大的背景来讲，早期那些写贤人失志之赋的，包括屈原、宋玉，有的还说包括景差、唐勒。所谓景差、唐勒，到底有没有这些人，是不是创作了赋，都还是成问题的，后来出土了一个《唐勒赋》，这就有争论了，唐勒的赋出来了，说的是《御赋》，然后很多人就在《文学遗产》等杂志上发表文章了[2]，由此又出来了一批文章。（笑）一个出土文献出来了，一大批文章就出来了，所以大家就可以做这种现象的研究，你们的博士论文就可以做"二十世纪出土文献的研究"，围绕几个点来做研究。《唐勒赋》出来了，好多人又不认为这样子，比如李学勤，他主张走出疑古时代。最近又有人反对他，反对走出疑古，说顾颉刚的疑古还是有道理的。走出疑古是需要文献发掘的，发现了出土文献就能走出疑古了，于是不仅找到屈原，确实有这个人了，唐勒这个人也有了。那唐勒是不是真正的有呢？又有争论了，李学勤认为好像不是的，那是宋玉的赋，唐勒是赋中假托的人[3]。争论不休。

---

[1] 刘勰《文心雕龙·时序》："春秋以后，角战英雄，六经泥蟠，百家飙骇。方是时也，韩魏力政，燕赵任权，五蠹六虱，严于秦令。唯齐楚两国，颇有文学：齐开庄衢之第，楚广兰台之宫，孟轲宾馆，荀卿宰邑。故稷下扇其清风，兰陵郁其茂俗，邹子以谈天飞誉，驺奭以雕龙驰响，屈平联藻于日月，宋玉交彩于风云。"

[2] 参见汤漳平《论唐勒赋残简》，《文物》1990年第4期；谭家健《〈唐勒〉赋残篇考释及其他》，《文学遗产》1990年第2期。

[3] 详见李学勤《〈唐勒〉、〈小言〉和〈易传〉》，《简帛佚籍与学术史》，江西教育出版社2001年版。

不管屈原也好，景差也好，唐勒也好，都是诸侯王国的人，不在"天子听政"的范围之内，都是失志之人，并不得意，他们构成了诸侯国的宫廷文人。赋开始出现就是来自宫廷文人，宋玉是最典型的宫廷文人。《对楚王问》，就是宫廷文人的创作，像齐国的隐语一样，用诡谲的文采来表现自己的思想，用曲折的方法来表达一种微弱的讽谏。这对汉代宫廷赋的形成起到了重要的影响，汉赋家的崛起也都是宫廷文人。但也有不同，前者是诸侯的传统，这构成了从战国到汉代的转变。齐国有文学，楚国有文学，但传到汉代的时候，汉代的宫廷谁好文学啊？汉初是不好文学的，刘邦不要这些，（笑）儒家的东西他都不要，何况文学呢？儒官来见他，他在儒官面前洗脚，不理你，他是只关心洗脚健身的，（笑）他才不关心精神领域的东西呢。可是建国后，他这个皇帝做不下去了，做得乱糟糟的，才开始让儒生定朝仪，是为了现实的功用才来制礼。制朝礼就需要懂古礼的人来编啊，因为古礼很重要啊，古礼不仅仅是精神层面的啊，它是一种模式、范式啊。就像现在山东祭孔不会祭，把猪头摆反了。（笑）他们读《仪礼》读不懂了，也没有图，更没有录像了，古礼搞不清。台湾地区的学者说也摆不好，说要到韩国去学习。韩国祭祀未断，春秋两祭，我在成均馆看了春秋两祭，对不对也难讲，但是看了还蛮像《周礼》上的东西。

这个也很重要，一个传统很重要，所以叔孙通用古礼来制礼仪。当这些礼有了现实的效用了，刘邦才讲：而今方知天子之为贵。他高高在上了，大家都跪在下面山呼万岁，威严出来了。到了文景之世，诸侯王国乱糟糟的，朝廷要休养生息，也谈不上文化建设，一直到景帝还是"不好辞赋"，这一点很重要。包括贾谊的赋作，都是属于贤人失志的范畴，在宫廷中他没有得意，一直也没有写赋，他跑去见皇帝的时候，皇帝"不问苍生问鬼神"，儒家精神是没有用的。但在人生遭到贬谪,在长沙王国受到楚地文风的影响,他才创作了篇发牢骚的《吊屈原赋》。这种风气还只是诸侯王国风气的一种传承,传承到了汉代,我们看到在楚王身边的人,在淮南王身边的人,组成了几个文学集团。更重要的是梁孝王,梁孝王刘武所在的王国,出现了大量的辞赋家[1]。所以我们就知道从楚宫廷到梁孝王为代表的诸侯王身边的文人开始转换,转换到司马相如才成为一个典型。之所以司马相如成为"赋圣",除了赋作得好之外,还因为那个特定的时代[2]。你们要知道,想做圣人,就要抓住那个时代,时代抓住了,你才可以成为圣人。在一个太平时代,你只能是一个庸人,你永远变不掉。你发疯啊,发疯也没有用,发疯你就被带到疯人院去了,(笑)但特定时代你发疯的话,你就有可能成为了不起的人。司马相如是疯成了一个伟大的人物了,这很有意思。这玩意叫作"预时",正好是"文景之治"把经济建设好了后,碰到好大喜功的汉武帝。因为景帝"不好辞赋",司马相如才到梁孝王那儿去的,然后因为写了《子虚赋》,受到汉武帝的喜爱,于是被招进宫来,这样才开始了他的言语文学侍从的生涯。赋家在大汉宫廷由此而兴,司马相如只是早期的一个代表,具有转折性的一个人物。从贾谊到司马相如,正是诸侯王的赋向宫廷赋的转变时期,所以从行人、诸子到纵横家,再到赋家,是这么一个传统,大家应该注意这样一个传统。大家都要表

> 从贾谊到司马相如,正是诸侯王的赋向宫廷赋的转变时期,所以从行人、诸子到纵横家,再到赋家,是这么一个传统。

---

[1] 有关梁王宾客赋,参见《西京杂记》卷四《梁孝王忘忧馆时豪七赋》的记述。有关作品的真伪,时人亦多争论,1994年由香港中文大学主办之第二届国际赋学会上,中国学者费振刚的《梁王菟园诸文士赋的评价及其相关问题的考辨》与美国学者康达维的《〈西京杂记〉的赋篇》持相左意见,较为典型。

[2] 参见许结《司马相如"赋圣"说》,《四川师范大学学报》2014年第2期。

达思想，早期是王政，天子官学，然后是行人、诸子，再到纵横家，再下来是赋家的出现，因此赋家就兼有他们的特点。一方面，善于辞令，像行人一样；一方面，像纵横家一样，善于铺陈描写；一方面，又像诸子一样，要表达他们自己的精神、思想。借助原来的天子听政的是经义思想，而这种思想又掩盖在辞章中，从此就构成了经义与辞章的矛盾。一方面要经义，跟他们的身份有关，跟他们的身份之功能有关。赋家是什么人呢？从学术思想的角度来看，赋家基本上都是儒家，这一点大家参看简宗梧先生的《汉代赋家与儒家之渊源》，他列出凡是赋家有子书的，大多是儒家[1]。他们都在讲礼的思想，讲王道政治思想，虽然有霸气，但思想内核都是这样的。

  赋家多是儒家，那么他们吃饭的本钱是什么？他们是干什么的？这个一定要注意。我们研究《文心雕龙》的时候，可以推想刘勰看到了大量的文集和赋集，掌握了很多文献，萧统编写《文选》的时候，也应掌握了很多资料。刘勰的心很静，信佛的。这样找到他的身份，就知道他为什么能写出《文心雕龙》了。在刘勰之后，这样的文学理论著作就很少了。有一次我讲我们桐城的姚永朴写了个《文学研究法》，有点像《文心雕龙》，一章一章的，从渊源开始写下来，但他跟刘勰的身份不同，他是大学教授，在北京大学、安徽大学等学校教书，所以他那个书是教材，因为他是教师的身份。要了解一个人的著作或者研究成果，就要知道他的身份，因为自己的身份决定他要吃什

---

[1] 简氏据《汉志》所列九家，分别是贾谊（赋七篇，儒五十八篇）、孔臧（赋二十篇，儒十篇）、吾丘寿王（赋十五篇，儒六篇）、倪宽（赋二篇，儒九篇）、刘向（赋三十三篇，儒六十七篇）、陆贾（赋三篇，儒二十三篇）、朱建（赋二篇，儒七篇）、严助（赋三十五篇，儒四篇）、扬雄（赋十二篇，儒三十八篇）。

么饭啊。所以,考察一下汉代的赋家,我前面说过,早期多是侍郎、郎官。大家参考下我的《汉赋造作与乐制关系考论》[1],汉赋跟汉乐府的关系,这里面当然要谈到赋家的身份,列了一大串人名,基本上都是侍郎。郎官是什么人呢?是皇帝的内官,所以赋家都是宫廷的。赋家是郎官,我们讲他的身份是文学侍从。这里的文学侍从,不是后来的翰林学士,只是一种身份的认定。他们的职责、职务都是郎官、内官。

> 赋家是继屈、宋之后由诸侯王国转向天子王国时期出现的,所以赋家表现了一种"体国经野"的思想。
>
> 赋家的身份是矛盾的,一方面是文学侍从、倡优蓄之,给皇帝取乐的;另一方面又抱有儒家精神,进入宫廷后要振发,想讽谏。

赋家创作是继子学之后出现的,有一种帝王师的意识。赋家是继屈、宋之后由诸侯王国转向天子王国时期出现的,所以赋家表现了一种"体国经野"的思想。同时赋家又是文学侍从、倡优蓄之,这种身份的矛盾导致了文本的矛盾。赋家的身份是矛盾的,一方面是文学侍从、倡优蓄之,给皇帝取乐的;另一方面又抱有儒家精神,进入宫廷后要振发,想讽谏。他们超越了行人、诸子、纵横家,于是有人取《周礼》来建汉礼,就是从周礼,继周而彰汉,成了赋家经常讲的话,汉德、周德,然后是五德终始,三统说,这些思想都出现了,他们要超越行人、诸子、纵横家,他们的中介是孔子。孔子改朝换代,却无位,吃素,叫素王,然后汉人就以继承他来继承周德。把周以后的乱世全部抹掉,不要了,陈涉、吴广都是乱臣贼子。这下就再次形成了一种王政之下的讽谏传统。这个王政已经是帝王了,不是过去诸侯王的王政。所以,章学诚讲过去的天子叫王言,但诸侯也叫王言,所以到汉

---

[1] 许结《汉赋造作与乐制关系考论》,《文史》2005 年第 4 辑。

代王言转换为诸侯王了,这不同。天子听政是帝王之政,而代表帝王之言的是汉赋,这是很重要的。汉代赋家试图恢复这个传统,但实际上是没有这个传统可恢复的了,因为秦汉是宗法君主制,在这种君主制下的帝王,像汉武帝好赋,因此赋就起到一定的作用。但又因为赋家的特殊身份,构成了赋体的尴尬,特殊的身份,特殊的尴尬。看到司马相如那种纵横捭阖的精神,好像很得意,实际也不得意,一生都是六百石,(笑)到孝文园令还是六百石,想混个两千石都没有混到,(笑)没办法。司马相如是三惊汉主啊,都是靠赋啊!弹琴而感文君,诵赋而惊汉主,这是他一生的两大事件啊。大人物啊,有时候朝气蓬勃,有铁马金戈的范儿,往往还有另一面,猥猥琐琐地混着,所以如果你的性子也有这种双重对立,你就有可能成为大人物。(笑)你们自己回去看看性格是不是对立的。(笑)司马相如就是这样的,一个是琴挑文君,一个是三惊汉主。《子虚赋》惊了一下,《上林赋》惊了一下,然后《大人赋》又惊了一下。所以我有一次在四川写了一个姊妹篇,他们学报要文章嘛,第一篇是《弹琴而感文君》,语出唐代一个相如县令写的《祭司马相如文》,第二篇写的是《诵赋而惊汉主》,文章里面就是三惊汉主。主编说你怎么就想到了,写得太好,太过瘾了,赶快发表。写文章很好玩,实际上这些都是熟材料,但灵机一动,旧材料变成新问题,文字游戏嘛,好玩得很。第一篇是卓文君家把我请去,在文君井边上写《弹琴而感文君》,然后到了蓬安,就是过去的相如县,喝了人家的酒怎么办呢?非得发言啊,发言过后就写了《诵赋而惊汉主》。这两篇我自己也觉得蛮精彩的,随意挥洒,很有意思[1]。司

---

[1] 《弹琴而感文君——司马相如"琴挑文君"说解》《诵赋而惊汉主——司马相如与汉宫廷赋考论》两文,原载《四川师范大学学报》,后收入《赋学:制度与批评》。

马相如惊汉主太有意思了,他就是这样的一个人,他是比较得意的,得意中有失意;而枚皋是失意中有得意,得意是得到了汉武帝的宠幸,失意是整天说自己如俳如倡,倡优蓄之[1]。正好这两个人在当时被称为"马迟枚速",枚皋赋写得快,司马相如写得慢,但从文学创作来讲,好的东西还是写慢一点的好。从实际意义上来讲,这两个人是一致的,一方面是纵横捭阖,把大汉帝国的气势表现出来;一方面都是文学侍从、倡优蓄之,皇帝高兴就要,不高兴就不要。而这种冲突与矛盾在扬雄身上充分展现出来了,赋家在汉帝国的位置,扬雄堪称一个典型。

《汉书·扬雄传》,这篇传记,一般认为就是根据扬雄自己的自述改编的。其中论赋,主要有四篇,扬雄少好相如的辞章,所以就写了《甘泉赋》《河东赋》《校猎赋》《长杨赋》四篇赋。为了表现自己的这种王政传统,他是文学侍从,跟着皇帝后面作赋,如"上方郊祠甘泉泰畤……从上甘泉",然后就写了《甘泉赋》,就是文书嘛。过去文书是很了不起的,写出来就是流传千古的文章啊,不是随便写的。"还奏《甘泉赋》以风",在所谓的序中就标明从皇帝上甘泉而写,目的是用来讽谏的。因为他知道赋本身就有矛盾,一方面是"虚辞滥说",一方面是"曲终奏雅"。汉武帝看《大人赋》后的表现就很典型,司马相如本意是想让汉武帝看后面的"曲终奏雅",哪晓得汉武帝看上的是"虚辞滥说",看得太快活了,就像我们喝了酒一样,飘飘然有凌云之气了。因此扬雄为了改变这种状况,所以在序里面就讲明我这个就是讽。然后到了河东,"上《河东赋》以劝"。然后去羽猎,跟着皇帝狩

---

[1] 《汉书·贾邹枚路传》记载枚皋:"不通经术,诙笑类俳倡,为赋颂,好嫚戏,以故得媟黩贵幸……又言为赋乃俳,见视如倡,自悔类倡也。"

猎,"聊因《校猎赋》以风"。狩猎有两种原因:一个是为了除害,过去野兽多,人民少嘛,现在这个不用了,野兽要保护了,人太多野兽少了;(笑)第二个就是军事演习。"雄从至射熊馆,还,上《长杨赋》。聊因笔墨之成文章,故借翰林以为主人,子墨为客卿以风",上《长杨赋》,也是讽。处处讲讽,讲有什么用呢?他是文学侍从的身份,他有一种儒家经世致用的精神,他有那种想恢复过去天子听政的理想,结果有用吗?还是没用,再讲也没有用,所以最后说是雕虫篆刻,"壮夫不为"啊,"劝百讽一"啊,"诗人之赋丽以则,辞人之赋丽以淫"啊,"孔氏之门用赋……如其不用何?"[1] 讲了一大堆东西,就是因讽反劝,最后都没有用,所以他就特别在这里又举了司马相如的例子,讲司马相如上《大人赋》,结果汉武帝飘飘然,他也是这样的命运。如此,赋家就变成了弄臣、戏臣。有伟大的治国理想的弄臣是多么悲哀啊!大家可以想象下,如果是没有理想的弄臣,那才快活了。文人一旦理想也没有了,他就会跟着政治走了,随大流了,从肉到骨,从形到神都变成了一个弄臣,那也就快活了。问题是有骨气的知识分子,往往就是在这种冲突和矛盾中间,感到了痛苦,感到了悲哀,然后病倒,要不就跳水。(笑)后来这种事少了,因为大家从肉到骨基本上全都是弄臣了,早就被奴化了,中国明清以来几百年的奴化,不是进化,是奴化,(笑)听话的弄臣,朝廷喜欢,自己也舒服。这与当年的汉赋家是不同了,汉代的赋家是不甘心的啊,连被朱熹骂为"莽大夫"的扬雄

---

[1] 有关扬雄随侍献赋寄讽,详《汉书·扬雄传》的记载,见本讲附录文献。按:针对扬雄悔赋以为"雕虫篆刻",清人黄承吉《梦陔堂文说》卷一云:"文辞者,通于礼,而非外于礼。《诗》之巧笑倩、美目盼,辞也,而通于礼矣。以其辞之艳丽,而言岂不适。如雄所云雕篆,然彼正以雕篆重,而不以雕篆轻……是故人世间凡遇一名一物,但使登高能赋,追琢皆工,迩之则可使物无遁情,正借文章为资助;远之则可使言归实用,而为事业之赞襄。雕篆之功,正乌可已!"

还跳了天禄阁呢，怕死的人都还跳了下去。（笑）

这才是真正的赋家，这些赋家就构成了从诸侯王国向天子朝廷的转移，这种转移就构成了赋家的特点。简宗梧先生还有一篇文章值得注意，就是《从专业赋家的兴衰看汉赋特性与演化》。他有几篇文章，写汉赋的，确实不错，从专业赋家的兴衰来看汉赋的特性和演化，写得也很有意思。我们可以看看赋家的兴起，刚才讲了，赋家是一种内官，这是一个队伍兴起了。关于这一点，钱穆的《秦汉史》讲得很清楚[1]。那么就奇怪了，司马相如怎么就这么走运哦？（笑）一下子就被汉武帝赏识了，就像秦始皇赏识了韩非子一样，韩非子后来倒霉了，赏识了过后还被害死，要不然就不会死。司马相如被赏识了过后也有过倒霉事，但还不至于死，还不错，韩非子是在牢里死了，司马相如晚年去看死人去了，（笑）去看孝文帝的园陵，去当孝文园令去了，不过在人生的最后，就是临死之前他还不甘心啊，他病重时皇帝派所忠去看望，探探司马相如还写了些什么东西。皇帝虽然早已冷淡他了，结果想想他还是个才子啊，还想看看他写什么东西了，结果所忠到时相如已死，他的妻子找不到东西，最后翻出了一篇《封禅文》，教皇帝要封禅，也是一个赋体文。有人说司马相如最后还是谄媚，有人说这里面有讽喻，又是一番讨论。有一点很好玩，就是司马相如的身世之谜，搞不清。还有就是他最后的妻子怎么那么笨呢？连这个文章都不认识，最后的夫人肯定不是卓文君。（笑）这就是个问题了，卓文君多厉害啊，肯定可以整理司马相如全集。（笑）开玩笑，如果夫

---

[1] 钱穆《秦汉史》引《汉书·严助传》后谓："是诸人者，或诵诗书，通儒术；或习申商，近刑名；或法纵横，效苏张。虽学术有不同，要皆驳杂不醇，而尽长于辞赋。盖皆文学之士也。武帝兼好此数人，亦在其文学辞赋。故武帝外廷所立博士，虽独尊经术，而内廷所用侍从，则尽贵辞赋。"

人有水平的,最后都是把丈夫的东西整理出来后,再驾鹤而去啊。你看我们程先生后来的夫人陶先生,程先生去世后,她就代他整理东西嘛,把《书信集》一整理出来,就说我的任务完成了,结果没几天就去世了。她是有水平的文人,她的小楷写得特别好。司马相如的妻子肯定是不认识字的人,什么都不知道,这就牵涉到一个问题。卓文君一辈子都只是他的一个妾,根本不是正妻,司马相如早就结过婚了,琴挑文君是假的,或者这只是他人生的一个过程。这是个题外话。

为什么司马相如那么走运呢?除了他赋作得好外,还因为他碰到了一个狗官杨得意,现在宫廷不养狗了,所以很麻烦了。(笑)现在文人得意不起来,因为宫廷不养狗了。(大笑)如果有一个狗官,就能把你推荐上去了[1]。司马相如经杨得意推荐给汉武帝,这是偶然性。马克思就讲嘛,偶然性中有必然性啊,这种必然性就是汉武帝要建立内官制度,好武又尚文。大家知道汉武帝建元之后,就想要有所作为啊,丞相就告诉他说,那个瞎老太(指皇帝祖母窦太后)我们就不理她了。最近我在看电视剧《美人心计》,正好那天没事干看了几集,那几集全是胡说八道,全是歪曲历史,(笑)很可恶的就是搞笑地歪曲历史。最好玩的就是刚开始就拜佛,(笑)汉文帝之前就拜佛了,(笑)这个要是汤用彤看到就傻了。(笑)那汤用彤肯定就有问题了,怎么就没想到那个时候就有佛像了呢[2]?(笑)这太好玩了,这个电视剧太厉害了,所以作为学者又有考证的资源了啊。(笑)这个电视剧就这么说了,那恐怕是有问题嘛,所以

---

[1] 王勃《滕王阁序》有云"杨意不逢,抚凌云而自惜",是文人怀才不遇的典型书写,而假托相如故事,包括"狗监"与"凌云赋",也是常见话题。

[2] 汤用彤深于佛学,著有《汉魏两晋南北朝佛教史》《隋唐佛教史》等。《三国志》卷三十裴注引《魏略·西戎传》"昔汉哀帝元寿元年,博士弟子景卢受大月支王使伊存口授浮屠经"云云,可知西汉末年佛教传入中国,但传到中原地区是东汉。

大家都对学者产生了怀疑,也有的说佛是从秦朝就来了嘛。那是不是真有呢？这个电视剧比我们还聪明啊,所以哦我们搞不清。电视剧胡扯八道,一看就傻了,把所有人拿来胡编乱造,把汉景帝和梁孝王变成了两个妈妈养的,（笑）明明是一个妈妈养的,却变成两个妈妈养的,把人家搞错了产房。（笑）这些都是胡说,我们不管它了。

汉武帝欣赏司马相如的一个内在原因是建立内官制度。因为汉武帝一直受到制约,然后丞相就告诉他,你不要什么都听老太后的了,结果窦太后知道后,丞相自杀,都完蛋。一直到建元六年（前135）,窦太后死了,汉武帝才做点主了。但小皇帝能做多大的主呢？没办法。汉武帝好大喜功,想有所作为啊,但自己的一些主张根本实现不了,所以他就要改变朝廷的制度,就建立了外廷和内廷的论辩制度。于是就招募些身边的人,建立内官制度,这个钱穆讲得很清楚。招募身边的人,到哪儿去招募呢？接受主父偃的建议,把藩国搞垮。汉武帝有几大政绩,其中一个就是解决诸侯王国问题,第二大政绩就是攻打匈奴。汉武帝招募这些人,用身边的人,也就是各种方术之士。大家注意,这时候各种方术之士进来了,善于辞令的纵横家也进来了。这些人都不是纯粹的经学家。更重要的是善于辞令的辞赋家也一起进来了,这些内官、侍从很多喜欢辞赋,司马相如正是这样一个代表人物。虽然在内官中间司马相如没有像严助、朱买臣、主父偃等在政治上建功立业,但也是建过一些功业的,当时地处四川一带的西南夷出了些问题,武帝派他去调解,封他为中郎将,家乡人嘛,他去了也好拉关系呢。司马相如最善于拉关系,回到家乡之后,一拉关系就把事情搞定了。搞定了回来,一回来就被免官。为什么免官？贪污,收了一大堆贿赂。（笑）因为他到四川搞道路建设嘛,要想富,先修路,结果一铺路,贪污了。（笑）就像我们一大批交通厅长下台了,铁道部部长都被逮起来了,(笑)一查都是多少亿,都是司马相如教的。(笑)司马相如成功之后,皇帝为什么把他免职了?司马相如肯定是有问题的,好色好财肯定是有的。(笑)但也有人为他辩解,所以我们也不要把他讲得有多恶劣。(笑)正是在这样的情况下,赋家进入了宫廷,于是就形成了这样一种制度,这是赋家形成的一个很重要的原因。正是因为进入宫廷以后,宫廷赋家要描写,要夸张,要有讽谏精神,所以要"曲终奏雅"。由于他们是宫廷文人,他们就有责任要不断地献赋。如果我们评职称都要献赋的话,那现在辞赋肯定会很兴盛,(笑)要作诗或者献赋,不然的话就不能评教授、副教授,可惜没有。(笑)评副教授要写一篇律赋,评教授要写一篇古赋,那就好了。(笑)赋家献赋,都是在干禄求进。大家一定要注意,献赋传统一直在,一直到清代翰林院中人都还在献赋,只是已经不起什么作用了,没什么意思了。因为任何东西在开创的时代最了不起,开了献赋制度的人才了不起,后来的人只是沿承,也就没多大意思了,包括杜甫还献了《三大礼赋》[1],周邦彦献了《汴都赋》。文人都好献赋,那么献赋怎么样呢?献赋不是当场即席赋诗。侍奉帝王,包括陪侍一些达官显宦,都要有两手准备,要表现才情,要会写短平快的东西,比如即席赋诗。写赋不同,有时候是当场写,有时候是记录下来,过些时候再献上去。赋家跟皇帝出去一趟,先要把看到的东西记录下来,回来后再用辞藻描

---

[1] 唐时献赋之例甚多,如虞世南,"太宗重其博识……康国献狮子,诏世南为之赋,命编之东观"(《旧唐书》本传);李百药,"太子……闲燕之后,嬉戏过度,百药作《赞道赋》以讽焉……太宗见而遣使谓百药曰:'朕于皇太子处见卿所献赋,悉述古来储贰事以诫太子,甚是典要'"(《旧唐书》本传);谢偃,"尝为《尘》《影》赋二篇,帝美其文,召见,欲偃作赋……偃又献《惟皇诫德赋》……盖规帝成功而自处至难云……时李百药工诗,而偃善赋,时人称'李诗谢赋'"(《新唐书·文艺传》);杜甫,"玄宗朝献太清宫,飨庙及郊,甫奏赋三篇。帝奇之,使待制集贤院"(同上)。

绘出来,作为一个很重要的文献、美丽的文献。这就像是写剧本一样,你要把材料记录下来,当时也没有摄像机,也没有录音笔,你只能拿笔记,拿刀刻,(笑)这个是很辛苦的,要用头脑记,回来后再写成赋,写好以后再献上去。扬雄都是这样献,工作量很大,这就是文学侍从。汉赋作品很大一部分就是这样产生的,因为赋家多半是回来写的,所以可以充分地描绘,要让读者如皇帝高兴啊。

赋的功能很多,不仅能使读者快活,还能给人治病。所以就有人写汉赋跟治疗的论文。比如《七发》是最典型的,把人的病给治好了,关键是治疗什么人的问题[1]。如果治疗一个普通老百姓就算了,它治好的不是诸侯王就是太子,太子不得了啊,是储君啊,一国之君啊。汉元帝小时候整个就是病歪歪的,汉宣帝就看不上他,说这个太子身体不行,又软弱,又喜欢儒家,儒家这些知识分子你就听听玩玩,你还当真用他们啊?因为汉元帝软弱,所以王褒就上了《洞箫赋》,把《洞箫赋》给他诵了过后,他一听觉得美得不得了,为什么呢?因为《洞箫赋》联绵词特别多,声韵优游,诵起来特别美,就像演唱一样,就像京剧一样,一诵一吟,那些联绵词、双声叠韵,一念起来就漂亮得不得了,好像就进入了其声呜呜然的境界里面去了,这样感觉就好了,听者的病也就好了。你看,赋起了这么大的功用。大家要注意,文学是能够治忧郁症的。(笑)一个人如果痛苦起来了,解决的办法就是作赋写诗。如果你遇到什么倒霉的事,你就写一篇赋,把你累得要死,你就整个没心思去想那些烦恼的事了;或者把唐诗宋词读一读,把烦恼一起忘光了。像我就有两个方法:一个就是走路,拼命

---

[1] 有关《七发》医疗功用的解析,可参见郭维森《辞赋的医疗作用》,《古典文学知识》2007年第3期。

走，走着走着，就把烦恼全部甩脑后了；一个就是写诗、吟诗，这个办法好得很。前天有个考生写信把我骂了一顿，我就郁闷得很，教育怎么这么差劲啊，我呆掉了啊，我心里很痛苦啊。因为每年的考博都这样嘛，录取博士要凭分数线的，有一个学生考我的，他的分数排在老后面。他每次给我写信，说我的道德文章怎么好，怎么好，说一定要考我的，今年考不上，明年还要考。我就回信给他——以往这样的信我是不回的，以后不回了，倒大霉了——我就回信了，说你这个排名太靠后了，没办法，你看别的地方是否能录取？然后他马上就问我排名多少，比第一名差多少，开始有责问之意了。我说我们谈谈学问，没问题，可以经常来信，如果是这一类技术性问题，你可以问院系方面，恕我不能回答。后来他就来一封信，把我痛骂一顿：你不就是有一亩三分地吗？你不就是写几篇臭文章吗？你看都这样子啊，灰心不灰心？然后系里面录取的时候，我就发牢骚了，从来没遇到学生骂我，真是好心回他的信啊，因为他分数低了，我才让他找别的学校试试看，骂得我心情实在郁闷。文学院老师王一涓讲：你那算什么，我们巩本栋（王一涓丈夫，文学院教授）还被追杀了。（大笑）这样我心情也就好点了，（大笑）痛苦的人遇到比自己更痛苦的人，心情就要稍微好点。（笑）可是心里还是难过啊，睡不着觉，之前几封信说得很好的，怎么一下变得这么快，我仍然不解，所以就写了两首诗自嘲。"两亩三分地，几篇破论章"，这是他讲我的话嘛，"才云优学识，转舌劣顽猾"，这个学生变脸变得这么快哦。所以我又想到孔子，第二首诗是："子欲无言境，庄追吾我丧。抚思前圣迹，田猎发心狂。"太计较、太追求了，人就发狂啊。这样一写诗自我解嘲后，心情就快活些了，要不被骂就不会写这两首诗，不骂就不知道还有被追杀的事情，（笑）这下我就带着居高临下的同情心对待了。（笑）这很好玩。倡优受罪啊,我们教师也受罪,这是第一次遇到,以后可能还会遇到,以后怎么办?我也很苦恼。有一个分数高的,但实在是录取不了,我就主动给他打电话了,(笑)我还是屡教不改啊,(笑)我说:你这次可能不行,如果你还要继续考的话,像你这样子还是能考的,或者看别的地方能不能录取;你要是骂就在心里骂,别在嘴上骂。先跟他讲明了。(笑)他连忙说:不会骂,不会骂。(笑)所以说教授痛苦啊。过去文人是来自于上层的痛苦,皇帝给你大痛苦,现在是底下的学生也给你痛苦,(笑)这种痛苦是很难过的。

文人这种遭际是很有意思的,所以你要学会解脱,那么作作诗,吟吟诗,是非常好的。赋家写赋还能治忧郁的病,也算喜出望外了。赋家作为文学侍从队伍到东汉以后就渐渐垮台了,这跟什么有关呢?跟乐府制度有关。这是我在《汉赋造作与乐制关系考论》一文中专门谈到的问题。因为有这种乐府制度,才会让司马相如等人奏献诗赋嘛,到了汉哀帝的时候罢乐府,所以到了扬雄就悔赋了。我们只觉得扬雄是反潮流,其实我们一定要注意,有时候觉得是反潮流的,不一定就真是如此。在那个时候,汉哀帝就很讨厌乐府,主流意识也就开始觉得诗赋没什么意思了,文学侍从的地位已经开始堕落了[1]。这个大家也要注意。到东汉以后,文学侍从这个队伍衰落了,这个时候,脱离献赋制度的真正的文人的诗赋开始兴盛了,这是一个很重要的标志,所以说魏晋赋家一个最重要的特征就是文人化趋向。抒情小赋,或者说是体物小赋的大

> 东汉以后,文学侍从队伍衰落,脱离献赋制度的真正的文人的诗赋开始兴盛。这是一个很重要的标志,所以说魏晋赋家一个最重要的特征就是文人化趋向。

---

[1] 有关汉成帝时"郑声尤甚,黄门名倡……贵族……外戚之家淫佚过度,至与人主争女乐"及汉哀帝时惩乐府淫声,而"黜郑声""诏罢乐府",均见《汉书·礼乐志》。

量出现，就是文人化的倾向。但是由于二十世纪以后我们对文学的认知是把文学看成一种形象思维、一种抒情传统，因为中国是"诗的国度"，就认为文人创作是主流，其实在中国历史上，文人创作真的是主流吗？特别是早期文学，都是制度，文人创作未必是主流。所以辞赋，如果你仅仅以文人创作的标准来对待它，往往就不好办了，实际上是跟制度有关的。魏晋以后，辞赋的发展构成了双翼，一方面献赋还是有的，一方面是文人创作。文人创作到一定的时候，文人通过诗赋来表现才能的时候，又被统治者规范化，纳入王政之中去，这就是科举考赋制度。只是这种王政的思想已经变得形而下了，过去的文学侍从是一种精英文人的存在，而后来的科举考试是一般士子的普遍行为。这时的赋已经是考试赋、闱场赋，考试文体，它的艺术只在于文章了。这个文章原来在宫廷，后来到了考场，这很有意思啊。这两天刚刚在写一篇文章，《从"曲终奏雅"到"发端警策"》，献赋都是"曲终奏雅"，就像写剧本一样，一幕幕把你引入剧情中来，最后关起门来说这是多么荒唐，但皇帝根本不管你后面讲的荒唐事。这种矛盾一直都有，比如陶渊明的《闲情赋》，"十愿"，一会儿愿意做美女的衣领，一会儿愿意做美女的腰带，一会儿愿意做美女的鞋子，什么"愿在衣而为领""愿在裳而为带""愿在发而为泽""愿在眉而为黛""愿在莞而为席""愿在丝而为履""愿在昼而为影""愿在夜而为烛""愿在竹而为扇""愿在木而为桐"，写爱情没有人能写到这种境界，爱情诗或爱情文，无过于爱情赋，（笑）而这篇恰恰是古今第一隐士陶渊明写的[1]。（笑）陶渊明之所以伟大，就在于他的冲突性，一方面隐逸，像个高士一样，一方面写赋，艳丽至极；一方面金刚怒目，一方面浑身

---

[1] 参见许结《〈闲情赋〉的思想性及艺术特色》，《江汉论坛》1983 年第 8 期，后收入《中国赋学历史与批评》，江苏教育出版社 2001 年版。

静穆。他就是因为自己身上的冲突性变成了大人物了嘛，所以不行的话，我们就自己冲突起来。（笑）你要是一天冲突的话，你这一天就是大人物，一生都冲突，一生是大人物。（笑）那陶赋最后说"尤《蔓草》之为会，诵《召南》之余歌"，曲终奏雅，但谁管这些呢？都看那个"十愿"去了，都在抄那个"十愿"去了。现在那个仓央嘉措的《十诫诗》变成了《非诚勿扰2》的片尾曲《最好不相见》，轰动得很，（笑）你要把《闲情赋》中的"十愿"变成电影、电视剧的片尾曲，更好。（大笑）都是"我愿什么""我愿什么"，多好啊，（笑）没得人改编，要是改编个"十愿歌"，多好，一下子就轰动了，结果人家再来考证下，原来是陶渊明的。（笑）再一考证，哦，原来是某某老师在课堂上讲可以这样做，多好啊！（大笑）

到这个时候，赋都还是"曲终奏雅"，到了科举考试的时候又怎么样了呢？"发端警策"，都要认题了。在考场上写文章，"德动天鉴，祥开日华"，《日五色赋》的故事被反复地流传啊。所以这篇文章我就从两篇论赋文献来引发思考：第一就是《汉书》里面讲司马相如"曲终奏雅"，"司马相如赞语"那一段；第二就是《唐摭言》里面记载的李程的故事，李程赋开头的八个字太好了，就是八字状元嘛。一个献赋，一个考赋，对赋的文体本身也有很重要的影响。当然，回过头来，就是赋家是什么人的问题，赋家在写这篇赋的时候是什么身份，这是很重要的。所以从汉代的献赋制度到唐宋的考赋制度，一直到清代的翰林院考赋制度，这样一个制度系列与文人赋系列有相互交融和差异的地方。文人创作更自由一些，也许我们更欣赏一些，而制度创作更规范一点，但从赋家队伍的形成来看，早期是制度，后期才是文人，或许可以表达为从制度化的文人到文人化的制度，这是一个值得进一步探讨的问题。而这种制度的形成，从早期的祝词到瞽、矇，再到行人赋诗，再到贤人失志之赋，一直到汉赋队伍的形成，回归到宫廷，变成一种宫廷艺术的典范，我想这是我们应该思考的，这也是我今天介绍赋家的主要内容。

下次讲课内容是具有技术化的赋学问题，就是"赋序"。

历史文献摘选

《国语·周语上》：

故天子听政，使公卿至于列士献诗，瞽献曲，史献书，师箴，瞍赋，矇诵，百工谏，庶人传语，近臣尽规，亲戚补察，瞽、史教诲，耆、艾修之，而后王斟酌焉，是以事行而不悖。

附：洪兴祖《楚辞补注》之《九章章句第四·怀沙》："玄文处幽兮，矇瞍谓之不章。"王逸注：矇，盲者也。《诗》云："矇瞍奏公。"章，明也。言持玄墨之文，居于幽冥之处，则矇瞍之徒，以为不明也。言持贤知之士，居于山谷，则众愚以为不贤也。《史记》无"瞍"字。洪氏《补注》：有眸子而无见曰矇，无眸子曰瞍。

刘师培《论文杂记》：

古人诗赋，俱谓之文。然诗赋之学，亦出行人之官。盖赋列六艺之一，乃古诗之流。古代之诗，虽不别标赋体，然凡作诗者，皆谓之赋诗，诵诗者亦谓之赋诗。《汉志》叙诗赋略，谓"古者诸侯卿大夫，交接邻国，以微言相感，当揖让之际，必称诗以喻其志，盖以别贤不肖而观盛衰，故孔子言：'不学诗，无以言。'"夫交接邻国，揖让喻志，咸为行人之专司。行人之术，流为纵横家。故《汉志》叙纵横家，引"诵诗三百，不能专对"之文，以为大戒，诚以出使四方，必当有得于诗教。则诗赋之学，实惟纵横家所独擅矣。

  附：《左传·文公十三年》：冬，公如晋朝，且寻盟。卫侯会公于沓，请平于晋。公还，郑伯会公于棐，亦请平于晋。公皆成之。郑伯与公宴于棐，子家赋《鸿雁》，季文子曰："寡君未免于此。"文子赋《四月》，子家赋《载驰》之四章，文子赋《采薇》之四章。郑伯拜，公答拜。

  又《襄公二十七年》：郑伯享赵孟于垂陇。子展、伯有、子西、子产、子大叔、二子石从。赵孟曰：七子从君，以宠武也，请皆赋以卒君贶，武亦以观七子之志。子展赋《草虫》，赵孟曰："善哉，民之主也！抑武也，不足以当之。"伯有赋《鹑之贲贲》，赵孟曰："床笫之言不逾阈，况在野乎？非使人之所得闻也。"子西赋《黍苗》之四章，赵孟曰："寡君在，武何能焉？"子产赋《隰桑》，赵孟曰："武请受其卒章。"子大叔赋《野有蔓草》，赵孟曰："吾子之惠也。"印段赋《蟋蟀》，赵孟曰："善哉！保家之主也。吾有望矣。"公孙段赋《桑扈》，赵孟曰："匪交匪敖，福将焉往？若保是言也，欲辞福禄得乎？"卒享。文子告叔向曰："伯有将为戮矣。诗以言志，志诬其上，而公怨之，以为宾荣。"

班固《两都赋序》：

  武、宣之世，乃崇礼官，考文章，内设金马、石渠之署，外兴乐府协律之事，以兴废继绝，润色鸿业。是以众庶悦豫，福应尤盛……故言语侍从之臣，若司马相如、虞丘寿王、东方朔、枚皋、王褒、刘向之属，朝夕论思，日月献纳……或以抒下情而通讽谕，或以宣上德而尽忠孝，雍容揄扬，著于后嗣，抑亦雅颂之亚也。故孝成之世，论而录之，盖奏御者千有余篇，而后大汉之文章，炳焉与三代同风。

  附：《史记·司马相如列传》：蜀人杨得意为狗监，侍上。上读《子虚赋》而善之，曰："朕独不得与此人同时哉！"得意曰："臣邑人司马相如自言为此赋。"上惊，乃召问相如……相如曰："有是。然此(指《子虚赋》)

乃诸侯之事，未足观也。请为天子游猎赋，赋成奏之。"上许，命尚书给笔札。相如以"子虚"，虚谈也，为楚称；"乌有先生"者，乌有此事也，为齐难；"无是公"者，无是人也，明天子之义。故空藉此三人为辞，以推天子诸侯之苑囿。其卒章归之于节俭，因以风谏。奏之天子，天子大说（悦）……赋奏，天子以为郎……相如拜为孝文园令。天子既美子虚之事，相如见上好仙道，因曰："上林之事未足美也，尚有靡者。臣尝为《大人赋》，未就，请具而奏之。"相如以为列仙之传居山泽间，形容甚臞，此非帝王之仙意也，乃遂就《大人赋》……天子大说，飘飘有凌云之气，似游天地之间意。

《汉书·扬雄传》：上方郊祠甘泉泰畤、汾阴后土，以求继嗣，召雄待诏承明之庭。正月，从上甘泉，还奏《甘泉赋》以风……赋成奏之，天子异焉。其三月，将祭后土，上乃帅群臣横大河、凑汾阴。既祭，行游介山，回安邑，顾龙门，览盐池，登历观，陟西岳以望八荒，迹殷、周之虚，眇然以思唐、虞之风。雄以为临川羡鱼不如归而结网，还上《河东赋》以劝……其十二月羽猎，雄从……聊以《校猎赋》以风……明年，上将大夸胡人以多禽兽……亲临观焉。是时，农民不得收敛。雄从至射熊馆，还上《长杨赋》，聊以笔墨之成文章，故藉翰林以为主人，子墨为客卿以风。

汤稼堂《律赋衡裁·凡例》：唐初进士试于考功，尤重帖经试策，亦有易以箴论表赞。而不试诗赋之时，专攻律赋者尚少。大历、贞元之际，风气渐开，至大和八年杂文专用诗赋，而专门名家之学，樊然竞出矣。李程、王起，最擅时名；蒋防、谢观，如骖之靳；大都以清新典雅为宗，其旁骛别趋而不受羁束者，则元白也。贾𫗧之工整，林滋之静细，王棨之鲜新，黄滔之生隽，皆能自竖一帜，踸踔文坛……下逮周繇、徐寅辈，刻酷锻炼，真气尽漓，而国祚亦移矣。抽其芬芳，振其金石，琅琅可诵，不下百篇，斯律体之正宗，词场之鸿宝也。

又：宋人律赋篇什最富者，王元之、田表圣及文、范、欧阳三公，他如宋景文、陈述古、孔常父、毅父、苏子容之流，集中不过一二首。苏文忠较多于诸公，山谷、太虚，仅有存者。靖康、建炎之际，则李忠定一人而已。南迁江表，不改旧章，赋中佳句，尚有一二联散见别籍者，而试帖皆湮没无闻矣。大略国初诸子，矩矱犹存，天圣、明道以来，专尚理趣，文采不赡，（衷）诸丽则之旨，固当俯让唐贤，而气盛于辞，汪洋恣肆，亦能上掩前哲，自铸伟词。

蒋攸铦《同馆律赋精萃序》：唐以诗赋取士，宋益以帖括，我朝则以帖括试士，而以诗赋课翰林。文治光华，法制大备，固已迈越前古矣。二百年来，元音钜制，接轸充箱，几于美不胜收。

又，曹振镛《序》：班书《艺文志》有云：登高能赋，可以为大夫。而《两都赋序》谓：赋者，古诗之流，抒下情而通讽谕，宣上德而尽忠孝，雍容揄扬，雅颂之亚。然则赋之为道，岂云勘乎。圣朝文治，光昭翰苑，诸臣润色太平，铺扬鸿业，和其声以鸣国家之盛。

研习与思考

（一）叟赋·行人赋·楚人赋·汉人赋

（二）赋家的蜕变：从诗颂到汉赋

（三）言语文学侍从与献赋传统

（四）赋家的双翼：制度与文士

第六讲

赋　序

今天讲一讲赋序。这是新十讲，前面已有十讲基础，讲得比较系统一些，是一些根本性的问题，所以这十讲显得有点支离破碎。旧十讲大家还是要看看那本《赋学讲演录》。关于讲课，都要来个引子，写文章也要来个引子。一篇文章的序，就能起到导引或说明的作用，所以"序以建言"啊，文章前有序是很常见的。赋前也有序，特别是大赋，很多都有序。我给大家发了一些材料，前几条都是谈赋序的问题。第一条是《文心雕龙》的《诠赋》篇："述客主以首引，极声貌以穷文，斯盖别诗之原始，命赋之厥初也……既履端于倡序，亦归余于总乱。序以建言，首引情本；乱以理篇，写送文势。"《文心雕龙》还是写得好哦，"龙学"之所以成为"龙学"，应该是前无古人，不知是否后无来者，一篇作品能写到这样真不容易，一部理论的文章，写得那么华美、那么到位，以后没有什么东西能写得和《文心雕龙》一样影响深远。"序以建言"，文章一开始就要引发起来，但这是不是讲的就是赋序，有争论，但后面肯定是讲赋序了。清代王芑孙《读赋卮言·序例》讲"周赋未尝有序"，这也是有争论的哦，他说有序，你说没有序，那就有新见了，但你要讲出有序的道理来[1]。你们可以找古人的东西，你们读书、写论文的时候，要找古人的东西，古人一讲绝对的话，你们就要想想，如果反过来看看，是不是也有商榷的地方。再看看古人是不是已经对这个问题争论过了。如果已经争过了，我们再来评评争议；如果没有争，你就来争就是了，一争，你的一篇有新见的文章就出来了。（笑）"周赋未尝有序"，这话讲得也很武断，又说"《离骚》《九歌》《九章》皆无序"，后来才有序，有人说"汉人假事喻情，设为宾主之法，实得宗于此"，指的是《离骚》前面若干话语，以及《高唐赋》的序等等。又说"西汉赋亦未尝有序"，西汉赋还没有序，有序是从东汉开始的。这是一种说法，于是又有这样的结论："自序之作，始于东京。"我们一想，就想到班固的《两都赋序》，是自序。

前人讲赋序，多指大赋，研究赋的时候，大家一定要注意有两大块太重要了，一个就是汉大赋，一个就是唐律赋，在旧十讲中我也特别强调了这两大块。而中国文学，很少有西方的那种为艺术而艺术的浪漫主义精神，都是和现实紧密结合起来的。我前面讲过赋家，他们之所以作赋，在于他的身份地位、他的生活环境、他的生存功用，这就牵扯一种制度。我讲大赋和律赋特别重要，都是因为要牵扯文制问题。大赋是献赋，律赋更多的是考赋。看了《两都赋序》，大家都晓得在武、宣之世，有那么多人献赋，肯定是有一个制度在里面。那么多人献赋干什么呢？最直接的原因是找饭吃，是文学侍从在干禄致用，当然还有内在的很多很多的原因，比如为什么在这个时候形成赋体，为什么要献赋，这个我们在"赋家"那一讲中都有介绍。律赋的形成

---

[1] 王芑孙《读赋卮言·序例》论赋序历史及形态，最为详细，见本讲附录文献。

也有两端，一个是赋本身的发展，一个是科举考试用赋[1]。考试用短赋，不能用大赋、长赋，最后多归于八韵赋，所以有举子在闱场骋才说"八韵赋成，惊破侍郎之胆"啊。考试的时间很短，写赋要快。所以考赋跟文制也是很有关系的。王芑孙讲："试赋之有序者，唐《舞马赋》所传二篇皆阙名，《花萼楼赋》，高盖、王谞、张甫、陶举、敬括五首独传。然《舞马》以'奏之天庭'为韵，所传二首用韵不殊，而一有序，一无序，则其有序者，乃士子之所自为也。《花萼》即以'花萼楼赋一首并序'为韵，且所传五首篇篇有序，则主司之所限也。"他的意思就是说，科举考试的赋也是有序的，一种是士子自己所加的，另一种就是主司规定的必须要有序，先有序，然后再写赋，按照大赋的思维来写律赋。"花萼楼赋一首并序"，把这个"序"也摆到了官韵里面来了，这个八韵就是官韵。比较而言，在中国赋学历史上，大赋更多是有序的，律赋有序毕竟较少，因为科举考试的律赋本身就很简约，很短，一目了然，还用序来引读，没太多必要，所以这类赋序就很少。唐代律赋有序，宋以后基本没有了。所以研究赋序，更多的是研究大赋，大赋中间有大量的序，赋的序能够"首引情本"，说出自己创作的意义，这是很必要的。

《尔雅》讲"叙，绪也"，"叙"一作"序"，徐师曾在《文体明辨序说》里面讲得比较详细："序，绪也。字亦作叙，言其善叙事理，次第有序，若丝之绪也。"序就像纺织中的丝一样，理得很清楚，

> 在中国赋学历史上，大赋更多是有序的，律赋有序较少，因为科举考试的律赋本身就很简约，很短，一目了然。

---

[1] 徐师曾《文体明辨序说》："三国、两晋以及六朝，再变而为俳，唐人又再变而为律……至于律赋，其变愈下，始于沈约'四声八病'之拘，中于徐、庾'隔句作对'之陋，终于隋唐宋'取士之制'。"

所以序又有大序、小序之分。一部之前有大序，每一小篇之前有小序，《诗经》是最典型的，小序言篇章之所由作，大序总括整体。除了大序、小序，还有自序、他序。人们写书都喜欢自己来写个序，这是自序。现在的同学自序少了，不敢写序，不知怎么搞的。（笑）博士论文出版都是找个名人写序，有的不找名人了，干脆就找自己导师。导师给自己的博士生出书写序，这是责无旁贷的了，也是导师对学生论文来一个"余音袅袅"吧，这是对博士论文指导后的余音。但这个序写过后，就结束了，他的书也出版了，未来的东西不是博士论文了，跟老师的关系就渐行渐远，所以这最后写的序还是很重要的。书后面还喜欢写个跋，现在叫后记，实际上就是跋。一般来说序比较长些，跋短些。跋是纪事，序往往是"首引情本"，讲一大堆话。比如我们写序，就讲讲这个同学有什么好处，怎么好学，指导论文的时候也骂过，但骂归骂，写序的时候，就说好得不得了，（笑）找到他很多的优点。然后再在里面讨论一些问题，再找些小问题，实际上是欲颂先贬。序也很讲究，要充塞好多东西，但要畅达。自序是自己写，他序是请人写。后来的序越来越多，什么名序啊、字序啊，宋人以后特别重视。序不是严格的文体，都是文类，讨论文类的人，都要细细分类的，这种讨论很多。序是各种各样的文章的序，有著作的序，有创作的序。创作的序有诗序，有赋序，有文序，赋序是各体创作中的一类[1]。

---

[1] 吴讷《文章辨体序说》论"序"云："《尔雅》云：'序，绪也。'序之体，始于《诗》之《大序》，首言六义，次言《风》《雅》之变，又次言二《南》王化之自。其言次第有序，故谓之序也。"又云："东莱云：'凡序文籍，当序作者之意；如赠送燕集等作，又当随事以序其实也。'大抵序事之文，以次第其语、善叙事理为上。近世应用，惟赠送为盛。当须取法昌黎韩子诸作，庶为有得古人赠言之义，而无枉己徇人之失也。"

今天我们讨论的是赋序，下面转入正题，前面讲的都算是"序"，是这一堂课的"序"。（笑）进入正题，第一个问题就是序源，序的溯源，我想讲的是从经序到赋序，这是从学术史的意义审视，值得我们注意。首先看经序，经序是在赋序之前的，因为依经立义啊，汉赋之所以兴盛，跟当时依经立义的思想关系密切，后来的经义从实用转向文本，就没那么现实了。依经立义，《离骚》变成经，追封为经。赋家要讲究讽喻、讽谏，实际上都是追奉《诗经》，描写的东西都追奉《礼》经，跟礼的关系特别密切，有人讲"赋体恭俭庄敬似《礼》"[1]。当然更重要的是讽谏，比如司马相如写了那么多的赋，写得那么华丽，太史公讲"与《诗》之讽谏何异"，他好的地方，有思想的地方，跟诗的讽谏没有什么差别，都是把经学当作赋创作的范本。这很重要，而序本身也是从经序开始的。大家看姚永朴的《文学研究法》卷二："序跋类莫古于《易》之'十翼'，其辞至为古茂。自《象》《象》两传外，大率孔门诸弟子所为，观《系辞》称'子曰'凡二十四，《文言》称'子曰'凡六，可见。他若《诗·关雎》序、郑康成《诗谱序》，气味渊雅，亦足嗣之。"他认为"十翼"就是《易》的序，这是一种说法，也不无道理。《诗》，比如《毛诗》，到汉代有大序、小序。大序，是中国诗学批评的重要论著。关于《诗大序》的讨论太多了，多少学者都在讨论这个问题，我二十年前写的《汉代文学思想史》有一节就专门讨论《诗大序》，那是必讲的[2]。《诗大序》是谁作的？讨论太多了，

---

[1] 袁栋《书隐丛说》（清乾隆刻本）卷十一《诗赋仿六经》："诗赋等文事略仿六经：诗体洁净精微似《易》，文体疏通知远似《书》，诗余温柔敦厚似《诗》，赋体恭俭庄敬似《礼》，歌曲广博易良似《乐》，四六属辞比事似《春秋》。"

[2] 指《汉代文学思想史》第二章第六节"《毛诗序》与汉代诗学批评形态"，计分三段论述：一、《毛诗序》的文化精神；二、情志合一的诗歌发生说；三、六义与政教美刺。

是子夏,还是西汉时人,或是东汉卫宏,再是后人作假,到现在还没有完全说清楚。但这个序的本身,确实是对中国的诗歌理论产生了重大的影响。所以序是不能轻忽的,你们读《毛诗》的时候,首先就会读《毛诗》的序,因为它起到了导引的作用,这有不可取代的性质。所以做学问,导引很重要,现在教学生编教材,一搞就是"导引",我们前几年就为本科生搞研究型课程编各学科的系列导引。中国古代文学的是我编的,教研室的人都参加了,编了一套导引,蛮有意思的,结果他们说不仅本科生看,硕士生也可以看,博士生也可以看。这里面选了许多学者研究的论文,就非常好。其中的赋是我选的,我就选了万曼的《从语言到文字的桥》,这篇文章名目响亮,就选了;还有一个是选了郭绍虞的《赋在中国文学史上的位置》。我们把这些论文收到导引中间,就是想这些论文能够对你们做学问有一个导引的作用,它虽不是序,也具有了一个序的意义了。

《毛诗序》讲:"诗者,志之所之也。在心为志,发言为诗。情动于中而形于言。言之不足,故嗟叹之;嗟叹之不足,故永歌之;永歌之不足,不知手之舞之、足之蹈之也。"然后又是什么"先王以是经夫妇,成孝敬,厚人伦,美教化,移风俗",等等,是对《诗》的政教功能的概括。然后又讲"诗有六义"。很多的诗歌理论都在这篇序里,这篇序是很重要的。这是大序,那么小序呢?就是讲一篇之作,比如《豳风·七月》,《毛诗序》里讲:"陈王业也。周公遭变故,陈后稷、先公风化之所由,致王业之艰难。"《豳风·七月》讲了这么些东西,说周朝创业的辛苦,《毛诗》认为这就是周公看到建国以后又出现乱世了,他要辅佐成王,有人不服气,实际上是挟天子以令诸侯,只不过是他挟得比较好,比较文雅,就变成了周公,(笑)如果挟得不好,不文雅,就是曹操,实际上都是一丘之貉。(笑)怎么挟得好呢?就要"哀而不怨"嘛，所以他就变成了不起的人了，变成儒家所推尊的人了。《毛诗序》就讲《七月》这篇诗，歌咏的是周王朝开辟就遇到变故的事情，于是就教导大家要团结一致，共同奋斗，都要考虑"致王业之艰难"。

> 有了经序才有了文序，赋序是较早出现的，王芑孙说赋序始于东汉，这和经序是密切相关的，这是一种思路。

有了经序才有了文序，赋序是较早出现的，王芑孙说赋序始于东汉，这和经序是密切相关的，这是一种思路。我们可不可以再看一些新的见解呢？比如清代有个陈本礼，他的主要成就就是对《楚辞章句》的研究。他写的《屈辞精义》[1]，有的本子又叫《离骚精义》。他在里面讨论了一个问题，说《离骚》就有序。他怎么讲呢？一翻开《离骚》就是"帝高阳之苗裔兮，朕皇考曰伯庸。摄提贞于孟陬兮，惟庚寅吾以降……"，一直到"曰黄昏以为期"，（讲者整段背诵）跟美人相约？跟自己的理想相约？跟楚怀王相约？到底是跟谁相约？我们搞不清。陈本礼认为这一段就是序，这是他的新见解。所以饶宗颐在《楚辞五种》中间谈到这一点的时候，就强调这是个极为重要的见解。这个见解大家接受不接受，那是另外一回事，毕竟讲出了《离骚》有序的问题。如果《离骚》都有序了，那么赋创作伊始就有序了。这个大家可以作为一种说法来参考，正确与否可以商榷与判断。

从现实来讲，《两都赋序》是我们目前所知道的最明显的赋家自己写的序了，后人就有了大量的序。于是乎，也就产生了争论，到底是《两都赋序》是第一篇赋序呢，还是《离骚》前面的一段是赋序呢？一批争论产生了。《文选》认为宋玉《高唐赋》《神女赋》也有序。苏

---

[1] 陈本礼《屈辞精义》，《续修四库全书》影印清挹露轩藏本。按：陈著以品析章句、撮发精义见长。

> 关于第一篇赋序的争论。

轼的《东坡志林》就讲:"宋玉《高唐》《神女赋》自'玉曰唯唯'以前皆赋也,而统谓之序,大可笑也。"谁可笑啊?很多人都讲这是序,他认为不是序。也有很多学者,比如浦铣、王芑孙、章学诚,都说赋由问答发端,误为赋序,包括《离骚》前面的一段,都不能算赋序。我们再看看其他材料,比如何焯《义门读书记》就讲:这些就是序,那些反对这些是序的人都是"未明古人之体制也",不了解古人为文之法,就是体制。所以我们要知道,写文章,当然包括做任何事情,都要注意一个体制问题。何焯认为古人创作有他的体制,在一篇之中,引端就是序。这就引起了争论,这些到底是赋序还是什么东西?赋序本身也成为值得讨论的问题。东汉以后的赋就明确说明是否有序了,赋序也就没什么争论的了,因为作文写序的很多了。对此,有两位学者做过统计。一个是山东师范大学的王琳,他做过一个统计,有一个很大的数字,是值得关注的。有一次我出了个博士论文题目,让学生做,就是"赋序研究",做个赋序研究吧,后来对方说不太好做。王琳在《魏晋"赋序"简论》这篇文章中[1],列举魏晋赋750篇,210篇有序,这个序的数量就很多了,写赋作序成了较为普遍的现象。仅魏晋就如此多,理当引起我们关注。另一位是位年轻的学者,叫刘伟生,他那年考我的博士,专业水平很好,可惜外语不达标,没能录取,懊恼得很,论文做得很好了,已经是成年人,这样的学生最好带,他当时已经是副教授了,做论文一点不麻烦。说老实话,带个成年人是很快活的,不要代他找工作,发表文章没问题,一发发了一大批,得奖也是他们得。所

---

[1] 王琳《魏晋"赋序"简论》为提交第四届国际赋学研讨会的论文,后收入许结主编《辞赋文学论集》,江苏教育出版社1999年版。

以大多数应届上来的学生较吃亏,这种竞争也不公平,你们要评奖评不到,因为他们文章一发发好多,评奖都是他们得。听说南京师范大学有位老师,就喜欢带成年的学生,而且有的还带官员。南京大学带官员学生少一点,他们往往外语考试过不了。这个刘伟生也就是外语过不了,曾经和我有一面之缘,那就是面试的时候,从此就天各一涯了。(笑)他写过《〈历代赋汇〉的赋序研究》,是硕士论文,他做了个统计,统计是学问的基础,也是一种方法,但数字往往不够精确。你们不要看做学问难啊,有时难的是数个数自己都数错了,数不准,每次数的都不一样,烦死了。(笑)搞文献工作的人最苦了,常要数数字,跟数学有关,要头脑清楚的人做,这一期《文献》要发我一篇文章,那篇文章就是我有几天身体不太好,就在那数数字,然后就比较、统计,一对照文章就出来了。数数字他们就发了,不数数字就可能发不了,因为他们认为数数字就是有学问了。(笑)为什么呢?因为你花了很多精力,你总要数个七八天吧。但数数字,高中生都能做啊,所以文献的成就有时候也很可笑。我是没精力写论文的时候就在那数数字,以后年龄大了,论文写不好了,我就开始数数字了,过几年我文献方面的文章就会多了,(笑)然后我就调到文献所里去算了。(笑)当然文献也不是开玩笑的,它需要考辨能力的,考辨很重要,但首先也要数数字啊。我写的是《从〈桐旧集〉到〈耆旧传〉》,是桐城文献方面的札记。这是札记之一,以后准备写札记之二、札记之三,这样写着玩玩。这篇文章就是拿《桐旧集》和《耆旧传》在一块比对嘛[1],收了多少人,重复多少人,这个姓多少人,那个姓多少人,这样把数字一数,就把编辑给吓到了,这么多数据,(笑)实际上就是慢慢数数的,数得很累。(笑)

---

[1] 见许结《从〈桐旧集〉到〈耆旧传〉》,《文献》2011年第3期。

> 赋序的发端很重要。

那么,这个刘伟生(早已是教授)数出《历代赋汇》有4161篇赋,好多人也数过,数字都不一样[1]。下面我们也要准备数,因为《历代赋汇》我在搞点校了,现在在大面积地请大家在做,准备用三到五年时间完成。这三年时间我就要不停地数数字,肯定要数数字,到时候我们能数出多少篇,现在还不知道,以前他们数的肯定有人是错误的,我们数也许也会错。《历代赋汇》中的赋序就有949篇,你要研究一下,这里面肯定有很多学问。文学创作的序跟一般人题的序不同,自己写的序跟别人题的序又有不同。赋序大量的是自序,要自己讲为什么要写赋,赋应该怎么写,或者写赋的内涵是什么,很多内容都包括在赋序里面。赋序的发端很重要,所以有的时候读赋累了,你得先看看这赋的序,因为是赋家通过自己的创作把主要内容先说明了。就像我们写论文的时候,论文提要很重要,要有水平。如果是文人创作的话,说不定是先把赋写好,再写序,很有可能,因为这样序就更精整。序虽然是放在前面,但或许是后写的。像论文提要,几乎都是后写的嘛,你不可能先写论文提要,再写论文,先写的那是论文提纲,那不是提要,文章写好了后,再概括出提要,然后再选出三至五个关键词,这样做下来后,发现我的文章题目有问题了,有时因此还改了题目。写论文常常就是这样子的,因为题目、摘要、关键词都是从你的创作中间、从你的研究中间提炼出来的。而为别人文集题序的时候,学术性、思想性、趣味性大大降低,如果我们为别人题的序都是精品的话,那中国的这个序就不得了了啊。中国的序跋事业真是太伟大了啊,宏大的序跋事业啊,但为什么那么多序,而研究的人少呢?因为

---

[1] 刘伟生现为湖南工业大学文学院教授,其赋学论著颇丰。

实在太没意思了，跋还能记点事，序多半是胡扯。你看古人题序，胡扯的真多，你抄我，我抄你，抄来抄去的，很好玩。一方面，这是一种应酬；一方面，也的确没什么可讲的。比如要找我写博士论文出书的序，那好办，我指导的，我熟悉，可以写，别人拿个书来，我哪能慢慢看啊，翻翻就行了，翻翻就只能架空了写，一架空了写，能写得好吗？肯定是不好。我们家乡桐城过去有两个许先生，合称"二许先生"，跟我姓一个许，不知道哪一代的许，四五代前的吧，兄弟两个出了个《二许先生集》，请清末的桐城派大家吴汝纶题序。吴汝纶写的那个序很美啊，说：那个地方山川灵秀啊，奇山异水啊，一大堆形容词，结果笔锋一转，说我总觉得应该有异人在焉，原来就是这二许先生。好，到此就结束了，没有了。（笑）这完全是没话找话，虽然是写得比较美的一个序，但实际上没有什么内容。那么以自序形式呈现的赋序，作为文学创作的自言自说，还是有一定价值的。这么多的自序，大家就一定要考虑：大序和小序的不同，长篇大赋的序和律赋的序不同，那种文赋的序怎么样，各种各样的序的写作方法又有什么不同。这是值得大家思考的问题。

赋序牵扯的问题是序到底有没有，是东汉开始有还是在东汉之前就已经存在，这就引出了对赋序的讨论，这是我讲到的第二个问题，也就是赋序的结构和功能的问题。写论文很好玩，我的讲课也像写论文一样，都是要先构思一下。只不过论文写起来完备些，讲课自由些。今天是从经序到赋序，再引申到赋序的结构和功能。大家写论文，要学会这样，这个地方提起来了，要留到后面讲。很多同学写论文的时候，拼命写第一部分，写得很精彩，但写到第二部分没有了，不知道怎么写了。这时候你就要学会把某一个问题留到后面谈，过渡过来，阐发这个问题，再转过来。现在写论文都要有一、二、三、四，很讨厌，我们希望大家写论文的时候,头脑里必须要有一、二、三、四,但要有人能打破这个一、二、三、四模式就好了,这很难。怎么办呢?写写诗,作作散文,这是我打破一、二、三、四模式的方法。因为我写论文,长期写论文,头脑里全是一、二、三、四,我已经被工具化了。二十世纪,最大的学问就是写论文,论文,这种论体是不得了了。过去论体很少谈,谈得不多,过去也有经论啊、策论啊等等[1],但不那么突出,现在论文不得了,模式化了。我在2011年第2期《文艺研究》上发了一篇文章《一幅画·一首歌·一段情——张曾〈江上读骚图歌〉解读与思考》,就想打破一、二、三、四模式,顺着思维来谈,结果校样过后,编辑还是打电话来,跟我讲要分成一、二、三、四,必须要分成一、二、三、四,结果我还没来得及分,他说来不及了,他已经代我分了。现在杂志上发文章都必须要分,因为只有有一、二、三、四,才有学术性,没有一、二、三、四,就没有学术性,好好的一个"精神"的流动,被他们这样斩断,这个是"精",那个是"神"。好在我那篇文章,杂志编辑把握得还是比较准的,一、二、三、四分得还比较合理。其实我上课的时候,顺着谈,实际上也就是我论文写作的方法,因为我讲课的每一个提纲就像一篇论文的样子,有了论文写作的提纲,都能写论文。

赋序的结构与功能,在这里就出现了一个重要的问题,也就是什么叫赋序。这其中引起讨论的是内序与外序的问题,它们的

---

[1] 有关古代论体的写作,详见刘勰《文心雕龙》的《论说》篇。又,徐师曾《文体明辨序说》述"论"云:"按勰之说如此。而萧统《文选》则分为三:设论居首,史论次之,论又次之。较诸勰说,差为未尽。唯设论,则勰所未及。"

功能也不相同。有人说"帝高阳之苗裔兮"那一段都叫作内序。赋中间有内序、外序的问题,所以赋序包括内、外之分。除此之外,当然,我们还要考虑另外的赋序,就是赋集的序,也可以称之为赋序,有大量赋集的序,可以分为别集序、总集序。别集序,比如鲍桂星的《觉生赋钞》前面的序;总集赋序,比如《七十家赋钞序》《唐律赋钞序》《历代赋汇序》等等。这种序也很多,这个问题不大,没有什么讨论的,讨论得比较多的是赋的自序,很有特色。什么叫内序、外序呢?我们举个例子吧,其实这种例证很多,比如《两都赋序》,这个大家最熟悉的。《两都赋》前面的一大篇都是外序,我们称之为序的就是外序,"或曰:'赋者,古诗之流也。'昔成、康没而颂声寝,王泽竭而诗不作。大汉初定,日不暇给"等等,写了一大堆话,还讲到当时迁都问题,"西土耆老,咸怀怨思,冀上之眷顾,而盛称长安旧制,有陋雒邑之议。故臣作《两都赋》,以极众人之所眩曜,折以今之法度,其词曰",毫无疑问,这是序。后来为了说明问题,这一大段文字被称为外序。"其词曰"之后,又有一大段文字被称为内序。"有西都宾问于东都主人曰:'盖闻皇汉之初经营也,尝有意乎都河洛矣。缀而弗康,实用西迁,作我上都。主人闻其故而睹其制乎?'主人曰:'未也。愿宾摅怀旧之蓄念,发思古之幽情,博我以皇道,弘我以汉京。'宾曰:'唯唯。'"这一段就叫内序。赋里面都喜欢这样,"帝高阳之苗裔兮"那一段,以及《高唐赋》《神女赋》中的那一段对话,如果算序的话,都是内序。我们不能忽略这一点。内序跟赋的结构有密切的关系,明显起到引起的作用,由此我们看一下刘勰《文心雕龙·诠赋》

> 内序跟赋的结构有密切的关系,明显起到引起的作用,由此我们看一下刘勰《文心雕龙·诠赋》中讲的"序以建言,首引情本",讲的是内序,而不是外序。

中讲的"序以建言,首引情本"[1],讲的是内序,而不是外序。如果讲谁跟赋的关系更密切,那一定是内序,外序与赋的关系要远得多。《两都赋序》完全是宏观地谈汉代的献赋制度、汉代的乐府制度、汉代的制度文化、汉代的人文环境、汉代的文学侍从,规模宏大。所以《两都赋序》是外序,由"有西都宾问于东都主人"到"唯唯"是内序。我们再看一篇,宋人李纲的《秋色赋》,我们随便选的,这样的例子翻一下《历代赋汇》,多得很。李纲的《秋色赋》,写秋的赋很多啊,到中唐以后写秋色、秋声、秋雨的特别多,所以到了宋代,文学观念就比较注重"老"了,老练、老辣啊。其实到中唐以后就比较老了,盛唐的时候是青春期,喜欢写春天,春光烂漫,而后来写秋的特别多。李纲的《秋色赋》也是一样,前面有个外序,很短。赋家主观上可能没有考虑内、外序的分别,实际上一般都内含有内和外的问题,先外后内。《秋色赋》一开始就讲"潘岳赋《秋兴》"[2],潘岳的《秋兴赋》很有名嘛,"刘禹锡、欧阳永叔赋《秋声》,玉局赋《秋阳》,余来闽中……以秋色名篇",认为秋色没人赋过,古人写文章都喜欢这样,看看同题的,看别人秋兴、秋声写过了,我就写别的东西,就想点子,古人也搞原创啊。(笑)那种原创是无可奈何的原创,在大题目后面找个别人没写过的。我们写论文也讲原创,就找那些小作家,人家没有写过的,都是这样。古人也很好玩,当然要跟着名人后面写了,不是名人的话,没必要跟着写,跟着名人后面写,写后自己也就变成名人

---

[1] 详见《文心雕龙·诠赋》,其要点见本讲附录文献。
[2] 李纲《秋色赋序》:"潘岳赋《秋兴》,刘禹锡、欧阳永叔赋《秋声》,玉局赋《秋阳》,余来闽中,七八月之交,霖雨乍晴,始见秋色,因援笔以赋之,以秋色名篇。"引自《历代赋汇》卷十二"岁时"类。

了。"因援毫以赋之,以秋色名篇,其词曰"之前的几句,没多少话,二三十个字,这就是外序。然后下面开始了"宿雨初霁,大火西流",晚上雨下过后,天晴了,七月流火,西边流去了。然后写"李子与客登凝翠之阁",李子就是他自己,后面再描写一下,然后"客曰:'愿先生赋之。'"后面再说:"李子曰:'唯唯。'"这些是内序,和赋融在一起,分不清。原来《离骚》也好,《高唐》也好,《神女》也好,有没有序?实际上争论的是内序的存在与否。如果承认内序的存在,那我们就要考虑《文心雕龙·诠赋》中讲的实际上是针对内序来讲的。过去的文学批评更重视的是内在的东西,而后来的文学批评更重视的是外在的东西。现在大家研究赋序,没时间到赋中间去剔出内序,一看有什么序嘛,都是外序,就把它拿来研究了,而内序都在赋文里面,要一篇一篇去读,去找,又没有署名叫序,那你剔起来就累了。要一篇一篇地读过后,才知道这个有内序,那个没有内序。过去人都是细读文本,深入文本,《文心雕龙》刘勰肯定是读了大量作品的,所以他感知到了内序的问题。这就是内序与外序的问题,区分后再考虑辨伪。

在赋的创作过程中,序是起着联结作用的。内序与文学作品融在一起,研究比较少,但它恰恰起的作用比较大。前面已经说过,序多有引起的作用,某某人跟某某人对问,然后引起我下面要讲的话。但

> 外序与作品有联系,但不像内序那样与作品联系得紧密,所以外序的写法和内容要比内序丰富得多,这就是大家为什么更多地讨论外序的原因。赋的外序是很多的,但每一个时代的外序都有它各自的特点,比如汉代辞赋的外序,更多的是奏疏体。

如果作为一个单独的研究,好像又不如外序具有更多的理论批评价值了。外序研究的价值大一些,文化空间更广阔一点。外序与作品有联系,但不像内序那样与作品联系得紧密,所以外序的写法和内容要比内序丰富得多,这就是大家为什么更多地讨论外序的原因。赋的外序

是很多的，但每一个时代的外序都有它各自的特点，比如汉代辞赋的外序，更多的是奏疏体。奏疏体就像是汉代的奏章。刚才讲了，班固的《两都赋序》，还有其他的赋序，都是像上奏章一样，谈到"古诗之流"，谈到过去的繁荣，过去的王官之学，西周如何如何，成康以后开始衰落，然后大汉应该如何，到了东汉的时候，大家都认为汉承周德，重火德，于是要罗列事物，看看大汉如何继承宗周，为了壮大气势，什么麒麟、白雉类的祥瑞纷纷出笼。在汉武帝时候建立起言语文学侍从队伍，那么多人争先恐后地献纳，组成了一个浩浩荡荡的赋学洪流。序中讲了一大通历史的与现实的内容，然后再提起功用，赋用论，赋家应该怎么样，就像董仲舒上奏议一样。为什么会这样子？那就是刚才所讲的与献赋传统有关，赋要献上去，谁献给谁啊？臣子献给皇帝，献给朝廷。赋有一种献纳的行径，这里面就有一个功能性的问题了。

赋序有内、外序，这是赋的一种创作方法，跟它的功能是紧密相关的。所以，我时刻强调中国文学之"用"的重要性。"用"很讨厌，讲起来没什么理论性，不过瘾，我们一讲老庄，一讲"大象无形"，大家就觉得一身劲，一讲到文学的功用，就没劲了，但是中国文学的主流就是"用"，这是很重要的。大家都讲汉赋是受《诗经》的影响，蕴含《诗》的传统，虚得不得了，没有落实到"用"，所以我和王思豪最近写的几篇文章都是讲"用"。汉赋怎么用经？老老实实地看它到底用了多少，各种用的方法，把它一起理出来，数啊，就是数数字，一数就数出了好多数字，所以这一期《文史》刊载了，大家看看《汉赋用经考》那一篇，数了好多数字，五万字，在这里我还是提到"用"的重要性。汉赋和《诗经》的关系，讲得那么多了，研究的有多少啊，书人家都出了那么多了，但是你还能做出来，为什么呢？因为落实到了"用"上面了,汉赋用经,用《诗》、用《礼》、用《易》,有得搞了,把这个"用"搞清楚。各个时代的赋序总体上有所不同,跟时代有关。大家都知道汉代的奏疏体比较多,为什么呢?实际上是跟献纳有关,赋序就是记录赋的献纳过程的,所以赋就具有了献纳的特性,也就具有了奏疏的性质。由此来看,文体就会有交叉,我们在讨论文体学的时候,有时候很困难,文体经常有交叉,是一个非常复杂的现象。这就看你所掌握的材料和数据,以及用你的思想来辨别它,这就是做学问的最主要的问题。

发展到后来,赋因为问答体特别多,交往特别多,所以外序也开始走向问答,比如,唐宋时代,很多外序采用的是问答体,这很有意思。那是一种文人化的倾向,它脱离了汉代制度化的献赋传统。献赋虽一直还存在,杜甫还献了《三大礼赋》,但更多的是一种文人创作,文人创作就有了一种凭虚而求实的思路,他们的创作多喜欢凭空,假托古人,假托神话人物,假托很多东西,来谈现实的东西,都是文人化的东西,所以假设问答用于赋序也就多起来了。从谢庄的《月赋》开始,这类赋序就出现了[1]。唐宋以来,例证亦多,随手举一个例子,比如朱熹的《梅花赋序》就是[2]。中国人喜欢梅花的特别多,这个可以请教南京师范大学的程杰老师。程老师是"花的大王",他研究梅花,是中国第一,古今第一。(笑)他学生也全是研究

---

[1] 谢庄《月赋》开篇"陈王初丧应、刘,端忧多暇……抽毫进牍,以命仲宣。仲宣跪而称曰"一段,犹如赋之内序。

[2] 朱熹《梅花赋序》:"楚襄王游于云梦之野,观梅之始花者,爱之,徘徊而不能舍焉。骖乘宋玉进曰:'美则美矣,臣恨其生寂寞之滨,而荣此岁寒之时也。大王诚有意好之,则何若移之渚宫之圃,而终观其实哉。'宋玉之意,盖以屈原之放微悟王,而王不能用,于是退而献赋曰。"

花,最近我看论文,又看到他的学生很多论花的,什么蔷薇花,还有芭蕉叶子也来了,讨论雨打芭蕉和雨打梧桐的不同,很好玩。然后再写菊花,金银花什么都有了,你找就是了,找古人歌咏过的,古代这一类诗多嘛,古人喜欢编类书,你查查类书,看看就知道多少了,上面把花一起归类摆起来。南京师范大学或其他学校为什么没有研究老虎文学、狮子文学,(笑)你就要考虑了,为什么这方面的论文写得少呢,或者没有呢?关键在指导,因为没有一个李杰,或者什么杰的老师,(笑)比如有一个老师在那研究狮子文学,那么后面什么熊文学就一起来了,(笑)很有意思。为什么程老师关心花呢?唐宋的时候咏花的作品多了,他就是研究唐宋的,这又有他的学术背景。当然了,不仅文人喜欢花,理学家也喜欢花,朱熹的《梅花赋》很有名,很有影响,在赋史上都要写到的。朱熹的诗赋写得都非常好,这个理学家是有些情韵的理学家,不是一般的理学家,所以他的《梅花赋》里面就有假托,楚襄王游于云梦之野。这个朱老师也是好玩哦,(笑)在道学上对自己的本性压抑得很厉害,一写文学作品就想到高唐云梦,(大笑)就想在文学作品中云雨一番,你看要命吧。(大笑)《梅花赋》一开始就写这些,也不怕人骂他。楚襄王游云梦,与宋玉问答,楚襄王问宋玉高唐神女是怎么回事,宋玉回答说是怎么回事,然后又说自己还不太清楚,还要继续来研讨这个事情,然后"退而献曰",假托宋玉来献赋,实际上是朱熹在写梅花呀。本来是跟梅花没什么关系的,但慢慢引,引了过后就跟梅花有关了,这里面就有很多很多的线索,蛮有趣的了。这是什么体呢?问答体。过去较多的是假托人物,子虚、乌有、亡是公,而后来更多的用古人,用典故,赋学问化,文学创作学术化,这很重要。《梅花赋》就是用楚王和宋玉的问答,引起写梅花,文人化了。有了虚构,也就有了更多的文人趣味。

再则，到了明清，有的赋序更有意思了，是一个很美的散文，整个是小品文。这个时期的赋序，很美很美，比如汤显祖，就喜欢写这些小品化的赋序。我原来只关注小品赋，以前写过《论小品赋》，用了佛教的"大品""小品"，两万多字，是1994年吧，在《文学评论》上发的一篇文章[1]。我就关注了小品赋的几个时代，开始的时候赋都很小，都是小赋，比如梁王宾客写的赋，后来是大赋，到了魏晋南北朝的时候又是小赋多了，唐宋的时候一个阶段，明清的时候一个阶段，分成几个阶段。这是普通的写法，就是分成几个阶段，第一个部分就谈这个东西。那么我就关注到了晚明的小品赋，实际上不仅是小品赋，赋还经常喜欢用骚体写，"兮"啊"兮"的，而赋序呢？就像小散文一样的，很美的，比如汤显祖的赋序《嗤彪赋序》《喜奇赋序》等等[2]，像小品文一样。这也是非常值得注意的一些现象。所以各个时代，各种赋序，所表现的形式和内容又不同，百态纷陈，都有文学创作的意味在里面，有兼备诸体的味道。有时候序的写法可以用别的体，中国文体论，如果深入研究的话，这里面交叉很多，所以文体论为什么到《文心雕龙》后就衰落了，后来的文体论基本上都是文类论了。文类，有一百二十七类，两百类，越搞越多，越多越乱，然后姚鼐删繁就简，

> 到了明清，有的赋序更有意思了，是一个很美的散文，整个是小品文。

---

[1] 详见许结《论小品赋》，《文学评论》1994年第3期。
[2] 如《嗤彪赋序》："予郡巴丘南百折山中，有道士善槛虎，两函桁之以铁，中不通也。左关羊，而开右入虎，悬机下焉。饿之抽其桁，出其爪牙……饲以十铢之肉而已。久则羸然弭然，始饲以饭一杯，米一盂，未尝不食也。亦不复有一铢之肉矣。至童子皆得饲之。已而出诸囚，都无雄心，道士时与扑跌为戏。因而卖与人守门，以为常。……初犹惊动马牛，后反见大牛而惊矣。或时伸腰振首，辄受呵叱，已不复尔。常置庭中以娱宾。月须请道士诊其口爪，镵剔扰洗各有期。道士死，其业废。予独嗤夫虎雄虫也，贪羊而穷至于斯辱也。赋之。"其叙写虎贪羊而入槛，其结果受辱如斯，小品讽世，意味深长。

归为十三类。但是真正符合刘勰《文心雕龙》文体论精神的是八个，那就是"神、理、气、味、格、律、声、色"，这才是真正的文体论，而不是文类。讲讲赋是什么，颂是什么，赞是什么，这实际上是文类，当然是大的文体中的一个部分，而真正的体系是在这里头。所以姚鼐的《古文辞类纂》之所以那么重要，在于他通过文类又回归到文体的讨论。这一点大家不太注意，我从小就受到一种教诲，说不要读《古文观止》，要读《古文辞类纂》，桐城人都是这样，很好玩，叫作"雅人读《古文辞类纂》，俗人读《古文观止》"，但是俗人的东西发行量最大，大家往往选择的是俗，俗是最了不起的，是最伟大的。当然我还有桐城情结在，我把这句话在给父亲写的诗传《诗囚》里面记录下来了。现在在新加坡南洋理工教书的严寿澂先生，他是很有学问，有家学的，过去是在上海的，又留学在国外，后来到新加坡教书，每次我到新加坡的时候，都要跟他见见面。我把《诗囚》给他看，他连夜看，第二天就打电话告诉我，说："太有意思了，我父亲也是这样说的。"喔，他父亲也是这样教导他的，当时都是这么说的，是一个普遍现象，普遍的一个想法，就是"雅人读《古文辞类纂》，俗人读《古文观止》"，于是现在大家都变成了俗人家的子弟了，连我们也是这样考虑。这是题外话。总而言之，赋序要从内部探讨才会生发出一些问题。任何一个简单的问题，实际上里面都有很精彩的东西，你要认真去体悟，去发掘。当然首先要数数字，要找出来一大堆赋序，（笑）这是很麻烦的。

最后讲的是第三个问题：赋序与赋学批评。那我们就要回到赋学批评本身，在旧十讲中，我专门讲过这么一讲，这里就不详细讲了。

赋学批评概括起来，它有一个时代发展以及相关的体类问题，所以我说赋学批评最早的是史传批评。在《史记》《汉书》里面

> 赋学批评概括起来，它有一个时代发展以及相关的体类问题。

有大量的赋论，这些都是史传批评，因为"知人论世"是中国文学批评中最重要的一个方法嘛。"知人论世"大家也老觉得没有意思，不好玩，没有《沧浪诗话》那么精彩，没有叶燮《原诗》那样傲人。要你猜测啊，要用西方理论来解读它啊，这个解读怎么搞不清啊，是怎么移情的啊？这个好玩，而史书就老老实实，比如《后汉书·张衡传》就是早期的文学批评嘛，《汉书·扬雄传》，相传就是扬雄的一个自述，讲他为什么学诗赋，为什么后来悔赋，等等。还有《晋书·左思传》，这些都是史传批评，是批评的大头。

然后就是一些选本和评点批评，赋学批评中有大量的是选本，选本里有大量的赋序，有总集的，有别集的。这些赋序很有意思，比如总集序，有《历代赋汇序》，大而化之的，全面的批评，有陈元龙自己的序，有皇帝题的序，康熙皇帝御赐的序[1]。如果你要了解清代的赋学批评，忽略了康熙皇帝也是不行的，就像了解汉代辞赋的兴盛，如果不了解汉武帝这个皇帝，那是不行的。因为康熙皇帝一个重要的文化倡导，就是策划博学鸿词科考试，这是一个重要问题，再加上清代翰林院考赋，所以就让陈元龙编《历代赋汇》，编得很草率，但确实是当时的一个重要的文化工程。这个工程的思想性在哪里呢？在《历代

---

[1] 康熙《御制历代赋汇序》的主要内容是："赋者，六义之一也。风雅颂兴赋比六者，而赋居兴比之中，盖其敷陈事理，抒写物情，兴比不得并焉，故赋之于诗功尤为独多。由是以来，兴比不能单行，而赋遂继诗之后，卓然自见于世……至于唐宋，变而为律……用以取士，其时名臣伟人，往往多出其中，迨及元而始不列于科目。朕以其不可尽废也，间尝以为求天下之才，故命词臣考稽古昔，搜采缺逸，都为一集，亲加鉴定，令校刊焉。"详见讲稿中的分析。附陈元龙《上御定历代赋汇表》："古诗之流，赋居其一。摘华挹藻，事既极于铺陈；旨远辞文，义或兼乎比兴。入兰台而给札，才集群英；从漳浦而抽毫，文多大雅。铿锵典则，善此有升堂入室之名；瑰丽雄奇，读之起异代同时之慕。揆厥所自，各有专家，本为六艺之笙簧，终作五经之鼓吹。"

第六讲 赋 序

赋汇序》里面,读几句大家听听,有很强的批评意识。康熙在前面讲了一大堆,然后说:"赋者,六义之一也。"古人也经常讲这一句,但他讲过后,清代馆阁考试,大量的赋题就是"赋居六义之一赋"等,就成为赋的题目了,大家都写这个题目,而这些赋文都有大量的文学批评的意识。"风雅颂兴赋比六者,而赋居兴比之中,盖其敷陈事理,抒写物情,兴比不得并焉",有赋体,没有比体、兴体,于是现在学者又开始讨论了,说后代人也有开始作比体、兴体的,少得很,绝对没有赋这么多,所以康熙这个话也是值得商榷的。他讲这个话,你也可以反过来考虑,因为你不是生在康熙时代,你可以反对他嘛。(笑)你要是在康熙时代,那你不能反对,他怎么讲你就怎么讲。(笑)现在你们反了他再说,反旧君来警诫新君嘛,古人都是这样的,骂古人都是告诫现代人嘛。(笑)"故赋之于诗功尤为独多。由是以来,兴比不能单行,而赋遂继诗之后,卓然自见于世。"然后他又说"至于唐宋,变而为律",还说:"用以取士,其时名臣伟人,往往多出其中,迨及元而始不列于科目。朕以其不可尽废也,间尝以为求天下之才,故命词臣考稽古昔,搜采缺逸,都为一集,亲加鉴定,令校刊焉。"这里面有很多的思想。这只是一个大的总集选本的序的批评,体现了赋学批评的一个重要思想,那就是诗的传统,诗教传统。中国政教是以诗教为主,赋是这个传统的沿承,是正宗而不是小道。然后再在"用"方面,一般人讲"风雅颂"是体,"赋比兴"是用嘛,而在这三者中间,比、兴没有独立,赋却一直独立,历代都有赋的创作,这使它在六义中占有特殊的地位,所以就尊敬它,这是第二个思想。那么第三个思想,大赋是献赋,献给皇帝,那当然好了,是正宗的嘛,但到了唐宋的时候,变为律赋,用赋考试是好事嘛,融合了献赋和考赋两个制度,融合了散体大赋和小赋,都是值得肯定的,这当然是站在后人的角度来评价的。因为在唐宋时代，总是在争论古赋好还是律赋好，一天到晚都在吵，到了清人就不吵了，清代统治者是满人，对汉人文化也不熟悉，就不管它了，不考赋了，这反而好，不吵了，统统恢复起来。清代不仅恢复古赋、律赋，而且还恢复了汉学、宋学，于是有了汉宋之争，清代是这样一个时代。在赋方面，考律赋也好嘛，唐宋那么多名人都是科举出来的嘛，有什么不好呢？元明两朝都不考律赋，就造成了赋的衰落，所以清人要继承唐宋，追溯汉代献赋传统，再归复诗教传统。要恢复这些东西，需要文本啊，就请陈元龙编《历代赋汇》，皇帝又自己写序，提出三个方面的思想纲领，这是很重要的。谈赋学的批评，你能不考虑这篇赋集序吗？所以选本中的序跋很重要。

　　书信中的论赋也很重要，还有赋格、赋谱等赋学专论，都很重要。还有我特别强调的论赋赋，我专门有一篇文章谈历代论赋赋的创作。论诗诗大家讲得多，论赋赋大家讲得不多，大概我那篇文章是第一个讲吧，所以要抓快门，先机很重要。这个很明显的事，那么多赋作在，居然没有人写，给我写了，在《文史哲》发表的[1]。这篇文章很有意思，命运很坎坷，因为写了过后，觉得很好，想想给了《文史哲》算了吧，《文史哲》还是不错的，还是十年前给过他们文章的，后来就给他们了，是哪一年我记不得了，好像是2003年还是2004年，后来就没有消息了。反正编辑部收到的投稿多，往往是往字纸篓里一塞，大家一定要注意。我那个写给《文史》的稿子，两个礼拜就收到回信，说要用，一个月内外审就全部通过，高兴得不得了，审稿这么快，很快就把校样寄来了。后来我去新加坡了，让我的一个博士把校样寄过去，

---

[1] 许结《历代论文赋的创生与发展》，《文史哲》2005年第3期。

结果编辑写信给我说校样怎么还没有寄过来啊，我就查了下，是几点几点你们那边签收的，好不容易才查到了，是被编辑扔到字纸篓去了，因为他当作投稿，你看看，在字纸篓里找到了。（笑）你想想你们投稿都惨，我投给《文史哲》的那篇文章也是起死回生，在四川开会，碰到他们的一个常务副主编，他说：许先生什么时候给我一篇稿子。我讲我几个月前才寄给你一篇，一直没得消息，他马上打电话回去查，在字纸篓子里找到了，（笑）然后通知那边赶快排，排出了发表。后来文学批评家们在北京搞了个什么怪东西，是英文版，还特别把我那篇文章收在英文版里了[1]。为了这个英文版，烦死了，到底找谁翻译？我翻译不了，这怎么翻译啊？结果找外语系的老朋友，他说你的文字我都不懂，我怎么翻啊，引文我更读不懂，怎么翻啊，一点办法都没有。后来我找杨正润老师，杨老师说中国没有人能翻，只有美国汉学家能翻，他们以英文为第一语言，然后再来翻你这文章，才有可能，才能翻得好。后来没办法，就找了三个同学翻，翻好后再拿到外文系加工，为了那一篇文章变成洋文，真烦透了。后来就给他们寄去了，也刊发了，自己的古典文学研究文章还要自己译成英文，不像样也没办法，反正成了蛇形文字，就与国际接轨了。（笑）在我的文章中，就这一篇有由土变洋的经历，可见论赋赋的重要性。

再回过头来看赋序与赋学批评的关系，有两点值得注意。一个就是各具特色。每一篇赋序都在它的时代具有一定的批评特色。这个宜为我们关注，是赋学批评的重要问题。《两都赋序》谈了献赋传统，这是汉代赋兴盛的制度原因。那我们说汉赋写作的文学侍从，到了东汉为什么就没有了呢？张衡的赋就不是献的了。为什么那个时候那么兴

---

[1] 详见 *Frontiers of Literary Studies in China*，第 1 卷第 4 期，商务印书馆 2007 年版。

盛？跟献赋有关。那么献赋的文献在哪里呢？《两都赋序》有材料，是最重要的材料，《汉书》里虽有少量的记载，但更多的是《两都赋序》，这是一个最系统的材料，如果把这一点忽略了，你就没办法讨论。我们总是讲"赋者，古诗之流"，讲赋跟诗的关系，但"古诗之流"是干什么的？是讽谏传统。赋与"诗之讽谏无异"，这就构成了一个"用"的传统，就是用《诗》嘛。那么赋跟诗体有什么关系？赋体跟诗体没有什么关系嘛，它们之间有一个很大的空间，从过去的"赋诗言志"到作赋，赋与诗的关系在体的问题上模糊得很，汉人所讲的"古诗之流"实际上是用《诗》。那么这种转换是在什么时候呢？是在魏晋时期，偷换概念。什么"古诗之流""六义之一""赋体"一起讨论，然后六义中间就有赋体了，再用"铺"把它们衔接起来，然后刘勰《文心雕龙》就说"铺采摛文"，好像是由《诗》中间的"赋"衍生为赋体。这就构成"体"的概念，过去人没有这个概念啊。而这个概念最早在哪里体现出来呢？皇甫谧的《三都赋序》。在这篇赋序里面，作者开始把赋源于诗，向体的方面转化，这太重要了。我们谈起来都是汉大赋，但我们忽略了汉晋以来的言志赋传统，很多言志赋啊，比如《幽通赋》啊，《思玄赋》啊，后来很多很多的抒情赋啊，包括刘歆的《遂初赋》，都是一种言志传统。

> 汉人所讲的"古诗之流"实际上是用《诗》。那么这种转换是在什么时候呢？是在魏晋时期，偷换概念。什么"古诗之流""六义之一""赋体"一起讨论，然后六义中间就有赋体了，再用"铺"把它们衔接起来，然后刘勰《文心雕龙》就说"铺采摛文"，好像是由《诗》中间的"赋"衍生为赋体。

诗言志与赋言志的传统，其中的关联我们不能忽略，我们可以看看陆机的《遂初赋序》，那是真正的汉晋言志赋发展历史的一个小缩影。台湾有个学者的博士论文就是写汉晋言志赋传统，好像是曹淑娟的《汉赋之写物言志传统》这本书[1]，你读此书，固然清楚地看到汉晋赋的言志传统，但也别忽略古人的赋序呀。陆机的《遂初赋序》写道："昔崔篆作诗以明道述志，而冯衍又作《显志赋》、班固作《幽通赋》，皆相依仿焉。张衡《思玄》、蔡邕《玄表》、张叔《哀系》，此前世之可得言者也。崔氏简而有情，《显志》壮而泛滥，《哀系》俗而时靡，《玄表》雅而微素，《思玄》精练而和惠，欲丽前人，而优游清典，漏《幽通》矣。班生彬彬，切而不绞，哀而不怨矣。崔、蔡冲虚温敏，雅之属也。"如此等等，之后再讲到自己的《遂初赋》创作，言简意赅，彰显了言志赋这一传统。而这些序就非常有理论意味，很重要，应该关注。我们再看范仲淹的《赋林衡鉴序》。范仲淹编了一本《赋林衡鉴》，实际上是跟科举有关的，书丢失了，序存下了，在《范仲淹文集》中。这是很长的一篇序，"人之心也，发而为声"，序从诗教开始谈起，然后又是"律体之兴，盛于唐室"，从诗之律体谈到赋之律体，又说"国家取士之科，缘于此道"，谈到唐宋科举考试，然后又说到自己"少游文场，尝禀词律，惜其未获，窃以成名"，谈自己怎么考试，必须要编一本给大家考试用的赋集，就叫作《赋林衡鉴》。《赋林衡鉴》丢失了，我们通过序才知道，《赋林衡鉴》分门别类，就像赋创作的类书一样。比如："别析二十门，以分其体势：叙昔人之事者，谓之叙事；颂圣人之德者，谓之颂德；书圣贤之勋者，谓之纪功；陈邦国之体者，谓之赞序；缘古人之意者，谓之缘情；明虚无之理者，谓之明道；发挥源流者，谓之祖述；商榷指义者，谓之论理；指其物而咏者，谓之咏物；述其理而咏者，谓之述咏；类可以广者，谓之引类；事非有隐者，谓之指事；究精微者，谓之析微；取比象者，谓之

---

[1] 曹淑娟《汉赋之写物言志传统》，台北，文津出版社1987年版。

体物；强名之体者，谓之假象；兼举其义者，谓之旁喻；叙其事而体者，谓之叙体；总其数而述者，谓之总数；兼明二物者，谓之双关；词有不羁者，谓之变态。"最后谈到唐人赋是宋人的榜样，极其精彩。北宋有这么一部大赋集，可惜掉了啊，从序里面可以看到这是一个非常了不起的东西，为科举考试提供了一个非常好的赋学范本。

我们还要注意另一种赋序，那就是赋论序，这个大家往往也忽略了。因为到了清代，大量的赋话出现了。我单独有文章叫作《赋话论》[1]，是早年写的。过去赋话融在诗话、文话中间，到清代才真正独立。到底是李调元还是浦铣写的是第一部，吵来吵去，争论不休，有人又往前面找，那还不是真正的独立撰述啊。真正的独立撰述的赋话，开始就两部，一个是浦铣的《历代赋话》，一个是李调元的《雨村赋话》。袁枚写《历代赋话序》，说赋过去就是类书，袁枚在这篇赋序中大谈赋代类书说，认为赋就起到了类书的作用，魏晋以后，类书兴盛，赋就衰落了。这种说法很重要。所以程章灿老师写了个《〈三都赋〉：京殿大赋最后的辉煌——兼论两晋以后骈辞大赋的历史命运》，然后有人就讲没有啊，元明时期大赋也还辉煌得很，大赋多着呢！反正都可以反嘛，有这个说法，就会有反着说的嘛。赋总体衰落是毫无疑问的，但大赋还是很兴盛的，于是后人又开始反了啊，到晚清的时候，程先甲写《金陵赋》，在《金陵赋序》中就讲赋代类书说是荒唐的，忽略了赋所表现的诗人之志[2]。他们都是在反来反去，只要能反得到，就是好论文。《两都赋序》《遂初赋序》《三都赋序》《赋林衡鉴序》、康熙的

---

[1] 许结《赋话论》，《中国赋学历史与批评》上编"本体论"，江苏教育出版社2001年版，第92—112页。

[2] 程先甲《金陵赋序》："爰奋藻以散怀，期无骛于古诗之旨，以俟辀轩之使采焉。"

> 从赋序中间,我们又能看到它的批评指向,有的是针对题材的问题,有的是针对创作的问题,有的是针对功用的问题,还有针对体类的问题,针对本源的问题,针对技法的问题,针对考赋的问题,甚至有关鉴赏的问题。

《历代赋汇序》以及袁枚的《历代赋话序》、程先甲的《金陵赋序》等等,都有它的批评价值。

由此,从赋序中间,我们又能看到它的批评指向,有的是针对题材的问题,有的是针对创作的问题,有的是针对功用的问题,还有针对体类的问题,针对本源的问题,针对技法的问题,针对考赋的问题,甚至有关鉴赏的问题。所以我认为从考赋过后,考律赋过后,赋的鉴赏就开始了。这个在赋序里也有充分的表现,很多赋序带有鉴赏的色彩。有时候我们觉得古赋不好鉴赏,前人就用律赋的方法来评点古赋、鉴赏古赋,构成了赋学鉴赏论,而赋序在这里面就起到了很大的作用。也有的序题是空话大话,没什么意思。我们举一个例子,比如清代的林联桂,我有个学生潘务正,最近在《文学遗产》上发了《林联桂〈见星庐赋话〉与嘉道之际馆阁赋风》,他是两篇《文学遗产》一发就变成名人了啊[1]。(笑)《见星庐赋话》很有意思,林联桂就讲本来想写个自序,但是他研究的都是清代的馆阁赋,就是翰林院的赋,里面引了好多馆阁赋,其中引了两个人的,都是翰林,一个潘天恩的《六义赋居一赋》,一个程恩泽的《六义赋居一赋》。这两篇赋引过以后,他说:把这两篇赋移作古今赋序,是非常合适的。这两篇赋写得这么好,描述了整个赋的发展嘛,所以说古人赋体创作本身也能代表序的,这多好啊,所以林联桂说他的书不用写序了,因为有这两篇赋啊。这很有意思,所以我们说文体是交叉的,连赋的创作

---

[1] 指潘务正撰《王士禛进入翰林院的诗史意义》(《文学遗产》2008 年第 2 期)、《林联桂〈见星庐赋话〉与嘉道之际馆阁赋风》(《文学遗产》2010 年第 5 期)。

也能代替序了嘛。但是在这种交叉中间我们又要注意辨体，古代有尊体、破体、辨体之说，体制还是重要的。赋序看起来只是写赋人或他人给赋与赋集戴的帽子，或者说是穿着的外衣而已，但是外衣如果穿得好的话，那是非常精彩的，所以今天我穿的衣服不好，超星的人给我录像的效果肯定不好。（笑）我有一次穿着西装，戴着领带，遇到一个同事问我干么事穿得这么好啊，我说上课去啊，"学不够，衣来凑"啊。（大笑）现在不想凑了，想表现学问多一点吧，呵呵，今天就讲到这里。（鼓掌）

历史文献摘选

刘勰《文心雕龙·诠赋》：

述客主以首引，极声貌以穷文，斯盖别诗之原始，命赋之厥初也……既履端于倡序，亦归余于总乱。序以建言，首引情本；乱以理篇，写送文势。

王芑孙《读赋卮言·序例》：

周赋未尝有序。荀子赋论第二十六曰论者，即以赋为论，别无论著也。《离骚》《九歌》《九章》皆无序（古人骚亦称赋），宋玉赋之见《文选》者四篇，不载于《选》者一篇，皆无序。盖古赋自有散起之例，非真序也。《高唐》《神女》《登徒子好色》三篇，李善、五臣皆题作序。汉傅武仲《舞赋》引宋玉高唐之事发端，善亦题为序，其实皆非也。高唐之事，羌非故实，乃由自造此为赋之发端，汉人假事喻情，设为宾主之法，实得宗于此。且《高唐》《神女》诸篇，散处用韵，与赋略同，尤可征信。

西汉赋亦未尝有序。《文选》录赋凡五十一篇，其司马之《子虚》《上林》，班之《两都》，张之《二京》，左之《三都》，皆合两篇三篇为一章法，析而数之，计凡五十六篇，中间有序者，凡二十四篇。西汉赋七篇，中间有序者五篇，《甘泉》《长门》《羽猎》《长杨》《鵩鸟》，其题作序者，皆后人加之故，即录史传以著其所由作，非序也。自序之作，始于东京。

试赋之有序者，唐《舞马赋》所传二篇皆阙名，《花萼楼赋》，高盖、王谞、张甫、陶举、敬括五首独传。然《舞马》以"奏之天庭"为韵，所传二首用韵不殊，而一有序，一无序，则其有序者，乃士子之所自为也。《花萼》即以"花萼楼赋一首并序"为韵，且所传五首篇篇有序，则主司之所限也。

姚永朴《文学研究法》卷二：

序跋类莫古于《易》之"十翼"，其辞至为古茂。自《彖》《象》两传外，大率孔门诸弟子所为，观《系辞》称"子曰"凡二十四，《文言》称"子曰"凡六，可见。他若《诗·关雎》序、郑康成《诗谱序》，气味渊雅，亦足嗣之。

  附：何焯《义门读书记·文选·赋》评宋玉《高唐赋》：苏子瞻谓："自'玉曰唯唯'以前皆赋，而此谓之序，大可笑。"按，相如赋首有亡是公三人论难，岂亦赋耶？是未悉古人之体制也。刘彦和云："既履端于倡序，亦归余于总乱。序以建言，首引情本；乱以理篇，迭送文势。"则是一篇之中，引端曰序，归余曰乱，犹人身中之耳目手足，各异其名，苏子则曰"莫非身也，是大可笑"，得乎？

  章学诚《文史通义·内篇·诗教下》：赋先于诗，骚别于赋，赋有问答发端，误为赋序，前人之议《文选》，犹其显然者也。

浦铣《复小斋赋话》下卷：《登徒子好色赋》自"大夫曰唯唯"以前皆赋也，相如《美人赋》前半脱胎于此。昭明乃谓为序，真堪喷饭，至今莫知其误，亟当正之。

陆机《遂志赋序》：

昔崔篆作诗以明道述志，而冯衍又作《显志赋》、班固作《幽通赋》，皆相依仿焉。张衡《思玄》、蔡邕《玄表》、张叔《哀系》，此前世之可得言者也。崔氏简而有情，《显志》壮而泛滥，《哀系》俗而时靡，《玄表》雅而微素，《思玄》精练而和惠，欲丽前人，而优游清典，漏《幽通》矣。班生彬彬，切而不绞，哀而不怨矣。崔、蔡冲虚温敏，雅之属也。衍抑扬顿挫，怨之徒也。岂亦穷达异事，而声为情变乎！

研习与思考

（一）序源：经序与赋序

（二）赋序结构与功能

（三）赋序与赋学批评

第七讲

赋 注

注释学是专门的学问，因不同的文体又有不同的注释，今天谈谈赋注。赋注是很琐碎的东西，但是极其重要。很多东西不注就不明白，读者搞不清楚你写的什么，历史的文本是要加注的，有自己注，有他人注，而往往有些东西自注很重要。这包括写作文本讲什么，写作的背景是什么。字句好解释，但是古人写作的内涵、背景，你搞不清楚不行。作品所寓含的事件以及文字之外的意蕴，你不清楚，注释就非常重要了。注，实际上就是解释，就是把原本予以笺注。中国最重注疏的方法，赋也不例外，这是一个通例，所有的学问都是。中国学问之所以了不起，就在于注疏之学。如果说西方的学问偏重于理论阐释，以一个个理论著作构建它的文化统绪的话，那中国最大的文化统绪就是注疏，注释加以疏解。所以我们看每一个时代的论著固然重要，更重要的是历代的注，经注、子注、史注、集部的注。庞大的注疏系统构成了中国漫长的文化统绪。这个统绪在于中国学术的解释性，文化的解释性。解释中间是不是没有新意呢？它是有新意的。各个时代都有解释，在这中间又融入了自己的想法，融入了一些时代精神,以动态的变化构成学术的变迁。所以汉儒、宋儒、清儒各自的学问,往往都是通过一部古代典籍的注疏构建起来。那么由此我们就发现一个很大的问题,在中国尤其明显,就是现在人们所讲的元典理论。中国一个东西产生,并形成元典以后,后代就不断地在注疏。其实古人早就对这个问题有所认识了,比如章学诚就讲过:先秦之前是著书,两汉之后是文章[1],著书与文章不同,有着不同的理义。还有一位学者,讲得也非常好,那就是我们桐城的吴汝纶。吴汝纶是晚清学者,曾国藩的弟子,他有一篇文章不太被注意,其实是很重要的一篇文章,因为他作为桐城末流,所以大家都把他看成是腐朽的代表,甚至是"桐城谬种",实际上他有很多思想是非常先进的,其中有一篇很突出的文章,就是《天演论序》,为严复翻译的《天演论》写的序。严复是开创新思潮的一个人,他翻译《天演论》,序是吴汝纶给他写的,不止一篇序,好几篇序。《天演论序》里面讲到一个非常重要的问题,他说:汉以前是著书之学,所谓"撰著之体",比如《老子》《论语》《孟子》《庄子》,个个都是在著书立说;唐以后就成了集录之学。所以他认为汉以后,中国学术就失去了我们现在时髦的话,就是"原创",没有原创,只能沿承,人云亦云,历史的回声而已[2]。你看看我们诸子百家哪个不是原创啊?个个都是原创。西方有大量的原创,个

---

[1] 章学诚《文史通史》卷三《文集》:"集之兴也,其当文章升降之交乎?古者朝有典谟,官存法令,风诗采之闾里,敷奏登之庙堂,未有人自为书,家存一说者也。自治学分途,百家风起,周、秦诸子之学,不胜纷纷,识者已病道术之裂矣……两汉文章渐富,为著作之始衰。"

[2] 吴汝纶《〈天演论〉序》:"大要有集录之书,有自著之言。集录者,篇各为义,不相统贯,原于《诗》《书》者也;自著者,建立一干,枝叶扶疏,原于《易》《春秋》者也。汉之士争以撰著相高……而韩退之氏出……一变而为集录之体,宋以来宗之。是故汉氏多撰著之编,唐宋多集录之文,其大略也。"

个都是在写，写各自特色的东西。《天演论》，就是《进化论》，原创的，所以吴汝纶就说：西方学者还是在进行着著书之学，而中国学者自从汉代以后就进入了集录之学。说得大而化之，大学者就是这样子嘛，一句话就截断中流，体味体味，不无道理。不是说这中间就没有著书立说的了，但是从总体上把握，该说还是极有道理的。

  作为一类文本出现，也是这样，从楚辞到汉赋，形成了一种特别重视辞章的文本，当然也内含着很多丰富的思想内容。构成了这种文本以后，这种文本就一直延续，一直存在，以致形成了一种创作模式。在中国学术史上，大家都特别重视某一个东西形成、壮大时期的形态。因为后代对这种撰著的模仿极其重要，不仅表现在对学术的理解、评判方面，还表现在他们的创作、模拟上。因为他们都有一个元典思想，他们要仿效，这就构成了一个学术的情形，在文学创作方面也是一样的。于是，所谓元典怎么理解呢？就是对那个"一代有一代之胜"的东西的理解啊。怎么理解？自己要理解，还要帮助别人去理解，这就出现了选本，出现了注疏，大量的注疏产生了，如万箭穿心，对准元典，即原创之文本。从目前所存文献来看，最早的赋注是谢注，谢灵运的《山居赋》自注，成为中国赋注的一个重要的标识。[1] 从谢注到《文选》赋篇的注，完成了中国赋体文学的注疏之学的两个代表性的方式：一个自注，一个他注。自《文选》注以后，赋的注本是汗牛充栋，所以我们可以把它命名为"赋体笺注学"，或者"辞赋笺注学"。那么在笺注

> 从目前所存文献来看，最早的赋注是谢注，谢灵运的《山居赋》自注，成为中国赋注的一个重要的标识。

---

[1] 对此也有不同意见，如钱大昕《十驾斋养新录》卷十六"庾阐扬都赋"条谓："自注之始，谢注效之。"

> 从谢灵运《山居赋》自注到《文选》赋篇的注，完成了中国赋体文学的注疏之学的两个代表性的方式：一个自注，一个他注。

学里面，蕴含了丰富的内容，按当下时髦的学理来讲，比如辞赋文字学、辞赋名物学、辞赋典故学、辞赋鉴赏学、辞赋批评学，方方面面都融织在赋注中间，能不重要吗？虽然"注"例在各种文体中都有，比如千家注杜等等，但仅就赋注而论，也是非常庞大的，堪称一大知识系统，尤其是大赋，典故那么多，需要通过注来解读它，认识它，理解它，然后来仿效它。下面根据我给大家发的材料，讲讲有关赋注的四个问题[1]。

一是赋注与经学注疏传统的问题。这又含两个传统，一个是注疏传统，一个是经学传统。首先，古人的注应该是经注较早，尤其是在汉代，汉代的注疏之学，解释的特征非常明显。到东汉以后，注疏更为重要。郑玄就是注疏大家，他能调到各种各样的学术材料来进行经学的互注，比如典型的以《礼》注《诗》、以《诗》注《礼》、《诗》《礼》互注等等，构成了早期的注疏之学。赋学选本也是一样的，这跟早期是由经学选本引出文学选本有关，或者说，注疏也是从早期的经学的注疏到文学的注疏。赋的注疏是较早的文学注疏的蓝本，赋的注相对来说在文学领域比较早就出现了，一般认为自魏晋时代开始。这是

> 赋的注疏是较早的文学注疏的蓝本，赋的注相对来说在文学领域比较早就出现了，一般认为自魏晋时代开始。

历史的情形，算是一个方面。而更重要的是，我想要回到章学诚、吴汝纶讲到的思维方式来考虑。怎么考虑？那么经学传统与赋的关系，存在着一种经、传问题[2]。

---

[1] 有关赋注问题，我已有成文论析，参见许结《论赋注批评及其章句学意义》，《中国韵文学刊》2011年第4期。

[2] 从创作论看赋之于"经"所呈示的"传"的功用及性质，详参许结《赋与传：从本原到书写》，《现代传记研究》第4辑，商务印书馆2015年版。

有经就有传。那么注，主要是说明经的意义的；同时，围绕经而出现了一系列的文本。赋作为一种特殊的文学样式出现之后，汉人认不认为它是一种文学样式呢？汉人认为赋是"古诗之流也"，跟《诗经》有密切关系，不认为它是一种文学样式。那么汉赋似礼，跟《礼》经也有密切关系。所以这些文本，就经而言，赋的这些文本在当时，或者在当时某些人的心目中，或者在后人的研究中间，它就有一定的传的性质，它也是传经的。只是这传太过分，太庞大了，开始是"古诗之流"，可以说是形象化的传，它就是《诗经》的延续文本。赋一方面铺采摛文，结果造成劝百讽一，曲终奏雅；一方面又与诗人之讽谏无异，经的这种精神还在里面。于是乎"诗人之赋""古诗之流"实际上都是继承了解释经的这种传统。好，那我们就可以看一些史料，比如，颜师古注《汉书·淮南王传》"使为《离骚传》"曰："传，谓解读之。"《离骚传》的"传"就是解读。更为重要的就是王念孙说："'传'当为'傅'，'傅'与'赋'古字通。"[1] '传'就是'傅'，字异而已。再比如近代有一个学者叫啸咸，他写了一篇叫《读汉赋》的文章，说：王褒所写的《四子讲德论》，有一个本子叫《四子讲德传》，《汉志》就称之为《四子讲德赋》，《文选》改为"论"[2]。古代文体不严，我们把它称之为"兼体"，但为什么传与赋有关呢？这就产生讨论了，刘安上呈的是《离骚赋》，而不是《离骚传》。证据是一个出土文物的出现，《神乌傅》，这完全是一篇赋体文嘛，那么这个"傅"，就是"赋"，作为旁证，也还是有价值的。从这个角度来看，自然构成了以上这种所说的情况。这既有意思，也值得思考，但还可以争论，那就是赋有解

---

[1] 王念孙《读书杂志·汉书第九》"离骚传"条。
[2] 啸咸《读汉赋》，《学艺》第15卷，第2期，1936年3月。

释的特征，有解释经的特征，当它形成解释的特征后，后人在注赋的时候，又对这具有解释特征的东西进行再解释，进行了一个新层面的新解释，这是值得思考的。

我们就以《诗》为例来谈谈。这个《诗》，是《诗经》的"诗"，汉人所讲的"诗"全是指《诗经》《诗三百篇》，至少在东汉以前是这样。《诗》作为经，与赋的关系，用现在时髦的话来说，就是形成了互文，有一定的互文。你们仔细看一下《诗经》中间的游猎、宫室、歌舞等等方面的主题，在赋中间也都有，而且有着更加详细的描绘。结构也是这样，孔子说："《诗》三百，一言以蔽之，思无邪。"就是"以一句之灵，能回一篇之朴"，这是刘熙载引用谭友夏的话评赋，这就构成了一与多的关系，赋中间表现得最多的就是一与多的关系。"一"是经的精神，"多"是赋的辞章的表现，这种一与多的关系很重要[1]。清末有一个叫程先甲的，写了篇《金陵赋》，南京人，在民国教育厅还做过事的，他就说赋是"爰奋藻以散怀，期无盭于古诗之旨"，赋的胸怀就是通过很多的辞藻来展现，但是它不会违背古诗之旨，还要旨归于讽谏，那就是观风俗啊，就是采诗啊，都是为了王政，看看政治清平与否。赋的政治思想非常明显。正是因为"一"表现为经义，而"多"表现的是辞藻，所以也就构成了"劝百讽一"的传统，这里的"百"与"一"都是虚数，实际上就构成了一与多的关系。这是值得注意的一个现象。

从更广远的文学意味来讨论，我们可以思考一个问题：就是赋

---

[1] 刘熙载《赋概》论赋体具体引《诗》之法谓"《周南·卷耳》四章，只'嗟我怀人'一句是点明主意，余者无非做足此句。赋之体约用博，自是开之"，并引谭友夏论诗"一句之灵，能回一篇之朴"说，认为"赋家用此法尤多，至灵能起朴，更可隅反"。

对《诗经》来说,本身就有传的特征,赋就是传。从狭义的解释学而言,我们要回到注疏传统。从诗到赋的传统,开始有三家《诗》注,齐、鲁、韩三家注《诗》,加上《毛诗》,共四家,到了东汉以后又进行会通,会注现象就明显了。所以经学有单注和会注,以后的文学注本也是这样,赋当然也是这样,会注也是由经学文本到文学文本的。我们看赋注,有同时人注的,有会诸家注的。比如同时人注的,相传刘逵注的《吴都赋》《蜀都赋》,张载注的《魏都赋》,这些都是残本了,很少的。有后代人注的,如郭璞注《子虚赋》,薛综注《二京赋》。有单注一家的,有会注众家的,比如谢灵运的赋注,是自己注自己的,是单注一家的,而《文选》的注就是典型的会注众家,都是与经注这个渊源相关。你们看经注怎么注,赋注也就怎么注,构成了一个模式,是一样的,只是赋注更加注重赋的一些特点而已。这就要联系到我们刚才所讲的从经学读本到赋学读本,从经注到赋注。换句话说,不管经注也好,赋注也好,我们不管它们的注疏系统怎么样,实际上是相通的,就注疏本身而言,实际上就是一种章句之学。这也就是为什么西汉多通儒,东汉多章句之儒的原因,质言之,是注疏之学的强化。如果说西汉更重视大义,比如三家《诗》研究更重视大义的话,那么东汉之后就更重视训诂,要解释清楚啊,训诂之学就兴盛了,这种训诂就构成了章句之学。东汉之后,经学形成了大量的章句之学,而赋本身因为注而构成具有"铺"的性质的章句之学,辞章之学的意义及其重要性也就显现了。在《隋书·经籍志》里面,你们可以看到,注《易》多少家,注《诗》多少家,等等,比如《春秋》的注在东汉就大量出现了,如贾逵的章句,马融的章句,张衡甚至都有章句。我们可以看两

> 从更广远的文学意味来讨论,我们可以思考一个问题:就是赋对《诗经》来说,本身就有传的特征,赋就是传。

> 章句之学就是注疏之学兴盛的一个典型的表现，而这种章句之学的兴盛表现在中国的文学领域，也就形成了文学的语言篇章学。

本。一个是贾逵的《春秋章句》，是章句之学。由此，注赋家也渐多了。[1] 我们再看看东汉出现了一部章句之学的著作，就是王逸的《楚辞章句》。章句之学就是注疏之学兴盛的一个典型的表现，而这种章句之学的兴盛表现在中国的文学领域，也就形成了文学的语言篇章学。我们中国那种纯文学批评的东西并不强，而这种以语言为主体的语言篇章学非常重要，或者说后来的文章学，实际上都是章句之学。可以说章句之学构成了中国文学批评的一个主构，我觉得注是其中的一部分，所以应该引起大家的注意。

据此，我们可以看两个传统，一看从经学大义到章句之儒的变化的传统，再看从赋学传统到章句之学的传统。可以说西汉赋本身就是对经的解释，就像我们刚才讲的《离骚传》《离骚赋》《神乌傅》，赋的本身的文字就是对经的解释。它解释什么啊？是讽谏之大义啊，也是大义啊，不讲琐碎的东西。讲它是解释学可以，但是它是有讽谏之大义的。到东汉以后，这种大义渐渐丢失了。因为它的文本在不断地形成、演变，以至模拟，构成了特有的文体以后，就把当时解释经学的大义丢失了，渐行渐远。丢失掉或淡褪大义后，回过头来，又着重在对赋本身的解释了，注也就应运而生了，这样赋学的传统也就从大义转到了章句之学，所以我说从经义到辞章，早期是经义，晚期是

---

[1] 《隋书·经籍志》载：郭璞注《子虚上林赋》一卷，薛琮注张衡《二京赋》二卷，晁矫注《二京赋》一卷，傅巽注《二京赋》二卷，张载及晋侍中刘逵、晋怀令卫权注左思《三都赋》三卷，綦毋邃注《三都赋》三卷，项氏注《幽通赋》、萧广济注木玄虚《海赋》一卷，徐爰注《射雉赋》一卷，孙壑注《洛神赋》一卷。

辞章，换句话说，就是从气象到技巧[1]。过去讲非两汉文不读，过去人为什么这样呢？读的是什么？读的是语言吗？读的是语言之外的那种气象。为什么后来的文字不想读了？因为后面是技巧了，更多是重技巧。文章学兴盛就是狭义的章句之学兴盛了，更多的是强调技巧，尤其是科举考试之后，更是工具化了，异化了，中国文学也就走向了这样一个历程。通过一种文体或某一个方面的研究，同样可以透视各领域的方方面面。关键的是赋注的兴盛与章句之学的兴盛是密切相关的。这是我所讲的第一个问题：赋注与经学传统的问题。关于这一点，学界现在讨论的不多，我在材料中也引了几则，大家可以看看王芑孙《读赋卮言·注例》，因为任何东西大家都要懂凡例嘛，首先要发凡举例嘛，那么这个注是怎么注的呢？他说："古赋不注，世传张平子自注《思玄赋》，李善已辨之矣。盖两汉魏晋四朝皆无自注之例。赋之自注者，始于宋谢灵运《山居赋》。"同时人的赋注，比谢灵运略早点的有，但都是残本了。又有李善《上文选注表》，注《文选》。后人自注也很多，比如宋初的吴淑《进注事类赋状》，里面提到他怎么注《事类赋》[2]。《事类赋》是一个非常庞大的工程，自己写了一百篇赋，那一大本，不得了。用赋写类书，这是个工程，因此注就多得不得了，不注哪懂啊？根本不懂啊，所以要注，然后又构成了一系列《广事类赋》《续事类赋》等，一直到清代。这个没有多少人研究，偶尔有一两篇文章写写，因为它文学性太不强了，整个是类

> 赋学的传统从大义转到了章句之学，换句话说，就是从经义到辞章，从气象到技巧。

---

[1] 王逸《离骚经章句》："《离骚》之文，依《诗》取兴，引类譬喻。"刘勰《文心雕龙·辨骚》："王逸以为诗人提耳，屈原婉顺，《离骚》之文，依经立义。"

[2] 详吴淑《进注事类赋状》，主旨见本讲附录文献。

书了,为什么是类书呢?科举考试嘛,为大家科举考试用的嘛,但是这些赋中的注也是极其重要的,所以从谢注,到《文选》的注,再到吴淑的注,这些都是值得注意的东西。

接下来讨论赋的"注者",也是本课的第二个问题。经学有它的元典,文学也有它的元典,赋也有它的元典,汉赋就是赋的元典,是作为"一代文学之胜"的元典,是非常了不起的创作。那么对它的模拟,对它的解释,也就是注而言,也有元典。赋注的元典是谁呢?据现在保存下来的只有谢注和《文选》注。《文选》注就是《文选》赋篇的注,有李善注、五臣注,合起来为六臣注,然后又有流传到日本的唐写本,中间又有一些六臣以外的有关《文选》的注文,非常丰富。所以我们这部分要讨论的就是注者。因为任何事情都要落实到人,所谓注者,就是谁注的问题。刚才讲的谢注和《文选》注,这可称两种样式,很重要,一个是自注,一个是他注;一个是单注,一个是集注,以后只是承袭。这种赋注方法,构成了我们说的赋注中的元典。这个注是必需的,但注文一多了就烦啊。我们读书没有注不行,有注也嫌烦,古人的注还是有用的,文字简洁,今人注有的就烦琐了。我们做学问人的时文叫作论文,我们现在全部都在写时文,不要以为自己是大学者了,在写论文了,实际上你写的是时文了(笑)。赋的注文一般都要多于赋文,像那个《事类赋》,注不知道是赋文的几倍,赋文一点点,注文一大堆。如果是尾注,你要慢慢翻,翻好多页才看到注;如果是脚注,注比文多,有的时候一页的注比文多,甚至注有两页,注就一大堆,翻过去,找过来,文还要往后调,排版也很难看;如果是夹注,整个思路就被打断了,整个混乱,看一下就停住了,搞半天,再往后面一看,又不知道

> 汉赋就是赋的元典,是作为"一代文学之胜"的元典,是非常了不起的创作。而赋注的元典,据现在保存下来的只有谢注和《文选》注。

前面讲什么了（笑）。注，很烦，但不注又不行，这是一个非常麻烦的事，我个人从阅读的角度看是这样的。尤其是现在的时文——论文的注，简直可怕，因为它加了一个科学化，搞了一个科学化的面具，极其头疼。恨死了，一直想摧毁它，但又摧毁不了。（笑）注要科学化，科学化到什么程度呢？还是现在纸张不值钱了，简直是浪费纸张。在《文艺研究》上我发了一篇文章[1]，第一次文章评审一下子通过了，就是注通过不了，说是太简单了，要繁些。只要引文都要出注，像《论语》"学而时习之"，也要注，（笑）还要注哪个版本：是中华书局出版，还是上海古籍出版社出版？（大笑）在哪一页？是上栏还是下栏？荒唐到这种地步，"学而时习之"都要注，头疼至极。比如注要写《文渊阁四库全书》本，第多少册，第几页，然后是上栏还是下栏，都要注清楚。我们写的是《汉赋用〈诗〉的文学传统》这篇文章，一万八千字，如果这些东西都要注，而且注得还非常烦琐，那注文一下就膨胀了三千字，那篇文章注较多，一百一十多个注，这多可怕啊。

我们看一下谢注，开头的一段："仰前哲之遗训，俯性情之所便。奉微躯以宴息，保自事以乘闲。愧班生之夙悟，惭尚子之晚妍。年与疾而偕来，志乘拙而俱旋。谢平生于知游，栖清旷于山川。"（吟诵）班生是谁？他不注的话，你或许就不晓得，甚至根本不知道。"班生之夙悟"，聪明人多着了，"尚子之晚妍"，尚子是大器晚成。尚子是谁？这些就必须注。这一段的本事是什么，这也要注。谢灵运自注就说："谓经始此山，遗训于后也。性情各有所便，山居是其宜也。《易》云：'向晦之宴息。'庄周云：'自事其心。'此二是其所处。"说《山

---

[1] 许结《一幅画·一首歌·一段情——张曾〈江上读骚图歌〉解读与思考》，《文艺研究》2011年第2期。

> 古人解释赋文的注也很美啊。这个你们要注意啊,我们现在的注太机械化了,不太注意语言的锤炼。注本身也是语言啊,语言也是很讲究的,是有艺术性的。

居赋》开始的时候是写自己的情怀,这种情怀主要是从《易经》和《庄子》而来,这样我们解读就很方便了嘛。然后下面班生是谁呢?自注说是班嗣,搞不好还以为是班固,班家人多了,班彪、班昭、班超一大批,都是班氏家族的名人,但这里指的是班嗣,"班嗣本不染世"等等。尚子就是"尚平","尚平未能去累,故曰晚妍"。"想迟二人,更以年衰疾至。志寡求拙曰乘,并可山居。曰与知游别,故曰谢平生;就山川,故曰栖清旷。"这些都是解释,一句句解释[1]。我们又要注意一个问题了,古人解释赋文的注也很美啊。这个你们要注意啊,我们现在的注太机械化了,不太注意语言的锤炼。注本身也是语言啊,语言也是很讲究的,是有艺术性。谢灵运《山居赋》的注本身也是很了不起的文字。这么一小段话,训诂,首先是训诂,然后是释意、释典,有这三大要素,这是注的三大要素。再比如"其居也,左江右湖",好,他不注释,我们怎么办?我们去考察去,万一能发现那个遗址就好了。但是我们看不到那个"左江右湖"怎么搞,有时候是写实,有时候不是写实啊,好了,他自己注了,注曰:"枚乘曰:'左江右湖,其乐无有。'此吴客说楚公子之词。"原来是抄枚乘的,你去考证去吧,这是《七发》里面的,你怎么实地去考察啊?后面又说:"近东则上田下湖。"然后注说:"上田在下湖之水口,名曰田口。"这是实写,用赋法写,又不能说他是抄《尚书》啊。这些如果不是谢灵运自己注的话,我们注起来会有些困难。所以自注有它的好处。自己写什么自己知道。前不久,我也

---

[1] 《山居赋》并注载录《宋书·谢灵运传》,又见《艺文类聚》卷四十六。严可均《全宋文》卷三十一收录。

来了个自注,但怕被人骂啊。(笑)郭维森先生八十寿辰,去年的事,去年两件事情,一个是纪念卞孝萱先生去世一周年,一个是郭维森先生八十寿辰。郭先生跟我关系好嘛,因为《中国辞赋发展史》是我们两个合写的嘛[1],七十多万字呢,到现在还是赋史中最厚重的一本,所以感情很好,我就要写诗啊。他通知太迟了,没有写八首诗,只写了一首诗。因为周勋初先生八十寿辰的时候是提前通知的,所以我写了八首,《八咏歌》嘛,这次只写了一首,是这样写的:"岁历行开九秩新",这句话不注的话,人家会讲这家伙剽窃,因为是古人的话,所以要注一下,"借古人句",又注说"昔谓行八秩则进九秩",过了八十就要讲九十了嘛,就像你们一过三十就要奔四、奔五了一样,(笑)对吧,都是这样讲嘛。"椿龄有庆正庚寅",正好是庚寅年嘛,这个东西可以注,也可以不注了。下面两句我就注了,"离骚赋里三家志",我注说:"先生乃屈原及辞赋研究大家;三家,指楚虽三户,喻爱国义。"这个注就是说明我为什么写这句话的,因为郭先生早在五六十年代就出版了《屈原与楚辞》《屈原》。然后"松菊堂中五柳巾",我就注曰:"先生好陶,曾注陶集;退休隐处,著书自乐。"就是说,陶渊明有《五柳先生传》,喻隐处,先生好陶,注了陶渊明的集子。先生退休后还写了小说,叫《大烟囱的故事》。郭先生不得了啊,他的祖父是与慈禧太后有合影照的,"文化大革命"中间被烧掉了,可惜啊。他的祖父在镇江实业救国,中国第一家电厂就是他家办的。后面是"德教频频援后学,师心奕奕见精神。欢欣共赏初秋月,执杖南山又一春"。自己注说:"用'寿比南山'义。"这个注不注也无所谓了,但诗的中间几句必须注

---

[1] 详见郭维森、许结《中国辞赋发展史》,江苏教育出版社1996年版。

一下[1]。又比如卞先生八十寿辰，我也写过诗的，他在发言的时候还讲："许先生的那个诗非常切合我的生平。"当时坐我身边的教文艺理论的老师孙蓉蓉就问："哪个许先生啊？"我讲就是我啊。（大笑）她大吃一惊，那种同辈学者互相看不起的不屑的眼神，淋漓尽致地展现出来了。（笑）很好玩，她很有意思，那个印象太深了，那惊愕的眼神。（笑）去年我又写了一首诗，五律，写卞先生，中间两句是"文宗姚惜抱，学重阮揅经"，这要注啊，阮揅经，大家知道是阮元，先生是扬州人，扬州学派最主要的就是"会通"，但怎么又"文宗姚惜抱"呢？奇怪了，所以必须注："先生还担任桐城派研究会顾问。"一个是桐城，一个是扬州嘛，你不注怎么办？我写郭先生的诗在博客上发出来后，马上就有人说："谁不知道啊？还要自注，只要你知道，郭先生知道就行了嘛。"他讲得也有道理，何必要注得个天知地知啊。（大笑）结果又有学生留言来反驳，说注怎么好，不注又怎样，吵起来了。（笑）我赶快把跟帖删除了，不要因为我吵起来了。（大笑）谈到谢灵运的谢注，我想到了自注的重要性，当然也有人反对。因为诗无达诂，你干什么要去注呢？越朦胧不越好嘛。让人家猜测去嘛，你注的天知地知，后人怎么注啊？（笑）把人家的饭碗抢去了啊。（大笑）如果我讲一句都要注的话，那人生就完蛋了，一生都要注，一生就是注的人生了，叫作"注生"，不是人生了。（笑）根本注不过来嘛，任何东西都要注，因为都有背景的，很麻烦。这是自注的很有趣的一个故事。

再比如《文选》注。有李善注跟五臣吕延济、刘良、张铣、吕向、李周翰合注本，合为六臣注。读集注，通过各种注，明其法则，择其

---

[1] 详见许结《辞赋华章 典范永存——郭维森先生与〈中国辞赋发展史〉》，《天中学刊》2014年第6期。

义理。比如班固《东都赋》，六家都有不同的注。这种例子很多，大家自己也可以看看，这里举一个例子。集注极其重要，要比照着看，为什么千家注杜重要？你初学杜诗的时候，大家肯定选仇兆鳌的注本，仇兆鳌是《详注》嘛，内容很丰富。你读到一定的程度，就选其他的注本了，比如浦起龙的《心解》，也有好多人讲最好的还是钱谦益的钱注本。钱注杜诗特别精彩，因为那是处于社会变迁之际，有很多深刻的体悟蕴含在里面，那是专家之学了，开始初学肯定看仇注[1]。那么看《文选》的时候，开始看李善注，然后和五臣注相对应，这样比较好。比如《东都赋》中间"乃动大辂"，"大辂，天子法驾"，引了《东观汉纪》，李善用文献来注释。而五臣注的李周翰就没有用文献注，就是"翰曰：天子法驾"，直接讲明。一种是引典注，一种是自己直接道明。再比如赋文"若乃顺时节而蒐狩"，李善注我们略掉，我们看刘良注："良曰：'言因蒐狩之时简兵讲武，则依《王制》、风雅之节。《王制》，《礼》篇名也；风雅，《诗·小雅》章。'"这一段是什么意思呢？根据是《礼记·王制》及雅诗。他们的注各有不同，所以要引起我们的注意。李善喜欢引旧典，为什么说李善注重要，成为《文选》注的经典呢？他不自己说话，不是自己加以概括定论，而是引旧典说明问题，以史证事，这是李善注的一个比较大的优点。不事空言，是史家之法，也是注家之法。通过五臣加上李善注，这种集注会起到什么样的效果呢？对赋的理解有什么好处呢？有这样几个方面值得注意：一个是通训诂，通过集注，我们看首先都是通训诂；一个是

> 以史证事，这是李善注的一个比较大的优点。

---

[1] 关于钱注与仇注的不同功用及价值，参见先父《取雅去俗 推陈出新——略评〈钱注杜诗〉》《略评〈杜诗详注〉》，《许永璋唐诗论文选》，南京出版社1993年版。

> 集注的功效:通训诂,考名物,释章句,明义理。

考名物,很多都是名物问题;一个是释章句;一个是明义理。所以注不要忽略它,不要以为注仅仅是名词解释,实际上注里面有很多的内涵,从《文选》注我们可以看出这几个方面很明显,所以我们一定要注意"注者"。

注者很重要。文学创作造就了很多名家,注得好,就构成了名注嘛。所以我们把注当作专门的学问。而在实际的学习中,我们往往都重视读名著,而忽略了名著必须要有名注啊。名著多了,杜甫诗是名著,《红楼梦》是名著,但名著你也要看买的是谁注的啊,甚至买的是哪个出版社的。我有一次买书,买了个花山出版社的,倒霉了,《日知录》内容差很多,都排错掉了,两大本,只能扔掉了,一点用都没有[1]。如果是差的出版社,你们买影印的好点,如果买排印本的,千万不要买那些差的出版社的。胡乱排版,一塌糊涂。如果是解释杜诗,或者是哪一个名著,给一个差劲的人来注,胡注、乱注,或者是平庸的注,那也是糟糕的。如果没有名注,那你的名著也就靠不住了。所以大家也一定要注意名注。哪家注好,哪家注精彩,注也变成了经典。这些名注有它的不可超越性,后人做的也有可能比它好,但是它在那个时代有它的特点。所以我们中国的学者,很多是注家。注家注得好,也是非常重要的,比如一些名注嘛,刘义庆的《世说新语》,没有刘孝标的注那哪行啊?所以刘孝标的注就变成了经典的注啊。陈寿的《三国志》,裴松之注也不得了啊,你看《三国志》多简略,但注多复杂啊,包含多少东西啊,引了很多散佚的诗文、家谱、族谱

---

[1] 指顾炎武著,黄汝成集释,栾保群、吕宗力校点《日知录集释》,花山文艺出版社1991年版。按:此本校对不精,错误百出。

和地方文献等，宝贵的文献啊。你们可以不研究《世说新语》了，研究得太多了，研究到最后就是两个字，"清谈"。（笑）要清谈我们自己谈就是了，要它来谈什么啊？古人谈的有腐臭气，还不如我们自己谈呢！但你要研究刘孝标的注，不得了啊，有好多的学问在里面啊。注往往还喧宾夺主了，做学问的时候，你就会感受到注是很有意思的，所以我就建议硕士生可以去研究一个名注，不是名著。这是第二个问题，以谢注和《文选》注为例，讨论了注者。

第三个问题就是赋注的意义：主要讲两方面，名物之类与宏博之象[1]。讨论赋注的意义，关键是要落实到文本。大家一定要注意，不管写什么文章，你都要问一下你为什么要写这篇文章？你肯定要有跟别人不同的地方。为什么叫赋？赋肯定和别的文体不同，这个很重要。当然有时又很讨厌，体在变迁，令人头疼。为什么叫赋注呢？是围绕赋的注，当然，赋注也有赋注的特点，它有它的体，它的意义，因为它是围绕着赋的创作而产生的一种注，所以与诗、词的注不同，附"体"不同，固然有所不同。我觉得从批评的意识看赋注，就是前面说的两方面，也就是：名物之类与宏博之象。一个是名物，一个是宏博。名物之类太多了啊，而且赋要有一种宏博之象，但现代人写赋，这两点是很少有的了。但也难讲，我也搞不清，我也不敢写，所以没写也没权利讲这种话。因为至少有几篇《清

> 赋注的主要意义：名物之类与宏博之象。

---

[1] 名物之类，与赋的"体物"功用相关，故曹丕《答卞兰教》云"赋者，言事类之所附"，陈元龙《上历代赋汇表》亦谓"虫鱼草木多识，乃格物之资"。宏博之象，诚如刘师培《广阮氏文言说》谓："扬、马之流……发为文章，沉博典丽，雍容揄扬。注之者既备述典章，笺之者复详征诂故。"

华大学赋》给我看的,最后选定的还是钟振振先生的。钟振振是最早发给我的,我建议他改一些,结果他改了些,都已经刻到石头上了,他与清华大学同样不朽了啊。(笑)清华大学百年校庆,征赋嘛,其他学者的赋都刷掉了,他的被选中了,他的赋写得比较古雅,很好,但比较简略,在古代也算变体,也有点碑、铭文交叉的感觉。现在很多人都在写,写得好自然被选中,学校校庆都征赋,被选中是幸运。是学校的幸运,还是赋家的幸运?奇怪了,这些工科大学还特别喜欢赋,(笑)所以我就想我们这些研究赋和写赋的人怎么才能红起来呢?(笑)那就是把一种政治思想灌输到赋里面,我们要把盛世作赋反过来,作赋才是盛世,(笑)只有大家都作赋了才是盛世,(大笑)凡是作赋的时候就是盛世,所以赶快举国作赋吧。(大笑)

回到我们说的赋注的意义,我就想讲首先就是名物之类。因为赋是体物,有大量的物态,所以如果注赋的话,是比较复杂的,确实很复杂。赋你读起来,物态很多,读音和文字问题很大,所以赋中间的名物多,文字上人家称之为"字林",那就要注啊。比如司马相如《上林赋》,鸟雀一写就有几十种,那你注吧,查吧,有的还查不到,这个注起来就有些困难。如果按照现在的学术著作注释来注赋的话,累死你。李善注没有那么详细,某页某行的注,太详细了。如果你注一只鸟雀,属性是什么,生长在哪里,后来迁徙到哪里,然后喜欢吃什么,等等,每一个都能注一大堆,几十只鸟,在赋中只排列成一句话,注那么多,累死你了。赋中有大量的物态,《上林赋》中的鸟兽的种类是一例。再比如扬雄《蜀都赋》,有人注疏得不详细,要是注得详细就太好了。《蜀都赋》里面有吃饭的食谱,太丰富了。那要注一下很有意思,虽然没有什么生猛海鲜,但有很多山珍奇味啊,大量的山珍奇味,怪怪的,我感觉到好像有点重口味了。(笑)写了很多重口味，麻辣，四川人的重口味，它就是作料很多嘛，加了很多怪东西，所以味怪怪的。如果你要注起来，那就是名物之类啊。《蜀都赋》里面的名物虽然是多方面的，但我认为最大的方面还是食谱。再看《西都赋》写宫室也很了不起，比如未央宫和各种宫室的注释肯定很多，非常讲究，要有相当的建筑学的知识和技艺水平，才能够注得好。再比较下张衡的《西京赋》，什么更重要呢？百戏表演，一幕幕的戏在表演，各种各样的东西，很奇特，很刺激。如果要注的话，都是大量的名物。当然所有东西都能注，但也要有它的重点。如果你通过注把这些重点解释得特别清楚的话，那么赋的价值就展现在我们眼前了[1]。所以我们的选本、注本缺少这样的东西。如果我们的赋的选本，把字体变一变，把突出的地方，涂成红色或者蓝色。用五色评点，弄个五色选文。你这样学一下古人的五色圈点法，新的选本产生了，彩色选本，那一搞，碰到野鸭子就用黑色，遇到天鹅你就用白颜色，那赋读起来就精彩啦，你就进入了一个花花世界，那就特别好玩。你再加些注，有意思啦，因为没有原创了嘛，你不能违背一些根本性的东西，所以我们就想这些小点子。你们可以考虑，虽然是开玩笑，但通过名物之类的注，你能形象化地展示赋的特点。

再则宏博之象。赋就是铺采摛文，体国经野嘛。特别是大赋，具有宏博之象，才算博丽之文啊。这"博丽"二字很重要，现在人写赋谁能写出博丽的效果啊？而博丽之文更要注，写的人需要用大量名

---

[1] 方逢辰《林上舍体物赋料序》："赋难于体物，而体物者莫难于工，尤莫难于化无而为有。一日长驱千奇百态于笔下，其模绘造化也，大而包乎天地；其形状禽鱼草木也，细而不遗乎纤介。"周雷《历朝赋衡裁序》："平子赋都，给笔札者数年；太冲研京，搜故实者十稔。故能牢笼百态，摇劈群言。既征博以逞奇，亦积迟而造险。"按：录此两则论赋语，可观赋体宏博之象。

物。正因为是博丽之文，有大量的名物，大量的字义、古义，因为写现实他往往用古典嘛，写现实要用神话嘛，要调动大量的神话故事、大量的名物，那就学问很多啊。学问很多就是从识字开始的嘛。由识字到文章，再到大量的名物编组嘛，过去学者就主要靠这个。现在学者就主要靠思想了，名物在电脑里面调就是了。过去讲训诂，训物诂义，靠这些，是真学问，死学问，章太炎后来讲"小学亡而赋不作"，就是古文字学不行了，语言学不行了，赋也就衰落了[1]。音韵学不懂了，还做什么赋啊？这也跟这个宏博之象有关啊，你们可以研究赋与都市文明的关系，都市聚集众物之象，这也是古代京都赋发达的原因。所以我总就感觉一篇大赋就像是"清明上河图"，展示一大片物质世界，是一幅大的画卷，那里面各种物态、各色人等，都有充分展现，这就是宏博之象。

再者就是教育的功能。赋在注的时候也有教育的功能。一个是经义，要注出赋的经义，所以这次让王思豪博士论文写《汉赋用〈诗〉考》，也就试图做这一点的。赋中的经义思想，不要把它宏观化，要把它具体化，老老实实地，哪一句用的是经典，哪一篇汉赋里面有大量的经义、大量的古典。这些古典有的是取辞，有的是取意。取辞是很明显的，取意是比较灵活的，是活用。你要把这些东西都辑录出来，那就有价值了，不仅有益于赋学研究，也对经学研究有帮助。我们要通过物象来看赋的经义，看赋家的思想。我们要考虑赋注的详细，与

---

[1] 章太炎《国故论衡·辨诗》："赋之亡盖先于诗。继隋而后，李白赋《明堂》，杜甫赋《三大礼》，诚欲为扬雄台隶，犹几弗及，世无作者，二家亦足以殿。自是赋遂泯绝。近世徒有张惠言，区区修补，《黄山》诸赋，虽未至，庶几李、杜之伦。承千年之绝业，欲以一朝复之，固难能也。然自诗赋道分，汉世为赋者多无诗。自枚乘外，贾谊、相如、扬雄诸公，不见乐府五言，其道与故训相俪，故小学亡而赋不作。"

赋创作本身密切相关，也与献赋与考赋传统相关。由于长期存在献赋的传统，献赋给皇帝，作家慢慢写，很多知识积累在赋中，任作者调配，然后你来注，自然要进入这个知识系统。到了考赋的时候，作者要引经论典啊，又是很多学问，有学问才有注释的意义呀。所以读大赋，你要从物象看到经义，通过物象来透视作者的思想，这是通过注释能看到的。从考赋来讲，就是通过从释文到解题，这个赋的主题思想是什么，所以考赋的注文中，解题更重要，有大量的解题。

> 大赋的注文中，物象很重要；考赋的注文中，解题更重要。
>
> 赋注是传播的需要。

除了名物之类、宏博之象和教育功能之外，我还要讲一点，那就是赋注是传播的需要。赋要传播啊，这种传播的需要也就构成了文章共赏的意义。文章需要人欣赏啊，赋这个东西，你写了之后就要展示出去。写一首小诗，可以自得其乐，摆在心里，摆在书案。而赋不行，赋写得那么辛苦，写了之后就要发表，要展示出去，要给人家读去。赋是外向型的文学，诗更多的是内向型的文学。赋就要外向啊，就要展示啊，哪个赋家不是发神经病地去展示啊，你看为什么现在作诗的人比作赋的人多得多，但都不吵架，而作赋的人吵架，虽不算多，却吵得一塌糊涂。大吵，他怎么样，我怎么样，我是赋帝，我是赋王。（笑）全是这样子，莫名其妙。汉代就是这样子，古人就是这样子，赋家是一个个在吹牛，班固就看不起司马相如，张衡是模拟班固，还要说超过班固，到了唐代大诗人李白，客串写点赋，还说汉赋算什么东西啊。（笑）真是奇怪得很。汉赋在他们眼里都不算什么东西了！李白作诗有疯劲，写赋简直是疯子了，说汉赋里面的上林苑"何龌龊之甚"啊，这是在《大鹏赋》序里面说的。到了周邦彦，北宋末年，都不行了，写《汴都赋》的时候，还是不得了，还是大吹特吹。到了蒙古族统治了，一个个还写《皇朝一统赋》啊,更吹了,都要超越汉唐,汉唐算什么东西啊,我们元代如何如何啊,一元复始,万象更新了嘛,全国都养马算了嘛。(笑)疯了,一个超过一个啊[1]。诗没有这种情况,因为赋是外向型的东西,内容一多,就像腰包有几个钱,就要炫富了,就要别人欣赏、艳羡了。赋注要解释这些富有之"货",所以作用是极大的,要传播啊,因此,我觉得注本决定传播的意义极大。这是我讲的第三个问题。

赋注与评点。

第四个问题就是赋注与评点的问题。

中国文学的评点内容丰富,其中大量的赋学评点,跟赋注是密切相关的。首先注释要释章句。我认为这就是围绕的一个中心。为什么评点?就是围绕章句。注释是解释章句,评点是围绕章句。章句之学就要点嘛,点了之后就评嘛。不管是方苞点《史记》,还是归有光的文章评点,都是辅以各种圈点方法,加以评语。这就是评点之学。近代学者吕思勉有一篇文章叫《章句论》,他说:"圈点之用,所以抉出书中紧要之处,俾人一望而知,足补章句所不备,实亦可为章句之一种。徒以章句为古人所用而尊之,圈点起于近世而訾之,实未免蓬之心也。"[2]意思是不要随意批评起于近世的东西,如圈点,是唐宋以后吧,尤其是明清。章句之学兴起得很早,但圈点的兴起很迟。评点之学与时文相关,也就是章句之学的时文化。现在我们研究古代的章句之学,大量的内容都是时文的评点,这一点是值得

---

[1] 有关赋家的进化观,参见许结《帝国书写 时代气象——从制度层面看赋体的时代特征》,《光明日报》2016 年 2 月 29 日《文学遗产》栏目。

[2] 吕思勉《文字学四种》,上海教育出版社 1985 年版,第 52 页。按:曾国藩《经史百家简编序》论章句与评点有云:"自六籍燔于秦火,汉世掇拾残遗,征诸儒能通其读者,支分节解,于是有章句之学。"赋注亦承经注之后,其章句意义同样承于汉人,可征其说,以明其义。

注意的。正是因为时文的评点特别多，也就牵涉科举问题，时文跟科举的关系是不言而喻的。科举考时文，不管是考经义还是考诗赋，都不是在大野之中战，不是在宫廷之中战，而是在考场之中战，可怜得不得了，困于斗室之中。这种文章只好斗巧，如果说前面是讲气势的话，那么考试文更重视斗巧。那种气势或气象评点难呀，一片汪洋，怎么评点啊？你评点，把你"淹死"了。（笑）亭台楼阁倒好评点，这个地方吊个小铃铛，那个地方挂个小锁，这就好评点了嘛。小巧玲珑好评点，时文批评擅长评点，这或许与考官批卷有关联。辞赋的评点也与科举考试有关，既然有了科举，科举要考文，包括辞赋，这类评点就应运而生。中唐以后，科举考赋成了常态，宋代也是，到了清代科举不考赋，但翰林院还是考赋，赋还是兴盛的。唐代以来这一千多年，一直在考赋，元朝、明朝虽不考律赋，但元朝考古赋，明朝基本不考，但明朝进翰林院还是有少量的考赋。这一连绵千余年的考赋传统，应该与赋注和赋评的结合有关。那么这些赋评、赋注干什么的呢？示人以精华，教人怎么写赋。怎么教人写呢？就是将科举中好的赋文汇编起来，加以评点。就这样，评点自然而然大量出现，有市场需求，这种评点就特别多[1]。在中国文学批评中，评点可能是最多的东西，也是最散、最杂的，没有办法把文献辑录起来，搞文艺理论的

---

[1] 试举清人叶祺昌编《律赋标准》中对盛观潮《隔千里兮共明月赋》（以题为韵）"行批"与"注释"例："于是（行批：此二字是从上段顺笔接说。）客邸身羁，故园目纵。愁重于张，[注释：张平子有《四愁诗》。] 秋悲似宋。[注释：宋玉《九辩》："悲哉秋之为气也。"]（行批：是隔千里之心绪。）帛传飞雁，[注释：《汉书·苏武传》："后汉使复至匈奴……言天子射上林中，得雁，足有系帛书，言武等在某泽中。"] 报来两字平安；塞远卢龙，[注释：高适诗："东出卢龙塞，浩然客思孤。"] 寄道一声珍重。（行批：是别后不能共的情怀。）试问露零地白，秋思谁多，[注释：王建诗："今夜月明人尽望，不知愁思在谁家。"] 料知烛灭光寒，[注释：张九龄诗："灭烛怜光满。"] 夜吟应共。（行批：人隔千里，不能共处一堂；月虽一个，可以两地同看。）"

人对这个是无能为力的。画个圈是个什么东西啊？以为是阿Q画的圈了。（笑）根本搞不清，你搞几个点，点是干吗的呢？所以没办法。还有评点，一大段话，评点是四个字，读了这一大段之后，才知道这四个字评点得好不好。无法可想啊，你搞了半天，搞到最后成了资料汇编了，全是文本汇编，而评点的东西辑录不下来。我曾经也想辑录赋的评点，搞了一点就失败了，不录创作原文，不知他评点什么，单录评点语，辑录下来后就不知所云了。这些评点依附于注，依附于文本，对文本的依赖性极强，没办法辑录出来，不像总论，或者序跋。它们大量地散布在文本中，这是我们以后研究要关注的问题。

由时文的评点反转过来看，唐宋以后对古文也开始评点。对古文的评点又与对古文的注结合起来。古文以前没有什么评点，很少的。秦汉以前，无秀句嘛，没有什么佳句。魏晋以后才有秀句，杜甫才有"语不惊人死不休"嘛。哪个秦人、汉人讲这种话啊，这种话太小儿科了。到了唐宋才开始的，什么"两句三年得，一吟双泪垂"，两句诗三年才得到，多笨啊。（笑）汉赋家是看不起的，"鸟宿池边树，僧敲月下门"[1]，就这"两句三年得"，还"一吟双泪垂"，你自恋去吧。（笑）好可怜，那是唐宋以后，时文开始了，才有了警句、秀句，这是过去没有的。时文的评点多了，所以就反转过来，评点古文、古赋，这个现象在辞赋领域也一样。于是乎，我们看到大量评点的本子，我们做一些解释吧。赋，主要的几个方面：注、解、评，这是三大要素。大量的情况是模式化。开始的模式化，是很了不起

> 唐宋以后，时文开始了，才有了警句、秀句，这是过去没有的。时文的评点多了，所以就反转过来，评点古文、古赋，这个现象在辞赋领域也一样。

---

[1] 贾岛《题李凝幽居》："闲居少邻并，草径入荒园。鸟宿池边树，僧敲月下门。过桥分野色，移石动云根。暂去还来此，幽期不负言。"其中第三句用"敲"或"推"，成"推敲"故事。

的。讲第一遍的时候了不起，讲第二遍的时候还可以，讲第三遍的时候就烦了。评时赋，首先是解题，然后是正文，再就是围绕正文的注释，然后是圈点，然后是旁批。现在电脑也能旁批了，以前我不会搞，以为不能搞旁批，现在才知道也可以搞旁批，（笑）电脑水平也越来越高了。（大笑）还有眉批、串讲，最有用的还有集评。这里面有些例证，比如对时赋，我看到清代有一个人的，那是极其详细，清代赋集太多了，举不胜举，我看的有将近五百种。我讲的是叶祺昌的《律赋标准》，前面有一个序，讲到他评注的体例："是编之选，先解题，以示作法，揭宗旨；次句解，讲明用意，俱切题诠发，反正离合，虚实浅深，或顺或逆，要不使一语蒙混，一字含糊。"不能一语蒙混，一字含糊，你看清晰到什么程度。时文就讲究这一套，段后要分出各段大义，条分缕析，以见篇法，篇后又有总评，通篇佳句，讲讲作者布局、命意、用笔、遣词之古，刮发靡遗，一点也不要漏，这就是杜甫讲的"毫发无遗憾"。当然这类时文谈不上"波澜独老成"了，而初学者可奉为准则。所谓"无不表而出之矣。而又恐初学者见闻未广，腹笥未充，因特详为注释，以便翻阅"。叶祺昌针对的是初学者，因为初学者还是不行啊，阅历太浅啊，怎么办啊？那就要注释，详为注释。古人有时候很笨啊，学问也不怎么样，你以为古人学问好啊，也不一定。哪有现在人学问好啊？没有，所以你们要有自信。这里举一个例子，盛观潮的《隔千里兮共明月赋》[1]，清人赋美啊，经常用些魏晋人语，唐诗啊，宋词啊，用唐宋诗词里面的语句作为赋题极多。清人很好玩，什么东西都赋，俯拾皆赋。"隔千里兮共明月"，这是从谢庄的《月赋》来的。"以题为韵"正好是

---

[1] 以下分析的文本，详本讲前注，可对照。

八韵赋,包括赋字。开始就解题,解题怎么讲呢?"谢庄《月赋》系歌:美人迈兮音尘绝,隔千里兮共明月。"然后注释:如"飞觞",注引李白《宴桃李园序》"飞羽觞而醉月"。又如句解,有一句是"两地相思,一天皓魄",行批曰:"从离情直起,不用虚字,不用绕弯,最为爽捷。"这是鉴赏学家了,学文艺理论的听着,(笑)"不用虚字,不用绕弯",清人讲话也讲这种大白话了,(笑)很好玩,"最为爽捷",爽快,不要绕弯,"此二句已将全神摄起,开门见山",这是第一句的解释,有力也有趣。再看疏解段落意:"首段直从离情说起,直截紧切,遂即暗点本题,笔意清醒。末韵虚笼全题,妙在不多不少,如题而止。"写时赋更要讲究不多不少,恰到好处,才是最好的。少了,考官不满意,多了,考官嫌烦。你们考试一定要注意,你们考博士的时候,考过了就算了,没有考的一定要注意,不要逢迎老师,不要以为你知道哪个老师出卷,哪个老师改,你就逢迎他,把他的东西写进去,那只能写一点点,点到为止,不要拼命逢迎,一逢迎多了,老师看到就恼火,肯定有媚骨,此人有媚骨,今后必为媚学,这就完了。你点一下,比如我的,你点我的著作一下,(笑)我一改,看你晓得我的东西,我就高兴了啊,高兴就加几分,(大笑)如果你说什么他是"中国第一",那就是有媚骨,你说怎么好怎么好,那好感就慢慢减掉了,所以一定要注意,要得体,文章得体,考试的文章也一定要入考官的法眼,那就要不多不少。最后这一篇文章还有一段总评:"通篇布局宽展,用意有前有后,尤妙在第三段回忆从前之共明月,将共字笔笔剔醒。"这个"共"字,你要抓题啊,"隔千里兮共明月",你要抓这个"共"字啊。过去好像给你们讲过了,有人考"父母其顺矣"题,你们要抓那个"顺"字啊,不要抓"父母"啊,如果开题问:"父母何物也?"那考官只得批:"父为阳物,母为阴物，生足下之怪物。"（大笑）抓错题了，应该抓"顺"字[1]。"共明月"，哪儿都有明月，只要俄罗斯的科学家不把明月打掉就行了，（笑）一个俄罗斯的科学家讲月亮造成了潮汐啊、地震啊，我们用导弹把它敲掉算了，（大笑）只要没有敲掉的时候，这个明月大家都能看到。当然不能敲了，敲掉了就没有诗赋了，对吧。（笑）明月太重要了啊，所以不行，不能敲。明月人人都有，都能看到，问题是"共"明月，而且是千里之外"共"明月，要在"共"字上下功夫了。这就是评点的奥妙。

由此，我们再看清人的赋集，跟古赋比怎么样？跟《文心雕龙》的研究相同了吗？跟唐以前的研究相同吗？不同啊，完全不同啊，时文化了啊。我去年在《南京大学学报》发的《鲍桂星〈赋则〉考论》[2]，《赋则》是一个赋集，它有古赋，有时赋，按时代顺下来的，比如他评《两都赋》，是古赋，在评的时候就出现了这个问题，"有西都宾问于东都主人"，他眉批："发端简逸，先提东都，逆入最紧。"先把东都讲出来，再讲西都，本来是西都，再讲东都，但他在这里先将东都点出来了，这叫逆入，最紧要。完全是时文的评法，以时文的评法来评古赋了。班固当时写的时候，哪想到这里有"逆入"的问题啊，根本没有想到"逆入"，只不过随手写的吧。又如"故穷泰而极侈"，他批曰："穷泰极侈，是西都一篇主意。"就是反对浪费，反对腐败啊。然后"隆上都而观万国也"，他批曰："顿挫。"这漂亮啊。然后"昭阳特盛"一段，就是未央宫、昭阳殿的描写，他批曰："昭阳、未央，提出分写。"然后是"流大汉之恺悌"，眉批曰："随手发出正论。"然后是"尔乃正殿崔巍"这一段，他批曰："摹写入神，佳在参差变化，无斧凿之迹。"是大匠运

---

[1] 引见清人丁柔克《柳弧》中之"破承可笑"一则。
[2] 详许结《鲍桂星〈赋则〉考论》，《南京大学学报》2010 年第 5 期。

斤啊，没有痕迹。然后"百兽骇殚"一段，批曰："百炼之句，看似毫不著力，盖意胜也。古人不可及处在此。"古人不可及处在于"意胜"，他给点出来了。然后又是尾评："是赋超逸不如长卿"，不如司马相如，"瑰奇未逮平子"，不如张衡，"沉博终让子云"，不如扬雄，"典核且逊太冲"，不如左思；"要其措意高，修辞简，布局紧，结体完，兼作者之长，而无末流之失，且成之亦不须岁月之久，允堪矜式艺林"。他指出《两都赋》有这样几点特别好的地方，这也是班赋可以高踞艺坛的地方[1]。这是很有意思的一个现象。

这些语言或词汇，本来是对时赋的评点用的，转过来又用来评古赋了，古人时常讲"以古文为时文"，时文太烂了，要用古文来为时文。从反面来理解，大家要注意，任何一个强调都要从反面来理解，实际上清代的古文都是"以时文为古文"，时文受古文影响大，古文受到时文的影响也很大。所以自从科举考试以后，没有不通时文而通古文者，这是非常明显的。就像你们，没有不懂马列，不学外文而读博士的，（笑）没有，这既很明显，也值得重视。我们围绕赋注，谈了这些东西，说明注释本身就是章句之学，其间有一种最浅层的意

---

[1] 详见鲍桂星《赋则》卷一班固《两都赋》，清道光二年(1822)刻本。附鲍氏评点班固《西都赋》"眉批"数则："有西都宾问于东都主人"眉批："发端简逸，先提东都，逆入最紧。""左据函谷二崤之阻"一段眉批："瑰玮。""故穷泰而极侈"眉批："穷泰极侈，是西都一篇主意。""隆上都而观万国"眉批："顿挫。""昭承特盛"一段眉批："昭阳、未央，提出分写。""流大汉之恺悌，荡亡秦之毒螫"眉批："随手发出正论。""尔乃正殿崔巍"一段眉批："摹写人神，佳在参差变化，无斧凿之迹。""百兽骇殚"一段眉批："百炼之句，看似毫不著力，盖意胜也。古人不可及处在此。""钜石隤，松柏仆，丛林摧"眉批："三句参差得妙，古人无板对句也。""尾评"："是赋超逸不如长卿，瑰奇未逮平子，沉博终让子云，典核且逊太冲，要其措意高，修辞简，布局紧，结体完，兼作者之长，而无末流之失，且成之也不须岁月之久，允堪矜式艺林。"

义,就是让童蒙能读懂,但注释包括赋注也是注疏体系中的一种重要的学问,如果是名注,那就非常了不起,所以它是围绕章句之学而形成的。针对赋注,也是围绕辞赋章句之学而形成的赋注,我们今天以谢注和《文选》注为例,做了一个简单的介绍,如果穷究起来的话,里面的东西应该是很多的,值得进一步探讨。大家选课题,找可研究的东西的时候,越是觉得无意义的地方,你越着力其中,就会越有意义;越是觉得有意义的地方,你们蜂拥而上去研究,结果都会没有意义了。

今天就讲到这里,下课。

历史文献摘选

王芑孙《读赋卮言·注例》:

古赋不注,世传张平子自注《思元赋》,李善已辨之矣。盖两汉魏晋四朝皆无自注之例。赋之自注者,始于宋谢灵运《山居赋》。

有同时人而为之注者,如刘逵之注《吴都》《蜀都》,张载之注《魏都》是也。有后代人而为之注者,如郭璞之注《子虚》,薛综之注《二京》是也。

附:李善《上文选注表》:楚国词人,御兰芬于绝代;汉朝才子,综鞶帨于遥年。虚玄流正始之音,气质驰建安之体。长离北度,腾雅咏于圭阴;化龙东鹜,煽风流于江左。爰逮有梁,宏材弥劭,昭明太子业膺守器……撰斯一集,名曰《文选》……崇山坠简,未议澄心,握玩斯文,载移凉暖,有欣永日,实昧通津。故勉十舍之劳,寄三余之暇,弋钓书部,愿言注缉……敢有尘于广内,庶无遗于小说。

吴淑《进注事类赋状》:臣先进所著《一字题赋》百首,退惟芜累,方积兢忧，遽奉训辞，俾加注释。伏以类书之作，相沿颇多，盖无纲条，率难记诵。今综而成赋，则焕焉可观。然而所征既繁，必资笺注，仰圣谟之所及，在陋学以何称。今并于逐句之下，以事解释，随所称引，本于何书，庶令学者知其所自。又集类之体，要在易知，聊存解释，不复备举，必不可去，亦具存之。

左思《三都赋序》：

余既思摹《二京》而赋《三都》，其山川城邑则稽之地图，其鸟兽草木则验之方志。风谣歌舞，各附其实；魁梧长者，莫非其旧。何则？发言为诗者，咏其所志也；升高能赋者，颂其所见也。美物者贵依其本，赞事者宜本其实。匪本匪实，览者奚信？且夫任土作贡，《虞书》所著；辩物居方，《周易》所慎。聊举其一隅，摄其体统，归诸训诂焉。

附：周履靖《赋海补遗叙》：夫古人之赋，感事而作。或连章累牍，缅缅洋洋；或选言简句，意尽而止。要以各衍所志，故众体殊殊。今欲墨守旧型，兼步群哲，一一若化工，肖物均炉冶，可谓取材富而用力劳矣。闻逸之居恒授简时，销烛沉膏，映檐滴露，每茗寒不啜，发垢不沐，冥思一往，数千言若倾峡而出……其搜葺之勤与类聚之巧，要有不可泯者，没人之于大海，珊瑚明月与徜恍光怪之物，兼收并蓄，总之皆宇宙之奇观云而。

王家相《论律赋》：词运于法，法因乎题，散者宜该，整者宜析，窄者暂纵，宽者急擒。僻典先导其源，常谈必提其要。枯寂工于烘托，便能以少胜多。典故若无剪裁，岂能指挥从命。

方逢辰《林上舍体物赋料序》：赋难于体物，而体物者莫难于工，尤莫难于化无而为有。一日长驱千奇万态于笔下，其模绘造化也，大而包乎天地；其形状禽鱼草木也，细而不遗乎纤介。非工焉能！若触而长，演而伸，杼轴发于只字之微，比兴出乎一题之表，惟工而化者能之。

周雷《历朝赋衡裁序》：昔者平子赋都，给笔札者数年；太冲研京，搜故实者十稔。故能牢笼百态，摇劈群言。既征博以逞奇，亦积迟而造险。若乃扃闱相士……韵由官赋，字以数稽，削墨而引绳，除繁而就简。题本癖书，尤征博洽，篇多俪句，悉费钳锤。

陈绎曾《文筌·汉赋法》：

汉赋之法以事物为实，以理辅之，先将题目中合说事物一一依次铺陈，时默在心，便立间架，构意绪，收材料，措文辞。布置得所，则间架明朗；思索巧妙，则意绪深稳；博览慎择，则材料详备；锻炼圆洁，则文辞典雅。写景物如良画史，制器物如巧工，说军阵如良将，论政事如老吏，说道理通神圣，言鬼神极幽明之故，事事物物，必须造极。

附：陈元龙《上历代赋汇表》：盖赋之所作，始推本于《坟》《典》，继增华于《风》《雅》……按部考辞，分题辨类，上稽乾度，笼星辰雨露于毫端；俯验坤舆，聚都邑山川于纸上。大之兵农礼乐，动合王章；小之服食舟车，咸关日用。或兴怀民事，开卷而如睹耕桑；或缅想儒宗，披文而恍谈名理。虫鱼草木多识，乃格物之资；刀剑琴书游艺，亦怡神之助。

刘熙载《艺概·赋概》：赋取穷物之变。如山川草木，虽各具本等意态，而随时异观，则存乎阴阳晦明风雨也。

余丙照《赋学指南·凡例》：

旁评指明段落，以醒眉目。引用典实，除整用经句外，概为笺注。均为初学起见，方家幸勿见哂。○记事之书，辞多不一，有同此一事，此书所载与彼书异者，兹所注释。○集中注释既不能备录全文，则量其篇幅，去其繁文，总以解释明白为务，亦非任意割裂。○事实有各篇互见者，一处注明，余则云见某处，以省简帙。分类有本，类条多不能备载本卷者，分载他卷，以均其部，亦必注明，便于查阅。

附：鲍桂星《赋则·凡例》：评语无取冗杂，然太简亦不明晰。圈点标目亦不可少。兹就管见所及，一一拈出。○文章奥妙，不外神气音节四字。其实神止是气，节止是音耳。诗赋尤重音节。○行文先讲字法，次章法，以意为主，以词为辅，而以气运之。词不明不可以达意，气不足不可以驱词。

孙奕《示儿编》卷九《用字贵详审》：凡用事须探究本文，不可以虚对实，如陈傅良《汉斲琱为朴赋》云："吏尚刻深，弊见于乾封元鼎；意多穿凿，机形于五凤黄龙。"按，《汉·郊祀志》：武帝封泰山，改元封元年，明年"夏旱，公孙卿曰：'黄帝时，封则天旱，乾封三年乃下诏曰：天意欲乾封乎？'"乾音干，则乾封非年号也，以对五凤则为偏矣。

研习与思考

（一）赋注与经学注疏传统

（二）注者：以《文选》注、谢注为例

（三）赋注意义：名物之类与宏博之象

（四）赋注与评点

第八讲

赋 类

今天是第八讲,讲赋类,赋的类的意识。首先,任何一种文体的形成,或一种文学创作现象的形成,和整个的历史背景都是相关的。所以仅仅读赋,不是真正了解赋,就像王安石讲的仅仅读经不是真正了解经一样。你一定要了解赋是干什么的,那个时代的赋是起什么作用的,为什么会产生那样的赋,也就是孟子讲的"知人论世",这很必要。研究赋也是这样,后人研究汉赋,比如唐人、宋人,我们当代人,都有不同,肯定会有新的视角、新的问题、新的解释,所以一定要"知人论世",晓得那个时代。那为什么要提出"赋类"这个名称呢?因为古人老讲赋代类书或者是字书。最典型的就是袁枚、陆次云。这一类的说法在清人中特别多。袁枚是在《历代赋话序》里说的,陆次云是在《与友论作赋书》里说的,都谈到这个问题[1]。他们都认为赋的时代是没有类书的时代,所以赋就起到了类书的作用,到了类书兴盛以后,赋就衰落了,这里主要指的是大赋。而在汉代最具有代表性的就

---

[1] 袁枚与陆次云的说法,详见本讲附录文献。

是大赋,当然,汉代也是有小赋的,但最重要的,或者说彰显时代文学特征的,还是汉大赋,是一批文学侍从献纳于宫廷的大篇赋作。因为当时没有类书,所以人们说这些大赋就代替了类书,当类书兴起的时候,大赋就衰落了。但是后人也不一定认同这种看法,比如清代有个叫平步青的,他就反对这种说法,说赋就是赋,和类书是完全不同的。到了晚清,江宁文士程先甲,在他的《金陵赋》序中就讲了,如果赋仅仅代类书,那赋的精神就丢失了,一个文学创作总是存在一种精神的,赋的精神就是"古诗之旨",也就是讽谏传统[1]。赋的博丽辞章都是为了"诗人之志",讽谏传统,只是这个"体"需要铺陈而已。不同见解,很多很多,常无可适从。

那我们就想了,是不是要跳开赋代类书的问题来讨论?如果从背景出发,从时代着眼,类书的兴盛和汉大赋兴盛的时代非常相近,一般认为从魏晋时候《皇览》的编写开始,类书开始出现。为什么是这个样子呢?因为出现了一个"文类"的时代。文的类型化,标志着文类时代的开启,类书跟文类思维有关,一切文体进入了一个类的时代,正是汉代的典范意义,特别是西汉。一切从"类",所以我强调汉代是进入了一个类的时代,那就是任何事情他们都喜欢"征材聚事",加以比附、比类。这种现象大量出现,例证也很多,比如董仲舒的"春秋学"论述。董氏"春秋学"是以"公羊春秋"为主,他在《春秋繁露》中论"天人之数"[2],逐一比附,一串串的,由个别的比附组合成整体的比附:天怎么样,人就怎

> 文的类型化,标志着文类时代的开启,类书跟文类思维有关,一切文体进入了一个类的时代,正是汉代的典范意义,特别是西汉。

---

[1] 程先甲的说法,亦见本讲附录文献。
[2] 详参董仲舒《春秋繁露》卷七《三代改制》《官制象天》、卷十《五行对》诸篇。

么样,天人比附,天人合一,那个"天"一年三百六十日,"人"就有三百六十个骨节;天有日月,人就有眼睛;天圆,人头圆;地方就是脚平。这些都是胡扯。但为什么都要这么扯?因为扯得很有意思吗?它是在对应,什么地有山川,我们人就有血脉,如此比附,都可以列一个"天人相类对照表"了。这就是一个学术奇葩。还有夏侯氏的五行学,金木水火土,一一比附,过去讲金木水火土时不太注意人,到了夏侯氏就把人也摆进去了。过去讲四方,秦朝祭祀的时候祭的是四方神,到了汉代祭五神,多了一个中间神——人,注重人了。至于明堂用事,也搞什么四块,然后中间又辟出一块,什么"土王用事",配以五行的模式,贯穿了五德的思想。董仲舒、夏侯氏都是这样子的,都有比附、比类的特点,这样一个时代,有这种特别征象,又可以与赋的研究比附了。汉代大赋产生在这样的一个时代,大家好尚比附,这是一个风气啊。你可以不时尚,但是你不时尚,你就不流行,你一个人干可以,但不会流行,你想流行,就必须这么干。学术也是这样的,再看京房的《易》学,由八卦对演七十二候,七十二候就典型地构成了天、地、人和动植物等组合,有五行学,有二十四节气啊,与月令文化紧密相关,也是对应,将人类、动物、植物全部联系起来,组成一个网络状的虚拟世界。李泽厚曾撰文谈秦汉思想,倡言"帝国图式",实际上这种"图式",里面就有人与自然的关联[1]。古代的天人合一、天人感应不是那么简单,你把它的内容单独提出来,好像是荒诞的,但是其中的内涵,对人、对物象的观察、体悟,构成了一个模式,这比过去的一些东西要科学多了。所以近代学者冯友兰就讲:汉人的比类思想是最科学的思想,是科学思想的萌芽、发端。

---

[1] 李泽厚《秦汉思想简论》,《中国社会科学》1984年第2期。

> 汉赋之类和经义之类，跟它的学术之类、自然之类、人文之类都是有关联的，可以结合起来考察。

它有归纳法，再加以演绎，有很多逻辑性的东西串在其中，这很重要。大家看冯友兰的《新事论》，特别谈到了汉人的这种比类意识[1]。所以我觉得汉赋之类和经义之类，跟它的学术之类、自然之类、人文之类都是有关联的，可以结合起来考察。从这个角度来考虑，也许眼光能够不仅仅停留在前人简单讲的赋代类书与赋不代类书的争论，因为古人也不是不了解这种情况，而是因为它是简单化的评点，是评点式的批评，如果我们今天还是简单化地重复古人的评论，往往就不能把问题深入下去。你可以将古人的评点作为一个导引、一个图标，你根据这个图标指示再深入到景区环境中去游览一番，也许会得到不同的或新鲜的答案。

> 赋代类书有它的道理，它给我们指引了一个时代，这个时代是一个文类的时代。

我觉得赋代类书有它的道理，它给我们指引了一个时代，这个时代是一个文类的时代。正是通过这样一个思考，2008年我写了一篇文章叫《论汉赋"类书说"及其文学史意义》[2]，这些东西就是一直想写，但一直没有写，等到编辑要稿子了，才想起来可以写一下了，一写就写出来了。当时在四川开会，那次很有意思，开汉代文学与文献学会议，正好与刘跃进、王小盾坐一起，刘跃进发言过后，我发言，会议安排了几个人大会发言，我那次提交的是谈汉代的奏议文，名字叫《说"渊懿"》[3]，讲汉代的文为什么"渊

---

[1] 冯友兰《新事论》第一篇《别共殊》"汉人知类，汉人有科学底精神"，引见《贞元六书》上，华东师范大学出版社1996年版。

[2] 许结《论汉赋"类书说"及其文学史意义》，《社会科学研究》2008年第5期。

[3] 许结《说"渊懿"——以西汉董、匡、刘三家奏议文为例》，《文学遗产》2008年第5期。

懿"。这篇参会论文也有一段历史,大约二十年前,程千帆先生跟我聊天,说你们桐城姚鼐论文章特别喜欢两个字,就是"渊懿"。我孤陋寡闻,不知道他这么说的根据是从哪里来的,但程先生讲了,肯定有根据,这之后我就关心这一点了。虽然我到处找姚鼐在哪里讲过这两个字,但没找到。是不是哪篇文章讲了,我没有看到,还是怎么的?但是这么一找,我发现与桐城派相关的人讲"渊懿"的有很多,如曾国藩和张裕钊讲得就多,近代学者也有讲"渊懿"的。经考察,这个词是扬雄开始讲的。我后来一直想着这件事,想写一篇文章,因为"意象""风骨",都有人谈过了,"渊懿"没有人谈嘛,我就写了这篇《说"渊懿"》。文章主要讲汉代的奏议文,给它一个排除法,什么样的文才称得上"渊懿"。因为刘跃进坐在边上,他也听了我对文章的介绍,于是我顺便投了稿,他转给了编辑,后来《文学遗产》就发表了。会场上有位四川社科院的《社会科学研究》杂志的编辑,找我约稿,我就另写了这篇赋"类"之文发给他,就是《论汉赋"类书说"及其文学史意义》。我不想只局限于是不是赋代类书说的问题,而是要考虑他们为什么要这样说,用些逆向思维,于是"赋类"探讨就有了更为广远的意义了。

  从文类来看,从先秦到两汉,有个从文言到文类的过程。早期是文言的时代,言,六经皆言,在中国文学史上,实际上有一个"文"和"言"的传统,既交织,又别立。从纵向来看,似乎有一个从文言到文类的历史发展过程,大家可以看阮元的《文言说》,还有《广文言说》等等,内容很多,可以参读。我们说,较早时期的文章,更多言谈的特征,有着大量的名言隽句,你看《论语》中间有多少精辟的话啊,"学而时习之,不亦说乎","学而不思则罔,思而不学则殆",都是言谈啊,是名言,人们反复引用。到了文过度编织后,就没有这从先秦到两汉,有个从文言到文类的过程。早期是文言的时代,言,六经皆言,在中国文学史上,实际上有一个"文"和"言"的传统,既交织,又别立。

么多可供人引录的了,什么"挥一挥手,不带走一片云彩",这怎么引,那就是云彩灿烂啊,炫耀啊,你引不起来的,哪个都会讲的。说到"言",就是讲话,讲话必有用,没用叫废话。历史往往又是反复的,先重言谈,后重文章,后来"文"得过了,大家又来言谈,反对太"文"了,"文"得太雕琢,不好,要恢复"言"的传统,魏晋时期的清谈就是例证。《世说新语》中间就大量地记言[1]。可是到了齐梁,齐梁体格,又"文"得厉害,雕章琢句,文又掉进了"锦绣谷""万花筒",经过唐代,到了宋人,我们又觉得他们的文采不怎么好了,多是议论,这或许是对言的一种归复,所以宋诗好言,跟它的理学时代有关啊,跟恢复儒家思想传统有关啊,跟早期的诸子传统有关啊,如果仔细推敲,还是蛮有意思的。回到我们说的汉代,显然是一个从文言到文类的重要阶段,从文章来看是一个重要的转变,从学理而论,又是一个重要的问题。章学诚在《文史通义》中讲到"两汉文章渐富",文章越来越丰富了,就导致"为著作之始衰"的结果,文章渐富,就是所谓的文类嘛,文类多了,著作的独立思想衰落了。那些描绘性的东西多了,图饰性的东西多了,所以构成了如赋的创作情景,于是乎在讨论汉赋的时候,出现了"图

---

[1] 以刘义庆《世说新语·文学》所载袁宏作《东征赋》事为例:"袁宏始作《东征赋》,都不道陶公。胡奴诱之狭室中,临以白刃,曰:'先公勋业如是!君作《东征赋》,云何相忽略?'宏窘蹙无计,便答:'我大道公,何以云无?'因诵曰:'精金百炼,在割能断。功则治人,职思靖乱。长沙之勋,为史所赞。'"陶公指陶侃,胡奴即其子陶范,后者因袁宏赋未及先公勋绩,竟白刃相向,可见对赋用的重视。然其中以片言只语表彰某人的功勋与德行,显然是具体而微之技法的显现。而在《世说新语》中记载的大量"谈赋"例证。按:有关谈赋(赋谈)的形式、内容及意义,详参阅新文《清谈与赋谈——从〈世说新语〉看两晋士人的辞赋评论》,《湖北大学学报》2009 年第 5 期。

案化""类型化"的论述,实际上与这个文类有关。汉代的图像意识也很强,这样就构成了一个个的类型,这种类型化对后来的文学主题起到了巨大的作用。比类嘛,也是一种写作方法,比如汉赋中的狩猎怎么写,一个模式,祭祀怎么写,仪式怎么写,歌舞怎么写,构成了一个个的模式,旁衍开来,又会对后代的文学创作如唐诗、宋词产生影响。文类嘛,模式嘛,类型化了,不局限于赋,延伸到整个文学,这种类型的文学的发展,也呈示了文类的力量。所以,文学的发展跟类的意识是有关的。章学诚说"著作衰而有文集,典故穷而有类书",又将问题指向了类书的兴盛。在典故穷而类书兴的过程中间,中国文学史出现了以汉赋为代表的一代文学,也就不是偶然的了。

由此,我们再从另一个角度来考虑,我们不要考虑汉大赋是怎么回事,我们来考虑类书是怎么回事。类书是干什么的?类书是一种什么学术啊?类书其实不算什么学术,类书就是文,类书本身也是文嘛,是文类嘛,因为有文类的意识,所以就构成了类文嘛。这很有意思,值得注意。类书也是文,从广义来讲就是文教,狭义来讲就是为了创作之用,给大家提供创作的材料,归类是为了寻查方便。因为从东汉以后,铨选人才的察举制越来越衰落了,而且推荐的人太多了,多了之后怎么办呢?东汉时就开始了制科考试了,也就是说在以品行取人的时候,也开始了以文取人,注重文了[1]。以文取人就要写策论

---

[1] 徐天麟《东汉会要》卷二十六"孝廉"条:"西都止从郡国奏举,未有试文之事;至东都则诸生试家法,文吏课笺奏,无异于后世科举之法矣。"考《后汉书·顺帝纪》阳嘉元年(132)十一月辛卯诏:"初令郡国举孝廉,限年四十以上,诸生通章句,文吏能笺奏,乃得应选。"按:此即"阳嘉新制"。

啊,写各种各样的奏章啊,你要会写啊!谁天生会写啊?要有示范,要供你学习,如果老讲那几句大话、空话,或者太现实的话也不行,要引经论典,要写得典雅。文章写得好的就是要既用一些古的东西,又有今义,古典与今义,这很重要啊。类书编了以后,大家写作就有参照了。类书是有条理的文字杂烩,各种东西都在里面,有写山川的,有写天地的,写日月的,写君臣的,写物象的,写人事的,物象又分自然与人文,自然又分动物与植物,什么都有,手持一册,这就好办了啊。所以现在人写文章,比如写什么海棠花啊,不管什么花,你去找类书,方便得很,把类书查一查,摘一摘,就成论文了,什么《艺文类聚》啊,《北堂书钞》啊,《太平御览》啊,一般应付电视台,或什么报刊的小文章,命什么题都能写,而且一挥而就。发展到唐代的时候,大量的类书出来了,其功用就更直接了,就是科举之用,科举考文啊,需要类书这样的工具书,类书跟文的关系又变得极实用,工具化了。因与考文有关,况且类书就是文类的一种体现,拿一种本身就是文的东西编的一种书,来与赋创作加以比附,再来思考其间的逻辑联系,这就是以类书反证赋创作,关键还是在文类的时代。

我们看欧阳询编《艺文类聚》,在《序》中明确地讲:"《流别》《文选》,专取其文;《皇览》《遍略》,直书其事。文义既殊,寻检难一。爰诏撰其事且文,弃其浮杂,删其冗长。金箱玉印,比类相从……事居其前,文列于后。"先说魏晋时期类书的编纂,《文章流别志》和萧统《文选》,这是专门取文,《皇览》和《遍略》是专取事,而到了唐代,既要有文,又要有事,这样比较好,所以叫作"事居其前,文列于后"。所谓以类相从,是兼括事与文的,事就是类,不是孤立的事,是一件件的事,事肯定包括事项、物态、人事行为、历史事件等等,这些东西都要把它归类,归类以后就方便了啊。比如科举考试有史科,要考史论，史论问题进入考试范围，又考经论，这考经论、史论的时候，再促进编书嘛，史书又出现了纪事本末体[1]。纪事本末体就是把各种事来归类，这样写作时参照起来就方便了。过去纪传体太散了，编年体太泛了，找个事情多麻烦啊，所以就用纪事本末体，比如汉代的宦官乱政，抗匈奴战争，都汇到一起了，为了方便用，这与科举考文也是有关联的。把各种事件归类起来，类书呀，本末体史书呀，还有通书，都与文教、文制的发展有联系。

宋人刘本为唐人徐坚编的《初学记》题序，有段话很有意思，主要讲编辑类书是干什么的，究其本质，仍是文类意识的发展，他说："圣人在上而经制明，圣人在下而述作备，经制之明，述作之备，皆本于天地之道。圣人体天地之道，成天地之文，出道以为文，因文以驾道……为今人之文，以载古人之道，真学者之初基也。"这是典型的"文以载道"的思想，将类书的功能从唐人眼中的工具化升到文以载道的高度，而类书能起到载道的作用，这是源于从韩愈开始的文道问题的讨论，这个源流就明显了，类书本身的意义也出现了转变。当然，这也不能割断类书的编纂历史。《皇览》是曹丕时期编的最早的一部类书，他为什么要编类书呢？就是我刚才讲的这种意义在里面。我们比照来看曹丕《答卞兰教》里说赋是怎么回事，以见赋与类书的内在关系。曹丕讲："赋者，言事类之所附也。"赋就是事类嘛，赋的描写与事类关系太密切了，赋家写作就是需要大量地征材聚事，与写诗是有些不同的。你要写赋，走走路随口吟，坐

> 赋的描写与事类关系太密切了，赋家写作就是需要大量地征材聚事，与写诗是有些不同的。

---

[1] 史书三体，纪传体以人为经，以时、事为纬；编年体以时为经，以人、事为纬；本末体以事为经，以人、时为纬。

书斋喝喝茶，然后抒抒情，那不行，那写的不叫赋，写赋真要调查，要查资料，不查资料怎么办？要纵横排阖地骋词，没有内容怎么行？要聚事，要归类，很麻烦，很头疼的。南京特殊教育职业技术学院邀请我为他们写篇赋，我不想写，说不会写，怕烦。结果朋友把你请过去了，接过去玩，玩过后院长请客，客气得不得了，把你捧得昏头昏脑的，酒一喝，一捧，就答应了。答应了就得查资料啊，特殊教育我又不熟悉啊，中国的特殊教育史也没有很好的参照，而且还应了解国际上的特殊教育历史及成就什么的，这必须要写的嘛，因为是现代社会，你不能尽讲孔子、老子，你还要讲讲亚里士多德，讲讲柏拉图，讲讲康德，（笑）你说怎么办？赋要写历史，还要写现实，历史要查资料，现实就是社会调查了，这不麻烦吗？赋要体物，要把许多的事用进去，曲终奏雅要简略，铺采摘文要纵横，虚辞滥说要会说，有丰富内容，还要使读者有阅读快感，才算把赋写好了。所以写之前必须要准备啊，古人为什么写大赋一写写多少年呢？扬雄梦里写赋写得把肠子都流出来了，就是太痛苦、太烦恼了啊，所以一旦写赋的时候，就会好几个晚上睡不好觉。（笑）[1]作诗那睡得好啊，为什么呢？你有时候做梦就一首诗出来了，那下半夜睡觉就快活了。在韩国的时候，很多时候我是半夜想起来一首诗，然后起来把诗写下来，那下半夜睡得就特别香，一觉睡到大天光，有一天睡到下午一点，我都不知道，（笑）我以为人死过去了呢。（笑）从来没有过啊，怎么一觉睡到下午一点了，因为没事干嘛，那真是心无芥蒂，空空如也，在那个国际宿舍里面，睡着了都不晓得，醒了过后才知道下午一点了，还以为是看

---

[1] 许结《南京特殊教育职业技术学院赋》，《中华辞赋》2015年第3期。按：《中华辞赋》由中国作家协会主管，中国作家出版集团主办，本人被该刊聘为顾问。

错钟了,(笑)为什么啊?那是因为诗情在流动嘛,(笑)把你带到一个非常美好的境界里面去了。你要写赋,你试试看,你还美好去呢,你苦恼都苦恼不过来,累得很。所以我曾跟同学们讲,我写《汉代文学思想史》以后,又想写《宋代文学思想史》,结果一直未成功,以后不知道能不能写出来,还是一个国家项目呢,我只能弄几篇文章结项了,没写成,因为南开大学的张毅已经写了本《宋代文学思想史》。《汉代文学思想史》我那个是第一部,宋代的我看到人家写了,就不想写了。但是为什么我把汉代写过后,要写宋代呢?汉代是大赋昌盛的时代,写汉代的时候,感觉汉人活得太累,写宋代就觉得轻松,宋人活得洒脱、舒服,当然了,宋代文人至少不会被杀头。汉人搞得不好就倒霉了,被杀,魏晋的时候文人被杀得更惨,所以这样的时代不能研究,研究之后,你就感觉到一种压抑和恐怖。宋代文人快活得很,胡说八道也不要紧,顶多流放,流放也蛮快活的嘛,还能到处玩玩,还能喝酒,喝醉了来句"小舟从此逝,江海寄余生"[1],美得很啊。(笑)汉代太累,为什么呢?就是这个事类太多了。事类太多了,就很辛苦。(笑)

然后这种事类的精神一下子就转到北宋初年吴淑的《事类赋》,他开始用赋体来编写类书了。为什么会这样呢?他给皇帝上了这个《事类赋》,一百篇小赋汇成了一部完整的《事类赋》,就是用赋体写类书。这个好处就是便于阅读,因为赋是押韵的,押韵的东西,你读起来就有种阅读的快感,而类书实在没办法读,只能用来查,谁愿意读类书

---

[1] 苏轼《临江仙·夜饮东坡醒复醉》:"夜饮东坡醒复醉,归来仿佛三更。家童鼻息已雷鸣。敲门都不应,倚杖听江声。 长恨此身非我有,何时忘却营营。夜阑风静縠纹平。小舟从此逝,江海寄余生。"按:此词乃苏轼谪居黄州时所写,相关故事参见叶梦得《避暑录话》。

啊？《事类赋》不仅提供了查询的功能，还能给你阅读的快感。自吴淑开此创作风气，这种《事类赋》也就渐渐多起来，或者说类似的创作出现了，比如徐晋卿的《春秋类对赋》《雷公药性赋》等等。就是这种赋写类书，在宋代以后形成了一种气候，汉宋学问在这个意义上衔接起来，汉代是赋，好像是代类书，宋代人则自觉地用赋来写类书，这是个很值得思考的问题，因为汉代重学问，宋代也重学问嘛。唐代多文人，标榜的是一个文学的时代。从中唐以后，学问越来越强化，到宋代形成了这样的一个回环，赋与类书在其中也充当了某种角色。

这种汇集"事类"来作赋的创作现象，可以写篇文章讨论，这样的文章还很少有人来写，特别是《事类赋》系列创作的研究。《事类赋》系列创作的书可排名一串，比如明朝华希闵的《广事类赋》，清代吴世㳽的《广广事类赋》、王凤喈的《续广事类赋》、张均的《续广事类赋补遗》。黄葆真的《增补事类统编》，实际上是《事类赋》的一个集成[1]。黄葆真的书我有线装本，一直想整理出来，那个蛮好的。大家一定要有几部类书摆在身边，就可以应付报社或者电视台的突然"袭击"。（笑）比如到了七七了，忽然告诉你赶快给我们写个文章，七七是怎么回事，你查类书就是了，一查便有；突然梅花节开始了，梅花怎么样，你查就是了，类书中间的物类，有动物和植物，你就查植物，植物有花卉类，你就查花卉类，在花卉类里面再找梅花嘛，古人有关梅花的作品，包括美丽的诗句尽在其中。所以大多数人都是杂取前人成说，自成一家之文啊。查类书嘛，应酬一下，就写出来了，人家就讲：哇，这个人学问真不得了，怎么一晚上就洋洋大观一篇文章出来了？其实是抄的啊，很简单啊。（笑）查类书抄就是了，这是学

---

[1] 相关文献详参黄葆真《增补事类统编》，清光绪戊子上海积山书局石印本。

者不讲的话，我讲出来了，（大笑）当然这指应酬的小文章，不是严肃的学术文章。有些事是很有窍门的，这些小文章都是应酬的，不可能花多少时间来做的，所以就这样了。《事类赋》传统，从吴淑到黄葆真，这中间有七八部书，还是值得研究的。这也不仅限于《事类赋》系列编纂，对赋类的思考也有借鉴。

从文言到文类，再到文事，再到宋代出现的文道，这个文道又回归到之前的"诗人之志"、讽谏之意。这种文道精神建立起来之后，大家又反观赋与类书的关系，认为这还是表象问题，最重要的是要载道。这又从某种意层上回到了过去瞽赋、矇诵时代，那种由王言转向王制的时代，有采风观诗的思想。这些都是值得注意的问题。因此这里就有可以商榷的了：知识等不等于精神？类书是知识性的东西，而赋者"古诗之流"也，有一种创作的精神，二者是对等的吗？人们开始思考，产生了争论。我觉得汉赋的创作，在那个时代，那种比类意识的兴起和后来类书的编纂，以及二者之间的关系，都是一个尚文的传统，是与礼制社会相关的一个尚文传统。我在文章中写了一部分"'赋代类书'说商榷"的内容，就是在这个大传统之下考虑问题。

然后再来看汉赋的类的意识，那就是"汉赋的物态与秩序"。汉赋是极其重视物态和秩序的，大量的物态，体物，不管是"体物言志"也好，"体物浏亮"也好，这里面有争论，是大赋还是小赋的问题，浏亮的是小赋，大赋浏亮不起来，大赋要沉浸进去，那里面的东西太多了，小赋很清爽，有诗化的意味。所以有人就认为汉赋更多的是感物吧，一种比附，那么在这里面自然要大量地表现物态，赋体就是表现物态的，当然包括心态，有横向的罗列和纵向的秩序，这样文章就兴盛了，文章兴盛了，汉赋的

> 汉赋创作中比类意识的兴起和后来类书的编纂，以及二者之间的关系，都是一个尚文的传统，是与礼制社会相关的一个尚文传统。

章句价值也就出现了,到了东汉经学也就是章句之学了,与汉赋也是共时的,与整个文风的发展密切相关。注经也好,注史也好,跟整个文风的发展是相关的啊,但又各自有它的不同,有它的独立性,其中的汇通性也是明显的。有些变化并不是文人要变,或者是什么文体要变,而是这个时代之大变,从而促进了文学的各方面的变化。昨天下午在古典文学的会上,徐雁平老师就问清代嬗变的问题,我讲那很简单嘛,前面是革命,后面是"保命"嘛。(笑)

可以汉赋为例,观看其横向的罗列和纵向的秩序,从纵横两个方面也就可以看到汉大赋中大量的物态。我在《赋体文学的文化阐释》那本书里就有好几篇文章讲这个[1]。比如汉大赋与帝京文化的关系,与都市文明的关系,等等,我们可以说汉大赋表现了都市文明啊,商业文明啊,礼仪形态啊,大量的东西,你不加以描绘,不把秩序搞清楚,你说怎么办?你不可能东一榔头,西一棒子,汉大赋不能跳跃,你跳吧,跳着大家就看不懂了,赋也写不成了,它必须要有秩序地写。你不可能这个是鸟雀,马上又变成了野兽,然后又变成了人,你不可能这样变来变去。要写鸟雀,一写就排一系列的鸟雀,写兽,就排上一批的兽;然后东边就写东边,南边就写南边,东南西北很清楚,方位感特别强,包括那些神游的东西,相如写《大人赋》,神游都有方向感,写神仙都有方向感,那我们就要对应太史公的《天官书》了,你看那个时代天、人的关系嘛,都是对称的,极

> 汉大赋横向的罗列和纵向的秩序。

---

[1] 指《汉大赋与帝京文化》《汉赋与礼学》《汉赋祀典与帝国宗教》《汉代京都赋与亚欧文化交流》《从京都赋到田园诗——对诗赋文学创作传统的思考》等,均见《赋体文学的文化阐释》。

其重要,都是有秩序的。《思玄赋》稍微变了点,但还是有秩序的,那种神游都是有秩序的,必须要有秩序。尤其是礼仪,没有秩序你就不通礼了,非常讲究。现在的旅游景点要招揽游客,恢复表演一些古代礼仪,但要到国外去学了,现在学者都搞不清了,因为经过五四运动的那批人可能都不在了。现在的礼经常搞错,查礼书也对应不好,所以我们的礼好多都变成了"清宫戏",(笑)明代的都搞不清了,明代的怎么找?到海外华人那儿去找,因为明朝逃亡到外面的特别多。(笑)现在一搞就是"清宫戏",整个是胡说八道的,不知道怎么回事,老拿康熙皇帝为正朔,奇怪!这还是革命思想的影响吧。我在韩国的一年,看他们表演古礼的仪式都是明代衣冠,这个很有意思。再往前呢?搞不懂了,看唐朝的风味,那就到日本的京都去,看那儿的房子,到那儿拍电视剧还差不多。对照礼书,但礼书丢失得又很多,所以也不行[1]。

礼仪必须要有秩序,汉赋是表现礼仪的,所以我认为汉大赋描写的是天子礼,它的外交礼节,它的朝会之礼,它的大射礼,等等,大量地摆放在这里,这是非常明显的。就礼仪的类别来讲,又分各种,比如游猎类啊,郊祀类啊,祭祀甘泉类啊,藉田类啊,等等,大量的。虽然汉大赋不分,是浑融一体的,但这里面分成了一个个的类,很有秩序。所以我讲这是文类,特别是在赋类中充分表现出来,这是在别的文体中不易见到的,是一种不能取代的类的意识。正因此,我将赋类作为一讲,就是这个想法。

那么为什么会这样呢?近代学者章太炎讲:"小学亡而赋不作。"文字学家、音韵学家不行了,赋就作不出来了。那现在的人作赋吗?

---

[1] 朝鲜王朝崇明疏清,明清鼎革,对清政权持明显对抗意。以后也是维持一般礼仪。

作的人多着呢，那就叫伪赋，就像伪《古文尚书》一样。（笑）加个"伪"字，或者就叫作新赋，新的有时候就是伪嘛，好一点的你就把它叫作新嘛。你要今天的人写赋，完全像汉代的赋，那是写不出来了。有人称自己是汉赋作家，开玩笑哦，那你就要写汉赋，写汉赋，那你的音韵就要押上古韵到中古韵，那个变迁过程中的一些音韵，很麻烦了，诸多问题搞不清，读音的变化也太大了。反过来看，汉代写赋的那些人都有小学的基础，最典型的就是司马相如和扬雄，都是小学家，都是朴学家，他们本身都是文字学家[1]。因为汉赋跟文字学关系太密切了，汉赋的出现，也促进了文字学的发展，汉赋创造了很多拟声词。我前面说了，从文言到文类，其中也有文字意义的转变，开始的时候赋是一种口诵的艺术，然后到了赋家是文学侍从的时候，渐渐地将这口诵的艺术转变成剧本了，写文本了，但其中还保留了口头化的一些声响，拟声词以文字的形式进入到赋文本中来了，所以字就越来越多，到了东汉以后，什么《说文解字》《尔雅》等都出来了，字词的学问越来越繁荣，与赋是有关联的。所以学者也不要忽略创作，没有创作的资源，你做什么学者啊？做不了。所以遇到作家，我还是有点敬畏的心态，（笑）因为他们给了我们研究的资源嘛，现在的作家给了未来学者的研究资源嘛。当然，现在有当代文学研究，学者们可以马上得到资源，这在过去就很少，现在可以了，这边小说一发，那边一大

---

[1] 如司马相如《上林赋》中写上林之水"八川分流"一节，其中描写"水声"，则有"沸乎""彭湃""滭弗""宓汩""泌㵧""逆折""㶁冽""滂濞""苰苰""瀺灂""沉沉""隐隐""砰磅""訇磕""潏潏""湿湿""汨㶅"等；描写"水势"，则有"暴怒""汹涌""逼侧""横流""转腾""沆溉""穹隆""云桡""宛潬""胶盩""逾波""趋浥""下濑""批岩""冲拥""奔扬""滞沛""临坻""注壑""霣坠""澔溔""鼎沸""驰波""跳沫""漂疾"等。这里用了大量的玮字，以创造一种听、视觉效果，这既是人们往往批评汉赋"诡异"的原因，也是由赋的口诵与描绘性特征所决定的。

批论文就出来了。（笑）最近王安忆写了个《天香》，讲明朝故事，马上很多学者就围绕着《天香》讨论开来了，文章一哄而上。汉赋实际上对整个学术的影响也是很大的。这里面有内在的影响，把它梳理出来，谈到具体的情况，就是好文章啊。不是笼统地谈谈，而是要进入文本中去。所以我说汉赋为什么比类，就是跟修辞，跟词语的大量出现有关，那就要有小学的基础。这是第一个方面。

第二个方面，就是经史子集的汇集。汉赋中有大量的经史子集嘛，它要用《诗》，用《礼》，要典雅，所以把口语的、民俗的东西变成典雅化的宫廷的东西。要典雅的话，就需要把大量的经史子集内容填进到辞赋的文本中。这些经史子集的文字进入赋里以后，还要展现出来，一方面表现作家的类的意识，一方面表现作家调用材料的能力。所以除了小学基础，就是经史子集的汇集[1]。

第三个方面，修辞法则。赋中间有大量的修辞法则。之前讲过了，比如大量的形容词，大量的拟声词，大量的重叠词，大量的联绵词。你们可以读读《洞箫赋》《长笛赋》，如果找拟声词，这里面太多了，特别是王褒的《洞箫赋》[2]。还有司马相如《上林赋》里面描写水声的，很多拟声词、联绵词，还有描写山川形势的词汇，大量的

---

[1] 如张衡《思玄赋》，直接引用和明显仿前人撰述的文献二十九种，一百五十八处，即《楚辞》六十三处；《毛诗》二十处；《韩诗》一处；《周易》九处；《尚书》五处；《礼记》四处；《左传》十处；《公羊传》一处；《国语》一处；《论语》两处；《孟子》一处；《尸子》两处；《老子》三处；《庄子》四处；《列子》一处；《山海经》六处；《淮南子》十处；《吕氏春秋》两处；《周髀》一处；《史记》一处；《汉书》一处，逸《诗》一处；《太玄》一处；方士书一处；纬书一处；宋玉赋一处；相如《上林》《大人》赋各两处；扬雄《甘泉赋》一处。

[2] 王褒《洞箫赋》铺排了大量的联绵词，如"敷纷""扶疏""旖旎""浑沌""潺湲""漫衍""鸿洞""婆娑""澎濞""慷慨""参差""彷徨""澜漫""阿那""迁延""逍遥""踊跃""跨踏""稽诣"等三十多个词，或双声，或叠韵，摹画出洞箫的声乐。

形容词。所以名词、形容词多是汉大赋的重要特点。大量的名物嘛，名词就多了，汉大赋给我们展示的就是大汉帝国这个时代的物质的世界，是对这个物质的世界加以描绘，所以形容词也就特别多，围绕物态的描绘，出现了大量的形容词，拟诸形容，才是佳构。这是一个很重要的问题。

如是，就牵扯到我们要讲的第二个大问题，就是有关赋类与赋体的探讨。我常讲，当然我这话可能有些偏颇了，诗赋的不同点是一个比较重才情，一个比较重才学。我那次在四川的第六届赋学会上发表了一篇文章《论赋的学术化倾向》[1]，讲赋是怎么学术化的，谈到才学的问题，好像是龚克昌先生评论。跟龚克昌先生很有缘，上次在台湾开会的时候，我的论文是他评论的，这次是他主持。然后他就夸奖我了：许先生是又有才学，又有才情。把我都搞得不好意思了，实际上我讲的是赋的才学，在我的《赋学讲演录》中也说过。我的那么一本讲演录，刚成稿的时候，我儿子是学艺术设计的，他叫我把讲演录的文本发给他，他来做设计。好，我就把讲演录的文本发给他了，是原始版，一点没有改，注释也没有加，就是潘务正记录下来的一个原始版，发给他了。他就做了一本，就像正式出版的样子，那是"孤本"，（笑）在家里，条形码都做了，是假的，（笑）像得不得了。封面设计要讲艺术呀，除了图像，还得来点文字，他"啪地"就摘录了这么一句话："诗赋的不同点，一个比较重才情，一个比较重才学，古人反复强调赋兼才学，赋往往是一种学问的东西，不是纯文学的东西，

---

[1] 许结《论赋的学术化倾向——从章学诚赋论谈起》，《四川师范大学学报》2005年第1期。

后来发展成为一种文体，而注重的还是才学。"[1] 放在封底，作为全书的警句。他不研究赋，又不懂赋，摘得却很准确。你看，一个好东西啊，连外行都能感觉到，不懂不要紧，有感觉就好，我儿子根本就不是学这个的，但一下子就能把这段话抓到，抓得好得很。过后，我就把他做的封面转给北京大学出版社了，北京大学出版社不用，说他们有专用的设计公司，但是借鉴了我儿子封面设计的很多元素，最重要的是用了这句话，跟他的那个"孤本"是一样的。（笑）学问往往到了一定的程度，就没有高低了，差不多，只要是人都是通的，我研究了大半天，人家却直指心头，很好玩。这个事情给我非常大的灵感，也给我沉重的打击，觉得学问好像可以不要做了。当然，他可能也还是有他的小聪明在里面，小聪明解决了一个大问题。

> 赋体的发展也有学术化倾向，甚至出现了过度学术化现象，这些过度学术化的赋又成为赋学批评家应该研究的问题了。

谈到赋家的学问，赋中描写的学问，我觉得赋体的发展也有学术化倾向，甚至出现了过度学术化现象，这些过度学术化的赋又成为赋学批评家应该研究的问题了。比如关于宋代的法律就有《刑统赋》，关于神话地理就有《山海经类对赋》。如果关于药方中医有一篇赋，那该多好啊！一方面他们又用了药方，一方面又读了文学。（笑）这个不容易啊，把好多药方搞到文学里面去，很难的，还要押韵。你不要小看它，不大好写啊。当然文学家，搞文学研究的人认为这个不是文学，所以把它叫作"类赋"，不能算是真正的赋。再比如看星相，我们就要看《术业赋》；看人相，就要看《雪心赋》；等等。好多这一类的赋，就是

---

[1] 这段话是讲述人许结在"汉赋"一讲中所言，亦见《从京都赋到田园诗——对诗赋文学创作传统的思考》，《南京大学学报》2005 年第 4 期。

讲怎么看相的。文字学方面有《六书赋》，军事学方面有《六壬军帐赋》。这一类的赋大量出现了，赋学术化了。为什么会学术化呢？当然跟整个尚文传统有关，很重要的是赋的类的意识。尽管我们认为这些赋走出了赋的领域，变成了半文学化的一种东西，有人提出把这类赋叫作"半文学化"，但毕竟还是有它的内在的问题，就是由赋类变成了类赋的问题。类赋是由赋类变化来的，赋本来就具有类的意识，然后才形成了类赋，以类来写赋的情况就多起来了。

> 类赋是由赋类变化来的，赋本来就具有类的意识，然后才形成类赋。

为什么赋创作会有类赋之作？为什么赋会学术化？至少有这么几点：一个就是博物之象，赋就是一个"博物馆"。现代社会的一个重要进步就是博物馆和图书馆的出现，但我们文本的"博物馆"早就已经有了，那就是赋。赋有博物之象，这是很重要的。王延寿在《鲁灵光殿赋》里面就讲"物以赋显"，博物之象，这个"物"很重要。刘熙载在《艺概·赋概》中说"赋取穷物之变"，把物写到了极致，"赋起于情事杂沓，诗不能驭，故为赋以铺陈之"，赋写的是诗歌驾驭不了的东西。这两个完全不同，所以我觉得诗歌更多的是"尚意"，辞赋更多的是"物态"。有人说，从文学的意境，也就是从西方文学思想进来以后，中国这种质实的、物态化描写的文学被抛弃了。这是一种偏见。实际上赋也是一种很重要的文体，尤其是把文字的表现力扩容，把文字对外在物象的涵容放大，形成了一个巨大的空间，所以赋是有它的价值的。赋能"穷物之变"，也就是博物之象，由博物就到博学了。没有博物怎么博学呢？所以博物家都是很有学问的，什么东西他都懂嘛。现在讲要广口径，广知识，培养全面人才，不就是博物嘛，各种知识都要有嘛。

> 诗歌更多的是"尚意"，辞赋更多的是"物态"。

这又牵涉一个很重要的问题：为什么

后来的科举要考赋呢？就是要考举子有没有这些基本的学问，通过一篇赋的写作，就知道你有没有才学了。科举考试首先就是看你有没有才学嘛，这是一种对人才的宽口径的考察。所以博物就是博学，在某些方面就有这个意义。于是大家就提出了赋与类纂之书及方志的关系。类书就是类纂嘛。你看现在赋学研究复兴，辞赋的创作也在复兴，创作与地方文化有关，因为大家都在搞旅游。

  物态是实在的，这就牵涉一个问题：为什么讲赋要"据实"呢？"据实"，历史也是"据实"的，那么赋像志书，像类书，其据实也是有道理的。我们看看地志，地质学家、方志学家章学诚，他就讲到这个问题，他说：史书是纵体，志书是横体。志书更多的是罗列嘛，首先介绍这个地方的山川名胜，东门怎么样，西门怎么样，南门怎么样，北门怎么样，它有多少市场，多少庙宇，多少府衙，各色人等，等等，这都是横向的，所以赋就是一个横体。在某种意义上，赋当然有纵向的秩序，但更重要的是横体[1]。为什么讲赋是志书，大家可以看看，包括地方志，包括《尚书·禹贡》篇，词汇都很相近。那么纵体的性质更侧重什么？历史的意识。横体更侧重什么？现实的意识。赋更重现实，赋是现实的文学，极其现实。献赋嘛，马上就记录下来献上去嘛，所以赋要面对现实，赋更多的是面对现实。后来赋也变得诗化了，有《洛阳怀古赋》，赋也开始怀古了[2]。诗中怀古好，比如《金陵怀古》，要写金陵怀古，就要写到六朝兴亡，表现那种凄凉、惆怅，那是诗的主题。赋是一个横体，这是一个很重要的问题。

---

  [1] 章学诚《答甄秀才论修志第二书》云："史体纵看，志体横看，其为综核一也。"按，以纵横区分史、志，结合人称赋类"志"书，其意可参。

  [2] 宋人邵雍有《洛阳怀古赋》。按：赋写怀古者亦多，参见《历代赋汇》"览古"类。

赋本身就重才学，到科举考赋之后，赋家更加重视才学了。为什么？这当与考赋的经史命题有关，闱场赋有大量的经史命题。命题作文，命题也重学术了，试赋自然就越来越多的经史题了。从文学创作来讲，这或许是衰落了，但是从文字的功用来讲，有了大量的经史命题，科举与辞赋的关系出现了。那么经史命题中间的这些经学命题、史学命题怎么与现实对接起来，并加以描绘呢？如果真能做到这样，那水平就高了。所以你看皇帝殿试的时候，有时会评价，哇，这个人水平高，有宰相之才。于是考生作赋特别注重学识和气势，就是才学和气象。人们讲雅人无俗语啊，一出口都是雅，所以闻一多说：孟浩然何曾写诗啊，他只是写诗的孟浩然。然后又说：诗的孟浩然也没有，他没有语言，他只是一种风神意态而已。你要这样写博士论文，肯定被"枪毙"，（笑）闻一多如果现在还这样写博士论文，肯定被评委"毙"了。（笑）怎么是这种怪写法？但是现在我们把它当经典，这很有意思。所以有时候，要生逢其时，他是生在那个时候，所以没问题，况且他那地位，可以这么讲，你们写论文千万不能这么讲，这么一讲，就完了。每次我都很想提倡论文写得美一点，但学生论文到我手里，看到有什么一幅画啊，一段诗的语言呀，我就让他赶快删掉。论文论文，一定要注意是"论"文。这些学生有时候也学我"飘飘然"了，不能"飘"啊，这一"飘飘然"评委就会反感的啊。是才情又开始纵横了吧？论文里面是不能有太多的才情来纵横的。（笑）

赋讲究学识与气势，唐代比较重才情，所以举子考场的美事是一挥而就，到了宋代就开始整饬了，要有学问。实际上唐代也是很重学问的，有些才子的赋也是这样子的。到了宋代，比如太宗亲自主考，说今年我们这个题目有点学问，从唐五代以来，举子们不讲究学问，人品也浇薄得很，所以我们这次来考察考察他们，让他们来做有学问的赋,慢工出细活,熬熬他们。话还没有讲完,有个叫钱易的才子出来交卷了,皇帝气死了,看都不看,就把卷子扔了,说是个浇薄之徒。皇帝很讨厌才子,有时候又很喜欢才子,看你遇到什么皇帝了,你要遇到唐明皇才行。好了,宋太宗一摔掉卷子过后,就不开科场了,好多年不开啊,很恼火的[1]。在宋初的太平兴国(976—984)间,孙何中进士那一届,孙何就讲了一大段话,在《论诗赋取士》中说的,其中有一句话是:"诗赋之制,非学优才高不能当也。"要有学问,还要有才华,这就是写诗赋的难处。尤其是考赋,三百五十个字左右,最长的八百字,有人又反对,不能太长了,最多五百字,律赋嘛。这就需要在有限的篇幅中调动大量的才识来表现学问,而且还要切合时事,这是很不容易的。所以,我想这是赋比较质实的、有"类"义的重要原因,也是才学和赋类关系的一个方面。

经史命题促进了重才学思想的形成,又反过来影响文人创作。这种考试的学问,学校培养的学问,肯定会影响到文人的创作,这完全是相互关系,虽然不同,但相互影响。后来到了时文跟古文的关系,也是这样,时文和古文是不能断然分开的,没办法断然分开了,它们之间也是相互联系,从理论上来讨论它们之间的相互关系,就是"以时文为古文,以古文为时文"[2]。这是从理论上来说的,实际上从一个人的创作来说,更是不可能分开的,分隔不了,我们现在写论文,还是跟小时候写作文有关系的。这是有根据的。我写论文喜欢找

---

[1] 魏泰《东轩笔录》卷十记载了宋初太宗朝淳化三年(992)的一场殿试情形:"孙何榜,太宗皇帝自定试题《厄言日出赋》,顾谓侍臣曰:'比来举子浮薄,不求义理,务以敏速相尚,今此题渊奥,故使研穷意义,庶浇薄之风可渐革也。'语未已,钱易进卷子。太宗大怒,叱出之。自是科场不开者十年。"

[2] 换言之,可谓"以古赋为时赋,以时赋为古赋"。

角度，小时候写作文也是喜欢找角度。有一年暑假老太爷（父亲）逼着我写作文，一下写了五十篇作文，搞得没办法啊，是被逼上这条路的，（笑）任务重，就整天写嘛。写了五十篇，开学交给老师，厚厚一本。记得有一年寒假，快过年了，我去菜场排队买菠菜，卖菜的老头多找了五毛钱给我，五毛钱那时候不得了，我就把钱退给了那个老头，还回了他一句：你这个老糊涂。（笑）结果他要打我，用那个秤杆打，我就跑了。（笑）回来之后，我就跟我父亲告状，退给他五毛钱，心里头好像还有点不想退的样子。（笑）但当时要求学生拾金不昧嘛，那时候我还是少先队员，不是开玩笑的，（笑）这个情结在嘛，脖子上系着个红领巾，心里得意啊，刚加入少先队的那一天，在外面站了一天，也不晓得为什么站在外头，（笑）就是炫耀自己，（笑）那个时候是纯真得很啊。所以拾金不昧嘛，把那五毛钱就给了他嘛，给了之后，话没讲好，他要打我，（笑）吓跑了。我把事情跟父亲讲了过后，父亲没有多说话，就布置了一篇作文，题目就叫《五毛钱的风波》，（笑）现在那作文不晓得到哪儿去了，要在也是"文物"了。然后过了寒假，每次假期结束的时候，别的东西都没有，就是一大本作文啊，用钉子装订着，交给老师，老师吓坏了，（笑）正好有个同学作业没有完成，结果我那高个子女老师就骂那个学生，说：你看你，连人家脚丫泥都不如。（大笑）印象深刻，呵呵，侮辱人的话。那时候是小学二年级、三年级的时候，所以老师讲话也不太注意了，还骂学生，后来很快就进入"文化大革命"了，"文革"一到，不敢了。

你们看科举考试的经史命题和文人创作的关系怎么分割，无法分割啊。时文与古文的关系也是一样，当年的小作文（训练），以后研究的眼光也就是这样培养起来的。赋重才学跟它的类的意识，以及经史命题的关系，自然存在。还有个重要的问题，就是和理论批评相对的实际批评，我们要用实际批评的眼光来看待赋，那就是才学和功用。就一篇赋来说，要观察它的才学，看它的功用，就是实际批评。所以古代的赋论很多，它的理论性不强，但实际批评特别多，因为赋是横体，现实的内容多。这与赋"类"意识也相关。

通过这几个方面，我们就可以看出汉赋以及大赋后来的延伸，大赋是包罗万象，因为献赋嘛，献给皇帝嘛，所以要包罗万象嘛。因为皇帝是王者，他的思想是包罗天下的，王者就是胸怀祖国、放眼世界嘛。所以你献给他的东西，也应该是一个全面的、广大的东西。后来文学侍从地位衰落了，文人赋创作多起来，大赋就开始裂变，向两方面变化：一方面是变成碎块，就是咏物小赋、抒情小赋，实际上是汉大赋的碎块。汉大赋中间有咏物，有抒情，有物态。汉大赋是群写宫室，先是昭阳殿，然后是未央宫，后来只写其中一个宫殿，或者写一个小亭子，随物赋形，什么都能写赋了。这是一个方面，都是小碎块。另一个方面，就是对汉大赋的延续，大赋还在写，像京都这一类的大赋还在写，但同时，这些大赋也开始专题化，到魏晋以后专题化，什么《郊祀赋》啊，什么《藉田赋》啊，这些东西开始多了，开始专题化。从这些专题化的赋来看，包罗万象的大赋衍化出专题化的大赋，不是综合性的大赋，这跟学问，跟知识系统太相关了。比如地理赋，大量的地理赋，大量的科技赋，大量的宗教赋，大量的典礼赋，大量的艺术赋，专书专赋，比如书画赋，就是书画的历史及书画的各个方面的书写，包括怎么写，怎么画嘛。这就形成了一系列很有意思的赋。比如地理赋，写得越来越多了，越来越专题了，如清朝的《新疆赋》《西藏赋》。为什么那些治理新疆的人不读《新疆赋》呢？我不知道，要不然就不会出现一些动乱了嘛，对吧，你看那《新疆赋》里面写得多么祥和，尊重各个民族，俄罗斯人来买东西，高鼻梁，蓝眼睛，都有详细的描写，特别要看看那些北疆的部分，有南疆赋，有北疆赋，多美好啊。可惜现在人都读不懂，那些当官的都读不懂。徐松的《新疆赋》恐怕有万言，大赋呀，你读读，你看看，新疆的历史，新疆的情况，天山的美景，边关贸易的交流，各色人等，各色货物，宗教习俗，都有精彩描写。我们再看和宁的《西藏赋》，也是地理赋，也非常精彩啊，这篇赋比《新疆赋》还要长，有一个民族学院的教员为这篇赋作了注，搞了个评注本，一篇赋就能注成一本书。《西藏赋》写得很精彩，我写《文化史》的宗教部分时，就引了《西藏赋》的内容，因为它写了黄教与红教的不同，写了达赖系和班禅系的一些情况，各自的道场的不同，有历史价值，又有宗教价值，当然也有文学价值。别的文化史可能不会引，我喜欢引，因为它是赋嘛，我就喜欢看赋。我们家乡桐城有位叫姚莹的，姚鼐的侄辈，在台湾与西藏都做过官，他对《西藏赋》也是情有独钟，看姚莹的笔记里面就有讲：《西藏赋》不仅文人该读，就是治理边疆的封疆大吏、镇守将军也应人手一本[1]。他是清代道咸间的人，就已经强调要读这类赋了，把赋与区域治理、民族关系结合起来。大家想想，国家的统一与社会的和谐，跟赋有关呀。（笑）

　　这些都说明赋里面的内容很多，这些专题化的赋的出现，实在是太精彩了。再比如《画山水赋》，就整个的是山水画或山水赋嘛，那些山水文学研究者，有多少人了解这篇赋？这篇《画山水赋》也很精彩的，赋中有大量的美景的描绘，这种艺术赋为什么那么好呢？就是形

---

[1] 姚莹《康輶纪行》卷九论《西藏赋》："其于藏中山川风俗制度，言之甚详。而疆域要隘，通诸外藩形势，尤为讲边务者所当留意，不仅供文人学士之披览也。"有关清代疆舆大赋，详参许结《清代的地理学与疆舆赋》，《中国典籍与文化》1995年第1期。

容美，物态的描绘多，描绘得精彩。比如山水怎么画，近、中、远、更远的怎么画，浓笔、淡笔怎么画，怎么画皴纹，怎么画平整的，如此等等，都讲得很好。再比如画的布局、画的层次、画的笔法怎么样，画家的心胸、气韵如何，精彩啊。这个《画山水赋》实际上就是一部画山水画的理论著作了，而理论著作是一篇赋，写得那么美，为什么不好呢？这多好啊！为什么我们喜欢《文心雕龙》啊？就在于它是一个理论著作，而且文字写得那么美嘛。《文心雕龙》实际上就像一篇篇赋一样的，多用骈文来写，算是美文了。能够把理论文章写得那么美，真是非常好。你们博士毕业后可以写这样的文章，或许博士时期不能写，写了不行，写了没人能接受，曲高和寡。现在的毕业论文都程式化了，我不是讲过嘛，最大的时文就是你们的博士论文，你们都要先作时文，然后才可以把文字弄美一点，美文写出来自己看看，本身就是一种享受嘛。

　　再比如卢肇的《海潮赋》，写潮汐史的理论，研究海洋史或科技史都是要引录的，它写得极好啊。出于这一考虑，我曾经写过一篇文章《说〈浑天〉谈〈海潮〉——兼论唐代科技赋的创作与成就》，那也是心中所有，抒发了一下，在《南京大学学报》上刊发的[1]。当时《南京大学学报》的负责人就跟我商量，说题目能不能改一下，不像论文题，我心有不舍，舍不得改，就回复说不改，后来曹虹老师也讲，就这个好，这个题目好，不能改，她也是喜欢这种题目的，最后就没有改。文章的题目很有意思，有一年为钱林森老师编译的《牧女与蚕娘》写个书评，我就写了篇《诗灵的对语》，给《读书》刊发的，文题也有

---

[1] 许结《说〈浑天〉谈〈海潮〉——兼论唐代科技赋的创作与成就》，《南京大学学报》1999 年第 1 期。

点自鸣得意,《读书》很快就发表了[1]。我是想到了钢琴曲《秋日私语》,诗歌这东西,那种诗灵的东西是不能大声讲的,要悄悄地,通过心灵传递,而不是大声喧哗。大声喧哗的是口号,而内在的交流是诗情,所以我用的是"对语","语"是合口音。哎呀,结果发表出来的时候变成了"对话"了,叫《诗灵的对话》,哗,一下子展开了,"话"是开口音,气跑掉了,一头恼火,他认为我写错字了,什么"对语"啊,"对话"吧?这是中外文化间的对话嘛,很正常的,他不晓得这是"诗人之心"啊,他不懂哎,没办法。(笑)一篇文章的题目很有意思,《说〈浑天〉谈〈海潮〉》就以杨炯的《浑天赋》和卢肇的《海潮赋》两篇赋为点来谈,然后论及唐代的科技赋,因为科技赋很多啊,是"类"写"科技"的赋文。

再比如《道藏》中有很多篇如《金丹赋》类的辞赋作品,可谓道教赋,与佛教的赋作合起来,又可谓宗教赋,什么炼丹啊,坐禅啊,很有意思,也值得做些专题的研究。这些赋作虽然从文学的角度来看,也算不上有什么审美的价值,但是把宗教性的东西、学术性的东西文学化,还是蛮有意思的,这又是兼括辞赋学与宗教学的[2]。

由于这种赋的类比面比较广,使赋"类"的意识也得以拓展,且受类书的影响,古人编赋集尤其是编赋的总集时,多以类相分,赋集的类编成为一种常态。《文选》的赋分十五类,京都类、郊祀类、耕藉类、畋猎类、纪行类、游览

> 由于赋"类"的意识得以拓展,且受类书的影响,古人编赋集尤其是编赋的总集时,多以类相分,赋集的类编成为一种常态。

---

[1] 许结《诗灵的对话》,《读书》1991年第2期。
[2] 详参许结《赋颂与赋心——论赋的宗教质性、内涵与衍化》,《古典文献研究》第7辑,凤凰出版社2004年版。

类、宫殿类、江海类、物色类、鸟兽类、志类、哀伤类、论文类、音乐类、情类。在这十五类中，除了志类、哀伤类、情类是魏晋时期的特色，其他则是汉赋比较多。任何时代编文选，编选本，编赋集的人，他都是带着他那个时代的情感在里面，但编纂模式却是可以沿承的。到了清代编的《历代赋汇》，正集三十类，外集八类，共三十八类，"天象""地理"等。到了《赋海大观》，分得更细，类更多，就有些乱了，一分得多就容易乱。这个跟文类的划分也一样，到了明朝的时候，徐师曾的《文体明辨》，分那么多种，太多了，一复杂就不容易整清了，有时候还是笼统一点好，所以到姚鼐的时候又把文章归为十三类了。这就是一个类的意识的重要性，落实到辞赋的分类方法，也是个研究视点。

　　回到从文言到文类这个话题，也就是我前面讲的汉赋跟文言的关系，到跟文类的关系，这又要讲到前面提到的那篇文章了，就是万曼的《从语言到文字的桥》。虽然这篇文章很简短，没有什么论证，之所以经典，就是选题好，这个题目太好了，就是讲汉赋渊源的，这个标题特别精彩。大家先看看刘勰的《文心雕龙·事类》，《文心雕龙》不是只有《诠赋》篇论赋啊，还有其他好多篇也都是论赋啊，讲"事类"的时候大段引的也都是赋文[1]。赋是《文心雕龙》那个时代的人的文学批评的一个重要的对象，而这个对象，在某些篇章中最为突出，比如《事类》篇就是一个典型，《物色》也是个典型，而《事类》更多涉及的是汉赋。当然讲到从文言到文类的问题，阮元和刘师培的观点都值得考虑。我经常讲文和言，刘师培把它分成文、言和语三种，那赋肯定是从言和语变成的文啊，更多的是文啊，赋与骈文的结合，那

---

[1] 详刘勰《文心雕龙·事类》的相关论述，见本讲附录文献。

是真正"文"到顶了嘛[1]。所以从文的发展方面来看，这是非常明显的，因此汉赋就叫作"博丽之文"。扬雄就自称他少年的时候为"博丽之文"嘛，文章博丽就是赋。由于赋的创作在汉代的崛起，在此影响下，魏晋时期文学的元素，就是一个字"丽"，这是赋学批评家们经常谈的问题。"诗赋欲丽"是曹丕讲的，这个"丽"极其重要。扬雄讲"诗人之赋丽以则，词人之赋丽以淫"，都有个"丽"。"丽"就是一种对偶，就是一种比类，赋表现的就是这种内容、这种审美，所以被奉为"博丽之文"。赋的特点是文辞繁富，这就是"丽"，是横向的，犹如非常美丽的一幅图画。最近中文系有老师在商讨编撰《文学与图像关系史》，汉赋应该是个很重要的被研究的视域，因为它本身就是图案化嘛。可以将汉赋与汉画像石对应，汉画像石简单，是一些个像的表现，很少有像汉赋那样的群体表现，只有马王堆汉墓里面出土的帛画，那是天上、人间、地狱三层的描画，有点像赋的味道，那是一个大的画幅。所以赋是一个大的画幅，京都、狩猎、游艺，是完整的图画，这里面有很多的主题，纷呈会通，综合地展现。当然大赋中的每一个主题都是从诗骚而来，所以前代学者往往视赋为"古诗之流"，孙梅，还有后来的刘师培都讲它是从《楚辞》来，而且具体到哪一篇对哪一篇，这固然是有道理的。但是，汉赋在"博丽"这个方面加以发挥，又为诗骚所不及。从文辞来讲，汉赋是进化的发展，所以到魏晋的时候，批评家为什么有了进化的思想，跟从诗骚到汉赋的创作过程有关系。比如《抱朴子》讲的就是典型的进化论思想，说《诗经》的描写已经非常美了，但是跟汉赋比较的话，还是汉赋更美啊，这里

---

[1] 详刘师培《广阮氏文言说》的相关论述，见本讲附录文献。

做了一些比较。大家老觉得魏晋时期的批评是玄学的思想，实际上玄学中间有科学的意味在里面，因为就那个时期的人像发疯一样要飞，要升天，像神仙一样，他们那个时候就在做飞行器了。这些飞行器都是科技啊，所以魏晋的时候，玄学里头有科技的思想，文学里面有进化的思想在流衍，但后来又被强大的复古思潮斩断了，实际上在那个时代，大家应该有那么个感觉。汉赋与诗骚比，被当时奉为进化的模型了。

当然，将诗与赋对比，赋确实更多的是进化，一代超过一代，哪怕实际上是一代不如一代。但事实上，赋家总是自称一代胜过一代，很多人也都是这么看的。诗没有人这样讲过，都是祖述诗骚传统嘛。赋就不是这么回事啊，左思骂司马相如，李白是司马相如、扬雄一起骂，到周邦彦就根本看不起左思的这些东西，到了元朝那些人更是骂得一塌糊涂，说汉唐算什么东西啊，你看我们大元如何如何，我看一片草地吧。（笑）都是在吹，赋的进化就是这样。当然，这要加以正确地讨论，我曾经讨论过，也有人引我的观点了，因为我当时没有把这个观点完整地展示出来，但是我在《从京都赋到田园诗》里面讲到了，我看到很多人的文章引了，用的就是我的观点，也不讲是我讲的，经常被人家用了观点，都不讲是我讲的。（笑）不管它了，只要观点能被用，哪怕被挑刺，也是好的，我的想法有人呼应了嘛。就这一进化超胜思想而言，我就觉得不仅有儒家思想在里面，还有法家思想在里面，大赋兴盛于儒法时代，内法外儒的时代，赋家崛起，正好是这样一个时代。法家思想就是这样嘛，重现实的问题，这里面有可以深刻讨论的东西。当然，诗教精神是儒家的，所以赋家更多是汲取这种诗教精神，再加以赋家的

> 就这一进化超胜思想而言，不仅有儒家思想在里面，还有法家思想在里面，大赋兴盛于儒法时代，内法外儒的时代，赋家崛起，正好是这样一个时代。

尚辞的风貌，这二者就构成了尚文传统的统一性和它们在尚文传统的具体操作方面的冲突性和矛盾性。儒家的诗教精神是尚文传统，是礼制，礼制就是文，文质彬彬，礼乐炳蔚，孝武帝的时候是好文，他搞礼乐，所以文辞就蔚然兴盛，辞赋于是呼之即出，这些都是共时的、统一的。所以我们可以看扬雄的批评："君子尚辞乎？"人家问他君子要不要尚辞？他说："君子事之为尚。事胜辞则伉，辞胜事则赋，事辞称则经。"辞如果超过事就是赋了，事与辞，就是言与事、文与质，要相符才好。"以敏于赋颂，为弘丽之文为贤乎？"非常敏锐地思考，写了非常敏锐的辞赋，是不是好呢？结果王充在《论衡》里面就讲，好是好啊，"文如锦绣，深如河汉，民不觉知是非之分，无益于弥为崇实之化"，文辞美是好啊，但老百姓看不懂，一看就看昏头了。他是在文臣堕落的情势下，只讲民了。因为王充是个乡野匹夫啊。徐复观讨论王充的时候，一方面赞美他的思想的敏锐性，另一方面也说他的心态有问题，从小受压抑，所以心态有些扭曲，喜欢骂人，尤其是骂圣人，骂得很厉害，这跟他的穷苦出身有关[1]。班固就不会骂人，因为他是贵族。当然这只是一种说法，是可以讨论的。前引王充论赋的作用是对的，没有"崇实之化"就造成了赋的不好，这是对的，尚文传统和诗教精神是一致的，但是过度的华丽之后，掩盖了那种讽谏思想或者那些"崇实之化"，导致了矛盾，这种矛盾就构成了后来经义与辞章的冲突[2]。那么经义是不是文呢？经义本身就是文。辞章是不是文

---

[1] 相关论述，详参徐复观《两汉思想史》卷二《王充论究》。按：古人批评王充论点者亦多，如胡应麟《少室山房笔丛》卷二十八《九流绪论·论衡》云："读王氏《论衡》，烦猥琐屑之状，溢乎楮素之间，辨乎其所弗必辨，疑乎其所弗当疑，允矣其词之费也。"

[2] 详参许结《汉代赋论的文学背景考述》，《江海学刊》2006年第2期。

呢？辞章本身也是文。是文与文之间产生了冲突，是"崇实之文"与"华丽之文"产生了冲突，所以这个冲突在以后的科举考试中间就变成了一个争论的焦点，也成为赋学批评的永恒的主题。为了调和这种冲突，怎么办呢？如考赋时的经史命题。中唐以后经史命题就特别多了，在唐代考赋常用九经命题，到了宋代，大量的经史命题，大家固然要读经史，写赋的人更要读经史，要不然就抓不到题目啊。这也起到好的作用，赋又变得学者化了，赋就越来越注重学术的含量。如果说汉赋是现实的学问，那么后来的赋就是历史的学问了，因为要用经史命题了嘛。一旦学问变成了历史的学问了，那它的文学性就大打折扣啊，这一打折扣怎么办呢？就期待着今天，或者明天，看人们再怎么写赋吧！（笑）

赋的学术化与"类"意识相关，今天就讲到这里，下次我们谈谈考赋。

历史文献摘选

曹丕《答卞兰教》：

赋者，言事类之所附也。颂者，美盛德之形容也。故作者不虚其辞，受者必当其实。

袁枚《历代赋话序》：

古无志书，又无类书，是以《三都》《两京》，欲叙风土物产之美，山则某某，水则某某，草木、鸟兽、虫鱼则某某，必加穷搜博访，精心致思之功。是以三年乃成，十年乃成，而一成之后，传播远迩，至于纸贵洛阳。盖不徒震其才藻之华，而藏之巾笥，作志书、类书读故也。今志书、类书，美矣，备矣，使班、左生于今日，再作此赋，不过采撷数日，立可成篇，而传抄者亦无有也。

附：陆次云《与友论作赋书》：汉当秦火之余，典故残缺，故博雅之属，辑其山川名物，著而为赋，以代志乘，其体应详。其后载籍备矣，使孟坚、平子生于汉后，再欲谋篇，亦必不作曩日一纪十年累牍连章之制，矧又出其后者乎？

程先甲《金陵赋序》：盖京都之作，大氐讽颂两轨而已。乃其铺陈形势，与夫草木鸟兽之瑰异，人物之珍鲜，反诸司契，殆犹秕糠。议者谓古无志乘，爰尊京都，志乘既兴，兹制可废。蒙窃惑焉……窃以为刘向言其域分，变之有涯者也；朱赣条其风俗，变之无涯者也。有涯者，志乘所详；无涯者，志乘所略。苟盛衰之任远，将考镜以奚资……爰奋藻以散怀，期无戾于古诗之旨，以俟輶轩之使采焉。

欧阳询《艺文类聚序》：

夫九流百氏，为说不同；延阁石渠，架藏繁积；周流极源，颇难寻究；披条索贯，日用弘多。卒欲摘其菁华，采其指要，事同游海，义等观天……《流别》《文选》，专取其文；《皇览》《遍略》，直书其事。文义既殊，寻检难一。爰诏撰其事且文，弃其浮杂，删其冗长。金箱玉印，比类相从……其有事出于文者，便不破之为事。故事居其前，文列于后。俾夫览者易为功，作者资为用，可以折衷古今，宪章坟典。

附：刘本《初学记序》：圣人在上而经制明，圣人在下而述作备，经制之明，述作之备，皆本于天地之道。圣人体天地之道，成天地之文，出道以为文，因文以驾道……为今人之文，以载古人之道，真学者之初基也。

刘勰《文心雕龙·事类》：

事类者，盖文章之外，据事以类义，援古以证今者也……观夫屈、宋属篇，号依诗人，虽引古事，而莫取旧辞。惟贾谊《鵩赋》，始用鹖冠之说；相如《上林》，撮引李斯之书：此万分之一会也。及扬雄《百官箴》，颇酌于《诗》《书》；刘歆《遂初赋》，历叙于纪传：渐渐综采矣。至于崔、班、张、蔡，遂捃摭经史，华实布濩，因书立功，皆后人之范式也……夫经典沉深，载籍浩瀚，实群言之奥区，而才思之神皋也。扬、班以下，莫不取资，任力耕耨，纵意渔猎，操刀能割，必列膏腴。是以将赡才力，务在博见，狐腋非一皮能温，鸡跖必数千而饱矣。是以综学在博，取事贵约，校练务精，捃理须核。众美辐辏，表里发挥。

附：刘师培《左盦集》卷八《广阮氏文言说》：西汉代兴，文区二体：赋颂箴铭，源出于文者也。论辨书疏，源出于语者也。然扬、马之流，类皆湛深小学，故发为文章，沉博典丽，雍容揄扬。注之者既备述典章，笺之者复详征诂故，非徒词主骈俪，遂足冠冕西京。东京以降，论辨书疏诸作，亦杂用排体，易语为文。

研习与思考

（一）赋与类书广狭两义之理解

（二）赋类与赋体

（三）赋类与类赋

（四）赋之形式：从文言到文类

第九讲

考　赋

今天讲考赋。这牵涉到文制，就是文学的制度或文化的制度。中国文学跟文制的关系太密切了。制度促进了文学的发展，但制度又约束了文学的发展，往往被约束的文学在制度中挣扎出来后，又反过来扬弃这个制度，所以大家不能忽略制度下的文学。实际上中国文学跟制度的密切关系，在辞赋创作领域中表现得最明显。在座的何易展有一篇文章，考论考赋在隋唐以前就有了。虽然他引了我的文章，其实我几乎忘了我那篇文章是哪一年发表的。看他引的文字，我才想起还是 1994 年在《学术月刊》上发的，叫《中国辞赋流变全程考察》[1]。这一篇文章，何易展引了过后，我就找出来看看，觉得写得蛮好的嘛，（笑）是我写的吗？（笑）仔细看看，哦，是我写的。（笑）往往自己写的东西，被人引了过后，又转过来反馈给自己，感觉还不错。（笑）事情就是这个样子，自己欣赏没用，反过来有了别人的欣赏，你自己就能够重新发现自我。（笑）我是这样讲的："试赋制度虽始定

---

[1] 许结《中国辞赋流变全程考察》，《学术月刊》1994 年第 6 期。

李唐，然以赋取士则渊源久远：自战国屈、宋以'文人'名世，辞赋亦最先步入宫廷；汉赋崛兴，要在'献赋'之制；魏晋迄隋'据兹擢士'、'以此选材'不乏其例，故隋文帝开皇三年左监门参事参军刘秩上疏即谓'晋宋齐梁递相祖习，谓善赋者，廊庙之人；雕虫者，台鼎之器；下以此自负，上以此选材'。"这么一大段，被他看到了。就是说考赋是其来已久的，虽然到了唐高宗试诗赋，一诗一赋，尚非定制，到了中唐才真正成了定制，也就是玄宗以后才渐渐成为定制，实际上这个渊源很久远。

考赋与文制的关系。

要说考赋与文制的关系，或许应先说赋与文制的关系。古人由诗而赋，由口诵到创作，从先秦到汉代，汉大赋是继《诗》而来的。赋是由风雅颂赋比兴转换为文体的，由口诵的特征转换为一种文本的创作，经历了漫长的历程。刘熙载曾经讲过，赋诗也好，后来作赋也好，赋有两个线索，两个功能。一个就是用于讽谏，比如《国语》里面讲的王者观政，要矇诵、瞽赋、史献曲，都是以襄王政而成王言，就是说为了王政而有王言，是观风以襄王政嘛，因此就具有一种"王言"的意识。当然，也有人不赞成这个说法，我还坚持这个说法，马上《中国社会科学》第 4 期那篇文章，当时在匿名评审的时候，有个专家就提出商榷，但是商榷我可以改，也可以不改嘛，我不愿意改的我可以坚持，哪怕不发表，都可以。发表的文章，如果有自己见解的还是要以自己的见解为主，不要屈服于刊物而把自己的见解给丢掉了。我坚持我的这个见解，也就是说早期的诵诗、赋诗，都是给王者提供民风、习俗的，是有观政功用的。春秋时天子失官，王政衰落，王言自然也就衰落，这是一个大背景。所以前人说"一以讽谏"，之后就是"一以言志"，赋诗最初是讽喻，然后是言志。当然，广义来讲都是言志，诗言志嘛，所以朱自清在写《诗言志辨》的时候，考虑到《诗》的言志的传统，把言志提到极高的地位。但是言志有时候又有不同，意思是有一个是讽喻，有一个是言志，用于王政者，是讽喻，用于言志者，是王政失落以后，个人抒写情志。这个"言志"有两种：一个是春秋后期，外交使臣交往的时候，赋诗言志，这时候是断章取义，为己所用，不是一个作为王政、王言的整体，而是为己所用，我想用这一句就用这一句；再者就是流而下之，到了屈原的时候，贤人失志之赋作矣，这时候更是抒发情怀了，这样就由外交的言志变成文人创作和抒发自己情怀的言志。从外交到贤人失志之赋的创作，这么一个漫长的阶段，实际上都是在王政衰落、王言丢失的情况下出现的[1]。

汉赋的崛起，一个很重要的原因，也就是前面所讲的作者是言语侍从，宫廷文学之士的兴起。这些文学之士以前都是散在四方的游士，被招纳以后，进入宫廷，变成宫廷文士，这也就构成了从游士到文士的转变。而宫廷文士的功用显然与君主政治有千丝万缕的联系，这也就是献赋的由来。宫廷文学侍从们纷纷献赋给王者了，所以这些人所献的赋，也就归复到周朝制度中间的"讽喻"精神。司马迁也好，后来的班固也好，在评司马相如的赋的时候，都说他的赋"与诗之讽谏何异"，都是这样，赋的"曲终奏雅"也是寄讽嘛，汉代赋用论者谈赋的价值，也在这里，而反对赋的"虚辞滥说"。至于文人创作的赋如何表现，这就是另一个话题了，而汉人献赋的本质是讽与颂。"讽颂"在某种意义上就是归复了"王

> 汉赋的崛起，一个很重要的原因，就是宫廷文学之士的兴起。要注意文学之士从游士到文士的转变。

---

[1] 可并读《汉书·艺文志·诗赋略后序》与《两都赋序》，二者赋学观的异同，可详参许结《汉代赋用论的成立与变迁》，《杭州师范大学学报》2016年第2期。

言"的传统。到了东汉以后,这种传统又再次衰落,因为随着文士作为文学侍从地位的衰落,献赋就成了一些零散的行为,而不是整体性的行为,也就没有了像《两都赋序》里面讲的"武宣之世,献纳者千余篇"的盛况出现。到了张衡等人,他们的那些大赋,都已经不是献赋了,而是对前朝的一些模拟,寄讽于模拟的文本中间。到了魏晋时期的小赋,那更是个人的抒发情怀了,是触景生情的一些东西,或者是随物赋形,有什么物就赋一下,成了这种样子了,那是文人的创作。

赋算是一种大书写、大叙事,尤其是汉大赋,这种文体的兴盛与文制的关系,最具体而突出的就是献赋。献赋制度虽然衰落了,但献赋传统一直存在,因为某一种行为构成传统之后,这个传统会有延续性。所以到了魏晋以后,历史上依然不乏还因献赋而做官的,比如杜甫还献"三大礼赋",周邦彦还献《汴都赋》,元朝、明朝都有献赋,到了清朝翰林院,也还有献赋。随侍皇帝,都要献赋,这传统一直在,只是这个传统从汉代以后,从一个宏大的传统变成了一个很狭隘的传统,影响已经不大了[1]。士人的出路因时而变,入仕渠道也有不同,但士人献赋是一个传统,不能忽略。大家都知道,到了东汉以后,赋就转而下移,变成了一种文人的创作,从宫廷下移以后,文学与文化制度的关系也在下移,文化的家族化,家族文学的兴盛以及下层文人创作的兴起,也都是文学下移的表征。而且王政与王言在赋域的体现也在整体地下移,不再跟王政、王言结合了,不再表达王者之言的"主导思想"了,也就是现在所讲的"主旋律"嘛。(笑)这种思想不是不在,还是存在的,

> 赋算是一种大书写、大叙事,尤其是汉大赋,这种文体的兴盛与文制的关系,最具体而突出的就是献赋。献赋制度虽然衰落了,但献赋传统一直存在。

---

[1] 有关历代的献赋传统,历代史书传记均有记述,浦铣《历代赋话》辑录甚多,可参阅。

一种很狭的献赋传统一直都是存在的。这是一个方面。

另一个方面是，赋创作在王言意义上的归复，是代表王政、王言的整体意义上的归复。李世民当年看到闹场士子过来的时候，所谓"鱼贯而入"啊，非常感叹，说"天下英雄入吾彀中矣"[1]。不要再有龙虎之争了，不要再有中原逐鹿了，统统到考场上来，把你们的意志、你们的才情统统消磨在考场中间。但是士人是整个文化的基石、基础和栋梁，士人就是文化阶层，一个学术，一个政治，一个王言，都是一种文化建构嘛，一种文化的建构就需要士人。而每个士人都必须通过考试才能进入文化的中心，进入各级阶层的中枢，那考试之文无疑也就间接地代表了王言、王政的思想，只是献赋和考赋相比，前者是一种高层的精英的言说，而后者则变成一种工具，变成大家都可以参与且取得功名的工具，但论其含义还是有这一重要意义的。所以在"献"里面也有考功名的意思，而"考"里面也有献赋的传统存在。既然赋创作已成为一种工具化的东西，以此考察士子的水平，并由此进入政治集团，作为文体的赋必然又恢复到统治者的手上。这牵涉整个的选人制度，从察举制、九品中正制到科举制度，科举制的一个重大的革命就是以文取人，这个"文"包括后来的一诗一赋，赋的考试是观才学的，也是观思想的。所以为什么后来的考赋大量地经义化呢？又从文辞回到经义，跟经义纠缠在一起呢？与这一传统密切相关。因为从汉武帝以后表彰六经，中国的学术传统就是一个经义的传统，儒家的经变成治国的教材，不因国家的兴衰而变

> 献赋和考赋相比，前者是一种高层的精英的言说，后者则变成大家都可以参与且取得功名的工具。

---

[1] 王定保《唐摭言》卷一记述唐太宗"私幸端门，见新进士缀行而出，喜曰：'天下英雄入吾彀中矣。'"

迁，是一个永恒的传统、治国的纲领，儒家的王道思想变成了一个治国的纲领，一直到"五四"以后才被推翻，不再用它了，现在又在一定程度上恢复，变成了一个文化传统，而非政治传统，因为我们的政治传统是马克思主义。这两者还是不同的，一个是政治传统，一个是文化传统。那么政治传统怎么跟文化传统分裂了呢？这是一个很奇怪的现象。过去是没有分裂的，二者统为一个传统，从李唐到赵宋，这个传统是一直存在的，政治都是用这个王道思想，所以它就有一个巨大的稳定性，这种意识形态也就一直传承下来。赋在这个传统里充当了工具性的角色，这种角色最明确的形态就是献赋和考赋，所以研究辞赋这门艺术或这种文体，献赋和考赋是不能忽略的。

在发给大家的材料中，我列举了一些古代献赋的材料，大家可以看看，如班固《两都赋序》就说"朝夕论思，日月献纳"，到了蔡邕《上封事陈政要七事》，就有点考的意识了，到了白居易的《赋赋》，则完全是为考赋张目。考试取人以文，是隋唐以后科举制的重要内涵，但考文很广，所考皆文，策论也是文，经义也是文，时务策等都是文，诗赋当然也是文，都是以文取士，毫无疑问，只是或有偏重而已。所以考不考赋是在怎么考文、考什么文的问题上产生了争论[1]。这与后来废除科举考试的争论是大不相同的，废除科举考试是坚决不考这些东西，而当时是在考不考某种文类如赋上的争论，是考试文类问题上的论争，比如赵匡在《举选议》中就反对考赋，白居易就赞美考赋，这种争论例证非常之多。

这就牵涉另一个问题，就是制度的变

> 考试取人以文，是隋唐以后科举制的重要内涵，但考文很广，所考皆文，策论也是文，经义也是文，时务策等都是文，诗赋当然也是文，都是以文取士。

---

[1] 详见本讲附录文献。

迁与考赋的历程。前面讲过了，文制的影响是非常大的，它对文学有负面的影响，但是也有很大的功用。你学习好的文学文本，你可以不考虑文制，但是你要全面地了解文学之所以发展的原因，那你就必须要了解文制跟文学的关系，就像我们现在学古文，学习汉魏古文，我可以不看八股文，不看后来的时文，但是要研究古文的意义以及后人怎样研究韩柳等古文的时候，你就必须要考虑明清的八股文、时文，否则你就不能全面地了解这其中的缘故。因为后来古文的写法也八股化了啊，也时文化了啊，这很有意思。批评更是如此，前代的文学没有那么多的技法批评，没有那么多篇章、句式啊，不考虑具体的篇章、句式嘛，评点更没有多少明确的东西，但为何到了明清时代大量出现技法批评呢？跟时文创作有关。时文创作出现后，是不是仅有时文才有评点，仅有时文才谈篇章、结构呢？非也，它们是连古文都一起谈的。这给文学批评提供了一种新方法。说句老实话，没有科举考文的话，我们的文学批评将会更抽象。幸好有了科举考试，时文评点多了，批评多了，我们的文学批评才稍微具体些了，明清时代的文学批评才崛起了，前面的一直很抽象，很难把握得住。这个很重要，所以包世臣讲：时文之前，我们读古文可以不考虑时文，到了经义考试之后，没有不通时文而通古文的。这话讲得非常有道理，没有不通时文而通古文的人，必须都要通时文，这其中包括科举考赋对赋学批评的影响。

大家知道，从唐代开始，科举考试的特科和常科都有考赋的情况，过去还有制科，比如吏部试，在唐玄宗以前都是吏部考，在唐玄宗以后都改到礼部考，回归到礼部。过去吏部考的时候，因为吏部是天官，吏部要把铨选权收到手。后来制度化后，渐渐地还是归还给春官，走到《周礼》的路数上了。春官主学政，主考试，后来的考试都是礼部考，但是选拔官员还是吏部，包括一些特科都是有的。由于有这样的制度，于是我们就要考察这种制度的变迁和试赋的历程。这是我们讲的第二个问题。考赋的历程非常之长，比如开元二年（714）试《旗赋》，有"风日云野，军国清肃"八字韵，而早期在高宗的时候考杂文，就有一诗一赋说，这都是明确的。但是到底哪年开始考赋的，争论太多，有人批评徐松《登科记考》的记录不准确，仅依一些碑文和史料，说明考赋的情况，不够精确。大体说来，人们的共识是在高宗的时候开始有考赋的情况了，考赋观才学。前面也有用赋来观才学的，但考杂文，一诗一赋大概是在这个时候，观才学宜同。到开元的时候，考赋越来越盛，中唐以后就兴盛了。在中唐兴盛的时候，也有挫折，大和七年（833），礼部奏准停考诗赋。考不考赋，在唐代出现争论，在大和七年的时候就朝议停考。在唐代争论的问题是考不考的问题，有人说赋是雕虫小技，有什么考的啊；有的说赋不是雕虫小技，可以观才学。当时情况是，大和七年议罢诗赋，但八年又有所恢复，所以在唐代实际上只停考了很短的时间，不能作为考赋停废的普遍现象来列举，只是在争论中间，体现在制度上有这么一个情形[1]。

考不考赋最激烈的斗争在宋代。宋仁宗时期朝臣就提出策论更重要，比如司马光说要考策论，范仲淹虽然也主张考赋，但更重的也是策论。在宋代，仁宗以前重策论，考文之争多在策和诗赋，考策，时务策和一些策论，是经世致用的学问，就像董仲舒的《天人三策》一样，这种思想占上风。而到了神宗以后，才是对考赋制度真正产生挑战的时候，考文的论争变了，不是策论和诗赋之争，而是诗赋和经义

---

[1] 有关唐代考赋的情况，邝健行颇有论述，如《唐代律赋对科举考试的粘附与偏离》《律赋与八股文》(《诗赋与律调》，中华书局1994年版)，《唐代律赋与律》《初唐题下限韵律赋形式的观察及引论》《唐代律赋用韵叙论》(《诗赋合论稿》，江苏古籍出版社2002年版)。

的争论。策论、经义、诗赋三者相比,诗赋和经义又更接近,策论是一种时务,跟现实接近,而经义是对传统的经的解读,辞赋是一种传统的文本的书写,经义与辞赋在某种程度上是相通的。所以这时候的

> 策论、经义、诗赋三者相比,诗赋和经义又更接近,策论是一种时务,跟现实接近,而经义是对传统的经的解读,辞赋是一种传统的文本的书写,经义与辞赋在某种程度上是相通的。

文争又变得狭了,狭到以言取人这样一个范围[1]。在这一制度的变迁中,最重要的事件就是王安石的变法,他的变法带来了一种文字的大变革,他以三经取士,他自己编纂《周官新义》,这是他自己用力的一经。在以三经新义取士的时候,考文重经义文,也就是后来说的八股文的先声。因为考经义,所以就要废诗赋,于是在神宗熙宁年间罢诗赋,这是历史上最典型的罢诗赋。罢过以后,一直到哲宗元祐年间又开始考诗赋,高太后当政,复古派兴起,又恢复旧制了。为了调和经义和诗赋的矛盾,就出现了诗赋进士和经义进士两科分考的情形,这一直延续到南宋时期,整个南宋都是这样,甚至金代也是这样。元祐恢复考诗赋,考了七八年的时间,计两三科而已,到了高太后去世后,哲宗亲政,于绍圣元年再罢诗赋。这一罢直到南宋建炎的时候,才又恢复考诗赋。这样,宋代前面一二十年罢赋,后面又三十四年罢赋,大家想想看,这构成了一个宋代历史上的"赋荒",荒掉啦,我把它称为"赋荒",这一点值得思考。过去除了献赋以干禄,赋的实际功用并不大,魏晋六朝的时候大家都喜欢写赋,文人写赋传统也一直存在,而到了唐宋以后,科举考试,士人的命运都维系在这个上面了。

---

[1] 宋人说考经与赋皆"取人以言"者多,最典型的说法是《续资治通鉴长编》卷三百六十八"哲宗元祐元年闰二月庚寅"条载侍御史刘挚语:"诗赋之与经义,要之其实,皆曰取人以言而已。贤之与不肖,正之与邪,终不在诗赋、经义之异。取于诗赋,不害其为贤;取于经义,不害其为邪。"

就像高考一样，现在所有的孩子都是为了高考，都在围绕高考，高考这个指挥棒是不能动摇的，唐宋时期的科举考试也是如此。因此，一旦废赋的时候，大家都不考赋了，还有人学吗？小孩都不学了，成人也不写了，这样几十年下来，你想想看还有多少人能写赋啊？于是到了哲宗元祐年间恢复的时候，连改卷老师一下子都找不到了[1]，就像到明朝的时候找通历法的人找不到了一样。明朝初年禁止民间习历法嘛，不准搞历法，历法搞了过后，天人感应，农民起义尽搞这些名堂，神学跟历法结合起来，危害朝政，是不能搞的，所以就坚决禁历法了。到了万历年间，历法很乱，没办法，就遍寻域中，结果无人通历法，因为当时谁要通历法就处斩，历法就断掉了啊。这样西洋历法才冲进来了嘛，否则可能还早着呢，还要往后面延，因为中国文化有强大的排拒力，是不容易让外部文化进来的，但是自己的历法没有用了嘛，西洋的历法才轰地冲进来了嘛，这就是明末的"崇祯历"[2]。当然还有一些重要的人物，像徐光启这些一品大员相信天主教，然后中国皇帝干脆就把洋人引进来做一品大员，做部长级的职务，或者当顾问。你讲古人思想僵化，很开放啊。康熙就是干脆引进啊，把外国人拉进国门来做官就是了，什么汤若望、南怀仁，都是的，这个气派很大。所以不要小看过去，过去更开放，思路更开阔，不行就引进几

---

[1]　《续资治通鉴长编》卷四百九十引录左正言丁骘上奏章："窃睹明诏，欲于后次科举以诗赋取士，天下学者之幸也。然近时太学博士及州郡教授，多缘经义而进，不晓章句对偶之学，恐难以教习生员。臣愚欲乞下两省、馆职、寺监长贰、外路监司，各举二人曾由诗赋出身及特奏名人仕者，以充内外教官。盖经义之法行，而老师宿儒久习诗赋，不能为时学者，皆不就科举，直候举数应格，方得恩命。今或举以为教官，当能称职。"

[2]　许结《中国文化史论纲》第八章"取则天象：科技文化的生克消长"第一节"取则天象与天文历法的演变"有所叙述，可参。该书有广西师范大学出版社2002年、2003年版，江苏教育出版社2006年新版。

个西人来治国，也不怕颠覆。（笑）

　　回到科举考试，赋也跟这个是一个道理啊，到了南宋恢复考赋的时候，更惨，没有人能改卷，没有人能胜任做考官，不知道怎么办，所以考赋要慢慢恢复。在罢复之间，每次一恢复，比如元祐恢复考赋的时候，有人就说暂时不能恢复，过两年再恢复，有个缓冲期看看找找哪些人能写，才能考察哪些人能改赋。你比方说，现在的本科生突然要考赋，怎么办？说句老实话，大学考试不考作文了，考赋，马上这个赋韵书就吃香了啊，你组织编本赋韵书卖，肯定卖得好。（笑）就这问题啊，你考得起来吗？考不起来啊，教育部肯定讲，这不行，五年后再考，（大笑）要做些准备。这些文制太重要了啊，因为我们隔得远了，只看到文本，看不到文制，所以你就忽略了这个东西，你一定要回到那个时代，找到具体的内容才能知道。什么"苏文熟，吃羊肉；苏文生，吃菜羹"[1]，（笑）苏东坡是走运啊，当然他的文也的确好，但也是跟科考有关啊。他喜欢作赋，也是主张考赋的，然后他写的赋就变成了样板。南宋以后考赋的样板是什么？是元祐体。现在谈元祐体的人当然很多了，但是谁真正是落实到文制去讨论的呢？我看还没有，没有好好地落实到文制上去讨论。所以前不久，想到了这个文制问题，因为一个项目跟这个文制，跟考赋有关，所以就动脑筋写了一篇文章《宋代科举与辞赋嬗变》[2]，这篇文章我不跟你讨论赋是什么东西，这个讨论的人多了，我自己也写过这方面的文章，已经有什么

---

[1] 陆游《老学庵笔记》卷八："建炎以来，尚苏氏文章，学者翕然从之……亦有语曰：苏文熟，吃羊肉；苏文生，吃菜羹。"按：南宋孝宗朝重苏文的记述甚多，如罗大经《鹤林玉露》甲编卷二《二苏》载："孝宗最重大苏之文，御制序赞，太学翕然诵读。所谓'人传元祐之学，家有眉山之书'，盖纪实也。"赵彦卫《云麓漫钞》卷八载："淳熙中，尚苏氏，文多宏放。"

[2] 许结《宋代科举与辞赋嬗变》，《复旦学报》2012年第4期。

《北宋赋研究》的博士论文，《南宋赋研究》的博士论文，讨论得很多了，我在这篇文章里面就着重抓三个点来考虑赋跟文制的关系。

第一个点就是宋初殿试考赋。宋初考赋最重的是殿试。为什么宋初的殿试考赋最值得注意？为什么省试没有殿试重？因为要把铨选权收归中央。唐代的党争太厉害，门生都要感谢宰相，感谢座师，这样弟子之间就会结党营私，形成一个个权力集团，一个个文士集团就腐化为一个个权力集团，这是很明显的，并且是夺天子之功了。于是到宋初的时候，削弱了主考官的权力，都是天子门生了，因此赋依旧恢复为殿试考。宋初殿试赋太精彩了，这些赋的题目都还在嘛。一直到仁宗以后，殿试赋才淡褪了，所以考察宋初赋跟文制的关系，应该首先考察它的殿试赋。殿试赋就是归复王言、王政传统，这是一个突出的现象。

第二个点就是元祐复赋。元祐年间恢复考赋。抓住这些点，你的论文就好写了，就清楚了。元祐复赋是很重要的，王安石和苏轼都有大量的争论，关键是元祐恢复考赋了，虽然只是恢复了几年，但却变成了一个重要的样板，跟元祐体，跟诗文紧密结合起来，变成了一个标志性的成就。所以我说"元祐"之所以被提得那么高，当然文学水平高是一个方面，也确实是跟文制的关系密切相关，很重要的原因还是恢复了诗赋考试制度。因为一恢复诗赋考试，大家都开始搞诗赋了，从小就学嘛，如果不考诗赋，从小就不学了，如果都不学了，哪还会出现大诗人呢？小孩学习毕竟都是争功名嘛，大家都是这样，没用的东西，哪个学啊？现在一大堆人又开始作赋了，作赋为什么呢？他们赚企业的钱，赚政府的钱，爱好也有，但是赚钱的很多。最近看到他们居然在搞辞赋产业链，什么名堂！（笑）

宋代之所以重元祐体，跟恢复考诗赋有关，大家就纷纷又作诗赋了，然后这些老人，就是过去考赋的人，他们留存下来的赋就可以作为后人仿效的榜样了。这些榜样的树立是跟复赋有关，但是我们是不是应该从反面看，更重要的是跟赋荒有关，跟废赋有关。你要回过头来看，实际上是几十年不考赋，废赋之后它的价值更高了，如果不废赋，也许元祐赋就不会被突出。所以这要从反面来看，它的功劳是敌人给它的，好多的成就往往是敌人给的啊。比如校雠，校雠的结果是"仇人"给的嘛，你要是把它当成朋友，那你的校对就会一塌糊涂。大家都很爱护自己的论文，所以硕士论文、博士论文里面很多错字，为什么呢？就是因为太爱自己的东西了，就像是我的儿子、我的心肝宝贝，（笑）没有把它当作仇人来看。你们写论文，写好过后马上就要把它看成是你的敌人，校雠校雠，你要跟它相对立，对立过后才能校出来错误。所以下次论文答辩的时候，我要讲一讲大家不要太爱自己的论文了。（笑）我的这篇文章很重要的就是抓住了一个问题，就是复赋是一个表象，更重要的是废赋。这种效应一直到什么时候呢？三十四年以后，南宋恢复了考赋，这个时候它的地位就很高了。宋初殿试赋的地位当然是高，但更重要、更直接的还是元祐时期的赋作，包括这个时期考的赋，考官改的赋，都变成了典范[1]。而这个典范是在什么时候真正树立的呢？是南宋孝宗的时候，就是乾道、淳熙年间，简称"乾淳"，所以我当时写的小标题是"乾淳隆文"，就是乾道、淳熙年间隆盛的文学，就是考文。这正是我这篇文章谈的第

---

[1] 姚勉《雪坡舍人集》卷三十八《词赋义约序》谓："国初殿试惟用赋取状元，有至宰相者，赋功如此也。"此赞宋初殿试赋之功。又胡仲云《祭雪坡姚公文》谓："人皆谓之雪坡、子瞻，以其文之驱涛涌泉，怒骂嬉笑，皆成篇章，日与笔砚以相研；人皆谓之雪坡、同父，以其气之霆驾风鞭，豪放凌厉，自视无前，取高科如骞。"此引述子瞻（苏轼）、同父（陈亮），以喻指元祐与乾淳考赋历史之盛。

> 宋初殿试赋的地位当然是高，但更重要、更直接的还是元祐时期的赋作，包括这个时期考的赋，考官改的赋，都变成了典范。

三点。由此乾淳隆文对应前面宋初殿试与元祐复赋，构成了整个宋代的辞赋与文制的关系。那么在这个时代，他们作赋追奉的是元祐时的赋，出现了好多小苏东坡，都想学苏东坡，所以苏东坡的诗赋就变得珍贵了，甚至一些文人平时的创作也变成了他们的榜样。因为这不一定非要是科场的东西啊，而是围绕科场的东西，就像唐朝的行卷一样，行卷文学的价值不在于科场，而是围绕科场而产生的一种文学，其中的作品很多是很好的，平时创作也有很好的东西供闱场学习的。在乾淳间，比如陈傅良，他学苏东坡，他考赋就学苏文。到了宋理宗以后，又把他们的创作奉为榜样，号称"小元祐"。因为取法不能乱取啊，你们取法一取就要取到孔子去？或者一取法就取到屈原、司马相如？那不行的，你们要先取法我嘛，（大笑）一个个来啊，你们做学问先听我说，然后再慢慢往前往上走，不要一下子跳得太远，看不清面前的人了。考赋学习也是一样的，南宋后期是学"小元祐"，然后才学"大元祐"，然后才学宋初殿试赋，然后再学唐前，学汉大赋，应该是这样的。我的这篇文章正是这一思路，讨论的一个核心问题就是考赋与文制的关系，方法上是从反面来讨论，我们叫作逆向思维，非常规思考，这往往是写论文、做学问的好办法。你们可以试试看，这也算是我的写作经验哦，当然也不一定正确，这叫空想大于实践，（笑）无事且作非非想，整天就坐在那想，没有一点新的东西，我是不会写论文的。思而学，固然重要，学而思，就更重要了，要想，想人家没想过的问题，一篇论文就成了，我的论文基本上都希望有点自己的想法。所以我并不喜欢写书，写书肯定会有跟人家重复的，重复的一大堆，是没办法的。下面还要写书，所以很头疼，就想写书之前先写论文，要写一本书就要先发个一二十篇论文，因为这里面有好多自己的想法嘛。对不对不要紧，关键是要有自己的想法，自己的问题意识。

因为有了这一篇文章，我后来就接着谈了辞章与经义，是对赋学批评中的一个理论问题的思考。然后我又想到了献赋与考赋的不同，于是又接着写了一篇《从"曲终奏雅"到"发端警策"》[1]，前面跟你们讲过的，小赋是"发端警策"，大赋是"曲终奏雅"，这也是文本的研究。然后再想，联想，越想越多，想到最后，是越想越远，系列文章在想的过程中产生了。你想，这科举考试左右了人心啊，我们不赞成它的弊端，但是它影响了文学的创作，这是毫无疑问的。傅璇琮先生曾讲科举考试是对唐诗的一种损害，有道理，但也片面，这只是一个方面，从更广远来讲，也谈不上什么伤害，它就是一种现象，必然会对唐诗发展有一种内在的、更广远的意义[2]。不要过分地讲这个字怎么怎么好，那个字怎么怎么死，死是死点啊，但那是考试啊，要改考卷啊，要是像汉大赋一样，写了半天还不知道在哪里，那考官会立马给你打不及格嘛。你走来就有一个亮点出来，一下子就抓住了考官的眼球，然后这种写法就变成了一种模式了嘛。这种模式很重要，你们写论文为什么投不上好杂志呢？因为你们不懂模式嘛。写论文也是有模式的，要一走来就有亮点啊，万事开头难，写论文也是这样，一下子就要把编辑吸引住，题目先吸引他，然后一看开头，嗯，也有道理，然后才送外审，否则，编辑一看，没意思，看半天不晓得讲什么东西，就把它扔掉了。你们写论文最难的就是开头，开头为什么难？

---

[1] 许结《从"曲终奏雅"到"发端警策"——论献、考制度对赋体嬗变之影响》，《湖北大学学报》2012年第6期。

[2] 有关论述，详见傅璇琮《唐代科举与文学》第十四章"进士试与文学风气"。

大家都爱惜开头，写好了舍不得删，所以大家就要学习欧阳修，把前面全部删掉，就留一句"环滁皆山也"，写论文也同样有这个窍门。

继北宋有关考赋的争论后，到南宋基本上已成定制了，不再考虑经义与辞章的矛盾了，这个矛盾在渐渐消解，因为矛盾已经达到了那么一种高度了，科举试赋成为一种取人的惯例了，形成了惯例从而对政治影响不太大的时候，就只是一种制度的沿袭了。中国古代是一个缓慢变革的社会，农耕经济，一个制度沿袭几十年、几百年是不成问题的，你不要考虑它为什么这样，只是一个制度的沿袭罢了。一直到南宋晚期，依然考赋，一直到元代，还有考赋。但是这个考赋也有两个变迁。一个变迁是元代，不考律赋考古赋；到了明清省试不再考赋，考八股文，这是另一个大变迁。明代不考赋，考赋就废掉了，基本上都是文人赋了，但少量的还有翰林院考赋，以及围绕考试的投卷赋[1]。到清代才恢复了大面积的以赋观测士子才学的考察，虽然进士科考试都不考赋，但在其他很多方面都是考赋的，比如博学鸿词科、翰林院、书院、学政视察地方等都考赋，最重要的是博学鸿词科和翰林院的考赋。翰林院牵涉朝考、大考，翰林院的考试多了，考察的时候有大考，考得不好就降一等，然后不给毕业等等，甚至剔出翰林院，这时候考试的人是很心惊胆战的啊，考得好就升等，考得不好就害怕了啊，必须要及格。这些都和赋相关，因此到清代出现了那么多的赋，出现了各类馆阁赋钞，还有《赋海大观》等，赋多呀，又跟考赋的制度相关。这自然又牵扯到别的问题：为什么要考赋？考的是什么样的赋？于是就有了一些规律性的东西，比如对格律、风格、体裁

---

[1] 如《明史·选举志》记明代翰林庶吉士之选云："令新进士录平日所作论、策、诗、赋、序、说等文字，限十五篇以上，呈之礼部，送翰林考订。少年有新作五篇，亦许投试翰林院。"

的要求等等,围绕考赋的赋的批评出现了。

考赋不一定仅仅在考场,考场上的叫"文战",有时候还在考场之外,但考场内的写赋"文战"还是最讲究的,这就导致文学的体裁、形式都发生了变化。忽略考赋对赋体的影响,也是不行的。比如唐代考赋,它就必须要选择一种体裁啊,选择什么样的体裁呢?选择了律赋嘛。为什么选择律赋呢?律赋为什么在唐以后兴盛呢?显然跟考赋有关,不完全是考赋,但跟考赋的关系最密切,选择律赋体作为考试赋,使律赋的发展有了两个线索:一个是语言发展的线索,一个是制度的线索,制度的线索就是考赋嘛。为什么要用律赋呢?"律者,律令也",就是规范嘛,这与文制是密切相关的[1]。律赋最重的是声律,有声律又为声韵,从天然的声音到了文章的押韵,于是重韵脚,从头到尾,每个韵的"脚"特别重要了,不踏实不行。考赋考察的首先就是押韵,记得有一次我与一些喜欢写赋的人讲,你们如果要写赋,要编一个新时代的赋韵出来,要编一个至少是约定俗成的韵书,或者采用古韵。不可能是你那么写,我这么写,你们大家必须要讨论、研究,开几次研讨会,报送中央去批准嘛,(笑)过去也都是编好了之后,由皇帝批准了才能够去实施的,只有这样,赋的创作才能昌盛。律赋要押韵啊,韵押得不好就有"病"了,叫声病,有声病就会被黜落,古代这种例证很多。改卷子的时候,你说他写得好,

---

[1] 清人吴省兰《同馆赋钞序》:"赋之有律,亦犹执规矩以程材,持尺度以量物,裨方圆长短各中乎节而后止,况协音响于钧韶,摹光华于日月哉。"又,吴锡麒《论律赋》:"自唐天宝后用赋取士,始以声律绳人,率限八韵,间有三韵至七韵者,于是乎有律赋之名。"按:此皆试律赋的规范之说。详许结《论清代科制与律赋批评》,收入《赋体文学的文化阐释》。

我说他写得不好，不好统一，关键是你一出韵，就会把你"毙掉"，简单得很，欧阳修被"毙"过，好多人都是被"毙"过的，都是有过惨痛的教训，然后才卧薪尝胆，让考场培养文豪，不能说他不是拼命干出来的啊，那种被"毙"的阴影可能会给他的一生带来极大的冲击力啊，把他们冲到了文坛的顶峰嘛。（笑）没有这个"毙"，说不定成不了大文豪啊，所以说有时候人太顺当了也不好啊。

律赋要讲究律令，这是第一个要求。然后是风格，考赋的风格，就科举考试来说，也是随着时代的变迁而变迁的。最简单的例子就是唐代的律赋风格比较丽、美，文辞比较纤靡绵密；到了清代的时候，翰林院就一定要讲典雅，讲气骨。考试赋的风格也发生了变化，当然这里有时代风尚，有赋体规范，有考官嗜好，因素往往也是综合的。

再则就是结构。必须要有一个紧凑的结构，考赋中的律赋就构成了一个典范的结构，虽然有人反对考赋用律体，如元朝考古赋，但从我个人感觉来讲，元朝科举考试恢复古赋，考古赋是一个失败的尝试，古赋考试是不适合的，结果考出来的古赋不好，很不好。祝尧的《古赋辨体》写得那么好，可他自己的闱场赋写得都是些什么东西啊！在赋学领域，他算是理论上的巨人、创作上的矮子，他的闱场赋写得很失败。祝尧在赋学理论上有很多的建树，比如"祖骚宗汉"说，这个思想是非常了不起的，当然这是另外一个话题了，跟考赋有关，但关系要远一点了。在这里要补充说明一点的是，考赋制度不仅对赋的创作产生了巨大的影响，对辞赋理论也产生了极大的影响。依此类推，诗也有同样的问题，诗文同样都有这些问题。这里我们只是就赋域而论的。

后来有人说律赋是八股文的前奏，然后反过来八股文又影响了清代的赋,所以铃木虎雄就认为清代的律赋是"股赋",八股赋,这是互为的影响[1]。比如律赋,前面讲过的,尤其是在旧十讲中讲得很清楚了,那就是有头,有项,有腹,有尾,结构上必须要有这几个方面。头,就是所谓的小学生做作文的凤头;尾巴是豹尾;中间是肚子,鼓鼓的;项是承接,承接头和腹,就是颈子,颈子有长有短,无所谓。关键是看你的肚子是不是大腹便便,里面是什么东西。有人问苏东坡:学士的肚子里是什么宝贝啊?他说没有宝贝啊,是一肚子不合时宜啊。后来一个大军阀仿效这个故事,问手下大帅这个肚子里有什么,对方恭维一通,说自己一肚子肮脏,(笑)自己骂自己闹着玩。律赋这肚子怎么填?写什么很重要。腹又分成胸、上腹、中腹、下腹、腰,都要有的,内容丰富,所以腹是最充实的。没有一个很好的头,人家不看中间,但是如果尾不能很好地将腹兜住,也不好,这些都是很讲究的。考试律赋一般来说有三百五十字,可是八韵赋为何会有长有短呢?那就是句法的问题了。律赋的句法也很讲究,有壮句,有紧句,有长句,有漫句,有隔句,有发句,有送句,等等,各种句法,最重要的是隔句,隔句对仗啊,是骈文的特点,然后使用在律赋创作了。律赋中的隔句是非常重要的,比如有轻隔,有平

> 考赋制度不仅对赋的创作产生了巨大的影响,对辞赋理论也产生了极大的影响。

---

[1]　如王家相《论律赋》以律赋比附八股文:"律赋第一段之第一联,犹制义之破题也。第二联犹制义之承题也。或两联破题,而以第三联承题者,题有详略,故词有繁简也。第一段笼起全题,尚留虚步,犹制义之起讲也。第二段必叙明题之来历,犹制义之讲下也承明上文也。第三段渐逼本位而多从前一层着笔,或用两层夹出者,犹制义之起比也。第四第五段,则实赋正面,犹制义之中比也。或将人物分赋者,则制义每股立柱法也。第六第七段,多用旁衬,或翻腾以醒题意,犹制义之后比也。第八段或咏叹,或颂扬,或从题中翻进一层,犹制义之结穴也。"

隔，有密隔，有重隔，有杂隔，等等，有的隔句很长，所以要看你用的是什么隔句，如果老是用那种长的隔句的话，赋的篇幅也就长了。写律赋的时候，要知道什么时候用什么句式好，必须非常熟悉，不熟悉的话是记不得的。如果你不记得，你拿着那个句法来凑，那是填词，累死你。你填词，填个《清平乐》什么的，你轻松，那很短啊，赋那么长，你填去吧，把你填死了。（笑）

　　写律赋重在规范，既在形式，也重内容。比如规范题材，讲究题材，跟我前面讲的王政、王言有关。开始的时候闱场赋题材很杂，后来慢慢地向经史转变，一个是经义题，一个是史学题，经史命题的特别多，需要写得非常巧妙，要用典，特别巧妙地用典。比如唐代的一个童子应试，题目叫《腐草为萤赋》，童子不知所出，问同在一个场屋里的人，那个人随口答曰：草就是"青青河畔草"。又说《论语》中说："君子之德风，小人之德草。"又询萤，曰："子不记《三字经》乎！如囊萤，如映雪是也。"童子顿悟，大书一联曰："昔年河畔，曾扬君子之风；今日囊中，又照圣人之简。"试官看后激赏，于是就中试了。（笑）再比如唐代《寅宾日出赋》，题目是从哪里来的啊，经义[1]。《尚书·尧典》中说"寅宾日出，平秩东作"，太阳出山，大家工作，是《尚书》里面来的，这是《尚书》典。再比如《礼》经，《东郊朝日赋》《祀后土赋》出自吉礼，《南蛮北狄同日朝见赋》出自宾礼，《贡举人见于含元殿赋》出自嘉礼，《王师如时雨赋》出自军礼，及时雨嘛，打仗的时候，军队来得及时就像及时雨啊。你看那美军到了利比亚，对反对派来讲就像及时雨一样的啊，（笑）反对派好像被那

---

[1] 有关唐代科举考试的赋题及内涵，参见赵俊波《中晚唐赋分体研究》下篇"论中晚唐律赋"，中国社会科学出版社、华龄出版社2004年版。

个卡扎菲打得快不行了，结果被美国一炸，反对派也狠起来了，所以反对派也应该写个《美军如及时雨赋》啊，（大笑）美军对那反对派来说很重要，要不然就垮了。古代考场里，这一类经史的题目太多了，但题目太多了，你就会不晓得它是从哪里面出的啊，于是在唐宋时期还有一个上请制度，就问考官这个题目到底是从哪里面出的，考官就会告诉他。当然在历史上也有考官搞错了的情况，这可就糟了，考生考得一塌糊涂，考官也要倒霉，说明考官学问也不行。（笑）后来觉得上请太麻烦，于是就把题目出窄一点，过去出题目除经史外，杂书中间都出，如果是一些诗句，或许真不晓得出自哪里？不像你们现在在电脑里一检索，一点就能点出来，古代那是很难的啊，用头脑记啊，所以那个时候最大的学问就是记呀。比如突然问你那一句诗是哪个人的，谁记得啊？我们系里面就莫砺锋老师记得多，据说能背诵五千多首诗，我们是不行的。考试时一紧张，忘了题目的出处是常事，但也不能因此说某人没学问呀，要在现在，你们一查就能查到了，但是在考场上能记住题，认题准，很重要啊，你能抓住题才能很好地写。题材广的时候要上请，出题窄就不必要了。

但是，为什么后来到宋代，经义和诗赋的争论特别厉害呢？唐人重诗，宋人更重赋，诗主才情，而赋重学问，所以宋人因重学而重赋，闱场考赋也就更被看重，诗赋取士，争论最多的也是赋，不是诗，到了清代省试不考赋，但试帖诗还是考的，这也是一证。赋居考场之要津，因为赋写得较长，要用很多典故，因此就有这个争论：赋到底是虚辞还是实学？于是叶梦得在《石林燕语》中就讲了：考诗赋的时候，大家还穷读五经，反而经义水平高，因为不知道题目从哪里面出嘛，所以就拼命地读，

> 宋人因重学而重赋，闱场考赋也就更被看重，诗赋取士，争论最多的也是赋，不是诗，到了清代省试不考赋，但试帖诗还是考的，这也是一证。

到了单考经义的时候,大家就只读一经了[1]。比如今年考《周礼》,我就拼命地读《周礼》,然后《仪礼》都不知道,《礼记》也不清楚,学问是越来越窄,思想就狭隘了。这就是功利啊,古人有时候功利得比我们还厉害啊,我们功利是不错,但也不要怪现在的同学,古时候的同学比现在的同学功利得多。(笑)你不考了,他们马上就不读了。所以考经义的时候,他们反而不通经义了,知识面极其狭窄;考诗赋的时候,经义反而读得多,因为你不晓得题目是从哪里出的嘛,没办法,你只好读嘛。可见考赋出题很重要,题目涵盖的书籍,你必须要读,这样基础打得反而好,所以有人觉得考诗赋对熟悉经义反而有好处,真是事物的两面性,奇怪得很。

考赋的题材很重要,这常构成对考赋的限制性。闱场赋都是有限制性的,这种限制形成了考赋的特点,甚至对"赋家之心"也产生了作用,或者说引起了变化。过去的"赋家之心"是"体国经野""苞括宇宙"的,后来的"赋家之心"就越来越精整。赋不能长了,长了就不能得高分。只有通过这样精整的训练的赋家才能进入考场,通过考场那种精整的压迫再走出来。这个过程不可能不对文人赋的创作产生影响,不可能不对一个人的文学创作产生影响,比如大赋的衰落,小赋的兴盛,大赋也变得很实在,等等。所以考赋对整个的赋风都有影响,这点我可以肯定。

考赋虽然作为一种制度,对文学的发展确实有不好的地方,负面的影响很大,但是对士子梳理经典非常有帮助,通过创作,似乎又在树立一种经典,是不断地树立经典。怎么考?考什么?有什么改变?考律赋还是考古赋?我想这些都跟树立经典有关。我们以清人为例,

---

[1] 语载叶梦得《石林燕语》卷八,详本讲附录文献。

清人为什么赋集那么多？就是跟考赋有关。清人很有意思，从康乾时期到道光以后发生了很大的变化，渐渐形成了自己的特点，所以清人通过考赋，来表达对前朝赋的接受，有这样几点值得注意：首先是"尊唐"。通过元人的"变律为古"、明朝的不考赋，清人往前一看，唐代、宋代，那要追求什么样的经典呢？除了本朝的一些作品以外，就是刚才讲的那些，还有就是《文选》了，所谓"《文选》烂，秀才半"，这很重要。清人重视《文选》，重视"选学"，但也重视律赋的创作，元明不考律赋，他们就要上溯到唐宋。他们认为宋人的考赋不太好，所以他们要超越宋代，要追溯到唐代，尊唐。清代考赋"尊唐"成为一个很重要的风尚，因此出现了很多唐赋选本，而且在历代赋选中，选唐赋的也很多。如果你通过科举考赋来看赋学经典不断建立的过程，那么清人就是以唐代赋为标准，认为唐代科场盛，唐代赋也很好。清人闱场赋的创作仿习思路，也成为我写赋史的时候的一个思路，即赋有两大重镇，一个汉大赋，一个唐律赋[1]。这都跟通过科举考试而产生的经典有关，当然，光学习经典是不够的，还要通过创作，通过考场的磨砺，尤其是翰林院考试，使自己的赋风典雅、古雅。总之要复古，虽然也有少量考的是古赋，但是大部分考的都是律赋。过去律赋和古赋对立特别厉害，到了清人的时候，唐代的律赋对他们来说也是古赋了，"古"是相对而言的嘛，也就是我们现在所讲的"站在历史的高度"，因为越到后来，高度越高嘛，你可以审视前面，所以唐代在清人看来也是很远古了，他们也就选择了唐代律赋为典范，当然在选择唐代律赋为典范的同时，也选了大量的古赋作为参考，就是前面的骈

---

[1] 参许结《古律之辨与赋体之争——论后期赋学嬗变之理论轨迹》，台湾政治大学文学院编印《第三届国际辞赋学学术研讨会论文集》，后收载《中国赋学历史与批评》。

赋和汉代的文赋、散体赋和骚体赋，这就构成了在"尊唐"的基础上再来"原古"。清代人的赋学意识已经自觉了，产生了大量的赋话、赋选，这都是通过考赋来树立经典的，所以我以前就写过一篇文章叫作《科举与辞赋：经典的树立与偏离》，题目比较时髦，《南京大学学报》的编辑特别喜欢，影响也很大，到处都有摘引，别人文章也引录，《新华文摘》全文转载。为什么呢？因为题目有点花[1]。关于科举与辞赋的关系，我在这篇文章中是以树立"经典"为说辞，在谈到清代的时候，就讲到了上面那些话。因为经典是在不断地纠正中树立的，在不断地变化，纠正前人，然后树立新的经典，所以唐宋考律赋，到元人变律为古，再到清人重用律赋，都是在不断地树立经典。嘉、道以后，清人翰林院的考赋积累成熟了，新赋体产生，就是馆阁赋，于是《三十家同馆赋钞》等系列编纂出来了，就构成了清代考赋的新经典。

正因如此，清代的学者也开始审视这个问题，在"尊唐"和"原古"的思想基础上，清代又出现了一种新的思想来喻指创作，那就是"尚时"。我们讨论考赋，要关注清代的时赋问题，清代狭义的时赋，主要指翰林院馆阁赋创作，都是应制之作。这个馆阁赋到底怎么样？这是值得探讨的，我还没有很好地探讨，但我想到一个问题，下面我准备写的一篇文章就是关于赋的"禁体"问题[2]。大家一定要注意文学批评中的"禁体"意识特征，比如说文病，从医学来看文的病，到科举考试以后才越来越强调，越来越强化这种意识，因为考

> 在"尊唐"和"原古"的思想基础上，清代又出现了一种新的思想来喻指创作，那就是"尚时"。

---

[1] 许结《科举与辞赋：经典的树立与偏离》，《南京大学学报》2008年第6期。此文后被多家报刊摘录，其中《新华文摘》2009年第5期全文刊录。

[2] 参许结《清代赋论"禁体"说》，《江淮论坛》2011年第5期。

官要改卷嘛，要找出哪个地方错了，大量地挑错才能找到病。文章本来没有什么病，科举考试改卷要挑毛病啊，因为一百个人只能选十个人嘛，那就要慢慢挑，挑出个病来才行啊，就是这么回事。有了文病以后，就要禁一些东西啊，就有了"禁体"，什么东西不能用。过去是什么东西能用，到了科举考试以后，就是什么不能用了。古文的禁体最多，有上百条，小说体不能用，语录体不能用，什么体不能用，等等。文体分类的细密化，跟这个也有关系。在赋域中也有这个问题，所以就考虑了"禁体"问题，过去都讲明体、尊体、破体、辨体，"禁体"这种提法很少关注，大家一定要注意禁体跟文病的关系，都是科场上面摸索出来的。科场上的文章是看不得一丁点儿沙子的，所以很多东西是不能用的，于是就有很多唐代赋能用，而清代赋不能用的东西，很多。这些东西我到现在还没有完全搞清楚，比如一些比较花一点的语言，抒情多一点的语言，比较凄美一些的语言都不能用，这只是风格上的，肯定还有一些很具体的东西。但是古人讲的都是评点，讲得极其简略，你要把它们一个个辑出来，那要花大工夫，要揣摩，才有发现，通过作品来对比，虽然比较烦琐，只要花了时间，还是有收获的。

时赋究竟是什么？到现在还没有人认真研究。清代的馆阁赋大家都说它好，但都是空空地讲，没有用啊，你把它们跟唐代的律赋比，那我们就要看两本书，一个是林联桂的《见星庐赋话》，一个是鲍桂星的《赋则》。这两本书都是为清代的时赋树立榜样的，是"尚时"的理论代表。这两本书读过之后，我们可以做一些思考。当然，我刚才在讲到考赋跟经典的关系的时候，这其中也确实有让人困惑的问题，因为它限制性太强。这种

> 时赋究竟是什么？到现在还没有人认真研究。清代的馆阁赋大家都说它好，但都是空空地讲。建议将唐代的律赋和林联桂的《见星庐赋话》、鲍桂星的《赋则》对读。

经典性究竟怎么样,有没有普遍意义,这是要思考的。我曾经归纳出了几个限制:一个是"诗教"的限制[1],考试都要有诗教传统嘛,因为这是一个大传统,赋也要有诗教传统,所以辞章就被摆到其次了,这是一个限制,给经典带来一个限制。然后是"制度"的约束,就是技巧啊。考赋要斗,斗就需要技巧,很多赋写出来是很荒唐的啊,津津乐道。再则就是"文本"的矛盾。考赋过后,文本发生了大的矛盾,尤其到明清以后,这个矛盾更大。因为赋本身是想通过辞章的描绘,就像刘熙载讲的"以色相寄精神",以辞章通讽喻,关键就是要讽喻,赋的根本精神是讽喻。而后来科举考试是不允许赋讽喻的,翰林院的考赋也不允许讽喻了,特别是在明清时候,你写赋敢讽喻吗?送命啊,谁敢讽喻啊?不敢啊,全部都走向了以"颂圣"来"娱圣",以"娱圣"为"颂圣"[2]。这是很大的困惑,都转向了歌颂,"曲终奏雅"全变成了"颂德"的尾巴,全是阿谀奉承的颂德,大赋是这样,考赋也是这样,一味地歌颂,所以就构成了一种文本的矛盾,颂德跟讽谏的矛盾,体物陈情与义理技巧的矛盾。本来赋是体物陈情的,但考赋要有义理,要有思想性,写文章一定要有思想性,还要有技巧,这就是一种文本的矛盾。我认为从汉大赋到考赋,构成了这三重矛盾和困惑,这一点大家应该加以注意。

由此,我想到最后一个问题,就是翰苑与馆阁赋钞,也是围绕考赋产生的。翰林院用赋是考赋的一个重要阶段,其中诸多问题,同样牵涉很多内容。比如翰苑考赋缘由,即为什么考赋?有一个叫顾莼

---

[1] 如清人程廷祚《骚赋论》说:"至于赋家,则专于侈丽宏衍之词,不必裁以正道,有助淫靡之思,无益于劝戒之旨,此其短也。"按:此是典型的以《诗》代"赋"批评的观点。

[2] 这种情形在清代的馆阁赋创作中最明显、突出,即使是较为闲适的题目,写起来动辄就是"我皇上巽风广被,丰泽下覃"(汪廷玙《纳凉赋》)。

的，他在《律赋必以集序》里说："我朝承前明之制，取士以制义，而仍不废诗赋。自庶吉士散馆、翰詹大考，以及学政试生童，俱用之。"都用诗赋考试，具有总括之义，清代翰苑是对考赋制度的一种沿承，是对元明不考律赋的反思，也是制度上的变革。如果说宋代省试分经义与诗赋两科兼考的话，在清代的时候又有了区分，那就是在省试中间不考赋，考经义、八股文，而在翰林院中特别重视考赋，是把考赋作为更高层的考试，将考经义与考诗赋二者分开来，通过分离来构成某种统一，所以这种制度的变迁里面有着很多的脉络，厘清而论，非常必要。杨恩寿《坦园赋录自叙》也讲："令甲、庶吉士散馆、大考翰詹俱试诗赋，故翰林院月有课焉。"每月都要课赋啊，如果置身清华就必须要注意考赋，这个"清华之地"啊，过去翰林院叫清华之地，现在有了个清华大学，如果要进入翰林院就必须要考赋，考得多了，赋作也就多了。清代翰林院赋的结集也多得很，有几部书比较著名，一个就是法式善的《三十科同馆赋钞》，一个是叶方宣等人的《本朝馆阁赋》，一个是王家相的《同馆赋钞》，一个是蒋攸铦的《同馆律赋精萃》，还有一个是孙钦昂的《近九科同馆赋钞》，主要的同馆赋看这几部书就差不多了，当然法式善编的是最重要的，这是乾、嘉时期的馆阁赋。比如齐召南的《竹泉春雨赋》吧，那是得大考第一名的。一般文学史，一般赋史，在注重文人创作的时候，往往忽略了这一块，其实这一块里面也有它的价值，也有很多有价值的作品，其中有的作品确实写得不错。在极短的时间，在极大的限制下，我们讲是戴着镣铐，跳着很美的舞蹈，这是功夫啊，因为是辞章之学，文人嘛，就是需要有一定的技艺，就要有一定的游戏性质，这些创作，本身就有它的价值，包括思想性与艺术性。从这种价值来看翰苑赋对以后文人及其创作的影响，就需要馆阁赋和文人赋创作的整体比较，异同自明。

那么又要追问了，清代为什么产生了那些赋格、赋话？赋格、赋话开始都是为了科举考赋编写的，像之前《文心雕龙·诠赋》这样的赋学专论是很少的，但其批评比较笼统。唐代无名氏的《赋谱》、宋代郑起潜的《声律关键》，以及后来大量的赋格、赋谱类著作，都是用来指导闱场创作的。唐宋元时期的赋格、赋谱类著作已经大量丢失，保存下来的只有无名氏的《赋谱》和郑起潜的《声律关键》，以后的东西都主要在清代了。清代大量的赋话、赋格类著作出现，实际上是对这些批评的一个保护与延展，这些批评并不仅仅局限于考赋，而是通过考赋的效仿来树立一种赋的经典，这种经典又指导赋的写作。所以在文本意义上，在创作意义上，在批评层面上，在理论层面上，赋格与赋话的撰述，又有着因缘于考赋而又超越了闱场的经典性的价值。

> 清代大量的赋话、赋格类著作出现，实际上是对考赋批评的一个保护与延展，这些批评并不仅仅局限于考赋，而是通过考赋的效仿来树立一种赋的经典，这种经典又指导赋的写作。

清代的时赋究竟怎么样呢？我做了几方面的考虑：一个就是它更多地解释经义；一个就是颂圣主旨消解了讽喻，讽喻少了；一个就是清秀庄雅，我刚才讲的《竹泉春雨赋》，齐召南的，乾隆年间的大考第一名，那篇赋写得就非常清秀、庄雅，这也是时赋的风尚。对照一些赋格，比如余丙照的《赋学指南》，可以通过这些理论批评来看看清人考赋是怎样树立经典的。比如他把赋分成了四品：第一是清秀，清赋特别重视清秀，这是很值得注意的；第二是洒脱；第三是庄雅；第四才是古致[1]。

---

[1] 余丙照《增补赋学指南》论赋之四品："今约分四品，尽可兼该。其一，清音袅袅，秀骨珊珊，名曰清秀品，此近时风尚也。其一，灵活无比，圆转自如，名曰洒脱品，此熟如弹丸也。其一，端庄流丽，蕴藉风流，名曰庄雅品，此骨肉匀停者也。其一，古调独弹，自饶丰致，名曰古致品，此不落厄蹊者也。观此诸品，命意贵于高超，运典贵于切实，用笔贵于灵活，其要总在工夫纯熟，果能多读多做，咳唾悉成珠玉，吐气可作虹霓。或以丰韵胜，或以富丽胜，熏香摘艳，错采镂金，又何法之有乖，又何品之不合哉？"

这又说明什么情况呢？说明当时形成了"简洁而典重"的赋风。以古赋来论律赋，比如鲍桂星的《赋则》里讲"典重是应制体"，应制体一定要典重，翰林院的考赋一定要典重，不能轻浮，把唐人或以前的轻浮的语言删掉了，比如江淹《恨赋》《别赋》中间大量的轻浮语言，都不适合于考赋，这就影响了清赋啊，影响了清赋的特点，鲍桂星就讲"笔雄劲而调遒壮，难在出以简严"，简严，典重还要出以简严，简略而且还要严格、庄严，都有这些讲究。

通过这些赋话、赋论和一些赋选，我们反过来看历代科举考赋，也可能生发出一些思考和一些批评，所以从总体来看，赋这种文体在中国历史上跟文制的关系太密切了，它的兴盛，它的阶段性的发展，都跟文制有关，大体上是从献赋到考赋。献赋在西汉时期的武宣之世最盛，然后一直绵延，到现代还有献给一些人的赋。过去是献给皇帝，到了魏晋时期也可以献给一些大官僚啊，还有幕府啊，都可以献赋，现在我们是献给领导嘛，我们可以献给南京大学洪银兴书记嘛，（笑）这都是可以的嘛。上次学校请莫砺锋老师写了个《西门铭》，不是赋，是铭文，就是在仙林新校区那边，据传言，洪银兴书记讲"西门"不好，为什么不写"东门"呢，我说最好写"洪门"嘛，（大笑）这个多大啊，"洪"嘛，就是大嘛，（大笑）洪书记嘛，在党的领导下嘛，南京大学都是在"洪门"之下嘛，（大笑）"洪门"气象多大啊。在座的张伯伟老师说："还是你会逢迎。"（大笑）当代茶余饭后的评点，仅作一笑。

今天就讲到这里，下次是最后一讲，谈"习赋"，就是赋的创作。

历史文献摘选

班固《两都赋序》：

武、宣之世，乃崇礼官，考文章，内设金马、石渠之署，外兴乐府协律之事，以兴废继绝，润色鸿业……故言语侍从之臣，若司马相如、虞丘寿王、东方朔、枚皋、王褒、刘向之属，朝夕论思，日月献纳。

附：蔡邕《上封事陈政要七事》之五：臣闻古者取士，必使诸侯岁贡。孝武之世，郡举孝廉，又有贤良文学之选，于是名臣辈出，文武并兴。汉之得人，数路而已。夫书画辞赋，才之小者，匡国理政，未有其能。陛下即位之初，先涉经术，听政余日，观省篇章，以游意当代博弈，非以教化取士之本。而诸生竞利，作者鼎沸，其高者颇引经训风喻之言，下则连偶俗语，有类俳优。

白居易《赋赋》：

我国家恐文道浸衰，颂声陵迟，乃举多士，命有司，酌遗风于三代，明变雅于一时。全取其名，则号之为赋；杂用其体，亦不违乎诗。四始尽在，六义无遗。是谓艺文之儆策，述作之元龟。

赵匡《举选议》：

国朝举选，用隋氏之制，岁月既久，其法益讹。夫才智因习而就，固然之理。进士者，时共贵之，主司褒贬，实在诗赋，务求巧丽，以此为贤。不惟无益于用，实亦妨其正习；不惟挠其淳和，实又长其佻薄。自非识度超然，时或孤秀，其余溺于所习，悉昧本源。欲以启导性灵，奖成后进，斯亦难矣。

附：胡震亨《唐音癸签》：唐试士初重策，兼重经，后乃觭重诗赋。

中叶后……士益竞趋名场,殚工韵律。

汤稼堂《律赋衡裁·例言》:唐代举进士者,先贴一大经及《尔雅》,经通而后试杂文,文通而后试策。杂文则诗一赋一及论赞诸体也……天宝十三载以后,制科取士,亦兼诗赋命题。赋皆拘限声律,率以八韵,间有三韵至七韵者。自五代迄两宋,选举相承,金起北陲,亦沿厥制。迨元人易以古赋,而律赋浸微。逮乎有明,殆成绝响。国家昌明古学,作者嗣兴,钜制鸿篇,包唐轹宋,律赋于是乎称绝盛矣。

《新唐书·选举志》:先是,进士试诗赋及时务策五道,明经策三道。建中二年,中书舍人赵赞权知贡举,乃以箴论表赞代诗赋,而皆试策三道。大和八年,礼部复罢进士议论,而试诗赋。

沈作喆《寓简》卷五引孙何《论诗赋取士》:

唯诗赋之制,非学优材高,不能当也。破钜题期于百中,压强韵示有余地。驱驾典故,浑然无极,引用经籍,若己有之。咏轻近之物,则托兴雅重,命辞峻整;述朴素之事,则立言遒丽,析理明白。其或气焰飞动,而语无孟浪;藻缋交错,而体不卑弱。颂国政,则金石之奏间发;歌物瑞,则云日之华相照。观其命句,可以见学殖之浅深;即其构思,可以觇器业之大小。穷体物之妙,极缘情之旨,识春秋之富艳,洞诗人之丽则。能从事于斯者,始可与言赋家者流也。

附:叶梦得《石林燕语》卷八:熙宁以前,以诗赋取士,学者无不遍读五经,虽无科名人,亦多能杂举五经,盖自幼学时习之尔,故终老不忘。自改经术,人之教子者,往往便以一经授之,他经纵读,亦不能精。

又:唐礼部试诗赋题,不皆有所出,或自以意为之,故举子皆得进问题意,谓之"上请"。本朝既增殿试,天子亲御殿,进士犹循用礼部故事。景祐中,稍厌其烦渎,诏御药院具试题,书经史所出,模印给之,遂罢上请之制。

马端临《文献通考》卷三十二《选举考五》：熙宁四年诏罢词赋，专用经义取士，凡十五年，至元祐元年复词赋，与经义并行。至绍圣元年复罢词赋，专用经义，凡三十五年。至建炎二年又兼用经赋。盖熙宁、绍圣，则专用经而废赋；元祐、建炎，则虽复赋而未尝不兼经。然则自熙宁以来，士无不习经义之日矣。

祝尧《古赋辨体》卷三《两汉体》：

古今言赋，自骚之外，咸以两汉为古，已非魏晋以还所及。心乎古赋者，诚当祖骚而宗汉，去其所以淫而取其所以则可也。

又，卷八《宋体》：

愚考唐宋间文章，其弊有二：曰俳体，曰文体……（俳体）至唐而变深，至宋而变极，进士赋体又其甚焉。

附：徐师曾《文体明辨序说》：至于律赋，其变愈下，始于沈约"四声八病"之拘，中于徐、庾"隔句作对"之陋，终于隋、唐、宋"取士限韵"之制，但以音律谐协对偶精切为工，而情与辞皆置弗论。

赵揖、赵霖《律赋新编笺注·例言》：赋者，古诗之流，本无律名，自唐以之取士而律赋始兴。严声韵，齐尺度，非若古赋无程限也。每见选家以隔句对联之有无分赋之古与律，不知古赋若《哀江南》篇中未尝无"平吴之功""灞陵夜猎"等联；而唐人律赋如石贯《藉田》、黎逢《贡士》《谒文宣王》、李君房《献灵》、颜平厚《象魏》诸作，皆全不用隔句对。古与律之分正不在此。

康熙帝《历代赋汇序》：

赋者，六义之一也。风雅颂兴赋比六者，而赋居兴比之中，盖其铺陈事理，抒写物情，兴比不能并焉，故赋之于诗功尤为独多。由是以来，兴比不能单行，而赋遂继诗之后，卓然自见于世……至于唐宋，变而为律……用以取士，其时名臣伟人，往往多出其中。迨及元而始不列于科目。朕以其不可尽废也，间尝以是求天下之才，故命词臣考稽古昔，搜采缺逸，都为一集，亲加鉴定，令校刊焉。

附：赵光《竹笑轩赋钞序》：唐宋以赋取士，讲求格调，研究章句，后世言律赋者，靡不以唐宋为宗。我朝稽古右文，人才蔚起，怀铅握椠之士，铺藻摛文，几于无美不臻，骎骎乎跨唐宋而上之矣。

余丙照《赋学指南·原叙》：自有唐以律赋取士而赋法始严，谓之律者，以其绳尺法度亦如律令之不可逾也。

吴省兰《同馆赋钞序》：赋之有律，亦犹执规矩以程材，持尺度以量物，裨方圆长短各中乎节而后止，况协音响于钧韶，摹光华于日月哉！

蒋攸铦《同馆律赋精萃叙》：唐以诗赋取士，宋益以帖括，我朝则以帖括试士，而以诗赋课翰林。文治光华，法制大备，固已迈越前古矣。

李宗瀚《赋赋》：古之可使为大夫者，或取诸登高之赋。盖惟赋者，组织为心，敷陈是务；文与质均，词因类附……方今圣天子天章云汉，文教日修，慎黎阁兰台之选，皆金科玉律之流。黼黻文章，文工綦组，宣抒鸿业，语去夸浮。当玉辂之时巡，献词章者给试；即青衿之考课，擅骈俪者兼收。固已人谙孤竹之管，名标五凤之楼。瀛海同风，已和声而鼓吹；螭坳载笔，勉润色夫皇猷。

📝 研习与思考

（一）献赋与考赋

（二）制度变迁与试赋历程

（三）考赋：经典的树立及偏离

（四）翰苑与馆阁赋钞

第十讲

习　赋

"会须能作赋，方为大才士。"这是古人说的[1]。现在哪有什么人说才子非要作赋呢，那是古老的神话，不过，现在作赋的才子倒真的多起来了。不久前，我到洛阳参加他们的辞赋研究院的成立大会，下午有一个座谈会，实际上就是与会者聊聊赋的创作，但是他们把标题立得很大，叫"高峰论坛"。"高峰"，吓坏人，论坛论坛，我也就"论"了一番，实际上就讲了几个问题[2]。因为当时在座的人很多是写赋的，我就先讲了创作跟理论的关系，创作跟批评的关系，这是一个很重要的问题。没有创作就没有批评，创作是批评的源泉，也是理论产生的一个根源，所以谈谈赋的当代创作，还是很有意义的。纵观二十世纪旧体文学的复兴，不仅体现在创作者个人身上，在整个社会知识层面的知识分子身上都体现出来了。很多人在二十世纪初叶走新文化运动的路子，搞新文学创作，到了一定的时候，三四十年代以后

---

[1] 详《北史·魏收传》引魏收语。或作"会须作赋"，无"能"字。

[2] 指2012年4月由洛阳辞赋研究院主办的"海峡两岸辞赋与地域文化学术研讨会"。这次会上，我在开幕式上的演讲是"辞赋与地域之我见"，演讲稿后刊载《辞赋》2012年第2期。

开始转向,又开始写古典作品了,很多学者都是这样。再看二十世纪后半叶,出现了相当大的复古思潮,成立了千家诗社,最出名的是中华诗词学会,他们的创作,新诗绝对没有古典诗词数量多,按照旧式格律写的古典诗词铺天盖地。当然他们依附着一个非常宏大的群体,那就是老干部群体,(笑)作品也被称为老干部体,(笑)但是这个群体很厉害,他们做事容易成功,因为他们有资源嘛,他们有关系嘛。这一次洛阳成立的辞赋研究院,就是一个组织部长退下来做的,他喜欢写赋,写了几篇很著名的赋,一个是《牡丹赋》,一个是《洛阳赋》,一个是《龙门赋》,洛阳地区三大赋他都写了,到处都刻了石头,那个很厉害[1]。

  现在有很多文人、才士,纷纷写诗作赋。这需要平台,包括网络平台,很多人写啊,写得也蛮不错的。王国维讲过的,"主观之诗人"根本不要什么阅历啊[2],好多文人不要什么学问啊,写得很好,至于赋的起源、发展,他或许一概不知,这不影响他写赋。创作一是要才情,二是有用词语的技能,读多了作品,反反复复地写,天天练,会越写越好。不过那天座谈会,都是研究的人在讲,创作的不太说话,一说,就露馅了。有次在作协开某赋家创作座谈会,我身边好几位著名作家,那么多好作品,奖项一大摞,可是一发言,简直不知所云。为什么呢?没有学理,但是他能创作。同样,一些写赋的让他谈赋,一句话也谈不出来。所以我们一方面强调学者要文人化一点,另一方

---

[1] 指孙纪纲先生,原洛阳市委组织部部长,退休后创办洛阳辞赋研究院,创作并发表赋作多篇,部分作品曾在中央电视台诵读并录播。

[2] 王国维《人间词话》:"客观之诗人,不可不多阅世,阅世愈深,则材料愈丰富、愈变化,《水浒传》《红楼梦》之作者是也。主观之诗人,不必多阅世,阅世愈浅,则性情愈真,李后主是也。"

面强调文人要学者化一点，二者毕竟不同。学者创作的东西跟文人创作的也有点不同，这也是个问题，有点隔阂，但也不能对现实的创作视而无睹啊，有隔阂也得交流。

在辞赋创作界，有一个误解是我们轻视他们，网上有留言说在兰州开的第七次国际辞赋学术会，是对创作界的一次否定，还列举某些人、某些人，也点到我的名。（笑）我何尝否定创作，我好像什么都没讲，怎么就说我否定他们呢？不敢惹的心态是有的，学者好静，作家好闹，惹了他们，闹起来很麻烦，学问就做不成了。所以这次洛阳的座谈会，我说写赋要心胸开阔，要容纳众物，也容纳大家，不要孤芳自赏，也不要顾影自怜，创作赋的人最好对赋的知识系统也要有一定的了解。

我对当代人写赋的关注很迟，我过去也不大注意这个事情。2007年的时候，我们的院长丁帆突然问我能不能参加一个会，省作协的会，我说作协跟我有什么关系。他说是写赋的。没办法，我就去了，原来就是南通的袁瑞良，身为副市长，他写了好多赋，因为写赋变成了省作协的一级作家，这也是个特例吧。作协也还宽容嘛，写古赋也可以算作家，那天就是开他的作品讨论会，就是讲讲好话吧。我是作为研究赋的，所以叫我第一个发言，我首先谈了赋是什么[1]，谈了一大通。我的麻烦来了，讲话没有稿子，记录员的记录很乱，错得一塌糊涂。带稿子发言确实有个好处，就是可以发表。但是我发言从来没稿子，所以就不好发表，如果现场记录员记录的错字很多的话，不录音的话就没办法。这次在洛阳也是，两次发言，没有草稿，发表怎么

---

[1] 参见王志清《大风起兮——袁瑞良赋体文学论》附录《袁瑞良赋研讨会纪实》，人民文学出版社、天天出版社2011年版。

办呢？让我自己回忆写稿子。（笑）这可是很痛苦的事，（笑）回来还回忆自己当时怎么讲的，那根本就谈不上什么精彩了，讲话是随机发动的，就像禅宗般的，抓住一个话头随机发动，哪能慢慢构思，没用的，这是个大痛苦的事情。我讲了十分钟，回忆起来起码要写一两个小时，搞不清嘛，讲起来快得很，滔滔不绝，很丰富的。

  自开了那次会，才晓得现在创作赋的大有人在，而且很繁荣。三年后，就是去年，南通大学的王志清，他是一位教授，但是他也写赋写诗，当时写了一本书叫作《大风起兮——袁瑞良赋体文学论》，这是第一部研究当代人创作赋的论著，很有意思，是个新创举。王志清书稿写好后，就找我写序，还有龚克昌先生，也写了篇序。周建忠是南通大学的副校长，有天忽然打电话给我，说有本书很重要，请你帮忙写个序，原来就是王志清的这本书。通过这些事，我和辞赋创作界有了联系。这次洛阳成立辞赋研究院，所以找我去了，这下与辞赋创作界的人认识了，也算理论联系实际了。

  我们发现，在一段时期内，《光明日报》连续发表了"百城赋"，大量的赋作，写赋的人一下多起来，甚至写赋也成了产业，好多人搞产业。帮哪个城市写，帮哪个企业写，帮哪个宾馆写，都能得钱。昨天晚上跟钟振振他们在一块吃饭，他写《清华大学赋》还得到两万块钱的报酬呢。最近黄山也在征赋，说如果被选上就付十万元，我看何易展有希望。（笑）所以作赋还是有一些利益驱动，同时还能树碑立传。针对当前赋创作的现象，我曾经写过一篇文章，名叫《都邑赋的历史内涵与文化思考》，主要谈这个问题。因为莫砺锋老师领头搞了个教育部重大课题，就是"中国古代文学艺术与现代社会研究"，邀大家参加，我分管写文体这一块，包括现在赋体的兴盛，于是就要考虑这个问题[1]。工作结束了,又要去结项了,据说又要一行四人去京城。有关当今赋创作的繁荣,我想到有这么几点价值。

一个就是物质繁荣,就是这一次在洛阳跟他们讲的,如果现在还吃不饱的话,食不果腹,你们是不可能写赋的,幸亏改革开放了,大家解决了温饱,才有了闲情逸致来写赋。如果饿得要死,你根本没办法写,只能写点诗,"饥者歌其食"了。写赋必须要有物质条件,写赋需要有大量的物态,最好写的就是《奥运赋》啊,《世博赋》啊,等等,这些是最好写的,因为有大量的物态,你就好铺排。如果没有物态,你就不好写啊,很枯燥的东西是很难写赋的,尤其是大赋,必须要有丰富的形态,所以赋是"体物而浏亮"的。因此,我首先就讲物质繁荣与辞赋兴盛有非常大的关系。

再则就是地方文化建设。各地都在搞文化建设,因为章学诚等好多学者都讲过了,赋跟方志关系密切,你看好多赋都是在地方志里面,地方志里需要有描写这个地方的东西,比如《金陵赋》《常州赋》等等[2],各个城市都有很多的赋,表现地方的经济建设、文化建设。现在各地搞经济开发,东开发,西开发,都是开发区,先开发的时候是要赚钱,钱赚到一定程度的时候,要典雅一点了,就来搞搞这些文化,就会找些文人来帮他们歌功颂德,用非常美丽的文字把他们伟大的政绩描绘出来,大家也都很高兴。赚钱是很俗的事,但是通过赋一写就显得很典雅了,把一个很俗的事变得很典雅。

---

[1] 部分成果见许结《论中国古代文体的历史演变与现代意义》,《天中学刊》2013年第3期。

[2] 分别指清道光年间褚邦庆的《常州赋》、清末民初程先甲的《金陵赋》。按:有关程氏《金陵赋》,已见许结《赋体文学与都市文明》,系1999年提交澳门大学主办的"都市文明与文学创作"研讨会论文,后收入许结《赋体文学的文化阐释》。

再则就是城市文明的发展。当年我到澳门去开会，开那个城市文化与文学的会的时候，好像是1999年吧，那个时候的城市人口占百分之三十八，到今天占百分之五六十了，才几年时间，城市人口远远超过了农村人口。中国学术就是这样子，过去学术主要是在乡村，中国文化的精髓在乡村，所以梁漱溟当时搞乡村经济调查、乡村文化调查，为什么呢？因为有乡绅文化集团，不管是做大官还是大商人，都会回去隐居，然后在那个地方培养子弟，耕读传家，构成一个乡村文化。随着社会的发展，到了二十世纪，城市文化突飞猛进，整个吞噬了乡村文化，连农民都没有了，过去是农民起义，现在如果老板不付工资，只有农民工起义了。（笑）农村的读书人都出来了，不能读书的做农民工，也出来了。农村里面现在都是老头老太了，文化水平极低，精英全到了城市。所以在韩国的时候，他们讲大邱出美女，其实哪有首尔美女多啊？你说我们南京出美女，哪有北京多啊？都跑到北京去了嘛。（笑）不仅到城市，而且还都集中到大都市去了，文化也是一样，都往一个焦点区域集中。城市文明跟辞赋的关系就密切了，我前面讲过了，古代大赋都是在城市写的，《两都赋》就是写城市文明的，都是跟城市文化紧密结合的，都邑赋构成了一种城市文化传统。所以我讲最早的城市文明的文学描写就是在汉大赋中间。

此外就是和谐社会。赋要和谐啊，为什么呢？因为从明清以后有一个大转弯，明清以后的辞赋创作的讽喻精神渐渐淡褪了，主要就是颂德，大概明清的皇帝比较厉害，比较专制，所以只要赋颂德，于是这些翰林院的文臣都开始颂德，过去的"曲终奏雅"全部变成了颂德的尾巴，要歌颂皇帝。颂德的模式在赋中越来越普遍，班固讲的"抒下情而通讽谕，宣上德而尽忠孝"，"抒下情而通讽谕"这条线索渐渐衰落，而"宣上德而尽忠孝"的线索越来越强化。过去"尽忠孝"是忠于皇帝，现在渐渐演变为忠于国家，变成民族利益，就是爱国主义了。赋描写大好河山，描写人文精神，描写和谐社会，这样的赋大量出现，大家肯定都很高兴嘛。现在出现这么多的赋，连篇累牍，纷纷出来，据说高层人物也在关注了。北京写赋的就办个《中华辞赋》杂志。我们要是办个刊物，太困难了啊。为什么高层人士也很关注这个事，因为对社会有好处嘛，对和谐社会有好处啊。高层现在也很关注，比如有一次徐兴无打电话叫我们策划写几篇赋，说教育部门来电话要写个《春节赋》，写个《中秋赋》，先把几大节日写出来，四大节日写四大赋，结果这事不了了之。但证明赋是受到关注了，他们也搞不清赋是什么东西，但肯定觉得蛮好玩的，很大气，很气派[1]。要从传统文化中找资源，先从节日、民俗中找，因为民俗、节日最能看到中华民族的精神嘛，发掘出民族的脊梁，这就厉害了。

　　回过头来，赋怎么写的问题，是个大问题。你胡乱写也不是事啊，为什么有颂、碑、铭、赋等等各种各样的文体呢？中国文学批评的核心问题不就是文体批评嘛，赋体本身也有它自己的批评，赋体批评本身也就形成了明体、尊体、辨体、破体，还有清代的禁体。清代大量地讲赋怎么禁体，就是赋中间什么不能写，比如什么六戒，戒什么东西，然后还有什么三病，王芑孙讲"欲审体，先审弊"，首先看看一个文体有什么弊端，那就是以反彰正，先说明这个体什么不能写，再说明这个体应该怎么写。这样大家都知道有了规范问题，文学本身就是个游戏，但游戏又必须要有规范，游戏与规范的问题，本身就是很麻烦的，文人的创作一方面需要自由，但又必须要有规范，一说到

---

[1] 有关论述参见许结《都邑赋的历史内涵与文化思考——从〈光明日报〉设"百城赋"栏目谈起》，原载《文学评论丛刊》第11卷第1期，后收入《赋学：制度与批评》。

> 文人的创作一方面需要自由，但又必须要有规范，一说到体的问题，就必须要有一定的规范。明体与赋学规范，这是赋的写作学的重要问题。

体的问题，就必须要有一定的规范。明体与赋学规范，这是赋的写作学的重要问题。

一个是明体，一个是赋学规范，这二者值得注意，所以我曾经反复强调赋到底是什么东西，究竟该怎么写。当然从理论上我们都知道，到自己创作的时候也不见得行。刘勰讲大赋"体国经野，义尚光大"，小赋怎么样，怎么写，这从刘勰的时候就开始讲。到了祝尧的时候，在《古赋辨体》中就谈到古赋应该怎么创作，俳赋应该怎么创作，律赋应该怎么创作，文赋又怎么样创作，等等。到清人又谈到时赋怎么写。第一个口号就是"赋自有体"，赋有自己的体，赋写得必须像赋，否则举国写赋，结果只能是举国无赋了[1]。（笑）毕竟没有司马相如再世了，（笑）《上林赋》那样的东西写不出来了。

> 先明"赋自有体"，然后是"赋中有体"。

先明"赋自有体"，然后是"赋中有体"。赋中有各种各样的体，指的是有各种各样的赋啊。你到底写什么样的赋，那是很重要的。我的博士生王思豪，他写博士论文的后记就是一篇律赋，八韵赋，按照《广韵》来写的，我看像唐赋，为什么呢？因为八韵不是按秩序押，是随意押，到了宋代八韵赋就是要依次押韵了，比较整饬一点。这就是讲体啊，是赋中有体，各种各样的赋体该怎么写。

好了，元朝的陈绎曾写了《楚赋谱》《汉赋格》，这个"谱""格"

---

[1] 参许结在第九届国际辞赋学学术研讨会闭幕式的演讲稿，后以《中国赋学研究的回顾与展望》为题，刊发于《辞赋》2011年第2期。

是什么呢？就是写作规范嘛[1]。现在写赋的人谁看过这些"谱"啊？没有人看，不了解这些东西，讲老实话，如果他们真了解了，就写不出来赋了。不敢写啊！比如写律赋，怎么办啊？隔句你怎么隔？是疏隔还是密隔？各种各样的隔句方法，什么地方应该用长句，什么地方应该用送句，什么地方用隔句，都是有规定的。那可不像填个小词啊，填满一篇赋，很困难啊。所以我经常讲理论太多了，往往创作就不行，但不懂理论你创作又怎么搞呢？这个问题我也很困惑，所以在这新十讲中我就思考写赋问题了。

我们以楚赋体为例，楚赋体，也就是骚体，源自楚赋。如楚赋的句型，包括大量的仿骚体，形成了正格和变格的问题。赋都有正格和变格。比如正格，怎么样呢？"惟草木之零落兮"，这个句子就是正格，第一个字是单，"惟"字，次两个字是双，"草木"，中一个字单，下两个字双，中间加"之""乎""而"等等，这就是正格。如果要变一下呢？好多种变格啊，例证很多，比如"汤禹俨而祗敬兮"，这也是一个句式，上两个字双，次一个单，中一个字单，下两个字双，这是变格。这样就一系列的变格出来了，如"嗟佳人之信修兮"也是变格，"民生之各有所乐兮"也是变格，"众女嫉余之蛾眉兮"也是变格，等等，都是变格，五言、七言、八言、九言，都是变格，只有第一例是正格，这是陈绎曾《楚赋谱》里的规定。他有系列论述，就不一一列举了。赋体有正，有变，非常讲究，这是句式，赋最重的也就是句式。赋的创作，句法是核心，由句法再谋篇，没有句法就谈不上谋篇，句法是一个核心。这里以楚赋为例稍微讲一下。

---

[1] 陈绎曾《文筌》（又名《文章欧冶》）的"楚赋法""汉赋法"部分内容，参见本讲附录文献。

> 征材聚事是赋的一个重要内容。怎么取材构思？取材过后怎么写？这些都是很讲究的。

下面我们再看一看赋的构思取材。赋是按照取材写作的，你首先要取材，构思就要取材，征材聚事是赋的一个重要内容。怎么取材构思？取材过后怎么写？这些都是很讲究的。以汉赋为例，陈绎曾的《汉赋格》里面讲得很复杂，我们可以将其中主要内容抽出来谈谈。首先，大赋要叙事，第一是叙事，材料多了杂了，叙事是本领，要把事情讲清楚了，就是直叙事实，开始一定要直叙事实，不要走来就写神仙、鬼怪，赋是征实的，大赋开始都要直写事实。那么直写事实又有哪些写法呢？有各种各样的写法。比如这个"叙"，讲究就很多。大家都熟悉的"正叙"，正面叙述，除此之外，还有什么叙呢？各种各样的"叙"，有总叙，有间叙，有引叙，有铺叙，有略叙，有列叙，有直叙，有婉叙，有意叙，有平叙，有法则，有例证。古人的理论，特别是创作法则、规范，就是通过作品总结出来的。也就是说，古人在写作的时候，变化也是很多的，但是大的东西是不会变的。叙事后接着就是"论事"，汉赋一般都是论事了，论说事情，当然这里面也有交叉，但总体上是这样子的。然后接着就是"抒情"，抒发情怀。然后是"述意"，然后是"议论"，然后是"论理""会理"，等等，很讲究，这是写作大赋的规则。

这些都偏重句法，从句法要上升到篇章结构。辞赋的篇章结构，也可以汉大赋为例：首先是破题，写文章都要破题，叙事也要先破题，《两都赋》首先就要写西都所处雍州之地的地理环境，实际上也是破题；接着就是冒头；然后是原本；然后叙事，这个叙事有十一种叙法；然后是论事；然后是设事，就是假设托词；然后是用事；然后是引类，引各种东西来写，有十七种引类方法；然后是体物，体物是有实体、虚体、象体、比体、量体、连体、影体，各种各样的，约七种方法；然后是况物比喻；然后是比物；然后是抒情；然后是述意；然后议论；等等。多啊，内容丰富啊。这里面还有问答，到后代的大赋最后还要颂圣，加之"倡曰"，继之以收敛，所谓"要终"，就是最后的结束语。赋后有"颂"，这个颂有"乱辞""歌曰"等。这些就是大赋的规矩，前人对其写法的要求很复杂。这是古代人对汉赋的要求，当然，汉人写赋之时，可能是根本不会这样想的，这是后来人渐渐把它规整化了，规范化了。到了宋元以后，大量地谈这些东西了，这就是由流溯源了，以时文为古文，以时赋为古赋[1]。我们回过头来看看，他们的总结也是有道理的，确实汉人在创作的时候有些规则、规律，古人不讲清楚，但实际上是有规律在里面的。

再比如律赋，就简单了，把篇章结构问题简单化了，就四大块，头、项、腹、尾。律赋比较好办，不像大赋很难把握它的篇章结构，律赋的篇章结构比较简单，方便考试。比如腹分为胸、上腹、中腹、下腹、腰，腹是最重要的，内容最多的是在腹部。这些都是律赋的规矩，篇章结构的规则，写律赋必须要这样写。如果你写的律赋中间不充实的话，那就是不合体吧。可以写，但是不合体。写文章特别重视体格。人有人体，文有文体，赋也有赋体嘛，达到它的标准的就是格嘛。有高格，有次格；有正格，有变格；有雅格，有俗格：这些都是规范化的，很讲究。

到了清代，总结前人创作经验，这类讨论也多起来，关键是如何来规范赋体。他们的取法是，要尊体，要学唐，也要创新，要写好自己

---

[1] 有关科举考赋所形成的赋重技法及教学功用，论者甚多，游适宏的专著《试赋与识赋——从考试的赋到赋的教学》（台北，红蚂蚁图书有限公司 2008 年版），分析最为细密，可参考。

的时赋，所以清代的馆阁赋特别讲究。比如审题啊，层次啊，用韵啊，平仄啊，对偶啊，品格啊，都很讲究。有两本书讲得最详细，一个是余丙照的《赋学指南》，一个是李元度的《赋学正鹄》[1]。这两本书既是赋集，也是赋格。余丙照的《赋学指南》南京图书馆有，但是是残缺的，国家图书馆那一套是完整的。写赋必须要规范啊，那就存在很多的问题，赋的规范与时赋的关系太大了，就像上堂课讲的考赋，考赋很多就是因为规范啊，它不规范怎么考啊？于是乎写赋要取法前人啊，这样一来，被取法的古赋又是怎么写的呢？因此又要对古赋进行理论的规范。

这个规范是一直存在的，所以就牵扯到另一个问题，就是赋心与赋用的问题。写赋是要讲气象的，所以就会有"会须能作赋，方为大才士"的说法，有那个才学，你才能写赋，不是说我要想成为大才士我才来写赋，不是这么回事。那怎么办呢？桓谭曾经就问过扬雄怎么写赋，扬雄说要读千赋方能写赋啊，也就是后人讲的"熟读唐诗三百首"，最好的方法就是读啊。读赋，要拼命读赋，读了过后就熟能生巧了嘛。研究赋未见得要有多么熟悉文本，查资料，有思路，就可以写，但要学着写赋，那就必须熟读赋了，这个是经验之谈[2]。读千赋而能为赋，必须要反复读。而"赋心"是包容性的，赋是讲才华的，是有包容性的，汉大赋的一个特点就是"体国经野，义尚光大"，视

---

[1] 如李元度的《赋学正鹄》，该书计十卷，编成于同治十年（1871），是为生徒与子侄示范赋法的家塾课本。其《序目》云："盖尝论赋学有源有流，汉魏六朝之古体，源也；唐宋及今之律体，流也。将握源而治，则必先学汉魏六朝，而后及于律体；将循流以溯源，则由今赋之步武唐人者，神而明之，以渐跻于六朝、两汉之韵味。二者其道一，而从入之途不同，然升高自下，陟遐自迩，固当以循流溯源为得其序也。"按：其谓"握源"与"循流"二法，前为治赋之学理，后为习赋之途径。

[2] 如桓谭《新论》第十二《道赋》有关"扬子云工于赋"一则，其中所言"读千赋则善赋"，最为典型。

野开阔，胸襟开阔，思路开阔，所以好多物态，好多情怀，好多议论，好多义理，通过描绘出的宏大的画面将其一一展现出来。赋家之心还在于"诗人之志"，这就是我们讲的一方面要铺陈，一方面要敛藏，也要把它藏住。如果赋铺洒开来了，结果就成了类书，变成字典，那就不是好赋，好赋是要有思想把它贯穿住，就像刘熙载讲的"以色相寄精神"，这是很重要的。赋体物，又言志，在色相中寄托着精神才是好赋。要灌注这种精神，这种精神是藏在里面的，有待你去发现的。它的颂美精神，它的讽谏意味，都不是简单地铺排，而是通过铺排把它展现出来，"以铺排藏议论"，这是刘熙载讲的另一句，我觉得是比较到位的。

> 以色相寄精神。

赋家之心必须要有一种体格和情怀，同时赋又是讲究实用的文体，一般认为赋是铺排，好像是掉书袋，实际上它在中国文学史上是很实用的一种文体。赋是要求致用的，汉代经学的精神就是致用嘛，赋也在这个时代，跟经学一样，这种致用精神奠定了赋的致用特色。所以写诗可以一个人躲在家里慢慢写，抒发情怀，想给别人看看就在自己博客上摆一摆，不想摆就自己欣赏了，写后或者收起来，怕被别人看见了，怕自己的隐私被人看见了，写诗可以有自己的隐私的。写赋，对不起，就要把它展现出来，赋不展现出来你就亏了，你写好放在家里的抽屉里，有个鬼用啊，你要写好了之后，赶快把它展现出来。因为赋是实用文体，必须要展现出来，没有哪个想抒发情怀，把赋写好了放在家里锁起来，或者写过后就把它烧掉吧？好像没有，舍不得，费了那么多的劲写出来的赋，肯定要显摆，这是非常讲究功用性的。因为讲究功用性，更加要注重技巧了，技巧也要注重实用啊，在考赋里面讲过的，技巧就是要讲究押韵等，但押韵押不好就出现

> 赋的致用特色。

声病，有声病就会被黜落，很多人都是因为声病而被黜落。实际上在唐代的时候是可以偷韵的，就是这个韵我不写了，我把它"偷"掉了，用别的办法把它补救过来，因为那个韵不好押，我就不押。那"偷"哪个韵呢？这个很重要啊，就像避讳字缺笔，缺哪一笔很重要一样，比如"玄烨"的"玄"字，缺笔要缺下面一点，如果缺上面一点，那肯定就会有问题了。像我最近的遭遇一样，脚跌了还能上课，如果是头跌了，那肯定是不能来上课了。偷韵偷哪个韵，也是很重要的，过去有人考赋，漏押了"松柏有心赋"的"心"字，被降级了，这个"心"字太重要了啊，你把这个"心"字漏掉肯定是不行的。你如果把"松柏"中间的"松"字或者"柏"字偷掉一个，可能问题不大，你得看什么东西能"偷"，什么东西不能"偷"啊，什么东西能丢，什么东西不能丢，这都是有讲究的，所以一定要懂法则。

辞赋创作发展到律赋的时代，所谓"律者，律令也"，律令就是要有法啊，法则更重要了[1]。我们再以唐赋为例，讲一讲这种应试的考功能力。清代有大量"赋学梯程"这一类型的书，比如《赋学梯程》，"梯子"，元朝的时候有《青云梯》嘛，元朝把科举考试的文本汇集起来叫作《青云梯》[2]，清代"赋学梯程"这一类的书很多，汇集了很多的作品，这些赋就像梯子一样帮助你考上去，这也就是规范化的问题。赋要有铺陈之功，要有赋用，要有讽谏，讽谏又要有具体的方法，赋

---

[1] 清人论考试律赋之法尤严，如朱一飞《赋谱》论律赋"五法"（辨源、立格、叶韵、遣词、归宿）、"四品"（清、真、雅、正）、"九用"（起接、转折、烘衬、铺叙、琢炼、连缀、脱卸、交互、收束）、"一致"（传神）、"六戒"（复、晦、重头、软脚、衰飒、拖沓）；余丙照《赋学指南》论律赋有"押韵""诠题""裁对""琢句""赋品""炼局"诸法；李元度则分"层次""气机""风景""细切""庄雅""沉雄""博大""道炼""神韵""高古"十法。

[2] 有关元代考赋及《青云梯》的研究，详参李新宇《元代辞赋研究》，中国社会科学出版社 2008 年版。

要见才学，怎么见才学？都有方法的。这是怎么读赋，怎么分析赋，然后是自己怎么创作赋的重要问题。

> 读赋从古赋读起，从大赋读起，但写赋要从小赋写起，从律赋写起，这是清人教我们的办法。

科举赋好像离我们很远了，好像没有什么价值了，但大家一定要注意，读赋从古赋读起，从大赋读起，但写赋要从小赋写起，从律赋写起，这是清人教我们的办法。写赋应该先写小赋，先写短篇律赋，要精整，韵律谐和，要是先写大赋，一开始就飘飘然，那你一生就飘飘然了。做学问也是这样的，你整天都是大而化之，飘飘然，那你永远都是飘飘然，飘飘就飘到文艺理论去了，跟我们古代文学就没关系了，（笑）那没办法，那就不是我这个课堂上的事了。写赋首先要合格律，要符合规范，写赋就要从律赋始，从小赋始，这是清人反复强调的，也是写赋的经验之谈。

赋写作要会收敛啊，我们来看从唐代开始考赋，赋就有了一些测试的规则，我总结了一下，有几部分较重要。押韵规则，毫无疑问，当居首位，是必须的。所以我在给王志清写《大风起兮》书的序的时候，最后我就讲：如果写古赋就必须押韵，如果写时赋，或者就是郭绍虞讲的语赋，就是语体赋啊，现在的语体赋，我们简称"语赋"，郭绍虞先生早就在《赋在中国文学史上的位置》一文中讲过[1]，在新时代我们为什么不能创作一种类似散文诗的新的语体赋呢？结尾是"志清教授以为然否？"我不知道你觉得怎么样？我的意思

---

[1] 郭绍虞《赋在中国文学史上的位置》说："我们在刚才讲的赋体演进的历史中，可以看出赋体屡经变迁的缘故，很多受当时文体的影响。一方面有与歌相合的诗，一方面便有不歌的小诗——短赋。一方面有楚狂《凤兮》、孺子《沧浪》之歌，都以字为读，为楚声的萌芽，于是便有骚赋。一方面有庄、列寓言，苏、张纵横之体，于是便有辞赋。此外于骈文盛行的时期有骈赋，律体盛行的时期有律赋，古文盛行的时期有文赋，则当现在语体盛行的时期，不应再有语赋——白话赋——的产生吗？"

就是说你们写的到底是什么赋?有人说我是汉赋作者,好多人都自称自己是汉赋作者、汉赋大家,但汉赋怎么写是很复杂的,有规范的。现在的语体赋怎么办?所以这一次我特别强调,我说你们写赋已经写了这么多了,过去人们写得很少,司马相如写篇赋花了很长时间,还有王步高教授写赋写了五十八稿,(笑)就像当年的扬雄一样,写得肠子都流出来了[1],很辛苦。可见写赋是很辛苦的,而现在有人怎么样呢?一写都是几十篇,几百篇,甚至写了几千篇了。我就说你们要汲取一些成功和失败的教训,有两个人是最典型的,一个是司马相如,一个是枚皋。"枚疾而马迟",枚皋写赋写得特别快,司马相如写赋写得很慢,但司马相如的赋保存下来了,变成"赋圣",枚皋当时写赋写得多得不得了啊,皇帝高兴吗,也特别喜欢他啊,结果他的赋一篇都没有留下来,后人只晓得他是"倡优蓄之",没有作品了。所以我说你们还是写慢一点。

然后,我还说当务之急是你们编一本赋韵出来吧,编个《当代赋韵》,我跟他们开玩笑。又不能跟他们瞎侃,瞎侃的话,他们就会说许老师您是领军了,帮我们搞吧。我哪有时间啊,我是民主党派的,有次在党派中乱说一通社区的重要性,他们就叫我做社区调查了,(笑)我说目前的中国文化是社区文化问题,价值共同体是社区文化,社区文化是今后中国文化建设的中心问题。从头讲到尾,一胡扯,胡扯过后,他们马上要我做项目主持人了,(笑)我哪有时间做这些啊?我不

---

[1] 桓谭《新论》卷十二《道赋》:"余少时见扬子云之丽文高论,不自量年少新进,猥欲逮及。尝激一事而作小赋,用精思太剧,而立感动致疾病。子云亦言:成帝时,赵昭仪方大幸,每上甘泉,诏使作赋,一首始成,卒暴倦卧,梦其五脏出地,以手收内之。及觉,大少气,病一年。由此言之,尽思虑,伤精神也。"

上课啦？不写论文了啊？赶快躲掉了。（笑）就是这样，每次我都是喜欢讲，讲过话他们就要找我做，找到我我就躲，所以我永远不会成功。（大笑）我就是喜欢想，联想，想了就讲，讲了过后就让我做，让我做我又没有时间，因为我不喜欢做那些东西，我只喜欢玩玩而已。这个事情我也跟他们讲了，你们编个《中华赋韵》嘛，大家约定俗成，编定一个也蛮好的啊。要不就是没有规矩啊，没有规矩不成方圆，创作还是要守规矩的。完全模拟又有什么用呢？赋的押韵肯定是很重要的，写赋一般都要押韵，只有少量的文赋可以不押韵，那是变格，也就是祝尧所讲的"一篇文押几个韵"，类似散文了，所以"终非本色"。创作必须要有本色在，所以要有一定的规范化。

除了押韵、声病之外，唐代考律赋还有三大要素，就是句法、段落与篇章。测试句法，是看赋的句法如何。你看到考诗赋的时候，你可以评论哪一句好，哪一句精彩，但如果你评司马相如赋的时候，你很难讲这一句写得多么好，那一句写得多么精彩，不好讲啊，扬雄赋也是不好讲的。到了王勃写《滕王阁序》，才有了"落霞与孤鹜齐飞，秋水共长天一色"这样的警句、秀句，才开始讲哪一句写得好了，过去没有啊。而到了科举考试的时候，就特别讲究句法，从句法来评价赋的优劣，比如范仲淹的赋。范仲淹的赋很多，尤以经史命题的赋居多，李调元的《赋话》就反复强调范仲淹的赋某两句的对仗，里面有几多胸襟啊，又说什么气势都包括在其中啊。前面不也讲了嘛，皇帝一看某人的赋句，就说必定是做宰相的料子，后来就真的给他做宰相了。考赋就是从句法来看赋的好坏，比如关注壮句、紧句、长句、隔句、漫句、发句、送句等等，怎么写是很讲究的。律赋最讲究的就是隔句、隔对，汉代人写赋不讲究隔对，到了东汉后期才渐渐有些隔对了，到了庾信、徐陵的赋里面，隔对才多了起来，到了后来就极其讲究隔句了。

考赋就是通过对句法的考察来审视士子的能力，这不仅仅要求对仗工稳，还要求在对仗工稳的同时会用典。用典又不是死用典，要活用典，很讲究啊，水平高。写诗，讲老实话，一首小绝句，开头两句铺铺，第三句一转，第四句一收，精彩的句子容易出来啊。而赋那么多对子，要都精彩，难啊，写得很累啊，累到最后，自己都不想精彩了，（笑）自己都没有劲去想如何精彩了啊。几个小时酝酿一个妙词、妙句出来，得意得很啊。所以诗人容易狂放，因为只要写那么一点点短东西，就容易得意嘛，而赋家狂放不起来啊，狂放不动，因为自己还没有得意起来就累得要死了，（笑）所以是诗人得意，赋家得病。（笑）

然后就是测试段落的写作能力。古人写赋不分段，但里面是有层次的，也必须有层次。比如《师友谈记》引秦少游语说："凡小赋如人之元首，而破题二句乃其眉。惟贵气貌有以动人，故先择事之至精至当者先用之。"这就是我最近写的一篇文章《从"曲终奏雅"到"发端警策"》中谈到的问题，小赋就要"发端警策"，开始的时候，你就要把"事之至精至当者先用之"。不要舍不得。有的时候舍不得啊，想留到后面，要渐入佳境[1]，这种做法大赋可以，小赋不行，小赋要把精彩的东西直接拿出来，把考官、读者先给镇住，"德动天鉴，祥开日华"，啪一下就出来了。写小赋入题就要快，"德动天鉴，祥开日华"，一开头太阳就出来了，五光十色，普照大地，精彩的东西放在前面，接着后面就是用事用典，也要用得好。然后"第二韵探原题意之所从来，须便用议论"，要用议论了，然后是"第三韵方立议论，明其旨趣"，"第四韵结断其说以明题，意思全备"，"第五韵或引事，或反说"，

---

[1] 有关秦观论律赋语，详参李廌撰，孔凡礼点校《师友谈记》，中华书局2002年版。

这时候要跌宕些了，肚子越来越大了嘛，要跌宕些，"第七韵反说，或要终立义"，这就像写律诗的时候，颈联要转一样，就像写绝句的时候，第三句一定要转一样。首先是要铺"长安回望绣成堆，山顶千门次第开"，忽然一转"一骑红尘妃子笑"，唉，这是怎么回事啊？原来"无人知是荔枝来"，多好啊，这转得多好啊，杜牧多得意啊[1]。写律赋在第七韵的时候也要这样转，也就是诗的"一骑红尘妃子笑"。最后是"第八韵卒章，尤要好意思尔"，要讲出好意思，有点言归正传的意思。

　　大赋也是这样，也要看段落，要看你怎么铺陈，怎么起承转合。这是文法，赋也讲文法，这些都是限制性文体必须要考虑的，也是我们要关注的赋应该怎样作的问题。说起章法，也就是篇章学。中国文学批评最重篇章学，当然跟长期的科举考试有关。篇章学也确实很有意思，所以我想考赋的第三个能力测试就是测试篇章写作能力。一篇赋的每一部分，是头或者腹、腰、尾等，都要有规定的句式，如何紧，如何长，如何隔，等等，都很讲究。当然，这种限制最后也有些过分，过分了或过头了，会对文学本身产生一定的伤害。有些人比较有才华，赋里面用的长句比较多，比如宋代有人写赋，里面长句比较多，一下子就写到八百字，这样考官就嫌烦了啊，看八百字多累啊，所以后来就规定只许写三百五十字左右，律赋正常的话，八韵，三百五十字够了。

　　与篇章相关的就是主旨，赋的主旨也很重要。大赋的主旨很难抓，古赋肯定是有主旨的，比如《两都赋》，其中《西都赋》写的是形

---

[1] 杜牧《过华清宫绝句》三首之一："长安回望绣成堆，山顶千门次第开。一骑红尘妃子笑，无人知是荔枝来。"

胜，内容写得特别精彩，突出侈靡、奢侈，过去的帝王太奢侈；《东都赋》写得就比较整饬，内容少些了，突出的是礼仪。古赋必然会有主旨，东汉的京都赋中间，最重的就是礼仪，讲礼制的问题，这与西汉时期司马相如赋的主旨又不大相同了。汉大赋都有主旨，只是比较难抓而已，后来的小赋、律赋，主旨容易抓些。尤其到了命题作文，出题考赋，那主旨就明确了，经史命题的主旨就是经史的内容，主旨很清楚。还有一方法，就像我们写论文的时候的关键词，赋里面也有几个关键词，这几个关键词一点，主旨就清楚了。律赋的押韵就是这样，官韵常押八个韵，主旨就蕴含在这八个字中。比如写《诗人之赋丽以则赋》，那这个主旨就很清楚，就是讲赋跟诗的关系，跟六义的关系。我给大家的材料里面列了一些，大家可以看下，比如王芑孙《读赋卮言》和汪廷珍《作赋例言》[1]。汪廷珍《作赋例言》就说"作赋之法，首重认题。扼定题旨，则百变而不离其宗"，这讲的就是小赋。"俯仰、向背、衬托、跌宕、曲折，都非泛设。否则信手乱填，气局已散，断不成文。"这话讲得多好啊，赋的气局不能散，一首小诗的气局比较容易贯注，一篇赋的气局很难贯得过来啊，这就像写书法一样啊，像我写书法就不行，为什么呢？因为我没有练气功嘛。（笑）任何东西气局一碎就不行了，尤其是大赋，要有大量时间准备，写的时候要一气呵成，这个也确实不容易的。然后是"次在布势。题有层次，由浅入深，由虚入实，与时文无异"，这就像时文一样，就像经义之文一样。然后是"即无层次，题亦须以意分出来路，正位去路，须相生而不相犯，一夹杂则无序，且气亦不清"，这里面就是说不仅气局不能乱，而且还要"清"。"三在用笔。笔固根于天事，用功深亦可脱化，大约以活

---

[1] 汪廷珍《作赋例言》所述"作赋之法"，详见本讲附录文献。

字、切字为主,而诸美因之。"司马相如的赋就是活字、切字特别多,形象生动的字大量出现,而且动词用得特别好,我多次

> 赋就是雕梁画栋,不能太黑白,有点像油画,很讲究,但要适宜,因物赋形。

提到的"八川分流",动词的运用多好啊,再加上拟声词的运用,写动态,写流向,写声音,精彩至极。司马相如的赋要好好读,不愧为"赋圣"。"四在着色",赋就是雕梁画栋,不能太黑白了啊,太黑白了不行啊,赋就有点像油画啊,很讲究,但要适宜,故而"用辞不贵富丽,而贵工切。尤须相题庄重秀媚,古制今情,各具因物赋形之妙乃佳",因物而赋其形。"赋有宏博简练两路,须因题制变。大题大做,小题小做,顺之也;窄题宽做,宽题窄做,逆之也。法无一定,但须段段相称,不可头大尾小",头大尾小会跌跤的,"鹤膝蜂腰"也不行,"大约经制题宜宏整,情景题宜幽秀",什么题写什么赋。"枯寂题宜热闹",这是反义为训。枯寂题,你如果再写得枯,那肯定不行,就像老实人要写点才情的东西,写点带色彩的好点,所以我就主张老实人不要做朴学,要做文学,才情多的人做点朴学,可以改变性格。汪廷珍这一大段,都是讲赋的作法。

作赋的法则和技巧,汪廷珍《作赋例言》讲得最典型,概括起来,他讲了四点:

> 作赋的法则和技巧:认题、布势、用笔、着色。

一个是认题,赋该写什么题,你就要围绕这个题来写。然后是布势,赋要有势,文势。有个人写过一本书叫《说"势"》,专门谈"势","势"一般是书法里面讲得最多,文章写作也讲究"势",没有强大的笔力,没有强劲的力道,是没办法写好文章的,赋也确实需要力道,所以写赋的人身体还要好,身体不好,写不动赋,"多愁善感"的人不能写赋,填填词就挺好,所以女孩子写赋就很少,只有李清照这样的人才能写出《打马赋》,她厉害,是"生当为人杰,死亦为鬼雄"的

> 赋是阳刚之文。

人,所以才能写出有气势的赋[1]。一般女孩写大赋的少,写什么《幽兰赋》的,有一些,怜物而抒情嘛。赋是阳刚之文,要有阳刚之气,要不然撑不开来啊,赋绝对不是阴柔之美,词更多的是阴柔之美,所以中国现在缺少的不是词,而是赋,男孩子要多写些赋,这样可以减轻些多喝可乐所造成的不良影响,(笑)要多写赋,把气给冲出来,要"牛气冲天"。所以赋很重要,这个时代是呼唤赋的时代。第三是用笔,第四是着色。汪廷珍就讲了这四个方面。作赋,各种各样的方法很多,但是万变不离其宗,基本法则都是这样的。清人的论述还有很多,你们可以参考。

讲到这里,古为今用,我就想谈一谈现代赋的创作。我们课题为"习赋",就要读、写、练。要写赋首先要读赋,读赋要读从古代到近代的赋,我们每个人开始治学也是这样,也要从前面读到后面,要有阅历,而到写论文的时候,又要反过来,从现代到古代,写赋也是这样子。从古赋到近体赋,顺着读下来,看清楚它们的脉络,有很多的中转。从骚体到汉大赋有中转;从西汉赋到东汉赋有变化;从东汉赋到魏晋南北朝,尤其是骈体赋,句子逐渐整饬,赋由言语转向文章化,这种变化与转折是很重要的;然后由骈赋的对仗到律赋的合韵,必须要严整其韵律,又是一个转化;到了宋人又进行反正,在创作律赋的同时,又创作文赋,也有一种转化和变革;延续到明清人的辞赋创作,明代人的复古思潮和他们的仿古赋创作,清代人的会通与他们的古赋、律赋一起创作,都与时代的变迁和辞赋艺术自身的发展密切相关。其中蕴含着的转折与变革,我们要在赋的流变过程中,抓住这

---

[1] 参见龚克昌《李清照〈打马赋〉简论》,《汉赋研究》附录,山东文艺出版社1990年版。

些转折点,从头读到尾,赋的脉络就清楚了。于是乎人们说宋代的文赋的祖宗是荀卿赋,都是从创作中体悟到的[1]。所以说文学的发展和一些文体的演进都是在"逗"中间生发出来的,"逗而引",叫逗引嘛。赋是怎么转折的,这是很重要的。为什么说读赋要从头读到尾呢,为什么各类赋都要读一读呢,就是要明其体制和变革,特别是其中的逗引和转折非常重要。

> 要写赋首先要读赋,读赋的顺序遵循自古赋至近代赋,目的就是要明其体制和变革,特别是其中的逗引和转折非常重要。

而写赋要从小赋、律赋开始,这和读赋正好方向相反[2]。律赋大家都觉得难,实际上是最好写的,你就按照规律写就是了,你弄个八韵出来,然后按照规矩写,规矩摆在那个地方就好写了。所以练赋就要先从律赋开始练,弄个八韵,把《广韵》拿来参照,保险一点,不要用"平水韵",人家不会讲你错的。通过写小赋,才情激发起来了,有志气了,就开始写大赋吧,铺吧,写个一万字,两万字都行,然后你写博士论文就用赋体写,(笑)哇,把我们一起吓倒。(笑)人家编本书都是用赋体写嘛,前不久有一个人写个音乐著作,叫《音问》,就是用屈原《天问》体来写的,几百上千个问啊,那就是才华啊,又有什么不可以啊?当然,其他老师接不接受,我不知道,但是我觉得完全可以嘛。写得好的话,写个五万字的博士论文出来,或者写个十万字的大赋,(笑)写两篇嘛,分上篇、下篇,就像《两都赋》一样,上篇是《西都赋》,下篇是《东都赋》嘛,如果这样写起来,那肯定把

---

[1] 徐师曾《文体明辨序说》:"楚辞《卜居》《渔父》二篇,已肇文体……后人仿之,纯用此体,盖议论有韵之文也。"孙梅《四六丛话序》:"又有文赋,出于荀子《礼》《智》二篇,古文之有韵者是也。"二说可参。

[2] 王芑孙《读赋卮言·律赋》:"读赋必从《文选》《唐文粹》始,而作赋则当自律赋始,以此约束其心思,而坚整其笔力。声律对偶之间,既规重而矩叠,亦绳直而衡平。"

评委吓倒了，（笑）到时候到处找答辩委员找不到了，（大笑）就像宋代的时候，停赋了之后，没有人写赋一样，这样就非常精彩啊。我提个设想嘛，其实就是学术赋啊，好多人后来都写学术赋，我有一个熟人就写过学术赋，是我同宗的一位叔叔，他退休后整天写赋，一个老头儿，会写得很，他写了一篇《述学赋》，写了一篇《黄山赋》，还写了一篇《合肥赋》，他家住在合肥嘛。一般一个人在什么地方，都喜欢写这个地方的赋，像我们在南京，就应该写个《南京赋》，或者《金陵赋》，可惜都没有写。

在当代文坛，确实有一些人赋写得不错，我也统计了一下，列了一些赋，准备给你们看看，结果来上课的时候给忘掉了，没带来。我曾经也跟赋创作界的人说过，你们确实有很多赋写得不错，有才情，比如有一个叫锡东刀客的，他的赋写得蛮好的。最近又看到一个80后的人写了一篇赋，仿效《洛神赋》《神女赋》写的，大概是恋爱受挫，所以赋里面写的是跟神女相见，神女美到极点了，写神女绘声绘色地描写没问题，讲神女怎么怎么赏识他，（笑）我想他肯定是在现实生活中落魄了，（笑）所以到赋的自由空间去恋爱一番。（笑）原来赋家还有这等好处，我就想到曹植的《洛神赋》，典型的啊，生活中很落魄，很失落，所以《洛神赋》就写得那么美，那么快活。短暂的欢娱也很快活啊，想到电视、电影里面演帝王的人也快活啊，在演出的那几年他就是帝王啊，你给他磕头，他快活死了。（笑）我现在一讲到汉武帝，就想到陈宝国，把我气昏掉了，就像提到康熙大帝就想到陈道明，他就代表那个形象了。人生就那么几十年，他搞了好几年的皇帝当了，比历史上有的皇帝当的时间还长啊，（笑）有小皇帝就当了几天的，可怜死了。所以写赋的人沉浸于赋境的时候，也能得到短暂的满足啊，快活啊，所以说赋既能治病，又能自娱，治相思病就去同神女恋爱。

最近就是因为要参加洛阳的会，我才胡乱读了一通现代人写的赋，有赞同，也有批评，就总体情况而言，我提出了几点批评意见：第一点是有文无韵。这是一种批评哦，我还没有当面批评，只是觉得大量的赋是有文无韵，文采很好，但是不讲究韵，根本不押韵，随便写。有位先生送赋给我看，我就讲他转韵太快了吧，一句之后又转韵，两句之后又转韵，就是韵太乱了，你总要写个几句再转吧。当时他给我看的时候，我第一次提的意见就是这个，后来改了一些。写赋的韵不能太散，因为气跟韵有关，就像我们讲顺口溜一样，啪啪啪，几句一讲就把人逗乐了，小品都是这么讲的嘛。押韵也是这样，一个韵能够保持一段时间，那气就在那盘旋一会儿，你一转又换一个韵，高亢的时候用"上声"韵，一下顶上去，这个气势就来了啊。上次王彬彬老师的一个学生写《南京大学赋》，是多年前了，非要我看看，我说我看不了，你这都不押韵，需要重写，重写怎么写啊，我没有时间，就像要自己写了，还要调查资料，至少南京大学校史要看看，很麻烦的。

第二点就是有铺无藏。现代人写赋，铺得不错，文采斐然，但是没有收敛。赋的锋藏在哪里？精神在哪里？赋不能藏住锋，就泄气了，要收敛住才是功夫。赋写得好的话，要有一种凝聚力，就是敛藏的本领。

第三点就是有颂无讽，这是通病。现实社会中的这种铺张、开发是好事啊，但也有弊端啊，所以也要讽它，我现在常写新乐府、讽喻诗，骂一骂，你贪污我就骂骂，你蜗居我就同情，我就经常在博客上发点小诗，发发牢骚，还好，没有人管我，（笑）我是老百姓，我就同情一下广大民众嘛。

再者就是有体无骨。文人要有骨气，有骨头，才能有肉，写赋也如此。

最后是有形无神。

我用了"五有五无",这是老子的笔法,有文无韵,有铺无藏,有颂无讽,有体无骨,有形无神[1]。当然,这其中能够拿出很多的例证进行分析,只是我看了一些赋篇后有这么个感觉,有些赋写得确实还是不错。昨天还跟程章灿老师聊到,我说现在有些人的赋写得还真的蛮好的,但是我提出的这五点也确实是当代人写赋的病症所在,指大多数,而非全指。

为什么人们写赋很辛苦呢?就是你要我现在写也是这样,也会犯上面那些毛病,肯定是嘛,都会这样写,包括最近看的《清华大学赋》,也是有颂无讽。你写《北大赋》,肯定也是歌颂为主,没有人会在赋里说:北大精神到哪里去了啊?红楼依旧啊,可是神到哪里去了呢?如果这样写的话,他们就不要你的赋了,所以也不能怪他们,这些都是应制文的毛病。但是从文学本身,从赋体、赋学、赋用的本身来看,我提出的这个五大弊病,是当今赋存在的重要问题。有文无韵是一个规范的问题,是一个技术性的问题,今天写赋的人必须要解决,不解决我就不会承认你的赋好,大家应该约定俗成,编一个新的韵书来。古代也都是这样,像《唐韵》啊,《广韵》啊,后来的礼部韵啊,宋人的平水韵啊,以及中原音韵啊,洪武正韵啊,都有规范,尽管有变化,但是大部分的东西还是不变的,根本性的东西还是不变的。中国人讲的中国话还是没有变的,任何东西都有一个传承和变革

---

[1] 有关"五有五无",是我在某次辞赋创研会上发言提及。当然,如有颂无讽,仅就普遍现象言,在今天写赋的人中,如魏明伦写的赋,则不乏讽世之意。参见《魏明伦新碑文》,作家出版社2013年版。又,万光治《辞赋传统及其当代形态——魏明伦赋刍议》(《辞赋》2013年第1期),颇多论述,值得关注。按:魏赋又多"有文无韵"。

的问题，通过这个传承与变革，落实到一个具体的问题，就是赋韵怎么押？编一个当代的赋韵，这倒是一个很大的贡献，也很有意思[1]。

我是研究赋的，所以当时在袁瑞良的赋创作研讨会上，我讲了一句：我研究赋多年了，从来没有写过赋。实际上我就是说赋难写，很麻烦。结果被曲解成某某人研究赋这么多年，都不会作赋。（笑）报上就这么登的，变成这么一种意思了，网上一转载，全是这么说。尽管我不作赋，只研究赋，但赋创作界还是在拼命拉拢我，一会儿把我封为"泰斗"，（笑）没写过赋怎么就变成了"泰斗"呢，（笑）真好笑；一会儿又把我封为"赋通"，（笑）因为"赋皇""赋帝"都被他们分封完了，（笑）就搞个"赋通"给我，我就请他们在网上给拿下，务必把网上的照片给卸掉，但是他们居然还把证书都给了我。（笑）可怕的是在他们网站上，有我的介绍：许结，男，某年生，字解之——这个解之是我自己取的——号"赋通"。（笑）居然就给我这个号了，这样歪曲哦。我就想了怎么叫"赋通"呢？就想到在文化史课上讲过的，过去有笑话讲到"判通"嘛，有个人考翰林院的时候，把"翁仲"写成"仲翁"，写反了，皇帝就批了："翁仲何以作仲翁，只因窗下欠夫功。而今不合作林翰，发往江南作判通。"这是一首诗，都反过来了嘛，然后我就写了一首打油诗："泥塑石雕误仲翁，人心浮躁欠夫功。何年受业穷师教，一夜蜗居被赋通。"（大笑）莫名其妙地"被赋通"了，真好笑。结果让他们把"赋通"下掉了，他们又给了个"泰斗"，我讲不是"泰斗"，是"阿斗"哦，（大笑）任他们玩。这次开会又和他们见面了，本来不想去的，后来勉强见了，也还好，据说网上跟我合影的照片一

---

[1] 有关当今写赋用韵问题，详见第一讲"赋韵"及拙文《论赋韵批评与写作规范》，《社会科学研究》2014年第2期。

起出来了,这就洗脱不掉了,因为我发言过后他们就一起来了,都要跟我照相嘛,说是这个网站的头——那个网站的头,这个主席,那个主席的。他们都自封"主席"啊,什么中赋联主席,联合会主席的,一大堆,吓死人啊——一起都来照相,网上也都有了,所以我这个"污点"是洗不掉了。

  昨天我到南京师范大学去参加答辩,结果和钟振振老师在一起,我说你好啊,你写《清华大学赋》,"清华"二字多好,我最近也写了篇学校赋,命运就大不相同了。我是被"绑架"到一个残疾人学校去的,是特殊教育职业技术学院,有一次给他们演讲——莫砺锋老师、程章灿老师也都去过的,我们三个人的题词都还在他们学校保留着——我当时给他们写了个小绝句,随便写的,结果他们把我请去,摄影师就跟着我后面照相,照完之后,那个院长、书记就一起请我吃饭,那天晚上就当场又写了一幅字,送给了他们,这下就不得了了,一定要我代他写赋。我说我从来不写赋,写不起来,他们说不行,非要我来写。最近看论文,哪有时间写赋?但没办法,那天花了几个小时写了一篇赋(不包括准备材料),我生平第一赋,是为残疾人写的,(笑)因为为残疾人写的赋,三天后就跌倒了,跌断了腿,(笑)我讲我叫什么"赋通"啊,叫"赋残"算了。所以我说钟振振你写《清华大学赋》多好啊,我写残疾人赋就跌倒了。(笑)他说不要紧,你这小跌一下就终生不残了,小残而不大残,(笑)他也会讲哦。这篇赋共写了六韵,一篇小骈赋,注释倒花了很长时间,自己给自己注。读几句给大家听听,全名叫《南京特殊教育职业技术学院赋》,开头是"时序单阏,岁逢重光",正好今年是辛卯岁。"有馆初立,特教新庠",这篇赋是放在他们学院的博物馆里面的,而这个学院是第一所以培养特殊教育师资为主的普通高等学校。"天呈盛世之祥云,弦歌不绝;地接古都之瑞气,文教是彰。东连栖霞,西拥幕府,南望钟阜,北濒大江,燕矶是屏,劳山为障。"燕子矶边嘛。"比邻晓庄,师承陶行知一心践履之学",就在晓庄学院边上,这完全是应制文,时文啊。"位居神农,道通烈山氏百草济民之方",学校正好在神农街1号,"烈山氏"就是指神农啊,用陶行知对神农氏。"博雅、博远、博闻、博韵,群楼高耸,以博学绽放博爱之蓓蕾",博雅、博远、博英、博韵都是这个学校的楼栋的名称,这些必须要注出来,不然人家搞不清。"自尊、自立、自修、自信,精神超胜,以自得抒写自强之华章",自尊、自立、自修、自信是这个学校的立学宗旨。然后是"原夫圣贤立国,教为治本,广求俊彦,访道崇文。瞽惟审声,行乐教于王政;瞍以诵赋,陈民情于美闻",瞽、瞍也都是残疾人嘛,瞽诗瞍赋是一种古老的传统。"种德潜润,敦迪愚氓,乐菁莪之长育,嘉蒙卦之启蕡",用《诗经》《周易》中的典[1]。然后就写历史了,"夏后置校,矜寡孤独废疾者皆有所养;周公制礼,聋瞶喑哑跛躄者自属宜寀",这一联对得很好,上面是孟子的典,下联正好是六种残疾人名称,(笑)这个对得蛮巧的,算巧对了[2]。"文王污膺,德被后世",史载周文王鸡胸。"鲍申伛背,楚国之纚",这儿转韵了,鲍申是古代楚国的宰相,是个驼背。"左丘失明,厥有国语;太史疾废,笔传千秋",太史公受宫刑,也算残废。"痀偻承蜩,曾惊仲尼之目;师旷行

---

[1] 《尚书·大禹谟》:"皋陶迈种德,德乃降,黎民怀之。""菁莪",《诗经》篇名,《毛诗序》以为"乐育才";"蒙卦",《易经》卦名。

[2] 《孟子·滕文公上》:"设为庠序学校以教之。庠者,养也;校者,教也;序者,射也。夏曰校,殷曰序,周曰庠;学则三代共之,皆所以明人伦也。人伦明于上,小民亲于下。有王者起,必来取法,是为王者师也。"又《礼记·礼运》"大道之行也"一段可参。按:有关该赋的详注,见许结撰,蒋晓光详注,马建强补注《南京特殊教育职业技术学院赋》,《辞赋》2012年第1期。又,赋文同刊《中华辞赋》2015年第3期。

歌，明兆平公之疢"，师旷是古代晋国的盲人乐师，以乐谏晋平公。"王佐断臂，声闻向北之骅骝"，王佐是南宋人，劝降陆文龙使之抗金，因言"越鸟南归""骅骝向北"而打动陆文龙。"兰馨养丐，誉载归南之行舟"，这里用清代黄兰馨故事，黄为广州侠绅，曾收养一乞丐，乃抗英勇士。这些都是历史典故，所以这一段最后说："噫史迹之可征，信美德之长留。"最后来总结一句。写东西不难啊，反正找这些典故写就是了。然后下面又转到新学，"嗟乎！大哉惟新，新学是举"，"嗟乎"是更端词，赋写的时候一定要有更端词，这样才有转折，有气势。"特教事业，周遍环宇"，整个世界都在搞特殊教育嘛。"法兰西首启盲校，内外兼施"，指法国人阿羽衣于1784年在巴黎创办第一所盲校。"美利坚置学东方，中西为侣"，指美国传教士查理夫妇在山东登州办启喑学馆。"瞽叟通文之馆，登州启喑之室"，瞽叟通文馆、登州启喑学校皆西方人在中国所办。"天国新篇，主张残而不废"，太平天国洪仁玕《资政新篇》提出"残而不废"主张。"辛亥校令，奠定特教基础"，指辛亥革命后临时政府颁发的《小学校令》，对特殊学校有法律规定。好，下面开始歌颂新中国了，有颂无讽啊，我自己的赋病也暴露了，"中华新生，建国伊始，变更学制，人民作主；改革春风，吹遍中土，千万残者，爱心同抚"，然后是"微笑天使，桑兰耀邦家之光；隐形翅膀，庆瑶织锦绣之缕"，后来又把这两句改为"残奥勋章，邓公耀神州之光；轮椅梦想，海迪启生命之旅"，后面又加了两句"阳春白雪，舟舟奏时代新声；千手观音，丽华起妙曼之舞"，然后是"寓目乎神州大地，考槃之所，又起科教兴国之雄风；骋心兮城乡阡陌，青衿之梦，再展和谐平等之乐语"。好，后面又开始写他们的校舍和办学成就了。"且夫道自人弘，教由时异，厥职既彰，师资为先"，这所学校是培养教残疾人师资的，不是培养残疾人的。"观此肇造,喻比摇篮,东南形胜,与春为妍",南京特殊教育职业技术学院被称为"中国特殊教育师资的摇篮"。下面就是几个院系学科的数字对仗了,就像钟振振的《清华大学赋》里面对那个"一二·九运动"和"八六三计划"一样,(笑)这个对得还不错。我在作协讲课的时候,他们忽然问我新的赋为什么写不好?我说因为新的名词,赋是文言,在文言当中出现新名词,很不好对,所以在我这篇赋里面也就出现新名词了,这个学校是八个院系,五个学科,二十个专业,赋里就说"八院系,五学科,廿专业,同师生登堂入室,教学相长;一宗旨,两体系,三集群,合中外联合办学,知行周全",他们学校只有三百亩,但你不能讲只有三百亩,就讲"三百区区囿苑,特色立业;五千莘莘学子,桃李满园",还有一些残疾人的仪器,叫什么"点显仪",还有什么"听觉语",所以我就对"点显仪,展科学资讯之优势;听觉语,开通感测试之宏篇",通感嘛,钱锺书不是讲文学的通感嘛,这个听觉语正好也是通感嘛,这个蛮好的[1]。然后是用邓朴方的话,叫"挑战命运,更救济为自立,乃生活之强者;改变陈规,从接收到回馈,诚课业之新声",接着写教书育人"杏坛讲授,如春风之化雨;育生万物,若天道之惟诚",这是《中庸》里面的。最后"歌曰:华夏文明史,金陵博爱城;成均施特教,海外听嘤鸣",金陵是博爱之城嘛,成均是大学,然后是中外交流嘛。好,糊弄了一通,八百零二字,他要八百字,我写了八百零二字,结果给他们传阅了一下,学生们说写得蛮好的,蛮好的那就上博客吧,赋不能摆在抽屉里,要把它摆出来。(笑)这是我写的第一篇赋,这对我来说是划时代的,(笑)经常写诗,偶尔填词,赋还真没有写过。

---

[1] "通感"是西方文论术语,后多用于对诗歌的分析,如钱锺书的《论通感》。

这一写好了，以后就组织班子写了，（笑）就到处应聘去了，（笑）带着我几个学生就混钱去了，（大笑）成立一个辞赋专业队伍了，到处写去。（笑）我这赋都是根据《广韵》的，肯定没有什么问题，而且新名词也都在里面，但是也逃不出我讲的"五大弊端"，（笑）所以说现代赋很难写。我是怎么从"赋通"到"赋残"[1]，（笑）说起来很倒霉，写这赋后三天，与同学打球就跌断了腿，我把这应验之兆告诉了对方，他们说，许老师，你就说跌坏后写的赋，所以有体验，感触深，才写得好嘛。（笑）

习赋，首先就是读赋，大量地读赋，然后才能自己练习作赋。研究赋的人写点赋确实有好处，因为得创作之三昧，才能更好地体悟学术之渊源。就像诗学，如果自己能写写诗，那么对诗歌风格和艺术境界方面的体悟可能会比不会作诗的人要深一些，否则有一点隔靴搔痒。总而言之，你们作为中文系的学生，是不是也应该有一点创作？所以我觉得文学论文也要写得漂亮点，而反对文学论文变成历史考据文献学的附庸[2]。考据学是重要的，历史文献学是重要的，但如果你成为它的附庸，你的论文就不是文学论文。我现在五十多岁了，所以敢讲了，（笑）都快退休了，人家不理我就拉倒，（笑）开开玩笑。日子真快，一晃一学期过去了，我的新十讲也讲完了，作业就是一篇小论文，当然你们如果写赋也可以，比如《论赋赋》嘛。（笑）

这个学期课程的讲授部分就到此结束。（鼓掌）

---

[1] 关于"赋通"的封号，曾见"中华辞赋网"，后要求删除。

[2] 许结编《桐城文选·前言》有云："古人所言'圣人之情见乎辞'，'修辞立其诚'，皆为桐城文法所本，而其对文学修辞之功的重视，即使对当今文学论文常流为历史考据学之附庸，也不无启迪与警醒作用。"

历史文献摘选

陈绎曾《文筌》"楚赋法"：

楚赋之法，以情为本，以理辅之。先清神沉思，将题目中合说事物，一一了然在心目中，却都放下，只于其中取出喜怒哀乐爱恶欲之真情，又从而发至情之极处，把出第一第二重易得之浮辞，一切革去，待其清虚玄远者至，便以此情就此事此物而写之。写情欲极真，写物欲极活，写事欲极超诣。以身体之则情真，以意使之则物活，以理释之则事超诣。

附：同上"汉赋法"：汉赋之法，以事物为实，以理辅之。先将题目中合说事物，一一依次铺陈，时默在心，便立间架，构意绪，收材料，措文辞。布置得所，则间架明朗；思索巧妙，则意绪深稳；博览慎择，则材料详备；锻炼圆洁，则文辞典雅。

徐师曾《文体明辨序说》：

今分为四体：一曰古赋，二曰俳赋，三曰文赋，四曰律赋……然则学古者奈何？曰：发乎情止乎礼义。其赋古也，则于古有怀；其赋今也，则于今有感；其赋事也，则于事有触；其赋物也，则于物有况。以乐而赋，则读者跃然而喜；以怨而赋，则读者愀然以吁；以怒而赋，则令人欲按剑而起；以哀而赋，则令人欲掩袂而泣。动荡乎天机，感发乎人心，而兼出于六义，然后得赋之正体，合赋之本义。

王芑孙《读赋卮言·审体》：

论赋者务观千制，勿奉一家。胚于周造，鸿以汉风，萧寥乎江左清言，简练以邺台数子，撷齐梁之新色，抽陈隋之妍心，合唐制之精坚，借宋联以极巧……赋者，敷陈其事而直言之，其旨不尚元微，其体匪宜空衍。

附：同上《立意》：白傅为《赋赋》，以立意能文并举。夫文之能，能以意也，当以立意为先。辞诵义贞，视其枢辖，意之不立，辞将安附？……赋有经纬万端之用，实此单微一线之为，以其一线者，周乎万端。

又《谋篇》：题所同也，篇所独也，呈独异于众同之内，谋篇最要。目巧之室，则有奥阼，谋于始也。东湖西浦，渊潭相接，晨凫夕雁，泛滥其上；黛甲素鳞，潜跃其下，谋于中也。小积焉为邱，大积焉为岳；常山之蛇，一击应首；砥柱之浪，九派通脐；或止如槁木，或终接混茫，谋于终也……赋最重发端。汉魏晋三朝，意思朴略，颇同轨辙。齐梁间始有标新立异者，至唐而百变具兴，无体不备。其试赋则义当分晰，语多赅举：或虚起，或实起，其虚起者不胜枚数，其实起者或用题字对举。

又《律赋》：读赋必从《文选》《唐文粹》始，而作赋则当自律赋始。以此约束其心思，而坚整其笔力。声律对偶之间，既规重而矩叠，亦绳直而衡平。

汪廷珍《作赋例言》：

作赋之法，首重认题。扼定题旨，则百变而不离其宗，俯仰、向背、衬托、跌宕、曲折，都非泛设。否则信手乱填，气局已散，断不成文。次在布势。题有层次，由浅入深，由虚入实，与时文无异。即无层次，题亦须以意分出来路，正位去路，须相生而不相犯，一夹杂则无序，且气亦不清矣。三在用笔。笔固根于天事，用功深亦可脱化，大约以活字、切字为主，而诸美因之矣。四在着色。用辞不贵富丽，而贵工切。尤须相题庄重秀媚，古制今情，各具因物赋形之妙乃佳……赋有宏博简练两路，须因题制变。大题大做，小题小做，顺之也；窄题宽做，宽题窄做，逆之也。法无一定，但须段段相称，不可头大尾小，鹤膝蜂腰。大约经制题宜宏整，情景题宜幽秀，枯寂题宜热闹，宽皮题宜研练。总之，以切为主。比喻题全在双关，藻思绮合，然亦不可多，多则俗气。

魏谦升《赋品》：

岷山导江，积石导河。跨瀛涉汉，接轨沿波。上追统系，原始诗歌。摛文铺采，于意云何。昆仑万派，飞鸟不过。乘槎天汉，乃见星娥。(《源流》)大宰细桷，必构众材。茅檐广厦，效伎呈才。匪徒目巧，亦恃心裁。千门万户，焰烂崔嵬。如五凤楼，如铜雀台。风雨不动，实实枚枚。(《结构》)气以举辞，辞达理见。水大物浮，其喻最善。万窍调刁，噫风斯扇。时会递迁，江流日转。崇尚不偏，骨采自炫。汉魏六朝，格乃屡变。(《气体》)昆仑解谷，筒竹凤鸣。如珠好语，一一穿成。规重矩叠，绳直衡平。范围不过，音响自清。吭圆引鹤，簧脆调莺。摩空掷地，皆作金声。(《声律》)纷红骇绿，如春在花。石梁之瀑，赤城之霞。楼台金碧，韦杜人家。五云七宝，天上繁华。奇芬一吐，鲜侔晨葩。晖丽灼烁，是耶非耶？(《符采》)缠绵结绪，缱绻萦丝。花光宜笑，水态含漪。青衫掩泣，红豆相思。贻椒赠芍，送子河湄。闲情十愿，丽句妍辞。文心绝世，横笛孤吹。(《情韵》)兴酣落笔，超妙无论。百思不到，得句如神。飞行绝迹，神马尻轮。日明五色，岁首三春。奇情异采，穷力追新。曰有秘钥，先声夺人。(《造端》)吴淑百篇，博采旁搜。各分门户，派别源流。此疆尔界，瓜区芋畴。狐集千腋，鲭合五侯。晋卿钜制，类对春秋。揆厥所元，昭明选楼。(《事类》)日华双阙，岧峣帝京。殿前给札，笔缀不停。金门拜献，鸣盛和声。簪毫禁苑，待诏承明。文章官样，歌咏太平。

天颜有喜，云陛载赓。（《应举》）笔垂若露，思涌如潮。锵洋鸿丽，上掩诗骚。局分八韵，烛限三条。银袍鹄立，茧纸龙雕。南宫漏尽，风月难描。承平雅颂，如听箫韶。（《程试》）新情古色，才美齐梁。物必有耦，妙合成章。一歌绛树，韵叠声双。兰茝翡翠，茵苕鸳鸯。花花自对，翼翼相当。属辞比事，摘艳薰香。（《骈俪》）罗罗清疏，莽莽古直。时止时行，不拘绳尺。长短皆宜，备此规格。岂必止齐，妃青俪白。好色一篇，原本国策。后有作者，秋声赤壁。（《散行》）太师教诗，其三曰比。东筦有言，侧附者理。子贡方人，老彭窃似。松受茑缠，玉怜葭倚。莫刺如涂，起义在彼。象其物宜，图穷见匕。（《比附》）微辞宋玉，隐语淳于。甘泉羽猎，上林子虚。主文风刺，匪直匪愚。听者神耸，言者罪无。转圜从谏，治迈唐虞。方枘圆凿，其能入乎。（《讽谕》）莺飞草长，物候惊新。登楼王粲，翻悔依人。怀归故国，出剑风尘。鲍昭不作，谁画芜城。江关萧瑟，庾信伤神。小园枯树，哀江南春。（《感兴》）京都钜丽，一纪十年。笔札楮墨，藩溷著焉。海潮卢作，星再周天。结响不滞，捶字乃坚。为绕指柔，妙极自然。丹成剑跃，炉火无烟。（《研炼》）秀色可餐，骨象非俗。言出荐绅，文成朱绿。枢辖在兹，屏除繁缛。卓尔不群，浑金朴玉。三叹遗音，奏之终曲。辞黜其浮，理取其足。（《雅赡》）朗如行玉，清若流泉。疑义雾解，藻思芊绵。聪明冰雪，呈露坤乾。微辞奥旨，无弗弃捐。体物一语，士衡薪传。光明白地，濯锦秦川。（《浏亮》）丽辞雅义，错彩镂金。阊阖迷梦，经籍醉心。选言有路，宝若球琳。斋宫肃肃，武库森森。能读千首，博古通今。醲醇贾茂，著作之林。（《宏富》）若有人兮，劲装古服。文士之心，诗人之目。绝世彼姝，贮宜金屋。富贵天姿，自然清淑。妖歌曼舞，终嫌不肃。繁华损枝，贻诮雾縠。（《丽则》）节短韵长，贵在逋峭。丝戛么弦，竹吹孤调。

余味曲包，片言居要。寥寥数行，天空独啸。冗长无讥，冲虚入妙。着语不多，颂首清庙。(《短峭》)横空盘硬，气郁不舒。未若短制，形容拟诸。俭意周匝，肤词扫除。小可喻大，百无一疏。囊篇风月，艳体庾徐。碎金屑玉，就范何如。(《纤密》)短韵结言，倒泻词源。灵气往来，云烟吐吞。负声有力，霜鹘高搴。之而鳞甲，变化松根。风雨忽至，将朝禹门。心香一瓣，灵光独存。(《飞动》)钩章棘句，刊落声华。未谐吟口，颇觉聱牙。磊磊落落，整整斜斜。蛟龙得雨，倔强盘拿。别成一体，盘诰无加。是为老境，卓然大家。(《古奥》)

> **研习与思考**
>
> （一）明"体"之赋学范式
>
> （二）赋心与赋用
>
> （三）作赋法则与技巧
>
> （四）现代"古赋"创作反思

讲述人现有赋学论著编年一览

著 作

1996年：

《中国辞赋发展史》（合著）（江苏教育出版社）

1999年：

《中国古典散文基础文库·抒情小赋卷》（广西师范大学出版社）

《张衡评传》（南京大学出版社）

2001年：

《中国赋学历史与批评》（江苏教育出版社）

《体物浏亮：赋的形成拓展与研究》（辽海出版社）

2005年：

《赋体文学的文化阐释》（中华书局）

2008年：

《赋者风流：司马相如》（上海文化出版社）

2009年：

《赋学讲演录》（许结讲述，潘务正记录，北京大学出版社）

2013年：

《赋学：制度与批评》（中华书局）

2016 年：

《中国辞赋理论通史》（上、下）（凤凰出版社）

论 文

1983 年：

《〈闲情赋〉的思想性及艺术特色》（《江汉论坛》1983 年第 8 期）

1986 年：

《论扬雄融合儒道对其文论的影响》（《学术月刊》1986 年第 4 期）

1988 年：

《论扬雄与东汉文学思潮》（《中国社会科学》1988 年第 1 期）

《〈汉赋研究〉得失探——兼谈汉赋研究中几个理论问题》（《南京大学学报》1988 年第 1 期）

《汉赋流变与儒道思想》（《江汉论坛》1988 年第 2 期）

《〈赋史〉异议》（《读书》1988 年第 6 期）

《儒道兼综　玄境神游——扬雄〈太玄赋〉简析》（《古典文学知识》1988 年第 4 期）

1989 年：

《马扬文学思想同异论》（《南京大学学报》1989 年第 1 期）

1991 年：

《论王逸楚辞学的时代新义》（《江汉论坛》1991 年第 3 期）

《随物赋形　标能擅美——读〈中国历代赋选·先秦两汉卷〉》（《大公报》1991 年 9 月 30 日；该文节选先载《人民日报（海外版）》1991 年 9 月 14 日）

《论汉代以文为赋的美学价值》（《江淮论坛》1991 年第 6 期）

《赋学研究的回顾与展望》（《赋学研究论文集》，巴蜀书社 1991

年版)

1992年：

《论汉赋文化机制的多元性》(《西南师范大学学报》1992年第1期)

1993年：

《赋学批评方法论》(《西南师范大学学报》1993年第1期)

《元赋风格论》(《文学遗产》1993年第1期)

《清赋概论》(《学术研究》1993年第3期)

《仿古与趋新——明清辞赋艺术流变论》(《江汉论坛》1993年第8期)

1994年：

《论小品赋》(《文学评论》1994年第3期)

《明人"唐无赋"说辨析——兼论明赋创作与复古思潮》(《文学遗产》1994年第4期)

《中国辞赋流变全程考察》(《学术月刊》1994年第6期)

《中国辞赋的历史走向与审美观照》(与郭维森合作,《文学研究》第3辑,南京大学出版社1994年版)

《离骚学与中国古代文论》(《西南师范大学学报》1994年第4期)

《苏赋新论》(《中国韵文学刊》1994年第2期)

《明心物与通人禽——对魏晋动物赋的文化思考》(《古典文献研究》[1993—1994])

1995年：

《骚情与哲理的融织——南宋辞赋艺术初探》(《南京大学学报》1995年第1期)

《漫话北宋文人题画赋》(《古典文学知识》1995年第1期)

《清代的地理学与疆舆赋》(《中国典籍与文化》1995年第1期)

《论宋赋的历史承变与文化品格》(《社会科学战线》1995年第3期)

《多元体物　缘情拓境》(《人民日报》1995年11月21日)

1996年：

《声律与情境——中古辞赋诗化论》(《江汉论坛》1996年第1期)

《论唐代赋学的历史形态》(《南京大学学报》1996年第1期)

《论宋玉赋的纯文学化倾向》(《阴山学刊》1996年第1期)

《论清代的赋学批评》(《文学评论》1996年第4期)

《金源赋学简论》(《西南师范大学学报》1996年第4期)

《古律之辨与赋体之争——论后期赋学嬗变之理论轨迹》(台湾政治大学文学院编《第三届国际辞赋学学术研讨会论文集》1996年11月)

1997年：

《从说字诠音到赋学辨体——简宗梧教授汉赋研究的思路与价值》(《古典文学知识》1997年第3期)

1998年：

《论张衡赋的三个世界》(《江苏文史研究》1998年第3期)

《二十世纪赋学研究的回顾与瞻望》(《文学评论》1998年第6期)

《张衡〈思玄赋〉解读——兼论汉晋言志赋之承变》(《社会科学战线》1998年第6期)

《纵情云世界　体物赋家心——颜其麟先生〈黄山赋〉品鉴》(《颜其麟赋鉴赏》，团结出版社1998年版)

1999年：

《说〈浑天〉谈〈海潮〉——兼论唐代科技赋的创作与成就》(《南京大学学报》1999年第1期)

《融鸿裁片玉　撷赋苑芬芳——〈中国历代赋选〉品读》(《社会

科学战线》1999 年第 6 期）

2001 年：

《历代赋集与赋学批评》（《南京大学学报》2001 年第 6 期）

2002 年：

《简斋赋学》（《古典文学知识》2002 年第 5 期）

2003 年：

《论汉代京都赋与亚欧文化交流》（《贵州大学学报》2003 年第 1 期）

《赋体文学与都市文明——以程先甲〈金陵赋〉为例》（《古典文献研究》第 6 辑）

《北宋科制与论理赋考述》（《第二届宋代文学国际研讨会论文集》，江苏教育出版 2003 年版）

《汉赋与礼学》（《廿一世纪汉魏六朝文学新视角：康达维教授花甲纪念论文集》，文津出版社 2003 年版）

《汤稼堂〈律赋衡裁〉与清代律赋学考述》（《浙江学刊》2003 年第 6 期）

《论诗、赋话的粘附与分离》（《东南大学学报》2003 年第 6 期）

《从"行人之官"看赋之源起暨外交文化内涵》（《南京师范大学文学院学报》2003 年第 4 期）

《论清代科制与律赋批评》（《古代文学理论研究》第 21 辑）

《赋学研究的百年历程回顾》（《中国古典文学与文献学研究》第 2 辑）

《汉大赋与帝京文化》（《辞赋研究论集》，中国文史出版社 2003 年版）

2004 年：

《郑起潜〈声律关键〉与宋代科举八韵律赋叙论》（《中华文史论

　　　　丛》第 74 辑）

　　《赋颂与赋心——论赋的宗教质性、内涵与衍化》（《古典文献研
　　　　究》第 7 辑）

　　《汉赋祀典与帝国宗教》（《南京大学学报》2004 年第 4 期）

　　《论艺术赋的创作内涵与美学特征》（《中国古典文学与文献学研
　　　　究》第 3 辑）

2005 年：

　　《文学与科技的融织——论科技赋的创作背景与文化内涵》（《中
　　　　国典籍与文化论丛》第 8 辑）

　　《论赋的学术化倾向——从章学诚赋论谈起》（《四川师范大学学
　　　　报》2005 年第 1 期）

　　《从乐制变迁看楚汉辞赋的造作——对"赋者古诗之流"的另一
　　　　种解读》（《辽东学院学报》2005 年第 1 期）

　　《历代论文赋的创生与发展》（《文史哲》2005 年第 3 期）

　　《从京都赋到田园诗——对诗赋文学创作传统的思考》（《南京大
　　　　学学报》2005 年第 4 期）

　　《赋的地理情怀与方志价值》（《济南大学学报》2005 年第 5 期）

　　《汉赋造作与乐制关系考论》（《文史》2005 年第 4 辑）

2006 年：

　　《汉代赋论的文学背景考述》（《江海学刊》2006 年第 2 期）

　　《辞赋研究的新创获——〈四川师范大学文学院学术丛书·辞赋
　　　　学〉品读》（《四川师范大学学报》2006 年第 2 期）

　　《"欲问渊源穷奥秘，只缘吾笔写吾真"——我的辞赋情缘及研
　　　　究断想》（《古典文学知识》2006 年第 3 期）

　　《制度下的赋学视域——论赋体文学古今演变的一条线索》（《南

京大学学报》2006年第4期）

2007年：

《弹琴而感文君——司马相如"琴挑文君"说解》（《四川师范大学学报》2007年第5期）

《汉赋与制度》（《大连图书馆百年纪念学术论文集》，万卷出版公司2007年版）

《从文化制度的视域看赋学的演变》（《中国文学之传统与现代的对话》，上海古籍出版社2007年版）

2008年：

《赋学：从晚清到民国——刘师培赋学批评简论》（《东方丛刊》2008年第1期）

《祭歌与乐教——公元前诗赋文学之批评与"礼"的关系考论》（《古代文学理论研究》第25辑）

《元人"祖骚宗汉"说考述》（《周勋初先生八十寿辰纪念文集》，中华书局2008年版）

《诵赋而惊汉主——司马相如与汉宫廷赋考述》（《四川师范大学学报》2008年第4期）

《论汉赋"类书说"及其文学史意义》（《社会科学研究》2008年第5期）

《都邑赋的历史内涵与文化思考——从〈光明日报〉设"百城赋"栏目谈起》（《文学评论丛刊》第11卷第1期）

《科举与辞赋：经典的树立与偏离》（《南京大学学报》2008年第6期）

2009年：

《论清代书院与辞赋创作》（《湖北大学学报》2009年第5期）

2010年：

《跨世纪的赋学工程——七卷本〈历代赋评注〉评介》（《博览群书》2010年第8期）

《鲍桂星〈赋则〉考论》（《南京大学学报》2010年第5期）

《从"诗赋"到"骚赋"——赋论传统之传法定祖新说》（《四川师范大学学报》2010年第6期）

2011年：

《一幅画·一首歌·一段情——张曾〈江上读骚图歌〉解读与思考》（《文艺研究》2011年第2期）

《汉赋用经考》（与王思豪合作，《文史》2011年第2期）

《汉赋用〈诗〉的文学传统》（与王思豪合作，《中国社会科学》2011年第4期）

《清代赋论"禁体"说》（《江淮论坛》2011年第5期）

《元成庙议与〈长杨赋〉的结构与影响》（与蒋晓光合作，《浙江大学学报》2011年第6期）

《论赋注批评及其章句学意义》（《中国韵文学刊》2011年第4期）

《现实之痛，构想之美——读张衡〈归田赋〉》（《读有所得》第5期，湖南文艺出版社2011年7月版）

《英雄悲歌——读曹植〈蝉赋〉》（《读有所得》第7期，湖南文艺出版社2011年8月版）

《善钓喻善政——读宋玉〈钓赋〉》（《读有所得》第9期，湖南文艺出版社2011年9月版）

2012年：

《元明辨体思潮与赋学批评》（《社会科学战线》2012年第7期）

《宋代科举与辞赋嬗变》（《复旦学报》2012年第4期）

《南宋乾淳文制变迁与辞赋风尚》(《政大中文学报》第 17 辑)

《从"曲终奏雅"到"发端警策"——论献、考制度对赋体嬗变之影响》(《湖北大学学报》2012 年第 6 期)

2013 年：

《论汉赋章句与修辞艺术》(《中国韵文学刊》2013 年第 1 期)

《说汉赋的"曲终奏雅"》(《文史知识》2013 年第 4 期)

《明代的选学与赋论》(《南京师范大学学报》2013 年第 3 期)

《谭宗浚〈述画赋〉评议——兼论赋画关系的历史衍变》(《文学与图像》第二卷，江苏教育出版社 2013 年版)

《〈赋海大观〉"文学类"的赋学批评》，(《中国文学研究》22 辑，复旦大学出版社 2013 年版)

2014 年：

《论赋韵批评与写作规范》(《社会科学研究》2014 年第 2 期)

《论"盛览问作赋"的文学史意义》(《华中师范大学学报》2014 年第 2 期)

《司马相如"赋圣"说》(《四川师范大学学报》2014 年第 2 期)

《宾祭之礼与赋体文本的构建及演变》(与蒋晓光合作，《中国社会科学》2014 年第 5 期)

《体物开佳境，新编集大成——〈历代辞赋总汇〉出版推介》(《书屋》2014 年第 3 期)

《古赋新妍：赋学研究的文化意义》(《中国社会科学报》2014 年 5 月 30 日)

《民国赋论"文学性"问题考察》(《文学评论》2014 年第 5 期)

《辞赋华章　典范永存——郭维森先生与〈中国辞赋发展史〉》(《天中学刊》2014 年第 6 期)

2015 年：

《论考赋"取人以言"的批评意义》（《文学遗产》2015 年第 1 期）

《词章与经义——有关赋学理论的一则思考》（《社会科学》2015 年第 5 期）

《赋与传：从本原到书写》（《现代传记研究》第 4 辑，商务印书馆 2015 年版）

《西经东史：汉赋演进之学术思考》（《安徽师范大学学报》2015 年第 4 期）

《辞赋文学风格论》（《中国韵文学刊》2015 年第 3 期）

《圣域的图写：从〈上林赋〉到〈上林图〉》（与王思豪合作，《复旦学报》2015 年第 5 期）

《宋代的古赋批评与〈楚辞〉论述》（《政大中文学报》第 24 辑）

2016 年：

《帝国书写　时代气象——从制度层面看赋体的时代特征》（《光明日报》2016 年 2 月 29 日《文学遗产》栏目）

《刘勰赋论及其赋学史意义》（《社会科学研究》2016 年第 2 期）

《汉代赋用论的成立与变迁》（《杭州师范大学学报》2016 年第 2 期）

《论东汉赋的历史化倾向》（《文史哲》2016 年第 3 期）

《赋体论述与古今之变》（《东北师范大学学报》2016 年第 5 期）

《从"礼法"到"技法"——赋体创作论的考述与省思》（《中国社会科学》2016 年第 10 期）

《明清赋体论的本色批评》（《中国诗学研究》第 12 辑）

《简宗梧赋论及其学术史意义》（《文学研究》2016 年第 2 辑）

《申年说猴赋》（《解之赋话》之一，《古典文学知识》2016 年第 3 期）

《赋训"富"小议》（《解之赋话》之二，《古典文学知识》2016

年第 4 期）

《"李程故事"的被经典化》（《解之赋话》之三，《古典文学知识》2016 年第 5 期）

《赋可称人亦罪人》（《解之赋话》之四，《古典文学知识》2016 年第 6 期）

2017 年：

《赋体骈句"事对"说解》（《文学遗产》2017 年第 1 期）

《论唐代帝国图式中的赋学思想》（《南京大学学报》2017 年第 1 期）

《汉赋创作与国家形象》（《中国文学研究》2017 年第 3 期）

《展现伟大历史与时代画卷》（《群众》2017 年第 4 期）

《赋家笔下的朝正礼》（《解之赋话》之五，《古典文学知识》2017 年第 1 期）

《行人与赋》（《解之赋话》之六，《古典文学知识》2017 年第 2 期）

《乾隆〈盛京赋〉的写作与传播》（《解之赋话》之七，《古典文学知识》2017 年第 3 期）

《〈美人赋〉与"文园病"》（《解之赋话》之八，《古典文学知识》2017 年第 4 期）

《宋太宗之"怒"与闱场赋之"变"》（《解之赋话》之九，《古典文学知识》2017 年第 5 期）

《〈庄子〉"鹓鶵"的赋文演绎》（《解之赋话》之十，《古典文学知识》2017 年第 6 期）

讲述人辞赋创作选辑

栖霞山赋

维兹灵岳,崟嵘阴阳,形如伞盖,义取摄养;柢艮出震,郡望显彰,占牛女之分野,乃齐梁之旧乡。六代物华,荷天衢以拓宇;一山明秀,恢地纮而张皇。钟阜邻比,见龙蟠之逶迤;石城遥屹,若虎踞之昂扬。俯视江流,回观群翠,三峰雄峙,万象开新,诚堪舆之佳丽,文明之青箱。

粤稽悬岩青翳,神明攸居,挟太虚兮为侣,携岭云兮可怡。忆昔禹王治水,九派分流,天书古雅,名士称奇。始皇临江,惊畏金陵王气;梁武崇释,捐情千佛凤期。隋文修心,敕建舍利宝塔;乾隆驻跸,欣题初遇情诗。慷慨之士,桓元子喟叹树犹如此,定蜀攻秦,官拜司马;忠烈之人,李香君皈依桃花涧边,参禅觉慧,义感聘之。登高崇以献歌,太白、东坡之游屣;临渊泉而作画,奇峰、悲鸿之论辞。片云断壁,万籁疏钟,刘长卿吟哦之地;布帆秣陵,秋山收眼,林则徐羁旅之思。懿夫明征君碑,唐皇御笔,玉阙昆仑,天竺鼎彝。

嗟乎!四大丛林,三论宗识。伽蓝圣教,培育法师之摇篮;故域名山，弘扬金陵之佛国。僧绍隐处，栖霞幽境彰名；仲璋秉持，无量寿佛增色。鉴真东渡，宏愿寄发于梵天；宗仰矢志，古刹中兴于盛德。星云披缁此间，佛光彰显海域。崇教帝王，风流名士，弘法上人，栖心仙隐，百代传承，功勋是勒。然则历兵燹，渡劫难，精华久掩，宝藏是匿。欣乎拨云见日，法运重光，玉冠翠耸，彩虹镜明。观夫毗卢殿阁，巍然耸峙：殿前则牌楼山门，钟鼓经幢，途通古镇街衢，遥眺丽日飞甍。殿中则三宝三圣，接引飞天，瞻千年佛顶，遥思报恩旧寺；赞感应舍利，近聆玉堂磬声。殿后则飞来之石，纱帽之峰，明月之台，畅观之亭，游心乎今古，泉涧兮争鸣。玉佛殿前，缁素祗敬于层宇；枫林湖畔，士女闲逸于轩楹。

江乘故里，新城胜迹，众泉迸玉，吐珠玑于翠谷；群岚掩杳，垂蠕蝀于瑶天。东峰有龙起之势，太虚憩心，小营暂驻，忆饮马池边，品新茗庄前。西峰呈虎啸之威，叠浪岩高，纵想凌云之意；桃花湖阔，静思待月之禅。最是中峰奇崛，如凤翔于层巅。崭崪以挺其阜，穹窿而藏其秀，临天开而鸟瞰，似卧云以流连。或如孤峰迸笋，或如眉横螺青，或如云构星离，或如攒崿启莲。嘻嘻美哉！四季之风光，因时序而迁变；一方之丽色，缘秋景而远传。万壑枫红，霜醉丹霞神韵；九乡水绕，欢迓南北群贤。

于是地志开辟，宏图再展。千载芬芳，山间气象峥嵘；六朝石刻，江左风流丕显。嘉执事之勤龟，献新文之丽典。

赞曰：金陵锦秀，六代名蓝。怡红拾翠，春水秋岚。三峰并起，佛国东南。摄生养性，精气神涵。抽思作颂，贻世美谈。

草塘古邑赋

猗与休哉,草塘之为邑也。参井分野,斗在开阳。东接都凹,西连瓮水,南延黄平,北距乌江。山川之秀丽,井邑之浩穰,人物之丰饶,景概之美详,乃黔南之故郡,实礼仪之旧邦。

粤稽古史,岁月绵长。禹域梁州,殷暌鬼方,周汉迁变,郡望亦彰,或忆且兰之旧国,或入牂牁之门墙。天子近臣,抚远尚留胜迹;星槎使者,告朔而说夜郎。繇唐暨宋,万寿显遐祀,建安示平疆。迨至元明府司,土流共骧,古镇始设,扬声草塘。府衙威镇,欣安抚宋公之功业;内室馨香,美文德夫人之懿芳。朱明立国,移湖广而入川蜀;屯堡力田,转江左而为黔南。时序维新,体制开张,县属镇区,和合瓮安。

观夫九峰迭起,三水会流,临江界,对玉华,萦飞练,望仙桥,渊停岳峙,笔纵鸿飞。涓涓者水,龙潭、龙井,曲水相环,临清流而濯足;童童者山,笔架、笔管,崇山对立,笑蛾眉以翠微。双剑峰起,亭亭桀竖,俯瞰人间图画;后岩洞深,咋咋竞奇,掖藏仙境神几。泠泠泉石,春晨沾浣女之润泽;皎皎河汉,秋夜沐天孙之芳菲。虽蔽夏云,如处桃源之爽籁;偶遇冬雪,若迷渔父之烟霏。

壮哉石林,下司奇观,景胜滇国,上天所馈。远眺则密林萦绕,近观则剑戟上指,仰望则万锷摩天,俯瞰则千笋出地。或如阳石惊悚,起病夫以雄风;或如阴宗潮汐,息狂涛之嚣肆。或如鲸鳌,或如鹏鲲,或如群猴,或如孤犀,或如鹰爪,或如燕翅。巨鳄石化,尚思洞隙之间;纤虫游远,融身群峰之翠。叹胜迹庋藏于荒陬,何处相逢;赞执事开发于地志,豁然呈瑞。

嗟夫草塘胜意，系乎人文。群峰如点，村落分屯。旗楼标千年之旧梦，落鳌暗百代之奇闻。俗尚威武，勤俭素朴，习书明礼，力稼耕耘。织布业，棉纱业，染靛业，行行贯通，世及智慧之多士；读书郎，孝廉郎，粉署郎，殷殷知道，承传庠序之衿岷。忆采蘋之教化，崇尚淑德；讳乔木之游女，莫纵诡纭。盛览应对，赋开文学之问；相如答疑，言解谏章之纷。寻访竹庄，傅家三杰如面；游心草里，宋氏二贤犹勤。吟我诗中，正性情以己志；鸳鸯镜里，惩邪恶以策勋。桑梓述闻，继韩志，述县志，乃文献之瑰宝；后岩观记，习苏文，观佛文，缘笔华而馥芬。学贯三教，思精儒释，观音、五显、寿佛，伽蓝跗萼；玉华、文昌、苍圣，书舍兰筋。弦诵之声，何异于泗水；三世之义，共享乎灵氛。一家祠馆，匾额明横渠之学；两大诗宗，黔中起韩杜之军。

至乃旧址猴场，草塘别称，日在寅申，响子廛市。红六军团，首抵瓮安之城；第一方面，又定会议之旨。三人团，因左倾而瓦解；一中心，过右江以披靡。前继黎平，后开遵义，惊回号角，妙达宫徵。渡天险，乘竹筏，逞英姿；反围剿，群策力，惩凶兕。运筹帷幄，傅氏祠堂之灯光；铁壁合围，宋家私宅之寸晷。长征路途，三军过后开颜；雄关漫道，一番转折载史。望赤帜高耸云端，欣少年缅怀旧纪。

余游黔中，漫步此间，古镇新貌，屋宇成行。戏楼雄踞，飞甍雕梁画栋，堪称世界之最；书院开敞，庭苑回廊厅堂，彰显中华之光。美目舒心，因成赞曰：

草塘古邑，营造新荣。革命圣地，转折长征。织染为业，耕读为生。人文渊薮，名郡辈声。市廛面貌，气象峥嵘。悠悠瓮水，峰岳纵横。安康福地，和谐之城。

安溪清水岩赋

东南胜迹,蓬莱仙境,天开厥状,神致其功。地接吴越,濒溟海而挹漳汀;岁在斗牛,步天躔以映苍穹。发乾亥,转辛兑,向丙巳,流寅申,奉离明之化,伸震叠之威,居崇善之里,觅清溪之踪。环绕一水,玉峙三峰,想瀛洲之密迹,睇五岳之可通。峻绝岩立,名扬清水,凤髻崒崔,呀云豁雾,灵光亘于千古,芳泽嗣于无穷。

观夫山势浮歊,雄狮卧穴,遥对八景,风物竞夸。赞春阴于凤麓,对夕照于阆岩,栖东皋之渔舍,醉南市之酒家。芦濑行舟,仰视龙津夜月;葛磐坐钓,闲披薛坂晓霞。岩上丹成虎砥,水吐狮喉,楼阁峥嵘,昭应祖庭。其位坐东朝西,其势依山临涧,其殿初入昊天,复经祖师,再登释迦,尽钟鼓经幢,乃释智典型。远望则狮形、龙脉、文笔,峰峦对起;近察则禅惠、定慈、永福,院室邻屏。天下奇观,"帝"字形开岩图营构之最;蓬莱祖殿,"觉"之义镌空门无尘之亭。方鉴、纶音,圣泉共天光云影;灵渊、裂竹,洗心缘曲水流觞。耸立古樟,武穆行昭枝枝朝北之意;盘根罗汉,至圣言谈青青后凋之方。嗟乎,佛国碑题,存朱文公之手迹;光华帝殿,诵李厚庵之词章。万历六老,流连佳句,近代诗翁,吟哦馨香。

粤稽祖师普足,持戒振锡,塔聚祥云,居含淑气,折四辩微言,悟三乘妙理,于斯奠千秋基业,毅然启百世经筵。万派宗来,传曹溪六祖之衣钵;四度敕封,获天水一朝之真诠。嗟苦海,颂慈航,开觉路,渡迷川。逐鬼魅,乌面厉色,犁庭捣穴;驱旱魃,云腾万壑,雨落长天。碧岩钟灵,佛耳拱秀,奕代俊杰,瓜瓞绵延。于是信俗开成,礼敬神祇;迎春巡境,颂赞先贤。猗欤盛哉!南方嘉木,香芽陈荐于岩谷；海外传响，炉火盛炽于有缘。赞曰：

八闽佛国，清水祖师；天圣睿智，宗风不弛。山川锦绣，岩寺神奇；抽毫赋韵，寄我壮思。

酒都赋

天造美禄，地洌甘晶。维时柔兆，序属涒滩之岁；象分牛女，星在玉斗之衡。北临齐鲁，南控清淮，徐泗秀甲，骆马气雄，居水陆之要冲，乃宿迁之新城。五谷丰登，九州兴酿，酒之云德，都之惟中，看江汉之朝宗，赞酒都而彰名。

粤稽酒之所兴，肇自上皇。或云仪狄，或曰杜康。考古发现，古宿重光。双沟醉猿，远古犹存化石；顺山首灶，史前蒸馏奇方。芳气馥郁，犹见宗墩陶鬶；味甘传远，遥闻后稷巡航。太白扬觯吟醉，东坡把酒徜徉。香醇之誉，传诵乾隆御笔；醴泉之美，鉴赏中山墨藏。千古一脉，源远流长。

观夫泗上旧业，地灵人杰，宿豫春早，露坠甘泉井侧；马陵秋月，临照美人泉东。忆巴拿马金奖，夺之无愧；颂南洋会魁誉，取若觳中。华夏更造，集坊建厂，全国酒会，获甲等而称第一；三届连贯，居业界而闻声洪。

嗟乎，陈酿虽贵，其德维新。壬午年，筑梦蓝色经典，创新形象；庚寅岁，汇合苏酒双强，励志同人。三大基地，酿造产能，全国居首，百万吨储，寰中无匹；绵柔洋河，生态双沟，规模泗阳，打造酒业帝国，贡献酒味奇珍。红酒则星得斯，葡萄精品；伯侯公，王者脸面；因中西而合璧，结欧美之芳邻。白酒则洋河双沟，生态苏酒，或钟情珍宝，或地锦天绣，更有经典海天，梦想成真。于是洞庭春色，竞来淮泗大地；浊醪妙理，亦可蓄德养身。阿美传奇，桑梓情系于旨液；酒母故事，玉樽献颂以报春。

酒如清镜，美善分明。诚信致远，为企业之生命；创新开疆，乃捭阖以纵横。发扬优势，谱写新声。水血曲骨，色香味格，化精醇而弃糟粕，知麴蘖之有殊荣。品质为天，追求卓越，酒都文化，狮羊精英。拿破仑预言，睡狮骤醒；吕洞宾传说，羔羊温情。狮之雄心也毅，如乾德而进取不息；羊之温情也柔，若坤德以回报经营。于是酒朋频至，游客云集，项王故里，临风畅怀，再展昔时豪气；白洋河畔，吟诗遣趣，抒发快意人生。造福乡梓，以酒业成伟业，名扬海外，听嘤鸣和凤鸣。

赞曰：中国酒都，千古风流。上善以德，品象兼优。创新励志，首肇绵柔。放眼世界，时代冕旒。

南京特殊教育职业技术学院赋

时序单阏，岁逢重光，有馆初立，特教新庠。天呈盛世之祥云，弦歌不绝；地接古都之瑞气，文教是彰。东连栖霞，西拥幕府，南望钟阜，北濒大江，燕矶是屏，劳山为障。比邻晓庄，师承陶行知一心践履之学；位居神农，道通烈山氏百草济民之方。博雅、博远、博英、博韵，群楼高耸，以博学绽放博爱之蓓蕾；自尊、自立、自修、自信，精神超胜，以自得抒写自强之华章。

原夫圣贤立国，教为治本，广求俊彦，访道崇文。瞽惟审声，行乐教于王政；瞍以诵赋，陈民情于美闻。种德潜润，敦迪愚氓，乐菁莪之长育，嘉蒙卦之启蕡。夏后置校，矜寡孤独废疾者皆有所养；周公制礼，聋瞶喑哑跛躄者自属宜眚。文王污膺，德被后世；鲍申伛背，楚国之飈。左丘失明，厥有国语；太史疾废，笔传千秋。痀偻承蜩，曾惊仲尼之目；师旷行歌，明兆平公之疣。王佐断臂，声闻向北之骅骝；兰馨养丐，誉载归南之行舟。噫史迹之可征，信美德之长留。

嗟乎！大哉惟新，新学是举；特教事业，周遍环宇。法兰西首启盲校，内外兼施；美利坚置学东方，中西为侣。瞽叟通文之馆，登州启喑之室，天国新篇，主张残而不废；辛亥校令，奠定特教基础。状元季直公，肇开域内之新纪；国立盲哑学，演绎金陵之律吕。中华新生，建国伊始，变更学制，人民作主；改革春风，吹遍中土，千万残者，爱心同抚。残奥勋章，邓公耀神州之光；轮椅梦想，海迪启生命之旅。阳春白雪，舟舟奏时代新声；千手观音，丽华起妙曼之舞。寓目乎神州大地，考槃之所，又起科教兴国之雄风；骋心兮城乡阡陌，青衿之梦，再展和谐平等之乐语。

且夫道自人弘，教由时异，厥职既彰，师资为先。观此肇造，喻比摇篮，东南形胜，与春为妍。八院系，六学科，廿专业，同师生登堂入室，教学相长；一宗旨，两体系，三集群，合中外联合办学，知行周全。三百区区囿苑，特色立业；五千莘莘学子，桃李满园。点显仪，展科学信息之优势；听觉语，开通感测试之宏篇。挑战命运，更救济为自立，乃生活之强者；改变陈规，从接收到回馈，诚课业之新声。杏坛讲授，如春风之化雨；育生万物，若天道之惟诚。

歌曰：华夏文明史，金陵博爱城；成均施特教，海外听嘤鸣。

钟英赋 以"钟毓英才"为韵

六朝故地，秦淮新容，建庠序以映奎耀，聚人杰犹如璧琮。百一年华，解青衿之疑问；三初教义，乐菁莪之和雍。南近雨花，励先贤之壮怀；北临扬子，聆千古之流韵；西挹石城，起巍峨若踞虎；东来紫气，望蜿蜒似盘龙。骥骊驰驱，欣时序之佳令；祺祥祝福，嘉人才之美钟。

厥初建校润州，立名承志，乔迁钟阜，英才是育。南捕厅前，听琴书之吟哦；曾公祠内，奉六艺之卷轴。数理化，精进入钟英；真善美，贯通醒耳目。声望日隆，誉满苏皖，春秋励行，上游争逐。悲哉东寇肆虐，丧乱屡经，或举校播移，历皖、湘、黔、桂，绵续弦歌；或沦陷办学，读经、史、子、集，秉志贞淑。迨至雾霾驱，神州复，建国新，学制更，政风穆。幸圣教之休明，启光华而炳煜。

懿夫学者人本，教者师德，揽前修之睿智，奏时代之簧笙。十院士，绘彩笔以蓝图，建功勋于社会；百校友，展风采于行业，拔俊彦以鹏程。师长多蜚声东西，社、科兼擅；学子亦扬名中外，文、武标旌。万物朝宗，众流汇海，群英荟萃，母校令名。

盛世教立，百事启开。欣逢华诞，气象雄恢。传道，授业，解惑，育人先育德；严谨，求实，创思，成人而成才。立课程，铸品格，经纶乎德业；求品质，力争先，造就兮元魁。负责履山，迎新纪之朝日；励行惠润，育园内之春梅。懿德希圣，爱心博赅。振芳尘于先哲，寄希望于未来。

儒学馆赋 并序

汉洲孙公，主政南京廿九中学，居河西之地，依石城之畔，与同仁共建儒学博物馆于校内，倡导以儒治校，以儒行教，于是诗书诵读之声，洋洋乎盈耳。然则设立儒学课程，构建诗教校园，乃欲以一校之励行，营社会之风气，惩失忆而辨认同危机，育根苗以赞传统文化，其义大且远矣。欣公邀词以序大意，因观其志向之高，著述之盛，德教之施，学业之精，人文之和，而成赋曰：

昆仑砥柱，泰岱崔巍，孔林阙里，六代奇松。夫子教义，彰五德而以仁居首；南朝太学，设四门则因儒为宗。溯洙泗之渊源，尼父至论；闻秦淮之流韵，学子芳容。德合乾坤，道通昼夜，诗书吟诵以妙曼；心存经纬，识鉴敏愚，表仪彰显于允恭。说四圣，孔、释、耶、穆，世界同风，共享宗主之荣耀；观八方，亚、欧、美、非，寰球并举，溥惠大成之旌庸。甲午新春，有馆是立，博物以开智慧，诚心而见时雍。

懿中国之文德，依六艺而传扬。惟下学以上达，炳圣谟之洋洋。瞻先贤之攸居，梗楠云构；探古哲之奥义，桧柏劲昌。万仞宫墙，尊德性而道问学；一邦水土，致中和以遵周行。嗟乎孔门问道，儒分为八，乐正漆雕，智勇阐大学教义；颜曾思孟，义利析中庸文章。辨言善恶，亚圣明人性之本；平议王霸，兰陵论君道之长。俶天民之秉彝兮，同懿德而安康。

观夫汉唐盛世，明经尊道，以孝立国，气象张皇。董仲舒对问三策，儒术明豁；郑康成囊括群典，经义表彰。三教会同，儒释道共襄王治；五经正义，风雅颂同奏笙簧。唐音宋意，联袂馨香。师道名篇，韩文公文起道衰之溺；学庸集注，朱考亭考述世治之方。太极图解，西铭夜话，濂洛风雅，武夷象山，如丛林之嘉木，若江汉之桤檀。明清流延，日新其业，或静以存养，或动而省察，白沙炎武，阳明文正，一本万殊，众美泱泱。迨至西教入，新知张，旧学藏。文明冲突，呈霎时之锋锷；道义擩哜，乃亘古之衡量。于是孔子学院，遍布于域外；圣教典章，珍视如璧璋。

若夫明德维新，穷理尽性，学者人本，教者师德。蕴精蓄粹，振先哲之芳尘；毓智体仁，从黄钟以立则。青衿之问，开杏坛而豁朗；菁莪之词，因庠序而培植。近君子，远佞人，孔圣之所以辨德色也；明仁心，张义胆，孟氏之所以辟杨墨也。克黜私欲，听言观行，修身、诚意、正心；张扬公理，守正祛蔽，传道、授业、解惑。学诗以言，习礼而立，犹思过庭之家风；旧学商量，新知培养，长忆鹅湖之楷式。开示要义，如迷津之指南；会聚英才，若众辰而拱北。幸教化之休明，待群贤以骋力。

生禀正命，动由至诚。再思、慎言、敏行，克己爱人，融学风于校训；书香、平安、仁智，阳光行教，听校园之美声。童蒙养育，开智铸魂，健全人格，留根工程。群籍庋藏，赞千年之隋珠光焰；巅峰设计，启百花于春意初萌。承圣贤之嘉惠，观松竹之南荣。时序中华，本儒心以超胜；放眼国际，欣敦睦于嘤鸣。

栖霞中学赋

《易》云"观乎人文，以化成天下"，《礼》曰"建国君民，教学为先"。昔尼父设杏坛授徒，赈衰起废；亚圣养浩气育才，继绝赓前。

子产不毁乡校，称名百代；文翁兴学蜀郡，邀誉千年。今科教兴国，文化振兴，旧舍废，新簧立，诞敷文命；人才出，颂声起，再造新篇。于是建邺故都，有焉百年庠序，金陵新邑，欣闻一流歌弦。校名栖霞，比摄岳兮高峻；毗邻扬子，临江汉之长川。枫叶片片，霜染红林之色；葵花朵朵，日上中华之巅。

原夫旧学衰而新学起，美哉江左三贤，应运而生，开智启知，阳光行教。生活教育，陶行知辨知行之道；儿童教育，陈鹤琴观活水之源；乡村教育，黄质夫创师范之校。学而不厌，乃圣贤之典经；劳而无怠，诚乡师之报效。懿乎界首肇始，兴半读半耕之志；栖霞盛炽，彰仁人英才之心。广学博纳，学融中外，却叹愧不如牛；厚积薄发，流转南北，企盼社会知音。兴五教，德智体美增一劳；明四训，诚勤公毅喻青衿。今之学子，异日明星，诚乃星之始，勤为星之路，公是星之翼，毅成星之轨：放置四海，如铁肩之担道义；退藏心室，亦文章之为时针。

宏图初展，壮志待酬，东寇西侵，弦声断续，有兰不凋，俟春而芳。宗风不坠，流离湖湘地；榕江国师，扬名黔东南。屹中立而不倚，洙泗之风赖以不坠；溯横溃而独障，耕读之志更见辉煌。国事重光，名师云集，有冶愚老人，堂上医道之论，解除痼疾；忆半塘先生，手中戏弄之笔，梦在大唐。乐菁莪，长育于朴野之地；嘉蒙卦，启迪于智慧之乡。京口钟山，江南柳绿，师范神韵，于此尤彰。惜分阴于短刻，期硕学于缥缃。品茗于民众茶园，比德山水，此乃乐境；吟诵其乡师校歌，任重致远，意气飞扬。

观夫盛世崇教，校内新风，明道专心，见前贤而思齐；润身浴德，启后学之修为。诚谨、勤耕、公善、毅行，楼宇相通，彰显质夫神髓；正心、诚意、格物、致知，名言共识，焕发栖中新姿。文化园里，墙刻时贤隽语：得天下英才而教；耕读亭边，联书励志名言：树乡村文化之基。日新其业，嘉执事之勤劬；砥砺其志，谱群生之新诗。

赞曰：江山涵泽，耕读情真；慎责明礼，三星在晨。勤智如日，德行育人；源头活水，质夫精神。

许姓赋

皇天后土，命厥元子，建德赐姓，族聚生民。临之于上，立宗心使不忘本；责望于下，厚风俗乃可得真。吁嗟许氏，或秉火德，为姓则姜，奉神农之初祖；或系玄帝，命氏曰姬，步颛顼之遥尘。唐尧禅让，道开却天子尊极，邀颍水之誉；伯夷清名，文叔因立国宠荣，显莲城之珍。萃族一堂，正心、致知、诚意；嗣响百代，治国、齐家、修身。

粤稽昆吾封域，高阳郡望，祖德流芳，孙支挺秀。宗法高明，鲜谈贵胄。战国云涌，疆失籍存，秦汉一统，庭院广授。三国六朝，因乱世而南移；隋唐宋明，仍根深而叶茂。时序变迁，闽粤渐布分支；国门开启，南洋竞陈俎豆。万象更新，初心依旧。于是汝南、河南，直系旁裔，皆奉元公之神灵；颍阳、睢阳，隐逸忠烈，同瞻太岳之远岫。

观夫庭苑芝兰，修竹馨香。许行倡神农吉言，并耕以食，饔飧而治；叔重明汉学奇字，五经无双，通阁有章。子将月旦评，仲康渭南战，伟君水脉术，知可普济方。玄度尚玄，追风逐月，辄思兰亭酬唱；鲁斋习鲁，濯沐浴泗，遥登游夏殿堂。秋江鱼艇，道宁画醉数尺；溪云初起，丁卯诗湿千行。竹筠海防之论，逸叟封神之疑，蕴千钞币之说，叔夏文絜之编，丹青垂范，史策昭彰。太傅、右傅、少傅，三朝宰相，高士、名士、道士，几代仙乡。至于开国将领，世友、光达，功勋卓著；政教闻人，楚生、若石，业绩辉煌。是以兵以强刃，学以文昌。博古通今，秀中锦外，人称神州雪莱，却道黄华允臧。更有奥运首金，海峰一枪，射环中的，体坛流芳。数一门之俊杰，乃举国之荣光。

　　许者听也，从言声午，义取御进，日晷执中。绪衍箕山，愿儿孙也贤也肖；仰观泰岱，缅祖宗有德有功。宝树春回，思勤国却因国成姓；锦江瑞霭，大报天则法天为公。噫嘻！江汉朝宗，共襄中华盛事；戚亲向善，同讴昭代雄风。